W0032976

»Ist dies ein Politthriller?«, wurde ich vor der Veröffentlichung gefragt. Die Antwort fiel mir nicht leicht. Es ist kein Whodunnit, so viel ist sicher. Rein thematisch ist *Grenzfall* unbedingt ein Politthriller, doch Merle Kröger schreibt eine andere Choreographie und hat einen völlig anderen Sound, als man es von Thrillern gewöhnt ist. Es gibt in diesem Buch Noir-Elemente und knallharten Realismus, aber auch eine rastlose, kaleidoskopartig bunte Unruhe, die eher an ein Roadmovie erinnert. Roadmovies handeln »vom Unterwegssein ihrer Helden und der Schwierigkeit, einen Platz in der Welt zu finden. Unterschwellig geht es darum, das zu finden, was das Bezugssystem Gesellschaft verkörpert und im Inneren zusammenhält. Es wird ihr ein Spiegel vorgehalten.« (Wikipedia) Auch das passt auf dieses Buch: Es führt uns kreuz und quer durch Europa, zoomt dicht an vielfältige Wirklichkeiten heran und erschließt Widersprüche, deren Aktualität manchmal bitter schmeckt. Dabei verhält sich Merle Krögers epische, ungestüme, gefühlsbetonte Erzählweise zum Großteil der deutschen Krimikultur wie ein E-Gitarren-Solo zur Kammermusik. (Ich gestehe: Ich höre mehr Hendrix als Klassik.) Wo ein Thriller meine Angst anspricht, bezieht *Grenzfall* seine Mitfieber-Spannung aus Einfühlung und sozialem Konflikt: Mittäterschaft, Wut, das Sich-Einrichten in den Verhältnissen, Armut und Verzweiflung werden ebenso spür- und greifbar wie Zivilcourage, diverse Konzepte von Familie, Vertrauen, Widerstand und Kreativität. Plötzlich eröffnen sich Spielräume zwischen Wissen und Wegschauen. Als ob man eine Reise mitmacht, die den Blickwinkel ein bisschen verschiebt. Ich liebe es, wenn ein Roman so was mit mir macht.

Else Laudan

Merle Kröger, geboren 1967 in Plön, lebt seit 1985 in Berlin und arbeitet als Filmemacherin, Produzentin, Drehbuch- und Romanautorin. Sie realisierte zahlreiche Dokumentarfilme, die erfolgreich auf nationalen und internationalen Festivals sowie im Fernsehen (ZDF, ARTE) liefen, und ist an den dokumentarischen Kinofilmen *The Halfmoon Files* (2007), *Der Tag des Spatzen* (2010) und *Revision* (2012) beteiligt. Ihr Roman *Cut!* wurde ins Englische übersetzt und im indischen Verlag Katha veröffentlicht, *Kyai!* stand mehrmals auf der *KrimiWelt*-Bestenliste und war Buch des Monats auf *arte.tv*.

Für Philip

Kiel
Kollwitz
Peltzow
Szczecin
Berlin
Frankfurt
Braşov
Turnu Severin
Banyuls
Zaragoza
← Ciudad de México
Mumbaï →

EU-Mitgliedstaaten 1992
+
EU-Mitgliedstaaten 2012
EU-Beitrittskandidaten

Erstes Buch

27. Juni 1992, Frankfurt am Main
Hessen, Deutschland

Hajo Walther, Hajo für Hans-Jürgen in diesem Fall, zog die Sonderseiten der FAZ zu Luft- und Raumfahrt aus dem vorderen Fach seines Pilotenkoffers. Auf Rechteck gefaltet, DIN A4. Schon fast zwei Wochen trug er die mit sich herum, er war und war nicht zum Lesen gekommen. Das kam eben davon, wenn man eine junge Frau hatte. Der musste man schon was bieten. Er faltete die Doppelseite auf und vertiefte sich in einen Artikel über Nutzen und Kosten der bemannten Raumfahrt. Alles wurde heute unter Gesichtspunkten der finanziellen Effizienz beurteilt, das kritisierte auch der NASA-Experte im Interview. Keiner fragte mehr nach langfristigen Perspektiven. Hajo war der Meinung, dass mit dem Kalten Krieg auch der Ehrgeiz verschwunden war, etwas zu erreichen.

Er saß wie immer direkt am Fenster des Abflugterminals, um einen guten Blick auf das Rollfeld zu haben. Draußen war es noch nicht ganz hell, eine Kabinencrew stieg gerade aus dem Bus, der Pilot vorneweg mit der attraktivsten Flugbegleiterin an seiner Seite, dahinter die anderen. Hajo versuchte die Uniformen zu erkennen, irgendwas Exotisches, vielleicht Singapur Airlines. Das strotzende Selbstbewusstsein des Kapitäns versetzte ihm einen Stich. Er hatte die Prüfung zum Piloten damals um fünf Prozent verfehlt. Stattdessen hatte man ihm eine Laufbahn im mittleren Management bei der Airline mit dem Kranich vorgeschlagen. Hajo machte das Beste draus: In der Personalabteilung hatte er einen abwechslungsreichen Alltag und immer genügend Frischfleisch vor der Nase, das es mit jedem Fotomodell aufnehmen konnte. Er war keiner, der was anbrennen ließ im Leben. Mehr als die halbe Welt hatte er gesehen, für einen Bruchteil des Linienflugpreises. Und wenn man die richtigen Fragen stellte, fand man überall Leute, die einem Jäger gegen gutes Geld die richtigen Tipps gaben. Hajo hatte die großen Fünf nicht nur mit seiner Nikon erlegt.

Am Gate erschien jetzt das Bodenpersonal, ein Mann und eine Frau. Sie scherzten, dann fiel ihr Blick auf Hajo, die Frau erstarrte. Er hob lässig die Hand. Sie zupfte unwillkürlich ihr Halstuch zurecht. Er konnte sich nicht an den Namen erinnern, auch sie hatte mit bebenden Lippen vor ihm gesessen, sein Urteil erwartend wie einen Richterspruch.

Die Sitzreihen füllten sich schnell, hauptsächlich Geschäftsleute. Hajo hatte bei der letzten Aktionärsversammlung erfahren, dass die Fluglinie ihre Kapazität auf der Strecke Frankfurt – Berlin im kommenden Jahr verdoppeln wollte. Alle waren scharf drauf, beim Goldrausch mitzumischen, die Treuhand verscherbelte ihre Betriebe im Minutentakt. Da konnte man das eine oder andere Schnäppchen machen. Hajo war das nur recht. Als Mitarbeiter hatte er schon lange ein Aktienpaket, das dieser Tage ohne sein Zutun an Wert zulegte, trotz der Krise. Und sechzehn Millionen reisewütige Ossis halfen kräftig dabei mit.

Hajo erhob sich, um wie immer als Erster an Bord zu gehen. Selbstverständlich würde er einen Platz am Notausgang mit ausreichend Beinfreiheit haben. Sein bestes Stück lag bereits sicher verpackt im Bauch des Silbervogels. Er spürte ein leichtes Kribbeln, der Reiz des Unbekannten verfehlte selten seine Wirkung. Wenn der Makler nicht zu viel versprochen hatte, erwartete ihn eine wildreiche Gegend, dünn besiedelt, kaum Kontrollen. Da mussten doch ein paar fette Abschüsse drin sein. Hajo leckte sich unwillkürlich die Lippen, nahm seine Bordkarte entgegen und zwinkerte der jungen Frau mit einem vielsagenden Blick auf ihren Kollegen zu. »Sie können es wohl kaum erwarten, was? Ein schönes Wochenende!«

27. Juni 1992, Gemeinde Peltzow
Mecklenburg-Vorpommern, Deutschland

Der tiefergelegte Golf fuhr viel zu weit links und schaltete das Fernlicht nicht ab. Uwe Jahn ging sofort auf die Bremse, lenkte seinen Iltis so weit wie möglich nach rechts, blieb stehen und ließ den Wagen vorbei. Für ein paar Sekunden hörte er das tiefe Wummern der Musik wie den Herzschlag eines Riesen. Dann war es still.

Jeden Samstag das gleiche Spiel. In die Disco, die Sau rauslassen, und dann vollgetankt wieder auf die Straße. Denen kam man besser nicht in die Quere. Letzte Woche hatten sie in der Nähe von Königswusterhausen einen Neger in den See geschmissen. Und zu Hause in den Betten beteten die Eltern, dass mit dem nächsten Wrack nicht ihr Kind am Alleebaum klebte. Denn für sie blieben es Kinder. Kinder, die ihnen mit jedem Tag der neuen Zeitrechnung fremder wurden. Warum soffen sie, warum prügelten sie, warum fuhren sie sich tot? Sie hatten doch alles: Westgeld, Farbfernsehen auf allen Kanälen, Reisefreiheit.

Sein alter Freund Fritz, seit vielen Jahren bei der Mordkommission Neubrandenburg, hatte ihm vor kurzem beim Bier erzählt, dass die Zahl der Gewaltverbrechen in der ehemaligen DDR seit der Wende explosionsartig angestiegen war. Klar, und dann kamen wieder die Nörgler und behaupteten, das wäre eben vorher alles vertuscht worden. Davon hätte er was gemerkt, das war mal sicher.

Er wollte gerade wieder losfahren, als er im Augenwinkel eine Bewegung neben dem Straßengraben sah. Mit der Linken schaltete er das Fernlicht an, die Rechte langte reflexartig nach hinten und griff nach dem Gewehr auf dem Rücksitz. Leise öffnete er die Fahrertür. Er hatte die Quote für seine privaten Abschüsse noch lange nicht voll, hinten drin lag nur ein Hase.

Vorsichtig ging er vor dem Geländewagen in die Hocke, suchte nach Spuren. Da waren sie, direkt vor ihm auf dem Sandweg. Er hielt den Atem an. Seit Monaten vertrieb ihm eine große Rotte Schwarzwild die Rehe. So ein Keiler brachte beim Schlachter eine Menge Geld. Und das brauchte er, denn er wollte einen Hund kaufen. Einen Weimaraner. Die waren nicht billig. Nichts war mehr billig, und umsonst gab es nur den Tod. Zweitausend Mark West – kein Pappenstiel für einen ehemaligen Volkspolizisten aus den sogenannten neuen Bundesländern.

Die Spuren waren zu groß. Ein paar Schritte weiter kamen noch mehr Abdrücke dazu. Turnschuhe, Erwachsene und Kinder, eine größere Gruppe. Er ging zurück, nahm die Taschenlampe aus der Halterung an der Innenseite der Autotür und richtete den Strahl in den Straßengraben. Ein Bündel Kleidung, achtlos hingeworfen. Der Strahl glitt langsam über das Feld. Die Wintergerste stand kurz vor der Ernte.

Nichts.

Er stieg wieder ein und fuhr los. Die Allee führte direkt nach Peltzow, sie überquerte die Autobahn nach Polen und wurde nach einem scharfen Linksknick zur Dorfstraße. Von Osten her glänzte frühes Tageslicht auf dem Kopfsteinpflaster. Links die Kirche, die man als solche kaum erkannte, weil sie keinen Turm hatte. Daneben das alte Herrenhaus, zu DDR-Zeiten hatten sie hier gefeiert, wenn die LPG das Soll erfüllte oder auch nicht. Wen kümmerte es schon, was die Zahlen aus Berlin sagten. Heute lief ein Streit, wem das Haus gehörte. Irgendein Adeliger aus dem Westen hätte Ansprüche angemeldet, hieß es. Dem Haus war's wurscht, sein Verfall war nicht mehr aufzuhalten. Er parkte direkt gegenüber vor seinem kleinen Einfamilienhaus, grauer Putz, braune Fenster. Nichts Besonderes, aber sein Eigen. Wobei die Zeitung derzeit ja voll war von Leserbriefen. Leute wollten wissen, ob sie ihre Häuser behalten durften, die sie vom Staat rechtmäßig erworben hatten. Einem Staat, den es nicht mehr gab.

Er zog leise die Haustür hinter sich zu, hängte das Gewehr in den Schrank zu den anderen und schloss sorgfältig ab. Das Telefon stand gleich im Flur, ein DDR-Modell, um das ihn bis zur Wende viele beneidet hatten. Als Abschnittsbevollmächtigter, kurz ABV, brauchte er es, auch wenn er nur ein Dorfbulle war, wie ihn die Netteren abends in der Kneipe nannten. Die nicht so Netten zischten ›Denunziant vom Dienst!‹, wenn er seine Runde machte.

Aus alter Gewohnheit griff er zum Hörer und wählte die Nummer, die auf dem Zettel neben dem Telefon hing.

»Bundesgrenzschutz, Dienststelle Pomellen, guten Morgen!« Uwe kannte die Stimme nicht. Sie klang jung und verschlafen. Kein Wunder, dass hier jeder reinkam, wie es ihm passte.

»Jahn, Uwe Jahn, Jagdpächter aus Peltzow hier. Ich habe –«

»Ach, Jahn, Sie schon wieder. Und was gibt's heute zu melden?«

Machte der sich lustig über ihn? Er ignorierte den Unterton und berichtete leise, um seine Frau nicht zu wecken, wo genau er die Sachen gefunden hatte und wo die Gruppe sich seiner Meinung nach jetzt herumtrieb.

Der andere gähnte laut. »Hab's aufgenommen. Schönen Dank auch, Herr Jahn.«

Sie nahmen ihn nicht ernst, die jungen Grenzer aus Pomellen. Und was wollten sie schon machen? Jeder, der laut ›Asyl!‹ krähte, konnte ja einfach hierbleiben. So war es nun im neuen Deutschland. Man konnte raus, und dafür musste man in Kauf nehmen, dass alle anderen rein konnten. Sie kamen, klauten einem das noch nicht abbezahlte Auto unterm Hintern weg und arbeiteten fürn Appel und 'n Ei. Da konnte man sich die Reisen aus dem Prospekt sowieso nicht mehr leisten. Düstere Zeiten waren das.

Er fühlte das bekannte Ziehen in der Brust. Die Entlassung saß ihm noch in den Knochen. Zack, alle Polizisten über fuffzig weg wie faule Eier. So schnell kann's gehen. Die Frau war immerhin bei ihm geblieben, auch wenn es ihr zu schaffen machte, dass die Kinder sich kaum noch sehen ließen. Früher hatten sie gerne damit angegeben, dass der Vater ABV war. Heute war es ihnen peinlich. Der Junge hatte sich freiwillig zum Bund gemeldet, die Tochter machte eine Ausbildung im Westen.

Jetzt hatte er ja wieder Arbeit. Einen Job, wie man heute sagte. Bei dem er eigentlich nur das zu machen brauchte, was er sowieso am liebsten tat: auf die Pirsch gehen. Also besser noch eine Mütze Schlaf nehmen. Er legte sich in voller Montur aufs Sofa und zog sich die Wolldecke bis unters Kinn.

58 TAGE DAVOR

30. April 1992, Hansestadt Kollwitz
Mecklenburg-Vorpommern, Deutschland

Adriana Voinescu, dreizehn Jahre und dreihundertzweiunddreißig Tage alt, allein in der Küche im Erdgeschoss des achtgeschossigen Wohnblocks. Langer Jeansrock, noch aus Rumänien, so was trug hier keiner. Lieblings-T-Shirt in Pink mit Surfer, aus der Kleiderspende. Da kriegten sie gute Sachen her, aber es war gefährlich. So wie mit der hellblauen Cordjacke letztes Jahr.

»Die gehört Katrin!«, hatte Nils in der Schule gesagt, gleich an ihrem zweiten Tag. Katrin war Nils' ältere Schwester, das wusste sie nicht. Er nahm ihr die Jacke weg und hielt sie hoch. »Die klauen alles, die Asylanten!« Adriana verstand kein Wort. An dem Tag ging sie frierend nach Hause.

Eine Woche später passte sie ihn in der großen Pause ab und knallte ihn mit dem Kopf gegen die Wand der Jungs-Toilette. Nicht zu doll, damit es keine blauen Flecken gab. Wie man das macht, wusste sie vom Zugucken auf den Straßen von Turnu Severin. Dann ließ sie ihn kurz ihr Messer sehen, das sie im rechten Stiefel trug. Niemand wusste davon, nicht mal Vater. Gerade der nicht.

»Noch Fragen?« Das sagten die hier immer. Nils hatte keine Fragen mehr. Seitdem ließen sie sie in Ruhe, alle, als hätte sie eine Krankheit. Hatte sie ja auch. Asylant hieß die Krankheit. Na und?

Sonst war die Küche um diese Zeit voll, zwanzig, dreißig Frauen gleichzeitig an vier Herden. Ein ewiger Kampf um eine Flamme für den Topf, selbst die Gerüche stritten um den Platz in der Nase. Heute waren alle unterwegs, im *Kaufmarkt* gab es Ausverkauf.

Adriana stand am Fenster und stellte zufrieden fest, dass sie wieder ein Stück gewachsen war. Sie konnte jetzt, wenn sie sich auf die Zehenspitzen stellte, das Meer sehen. Es war grün, mit weißen Schaumkronen. Die Gitterstäbe vor dem Fenster machten daraus ein Muster mit vielen kleinen Kästchen. Ein weißer Punkt, noch einer, noch einer – Vier gewinnt. Das Spiel gab es im Aufenthaltsraum. Sie spielte es abends mit den Brüdern.

Adriana störten die Gitter nicht. Eines Morgens waren sie da, rundum im Erdgeschoss. Vater sagte, das sei zu ihrem Schutz. Sie sah, dass er wütend war und versuchte, es vor ihnen geheim zu halten. Also stellte sie keine Fragen. Das tat sie nie.

Noch ein Stück weiter nach links, die Wange an die Scheibe gepresst, und sie sah über den Spitzen der krummen Nadelbäume die Kuppel des Atomkraftwerks. Sie leuchtete in der Sonne. Aus der Schule wusste sie, dass das Kraftwerk nach der Wiedervereinigung der beiden deutschen Länder abgeschaltet worden war. Die Arbeiter mussten aus Fichtenberg weg und sich woanders Arbeit suchen. Wie Vater aus Turnu Severin gekommen war, weil er hier arbeiten wollte. Die einen gingen, die anderen kamen.

Adriana schreckte vom Fenster zurück: Roch es angebrannt? Drei Schritte zum Ofen. Nicht stolpern, Stiefeletten aus Wildleder in Rosa, mit Absätzen. Jetzt schon die Lieblingsstiefel für diesen Sommer. Adriana trug immer Stiefel. Es fühlte sich einfach besser an. Sie griff nach dem Topflappen, riss die Klappe auf und zog die Kastenform heraus.

Ein bisschen Qualm, doch das Brot war in Ordnung. Sie betrachtete es kritisch: ihr erstes eigenes Brot. Goldgelb, perfekt. Adriana spürte die Hitze kaum, die aus dem Ofen kam, ihr Gesicht traf und sich mit der stickigen Luft in der Küche vermischte. Ungeduldig wischte sie sich mit einem Zipfel ihres T-Shirts ein paar Schweißtropfen von der Stirn. Drei Schritte zurück zum Fenster. Sie riss es mit voller Kraft auf und schrie gegen den Wind an: »Vater, kommt ihr zum Essen!«

Nach der Mutter brauchte sie nicht zu rufen. Seit sie in Deutschland waren, stand sie oft gar nicht mehr auf. »Ich bin so traurig, so traurig, mein Mädchen«, flüsterte sie und zog Adriana auf das Bett herunter in ihre Arme. Adriana mochte das nicht. Sie konnte die Angst riechen, die unter der Bettdecke lauerte wie ein krankes Tier.

Mit ihren Brüdern Ştefan und Claudiu schwappte eine Welle von Lärm in den Essraum neben der Küche. Ştefan war vier und Claudiu drei, sie hatten ihre eigene Welt. Für die beiden war es unwichtig, ob sie in Rumänien oder in Deutschland lebten. Im Doppelpack konnte ihnen niemand was anhaben. Mit den Jungs kam Vater herein, sie hatten Fußball gespielt. Zum Schluss die Großmutter mit ihrem Gehwagen. Die Räder quietschten, sie brauchte jeden Tag länger für den kurzen Weg vom Aufenthaltsraum über den Flur. Nur den Kopf hielt sie oben, Augen wie ein alter Habicht. Ein Blick auf das Brot, dann zu Adriana.

Sie versuchte das Lächeln der erwachsenen Frauen nachzuahmen, streckte Vater das Brot entgegen. Er riss ein Stück ab, steckte es in den Mund und kaute mit geschlossenen Augen. Sie folgte jeder Regung in seinem Gesicht. Er öffnete die Augen, strich ihr über den Kopf und nickte.

Nachts, in ihrem Bett, konnte sie immer noch seine Hand auf ihrem Haar fühlen. Adriana lächelte und lauschte auf den Atem der Großmutter. Die alte Frau wachte oft auf und rang nach Luft. Dann musste sie ihr helfen, sich aufzusetzen, und ihr den Inhalator bringen, den sie in der Apotheke bekommen hatten. Doch heute konnte sie den Atem nicht richtig hören. Laute Stimmen kamen aus dem Flur. Sie schlich zur Tür und öffnete sie einen Spalt weit.

Das flackernde Licht der kaputten Neonröhre blendete sie. Weiter hinten sah sie Arno, der mit einem Papier vor den Männern herumfuchtelte. Arno war eines Tages mit seiner Gitarre im Heim aufgetaucht. Vater mochte ihn, also mochte Adriana ihn auch. Arno baute hässliche Sachen aus Holz, die keiner brauchte, deswegen standen sie im Garten vom Pfarrhaus herum. Arnos

Frau, die Pastorin, war auch da. Adriana schob sich vorsichtig durch die Tür. Dan, einer ihrer Nachbarn aus Turnu Severin, hatte einen Baseballschläger in der Hand. Ihr Vater griff nach seinem Arm und redete leise auf ihn ein.

Plötzlich knallte es hinter ihr. Im selben Moment spürte Adriana die Nachtluft an ihren nackten Beinen. Dann ein Prickeln, als die Splitter ins Zimmer regneten. Sie achtete nicht auf das Glas, rannte zur Großmutter, die im Bett unter dem Fenster schlief. Ihre Augen waren aufgerissen, Keuchen drang aus ihrer Brust. Adriana packte die alte Frau und schüttelte sie, bis Vaters Hände sie von hinten wegzogen.

Dann war sie allein. Sie saß auf dem Bett und hielt in der Hand den quadratischen Stein, der durchs Fenster geflogen war. Er war in Papier eingewickelt. Ohne nachzudenken packte sie ihn wie ein Geschenk vorsichtig aus und strich den Zettel glatt.

Einwohner von Kollwitz-Fichtenberg!
Was wird aus unserem Viertel?
Was wird aus unserem Leben?
Wir wollen keine abstoßende Asylantensiedlung werden, sondern ein Stadtteil, wie es unserer Nähe zur Küste entspricht.
Wenn mit Asylanten leben, dann mit welchen, die gewillt sind, sich unseren Lebensnormen anzupassen, und die nicht rumänische SCHEINASYLANTENZIGEUNER sind!

Adriana ließ den Stein und den Zettel fallen, als wären sie vergiftet. Jetzt, nach einem Jahr in der Schule, verstand sie jedes Wort. ›Adriana macht gute Fortschritte‹, stand in ihrem Zeugnis.

Sie legte sich aufs Bett. Es roch nach der Großmutter. Durchs offene Fenster hörte sie Stimmen. Deutsche Stimmen. Autos wurden angelassen und fuhren weg. Rumänisch, die Stimme ihres Vaters. Eine Sirene, weit weg, dann näher.

Eine Melodie bahnte sich den Weg in ihren Kopf. Sie hielt sich die Ohren zu und versuchte statt der Sirene das Lied zu hören. Der letzte Film, damals in Rumänien. Als Vater noch Arbeit hatte und sie fast jeden Sonntag in das Kino gingen, das die indischen Filme spielte. Alle aus ihrem Viertel gingen dahin. Es waren ihre Filme. Adriana schloss die Augen und summte sich in den Schlaf. Aamir Khan. *Dil.*

O Priya, Priya	*Oh Priya, Priya*
Kyon bhoolaa diyaa	*Warum hast du mich vergessen?*
Bewafaa yaa berahum	*Treulose, Herzlose*
Kyaa kahoo tuze sanam	*Wie soll ich dich nennen, meine Liebste*
Toone dil todaa hai	*Du brichst mir das Herz*
Bhool kyaa huyee ye bataa jaa	*Was habe ich falsch gemacht?*
O piyaa, piyaa	*Oh Liebster, Liebster*
Main teree piayaa	*Ich bin doch deine Geliebte*
Aasooon ko pee gayee	*Meine Tränen schluckte ich*
Jaane kaise jee gayee	*Ich weiß nicht, wie ich es überstand*
Kyaa hain meree majabooree	*Wie kann ich dir sagen, was mir zustieß,*
Kaise main bataaoo huaa kyaa	*Wie kann ich erklären, was geschah?*
O Priya, Priya	*Oh Priya, Priya*
Kyon bhoolaa diyaa	*Warum hast du mich vergessen?*

3. Juni 1992, Hansestadt Kollwitz
Mecklenburg-Vorpommern, Deutschland

Marius Voinescu hörte Pastorin Gesine zu, ohne dass die Worte für ihn einen Sinn ergaben. Er lauschte einfach dem weichen Singsang der Frau, wie bei der Beerdigung seiner Mutter vor drei Wochen.

In seiner Erinnerung lag jener Tag wie unter dichtem Nebel, obwohl er sicher war, dass die Sonne geschienen hatte. Ein Auto nach dem anderen rollte ein vor dem Asylbewerberheim. Aus ganz Deutschland kamen sie, Nachbarn und Verwandte aus Turnu Severin. Es war ihre Art zu zeigen, dass man ihn respektierte in seiner Gemeinschaft. Sie nahmen ihn in die Mitte und schirmten ihn von der Außenwelt ab, damit er trauern konnte. Jeder hatte selbst schon mal jemanden verloren und wusste, was zu tun war.

Doch etwas war anders. Nicht nur, weil sie in Deutschland waren. Marius spürte die Angst seiner Leute, hörte, wie sie flüsternd Neuigkeiten austauschten und plötzlich verstummten, wenn er näher kam. Von Prügeleien und Drohungen sprachen sie. Die ganze, stetig anwachsende Menge von Menschen schien zu brodeln, unter der Oberfläche, wie Wasser kurz vor dem Kochen. »Solingen« und »Hoyerswerda« brodelte es um ihn herum, Städtenamen, die mittlerweile jeder kannte.

Als der Festsaal im Sportclub zu eng wurde, zogen sie nach draußen auf die Wiese. Jemand hatte ein Schaf mitgebracht, und sie grillten es über dem offenen Feuer. Nach der Beisetzung lud Pastorin Gesine sie in die Kirche ein. Den ganzen langen Trauerzug, der bis vor die Tore des Friedhofs reichte. Sie hatte den Übersetzer mitgebracht, der sonst immer auf dem Amt war, damit er ihre Rede ins Rumänische übersetzte. Einen Moment lang glaubte Marius in seinem Schmerz, der Anlass des Ganzen wäre irgendwie ein Missverständnis und er könnte sich hier eines Tages zu Hause fühlen.

Nein. Seine Mutter war tot. Gestorben, weil ihr ein Stein die Luft zum Atmen geraubt hatte. Ein Stein, geworfen von der Hand eines Nachbarn.

Heute, drei Wochen später, waren die Feuerstellen auf der Wiese kalt, die Familien zurückgekehrt in ihre Heime, woanders in Deutschland. Geblieben waren die Blicke. Sie schossen von Fenster zu Fenster durch die Innenhöfe, wenn er mit seinen Kindern auf den Fußballplatz ging, wie ein Echo, das nie verstummte. Leise gemurmelte Worte, die er nicht verstand, wenn er sich abends beim Imbiss ein Bier holte. Hinter seinem Rücken ausgespuckt. Dann war es losgegangen.

Ein Sonnenstrahl fiel durch die zerbrochene Scheibe und warf einen Lichtreflex auf die Haare seiner Tochter. Es war ihr Geburtstag, ein wichtiger Tag, sie wurde zur Frau. Sie hatten feiern wollen drüben im Sportclub, stattdessen musste sie übersetzen. Sie sah ihn abwartend an, und Marius nickte.

»Pastorin Gesine sagt, das Grab ist schon wieder verwüstet worden. Sie haben die Ziegelsteine genommen, die du rund um das Grab gelegt hast, und damit die Kirchenfenster eingeworfen.«

Die Pastorin zeigte nach oben auf das kaputte Fenster. Ihre andere Hand ruhte auf dem Grabkreuz seiner Mutter. Arno hatte es für ihn gemacht, es war aus Lärchenholz geschnitzt. »Sie hat das Kreuz hinten auf dem Müll gefunden, bei den verwelkten Blumen«, sagte Adriana leise und schlug die Augen nieder.

Marius biss die Zähne zusammen. Er spürte, wie sich seine rechte Hand zur Faust ballte. Bevor er sich wieder im Griff hatte, bemerkte es die Pastorin. Sie fing wieder an zu reden und unterstrich ihre Worte mit hilflosen Gesten. »Sie sagt, das waren Einzelne. Arno hat schon Anzeige bei der Polizei erstattet. Sie will nicht, dass wir glauben, dass alle hier –«

Marius brachte seine Tochter mit einer kurzen Handbewegung zum Schweigen. Hier herrschte ein Krieg, der nicht seiner war. Er wollte nur weg, irgendwohin, wo er eine Arbeit finden und die Familie ernähren konnte. Stattdessen wartete er jetzt schon über ein Jahr auf die nötigen Papiere. Er zeigte auf das Kreuz. »Kann sie es an einem sicheren Ort für mich aufbewahren?«

Adriana übersetzte, die Frau deutete auf den Altarraum und sagte etwas. »Hier drin wird niemand wagen, es anzurühren.«

Marius nickte. »Ich fahre nach Rumänien, um die Papiere für die Überführung zu besorgen. Ich bringe meine Mutter nach Hause.«

Er sah, wie Adriana zusammenfuhr. Sie wusste, was das hieß. Er würde unterwegs sein. Und sie musste für die beiden Kleinen sorgen, Vater und Mutter zugleich sein. Mit vierzehn Jahren. Sie würde es schaffen.

»Keine Sorge«, sagte er, als sie langsam durch das offene Friedhofstor hinaus in den Fichtenwald gingen. »In spätestens einem Monat bin ich wieder da.«

18. Juni 1992, Braşov
Transsilvanien, Rumänien

Nicu Lăcătuş stand vor der Ziegelbrennerei, die beiden Kleinen drängten sich an ihn, um sich vor dem einsetzenden Regen zu schützen. Wo die zwei Großen waren, wusste der Himmel. Er hatte keine Ahnung, wie Silvia es schaffte, sie alle beieinanderzuhalten. Er sah nach oben. Über den Bergen um Braşov waren dunkle Wolken aufgezogen, die jetzt tief über der Stadt hingen.

Nicu schob seine Söhne unter ein Vordach, in das der Rost Löcher gefressen hatte. Wie auf Kommando ertönte die dumpfe Sirene, kurz darauf kamen die ersten Arbeiterinnen aus dem Tor.

Er spürte seinen Herzschlag, hart und schnell. Er nahm es hin, es ließ sich nicht ändern. Wenn er hier wartete, um Silvia die Kinder zu übergeben, bevor er selbst zur Nachtschicht in die Metallfabrik auf der anderen Straßenseite ging, wuchs mit jeder Sekunde die Angst, dass sie nicht kam. Ein Unfall, nichts Konkretes. Einfach, dass sie nicht mehr da war in seinem Leben. Dass die letzten acht Jahre nur ein Traum waren, dass er die sechzehnjährige Silvia niemals aus der Bretterbude ihres Vaters mit nach Hause genommen hatte. Na gut, eigentlich war sie schon da gewesen, als er von der Arbeit kam. »Ich heirate deinen Sohn«, sagte sie zu seiner Mutter und steckte sich in aller Ruhe eine Zigarette an. Ihr Alter hatte gedroht, ihn umzubringen, wenn ihr etwas zustieße. Nicu versuchte laufend, sie davon abzuhalten, in die Brennerei zu gehen. Sie lachte nur. Er konnte ihr raues Lachen unter Hunderten heraushören. So auch heute.

Silvia entdeckte ihn ebenfalls und blitzte ihn aus ihren grünen Augen an. Sein Herz schlug noch schneller, verdammt. Schon war sie bei ihm unter dem Dach, blieb kurz stehen, um Atem zu holen, und warf ihm einen scharfen Blick zu. Als ob sie sehen konnte, dass er etwas vor ihr geheim hielt. Er blinzelte und starrte auf seine Füße. Seine Entscheidung stand fest.

Der Regen prasselte auf das Dach. Silvia legte schützend die Hand auf ihren Bauch. Das Baby würde im Herbst kommen. Nicu wünschte sich eine Tochter, aber bisher war es ein Junge nach dem anderen geworden. Pech gehabt.

»Gibt's was, Nicu?«, fragte Silvia.

»Nichts. Was soll sein?«

Noch so ein Blick, dann griff sie nach Ionuţ, der Mihai an der Hand hielt. So zogen sie los, ohne ein weiteres Wort und ohne sich umzusehen. Nicu fuhr ein Schmerz in den Magen, er musste sich an der Eisenstange festhalten, die das Vordach hielt. Blaue Farbe, darunter der rote Rost.

Dann war es vorbei. Langsam überquerte er die Straße. Dort, in der Metallfabrik, begann in wenigen Minuten die Abendschicht. Er zog seine Tasche unter dem Sitz der Bushaltestelle hervor, wo er sie abgestellt hatte. Arbeiter liefen an ihm vorüber. Einer von ihnen würde gleich die Stanzmaschine anwerfen, die Nicu zehn Jahre lang bedient hatte. Seine Maschine.

Als Letzter kam Bogdan, wie immer zu spät. Das Tor ging schon zu, trotzdem blieb Bogdan bei Nicu stehen. »Wie geht's, Nachbar?«

Eine freundliche Geste, weiter nichts. Bogdan wusste, was los war. Wusste, dass der neue Boss alle Ţigani gefeuert hatte, schon vor einer Woche. Wusste, dass Nicu seinen Job verloren hatte, dass er auch seine Wohnung verlieren würde, in der Strada Bucureşti, Block 4D, gleich neben Bogdans. Die Fabrik hatte sie ihnen vor drei Jahren zur Verfügung gestellt, die Größe je nach Anzahl ihrer Kinder. So waren sie nebeneinander gelandet.

Nicu lächelte. »Geh schon, Bogdan, du kommst wieder zu spät. Ich fahre heute noch, aber sag Silvia nichts davon.«

»Wohin?«, fragte Bogdan.

In diesem Moment schrillte die Klingel los.

»Nach Deutschland!«, brüllte Nicu in Bogdans Ohr. »Ich gehe wieder mit meinem Bruder nach Deutschland!«

Bogdan verstand ihn nicht, es war zu laut. Er zuckte die Schultern, rannte los und quetschte sich gerade noch durch das Tor, bevor es ganz zu war. Drehte sich um und hob die Hand zum Gruß. Der schrille Ton verstummte plötzlich und hallte in Nicus Ohren nach.

»Mach's gut, Gadje«, murmelte er. Hinter ihm hupte ein Auto. Er drehte sich um, öffnete die Beifahrertür und stieg ein.

20. Juni 1992, Turnu Severin
Walachei, Rumänien

Turnu Severin, Stadt der halb fertigen Paläste und zerfallenden Träume. Marius saß allein in dem Haus, das er für seine große Familie gebaut hatte. Ein imposanter Bau mit drei Türmchen und Zinnen und viel Stuckarbeit, dazu hatte er einen rosa Farbton für die Fassade gewählt. Das Haus entsprach seinem Ansehen. Noch hatte es keinen Wasseranschluss, der Bezirk versprach laufend, Leitungen zu verlegen, tat es jedoch niemals. Nicht in ihrem Teil der Stadt. Erst zwei Zimmer waren so ausgebaut, dass man darin wohnen konnte. An den Fenstern klebten noch die Aufkleber der Firma, bei der er die Rahmen billig erstanden hatte. Am Nachmittag hatte es geregnet, der Strom war wieder einmal ausgefallen. Sie lebten an der tiefsten Stelle der Stadt, wo das Wasser sich sammelte und die ungeteerten Straßen in Schlammpisten verwandelte. Marius fragte sich seit einiger Zeit, ob es richtig gewesen war, seine Familie hierher zu bringen. Sie waren zwar weg aus den Wohnblöcken, endlich unter sich, die letzten Rumänen in der Gegend hatten kurz nach der Revolution ihr Haus verkauft. Doch dann war die Falle zugeschnappt. Einer nach dem anderen aus dem Viertel verlor seine Arbeit. Einer nach dem anderen packte schweigend ein paar Sachen ins Auto und fuhr los Richtung Norden. Fünftausend Familien, und jetzt waren nur noch ein paar Alte und Kinder da.

Marius schrieb in sein Notizbuch, um die Schatten zu vertreiben, die jedes Mal über die Wände huschten, wenn ein Auto vorüberfuhr. Er war nicht gern allein, sie waren lieber zusammen, so war das nun mal. Allein fühlte er sich unvollständig, das war das richtige Wort. Das Schreiben hatte er angefangen, als er für die staatliche Ölfirma als Lkw-Fahrer arbeitete. Er war oft tagelang unterwegs. Allein auf den Parkplätzen, nachts, schrieb er auf, was er tagsüber durch die Frontscheibe seines Lasters beobachtet hatte. Er war kein Poet, eher ein Chronist. Und weil Adriana gerade zur Welt gekommen war, schrieb er an seine Tochter. Später wurden seine Söhne geboren, und er war der stolzeste Mann des ganzen Viertels. Geschrieben hatte er weiter für Adriana.

Nach seiner Entlassung, als er in Turnu Severin herumsaß und wartete – Gott im Himmel weiß worauf –, merkte er, dass ihm das Beobachten und Aufschreiben zur Gewohnheit geworden war. Er schrieb über Hochzeiten und Begräbnisse, über Morde und Selbstmorde, und als er in die Reihen derer aufgenommen wurde, die Recht sprechen durften, wenn zwei Familien in Streit gerieten, schrieb er auch darüber. Mittlerweile hatte er ein ganzes Regal im Schrank mit identischen Notizbüchern gefüllt, für jedes Jahr eines. Vielleicht würde Adriana sie eines Tages mitnehmen, wenn sie heiratete, oder er würde sie auf den Müll werfen.

Die Petroleumlampe flackerte. Er sah hoch, vergeblich suchte sein Blick nach anderen erleuchteten Fenstern. Marius fühlte eine zunehmend schwere Müdigkeit, die ihm in den Knochen steckte. Er war von Deutschland dreißig Stunden durchgefahren, das machte ihm nichts aus. Doch nun saß er hier seit zwei Wochen fest, weil er die nötigen Papiere nicht bekam. Zurück musste er illegal über die grüne Grenze einreisen. Nur nicht das laufende Asylverfahren seiner Familie gefährden. Bis sie endlich ihren Stempel im Pass hatten. Die ganze Welt drehte sich um Papiere. Morgen würde er wieder auf die Präfektur gehen, höflich nachfragen und vielleicht mit etwas Glück den Schein in der Hand halten, der ihm erlaubte, das Dokument zu beantragen, um seine Mutter nach Hause zu bringen. Dann würde er warten, vielleicht ein paar Tage, vielleicht ein paar Wochen. Zurück nach Deutschland fahren und warten, vielleicht ein paar Monate, vielleicht ein Jahr.

Trotz der Müdigkeit überkam ihn plötzlich Lust, sein Haus weiterzubauen, Mörtel anzurühren, eine Wand hochzuziehen. Unter den Händen die Wärme der Ziegel zu spüren. Das Gebell der Hunde und das Geschrei von Ştefan und Claudiu im Hof zu hören. Zu wissen, dass sie eine Zukunft hatten. Hier gab es diese Zukunft nicht mehr. Und so würde auch er sich wieder auf den Weg machen.

27. Juni 1992, südlich von Szczecin
Lebus, Polen

»Du bist ein elender Träumer!« Ion hieb mit der flachen Hand auf das Lenkrad. »Deine Silvia hat doch längst einen anderen im Bett. Glaub mir, die lässt nichts anbrennen.« Dann fuhr er rechts ran, um sich bei einem Stand eine Flasche Wodka zu kaufen. Er fragte nicht mal, ob Nicu auch was trinken wollte.

Die ganze Zeit hackte Ion auf Silvia herum. Das ging schon seit Tagen so. Sein Bruder wollte nicht glauben, dass Silvia sich einen wie Nicu ausgesucht hatte. Kein Wunder. Nicu glaubte es ja selbst kaum. Er drehte sich um, der Rücksitz war schon voller leerer Flaschen. Er hatte aufgehört, die Tage und Nächte zu zählen. Zweimal war das Auto kaputtgegangen, sie mussten herumfragen und warten, bis sie einen fanden, der den alten Dacia reparierte. Stundenlang standen sie in langen Schlangen an Grenzen herum, zwischen Ländern, die er nur dem Namen nach kannte: Ukraine, Weißrussland. Im Moment fuhren sie durch Polen.

»Wir fahren hintenrum«, hatte Ion verkündet, als Braşov gerade hinter ihnen lag. »Ich bin der Ältere, und ich bestimme, wo es langgeht. Wenn wir in Deutschland sind, kannst du dich wieder einschleimen und so tun, als ob du mich nicht kennst. Solange machst du, was ich sage.« Vielleicht hätte er da schon aussteigen sollen. Jetzt war es zu spät.

Ion hatte sich verändert. Im letzten Sommer war es Abenteuerlust gewesen, die ihn von seiner nörgelnden Frau und dem mickrigen Hof an der Autobahn nach Bucureşti fortgetrieben hatte. Nicus Fabrik machte dicht, wie so viele Staatsbetriebe. Silvia wollte dauernd neue Sachen für die Kinder kaufen. Also war Nicu mit Ion nach Deutschland aufgebrochen. Es fühlte sich an wie ein Spiel, bei dem sie nur gewinnen konnten. Sie fuhren bis Tschechien, dort stieg einer zu, der sie durch den Wald führte, und schon waren sie über die Grenze. In der Nähe von Stuttgart, so lautete der Tipp von Ions Nachbar, gab es einen Ort, wo man gute Arbeit fand. Die Stadt hieß Wüstenrot, obwohl es dort weder roten Sand noch überhaupt eine Wüste gab. Nicu gefiel der Name. Sie beantragten Asyl und bekamen ein Zimmer zugewiesen in einem einstöckigen weiß gekalkten Haus mit Blumenkästen vor den Fenstern. Am nächsten Morgen gingen sie zu der Fabrik, die Fenster herstellte und einbaute. Eine Stunde später fingen sie mit der Arbeit an.

Die Leute in Deutschland wohnten in großen Häusern mit vielen Fenstern. Nicu montierte Dachfenster, Schiebefenster, französische Fenster, Panoramafenster. Er merkte schnell, dass die Leute in den Häusern so taten, als sei er nicht da. Für sie war er unsichtbar. Er begann sie zu beobachten, prägte sich ihre Gesten ein, ihre Art zu gehen und zu sprechen.

Ion ging abends mit den anderen Männern aus seinem Dorf zum Kiosk um die Ecke, um zu trinken. Nicu übte vor dem Spiegel im Heim, nicht mehr aufzufallen. Die Kollegen aus der Firma mochten ihn, weil er nie widersprach und tat, was man ihm sagte. Einer lud ihn zum Grillen in den Garten ein. Dass er kein Deutsch konnte, machte er damit wett, dass er wusste, wann das Fleisch durch war. Kurz danach fragte ihn derselbe Mann, Winfried, ob er abends und am Wochenende beschäftigt sei. Nicu half mit, Winfrieds Haus zu bauen, dann das seines Nachbarn, eine Garage gegenüber, ein Keller wurde ausgebaut, später ein Dachboden. Dieses Geld gab es bar auf die Hand.

Die Monate in Wüstenrot vergingen wie Tage. Nur die Sehnsucht nach Silvia brachte ihn fast um. Bei jedem Anruf aus der gelben Telefonzelle hinter dem Heim machte sie ihm die Hölle heiß. Er versuchte sie zu überreden, mit den Kindern nachzukommen. Er bat, er bettelte. Silvia wollte nichts davon wissen. Sie warf ihm vor, dass er sie allein ließ. Sie wollte nicht herumsitzen und auf sein Geld warten. Sie wollte ihn. Eines Tages machte sich einer aus dem Heim mit einer Ladung Altkleider auf den Weg nach Braşov. Nicu nahm sein Bargeld, kaufte einen großen Fernseher und eine Waschmaschine und fuhr mit. Er war entschlossen, seine Frau nach Wüstenrot zu holen, koste es, was es wolle. Aber sobald er zu Hause war, wurde er zu Butter in ihren Händen. Ein russischer Investor kaufte die Fabrik, und Nicu stand wieder an seiner Maschine.

Ion kam nicht freiwillig zurück. Und er kam mit leeren Händen, nur ein paar Wochen nach Nicu. Asylantrag abgelehnt, untergetaucht, aufgegriffen, abgeschoben. Das ganze Geld futsch für die Zwangsrückführung. Das alles bellte er ins Telefon, heiser vor Wut und Erniedrigung. Nicu nahm zwei Tage frei und fuhr zu ihm in sein Dorf. Ion saß in seinem Garten und trank. Er machte ihm Vorwürfe, er habe sich mit den Scheiß-Deutschen verbündet, und hetzte gegen Silvia. Seine Frau verlangte Geld dafür, dass Ion Nicu den Job in Wüstenrot vermittelt hatte. Nicu gab ihr, was er dabeihatte, und fuhr nach Hause.

Die zuklappende Fahrertür schreckte ihn aus seinen Tagträumen hoch. Ion hielt ihm die Flasche hin. Er winkte ab. »Soll ich fahren?«

»Meinst du etwa, ich kann nicht fahren, kleiner Bruder?«

Ion gab Gas, der Dacia schlingerte zurück auf die Landstraße. Immer dieses Aufbrausen, so war er früher nicht gewesen. Nicu entschied, besser das Thema zu wechseln. »Sind wir bald in Tschechien?«

Blitzschnell zog Ion ihn mit dem rechten Arm zu sich heran. Sein Atem stank nach Wodka. »Tschechien? Du armer Irrer!«, keuchte er. Alkoholtropfen regneten Nicu ins Gesicht. »Tschechien ist dicht, Ungarn ist dicht, die rüsten die Grenze auf, zack: Schon hast du Kameras überall, Nachtsichtgeräte, Radar, was weiß ich. Siehst du den Fluss da? Sieh hin, kleiner Bruder!« Nicu verrenkte seinen Hals und sah hin. Ein breiter Fluss. An seinen Ufern standen Weiden und hohes Gras. »Todesfluss!«, brüllte Ion und ließ auch mit der linken Hand das Lenkrad los, um zu trinken. »Da sind unsere Leute zu Hunderten drin krepiert. Das haben sich deine deutschen Freunde ausgedacht. Du hast doch keine Ahnung!«

Plötzlich lautes Hupen. Nicu schloss die Augen und bekreuzigte sich. Selbst Ion ernüchterte der Anblick des Lkws, der sie nur um Zentimeter verfehlte. Jedenfalls ließ er los. Nicu richtete sich auf und rieb sich den Nacken.

»Du hast keine Ahnung«, murmelte Ion noch einmal. »Aber ich bring dich heil rüber, Bruder. Weiter oben, da kriegst du nicht mal nasse Füße.«

27. Juni 1992, Szczecin
Westpommern, Polen

Der Linienbus aus Praha hielt direkt vor dem Szczeciner Bahnhof. Er war bis auf den letzten Platz besetzt. Alle zerrten gleichzeitig ihre Taschen aus den Gepäcknetzen. Marius beschloss zu warten, bis das Gedränge vorbei war. Laute Flüche auf Romanes hallten durch den Bus. Niemand hier war ein tschechischer Tourist. Ungewaschene Männer mit Stoppeln im Gesicht, gebeugt, manche im Anzug, denen man die Armut erst auf den zweiten Blick ansah. Einige nickten ihm zu. Er sah zum Fenster, draußen dämmerte es. Ein müdes Gesicht starrte ihm aus der Scheibe entgegen, Dreitagebart, eingefallene Wangen. Er war jetzt einer von ihnen, nicht mehr stolzes Oberhaupt einer Großfamilie, nicht Richter über ihre Streitigkeiten, nicht einmal der tollkühne Junge, der mit dem großen Lkw direkt vor dem Wohnblock vorgefahren war, um seine Beute zu präsentieren: die schöne Tochter des alten Vasile. Aus den Fenstern gehangen hatten sie und gelacht, denn jeder sah, dass der Widerstand des Mädchens nur gespielt war.

Die Scheibe beschlug von seinem Atem. Ohne nachzudenken schrieb er ihren Namen auf das feuchte Glas: Angelica. Ob sie es bereute? Sie sprach kaum noch mit ihm, seit er sie nach Deutschland gebracht hatte. Ließ sich gehen, überließ alles Adriana oder ihm, ohne Rücksicht. Er biss die Zähne zusammen. Diese Warterei musste ein Ende haben. Er brauchte eine Arbeit, und seine Frau brauchte ein Zuhause.

»Aussteigen!«, rief der Fahrer auf Polnisch. Marius verstand ihn trotzdem. Er bemerkte den unfreundlichen Blick in den Rückspiegel. Dabei machte dieses Busunternehmen gutes Geld, seit die Route über Szczecin die einzig offene war.

Marius griff nach seiner Tasche und stieg aus. Leise Worte drangen an sein Ohr, eine Frau drückte ihr Baby an sich und hastete davon. In wenigen Minuten hatte sich die Gruppe der Passagiere zerstreut, obwohl sie schon in ein paar Stunden alle wieder auf dem Bahnhof zusammenhocken würden. Marius wusste, dass es überhaupt keinen Sinn hatte, vor Mittag dort aufzukreuzen, wenn die polnischen Reiseführer kamen und ihre Gruppen zusammenstellten. Bei der Einfahrt in die Stadt hatte er das neue Hotel gesehen, ein Palast aus Glas und Stahl, daneben ein Einkaufszentrum. Warum sollte er es sich nicht ansehen? Er hatte noch Geld dabei vom Verkauf des Autos in Turnu Severin. Wer weiß, vielleicht könnte er Adriana ein Paar Ohrringe kaufen? Er schuldete ihr schließlich ein Geburtstagsgeschenk. Und Ştefan und Claudiu brauchten bestimmt schon wieder einen neuen Fußball, darauf schloss er jede Wette ab.

Marius betrat das Bahnhofsgebäude und wandte sich nach links in Richtung Waschraum. Erst mal musste er sich auf Vordermann bringen.

27. Juni 1992, Hansestadt Kollwitz
Mecklenburg-Vorpommern, Deutschland

Uwe parkte den Iltis direkt vor dem Ladengeschäft von *Nordhaus Immobilien* mit der Kompassrose auf der Scheibe, in der Altstadt von Kollwitz. Er fand das Logo von *Nordhaus* aufgesetzt, typisch Westen. Man wollte jemandem ein Haus verkaufen und tat so, als wäre das ein Pfadfinderspiel. Es war ihm peinlich, dass der Schriftzug auch an der Seite und auf dem Heck seines Geländewagens prangte, aber zum Glück sah er sich ja nicht selbst vorbeifahren. Und was die Peltzower sagten, das war ihm immer schon schnuppe gewesen. Im Kapitalismus brauchte es eben Werbung. Wat mutt, dat mutt.

Er öffnete die Beifahrertür und überprüfte Sitz und Fußraum. Ein einzelner Gast an diesem Wochenende, also würde er vorne sitzen. Er pflegte den Wagen selbst, da durfte niemand ran. Seine Frau hatte den alten Lada, mit dem sie jeden Morgen in den *Konsum* tuckerte. Da saß sie dann an der Kasse und fror, weil die neuen Eigentümer es sich angeblich nicht leisten konnten zu heizen. Unrentabel war das Wort des Jahres.

Der fast neue VW Iltis, Baujahr '88, aus aufgelösten Bundeswehrbeständen war Teil des Vertrags, den ihm Wedemeier vor einem knappen halben Jahr angeboten hatte: »Hiermit stelle ich, Uwe Jahn, als Pächter der Agentur für Jagdreisen GmbH unentgeltlich meine Jagd zur Verfügung. Als Gegenleistung erhalte ich Flinte, Zielfernrohr, Geländefahrzeug mit Allradantrieb usw., diese verbleiben jedoch im Eigentum der Agentur.« Bis zu fünfundachtzig Prozent seiner genehmigten Abschüsse musste er abtreten. Dafür bekam er eine Prämie von fünfzig Mark aufwärts pro Abschuss, den die Gäste unter seiner Führung machten. Je nach erlegtem Wild und Gewicht. Und Prämien musste er mit der Frührente nicht verrechnen. Da kam ganz schön was zusammen.

Er wusste nicht, was die Jagdgäste aus dem Westen für so ein Wochenende in Vorpommern bezahlten, wollte es auch gar nicht wissen. Sollten doch die Kapitalisten sich gegenseitig das Fell über die Ohren ziehen, um mal im Jargon zu bleiben. Bisher hatte er den Chef noch nie enttäuscht. Und das hatte er auch heute nicht vor, Wedemeiers Worte im Ohr, als wäre es gestern gewesen: »Da stehen hundert andere Jagdpächter Schlange, um diesen Job zu bekommen. Nur damit das klar ist.«

Er schloss die Tür sorgfältig ab, auch wenn der Iltis in Sichtweite stand. Im Außenspiegel sah er eine Gruppe Frauen mit langen Röcken vorbeilaufen. Fetzen einer fremden Sprache drangen an sein Ohr. Er konnte es nicht lassen, drehte sich um, ein weißer Rock wehte gerade noch durch sein Blickfeld. Als er zum Laden ging, sah er, dass im Fenster neben den Immobilienangeboten ein Reisigbesen lehnte, als hätte ihn jemand aus Versehen verkehrt herum da stehen lassen. Ja, die wussten sich zu helfen, die Kollwitzer. Da merkten die Zigeuner gleich, wo sie nicht erwünscht waren, wie in alten Zeiten.

Bevor er hineinging, blieb er kurz stehen. Drinnen saßen sie und pafften Zigarren, die Kapitalisten. Wedemeier wie immer im Dreiteiler, der andere ein großer, schlanker Mann mit – wie sagte man: silbernen Schläfen. Er trug Polohemd und Jeans, billig waren die sicher nicht. Ob der auf dem Hochsitz die Nerven behielt, das würde sich noch herausstellen. Da wehte ein anderer Wind als auf dem Tennisplatz. Uwe setzte sein grimmiges Dorfbullengesicht auf und öffnete die Tür.

27. Juni 1992, Hansestadt Kollwitz

Hajo hatte sich bei der Autovermietung am Flughafen Tegel einen Mercedes SLK gegönnt, als Mitarbeiter der Airline auch dies natürlich zu Sonderkonditionen. Der Berliner Ring war noch akzeptabel, doch auf der Autobahn Richtung Norden wünschte er sich, er hätte einen Jeep gebucht. Der Sportwagen lag tief auf der Straße, und die zusammengeflickten Platten, die sich hier Autobahn schimpften, hämmerten regelrechte Furchen in seinen Allerwertesten. Über drei Stunden hatte er nach Kollwitz gebraucht, ohne den Motor einmal richtig ausfahren zu können. Wenigstens stellte ihm der Jochen einen Platz in seiner Privatgarage zur Verfügung, so musste er das Prachtstück nicht übers Wochenende auf dem Präsentierteller stehen lassen.

Nach seiner Ankunft sah er sich die Altstadt an, man war ja in zehn Minuten herum. Kollwitz war ein hübsches Hansestädtchen, da ließe sich was draus machen. Nur, wer sollte das bezahlen? Der Solidaritätszuschlag würde ins Unermessliche steigen. Kaufkraft gab's hier gleich null, jeder zweite Laden leer. Und Investoren? Da brauchte man schon Jochen Wedemeiers Pioniergeist. Der konnte einem Gelb für Grün verkaufen und glaubte noch selber dran.

»'ne Zigarre, Hajo? Direktimport aus Kuba. Geht aufs Haus, versteht sich.«

»Na, da sag ich nicht nein, Jochen.« Hajo betrachtete die kubanische Schönheit von allen Seiten.

Das nagelneue Funktelefon klingelte, und Jochen stürzte sich enthusiastisch ins nächste Verkaufsgespräch, während Hajo genüsslich den kommunistischen Stumpen paffte.

Er erinnerte sich noch gut, wie der Jochen ihm sein eigenes Haus angeboten hatte, schön gelegen im Hochtaunus mit idealer Verkehrsanbindung, so dass er mit dem Wagen in rund vierzig Minuten am Flughafen war. Bungalow in Hanglage mit

Schwimmbad und Sauna, erstklassige Ausstattung. Nachbarn in seiner Einkommensklasse, das Baugebiet gerade groß genug, dass seiner Desirée nicht langweilig wurde. Der Immobilienmakler selbst lebte in echtem Fachwerk im Ortskern, reich geheiratet, wurde gemunkelt. Da ergab es sich quasi von selbst, dass man sich im Jagdverein wiedertraf. Und bald darauf zum Du wechselte.

Und jetzt saß der Jochen also hier oben, frisch geschieden, sah zwanzig Jahre jünger aus, das machte bestimmt der Pioniergeist. Baute sich peu à peu ein altes Herrenhaus aus, von dem nur noch die Außenmauern standen. Das Frankfurter Geschäft leitete der älteste Sohn. Hajo schielte auf die langen braunen Beine der jungen Frau, die den Kaffee serviert hatte und nun hinter einem Computer hockte. Die sagte bestimmt auch nicht nein, wenn einer wie Wedemeier im Wilden Osten aufschlug mit seinem weltmännischen Charme.

»Du bereitest dich hier auf die Rente vor wie Gott in Frankreich«, sagte er, als Jochen aufgelegt hatte.

Der lachte. »Wenn dies Frankreich wäre, dann wäre vieles einfacher. Zum Beispiel gäbe es ein funktionierendes Telefonnetz.« Er deutete auf sein Mobilgerät. »Und eine«, er senkte die Stimme, damit die Frau ihn nicht hörte, »sagen wir mal, etwas anpassungsfähigere Mentalität. Die Vorpommern sind ein stures Völkchen.«

Wie aufs Stichwort öffnete sich die Tür. Herein kam ein stämmiger Mann in Cordhose und kurzärmeligem Hemd, rotes Gesicht, das Haar unter einer speckigen Schirmmütze versteckt.

»Ah, da ist er ja. Darf ich dir Uwe Jahn vorstellen?« Jochen kam hinter dem Schreibtisch hervor, und Hajo stand auf. Er und Uwe schüttelten sich die Hand.

»Hans-Jürgen Walther mein Name. Hajo unter Jagdfreunden.«

»Jahn. Uwe.« Der Mann hatte einen stechenden Blick. Der war bestimmt bei der Stasi, dachte Hajo. Er machte sich nichts vor. Er gehörte keineswegs zu den Leuten, die über die Wende in Freudentränen ausgebrochen waren oder in der Frankfurter Innenstadt spontan den Ossis Hundertmarkscheine in die Hand drückten, wenn die aus ihren putzigen Trabbis herauskrabbelten. Diese Typen waren ihm unheimlich, die hätte man ruhig hinter ihrer Mauer lassen können.

»... mein bester Jagdführer«, sagte Jochen gerade. »Seine Pacht ist eine der wildreichsten hier in der Gegend. Er wird dir jeden Wunsch von den Augen ablesen. Denn Sie wissen ja«, er wandte sich an den Jagdführer, »nun ist auch hier der Kunde König.« Er ließ sein meckerndes Lachen ertönen. »Uwe wird dir dein Quartier zeigen, einfach und authentisch, direkt neben der Jagd. Meine Herren, bleibt mir nur noch zu sagen: Waidmanns Heil!«

»Du kommst nicht mit?« Hajo war irritiert. Aus irgendeinem Grund hatte er angenommen, Jochen würde persönlich dabei sein.

Der zeigte auf sein Funktelefon, das schon wieder klingelte. »Ich würde ja gern, aber das Geschäft ruft.« Er beugte sich vor und flüsterte hinter vorgehaltener Hand: »Muss ein Anwesen auf Rügen in Augenschein nehmen. Wer zu spät kommt, du weißt schon, frei nach Gorbatschow.«

28. Juni 1992, Szczecin
Westpommern, Polen

Auf den ersten Blick herrschte am Bahnsteig Normalbetrieb. Marius sah sich um, er hatte ein paar Stunden auf der Bank im Halbschlaf verbracht. Ein Regionalzug hielt. Junge Frauen eilten auf hohen Absätzen an ihm vorbei. Ihre verächtlichen Blicke prallten auf die Gestalten, die in Gruppen herumstanden oder -saßen. Grell geschminkte Münder wurden zu schmalen Strichen. Ein Trupp Schüler oder Studenten stieg aus und fing sofort an, die Umstehenden zu beschimpfen.

Marius steckte sich eine Zigarette an und stand auf. »Lasst euch nicht provozieren, dann passiert nichts«, sagte er zu den Männern und schob sich zwischen sie und die Polen. Er kannte nur zwei aus der Gruppe, sie machten ohne zu zögern einen Platz für ihn in der Runde frei. Die Polen zogen ab, Enttäuschung ins Gesicht geschrieben. Marius genoss die Wärme der Morgensonne auf der Haut. So standen sie eine Weile herum, rauchten schweigend und warteten.

Plötzlich kam Bewegung in die Menge. Und da waren sie, Vater und Sohn, heute früher als sonst. Marius war schon einmal mit ihnen ins Geschäft gekommen. Sie kannten sich gut aus im Gelände. Aber ihr Preis war zu hoch. Gestern hatte er den ganzen Nachmittag vergeblich gewartet, keiner der anderen Reiseführer war aufgetaucht. Er hatte wertvolle Zeit verloren. Jetzt wollte er die Gelegenheit auf keinen Fall verpassen.

Marius ging den beiden Polen mit energischen Schritten entgegen, nutzte seine Autorität, die anderen Wartenden machten ihm Platz. Er probierte die üblichen Handzeichen, auch die Antwort wurde mit den Händen gegeben. Der Preis ließ ihn zögern, er hörte die anderen hinter seinem Rücken fluchen. Kaum jemand war bereit, so viel zu zahlen. Marius hatte noch genug Geld übrig. Zwar waren die Ohrringe für Adriana nicht billig gewesen, aber Fußbälle waren ausverkauft, wegen der Europameisterschaft. Er schlug ein, der Treffpunkt wurde geflüstert, immer noch derselbe, ein kleines Hotel an der Ausfallstraße Richtung Südwesten.

Und weiter schoben sich die beiden durch die Gruppen, der Sohn zeigte mit den Fingern ein V: Zwei können noch mit. Den meisten war es zu teuer, sie konnten sich nicht entscheiden, rechneten, berieten sich leise. Aus dem Dunkel der Bahnhofshalle kamen zwei Neue geschlendert, unverkennbar Brüder, mit heller Haut und Sommersprossen, vielleicht aus dem Norden. Der Ältere erfasste die Situation mit einem Blick, ging auf die Polen zu, begann zu verhandeln. Der andere stand daneben und sagte kein Wort. Wieder ein Handschlag.

Dann ging alles ganz schnell. Innerhalb weniger Sekunden brach Panik aus. »Miliz!«

Wie von Geisterhand waren die beiden Polen verschwunden, alle anderen rannten durcheinander. Marius zwang sich zu langsamen Bewegungen. Zielstrebig und ohne hinzusehen ging er an den herausstürmenden Polizisten vorbei ins Bahnhofsgebäude, weiter in die Männertoilette und schloss sich in einer Kabine ein. Er sah auf die Armbanduhr. Dann zog er sein Notizbuch aus der Tasche, nahm Papier von der Rolle, wischte damit den geschlossenen Klodeckel ab und setzte sich hin.

Eine Stunde später schloss er wieder auf, wusch sich die Hände, zog seinen Kamm aus der Tasche, machte ihn nass und kämmte sich ausgiebig die Haare und den Schnurrbart. Dann ging er durch die Halle nach draußen. Als Erstes traf er den jüngeren der beiden Brüder, er stand herum wie eine Straßenlaterne. Ein Wunder, dass er den Polizisten entkommen war. Er wirkte orientierungslos.

»Was ist passiert?«, fragte Marius auf Rumänisch.

Der junge Mann zuckte zusammen. »Mein Bruder Ion. Er ist verhaftet worden.«

Marius legte ihm eine Hand auf die Schulter. »Mach dir keine Sorgen. Er wird sich zu helfen wissen. In ein paar Tagen ist er wieder draußen. Aber du solltest hier nicht lange so rumstehen.«

Unsicherer Blick, rote Flecken auf den Wangen. »Ich kann doch nicht ...«

Marius deutete auf die anderen Männer, die wieder in der Sonne standen und rauchten, als hätte es nie eine Razzia gegeben. »Es gibt Leute, die deinen Platz gerne übernehmen würden. Ich sage dir, du kannst genauso gut drüben auf ihn warten, wo du ein Bett und jeden Tag eine warme Mahlzeit hast. Ich weiß, wovon ich rede.« Der hatte Angst zu gehen und Angst zu bleiben. Nun, das musste er mit sich alleine ausmachen. Marius drückte noch einmal die schmale Schulter und schlenderte weiter zu den Männern aus Turnu Severin.

Ein alter Mann, der Vater einer Cousine seiner Frau, nahm ihn am Arm und zog ihn beiseite. »Heute ist keine gute Nacht, um über die Grenze zu gehen!«, flüsterte er eindringlich.

Marius schob die Hand des Alten sanft von seinem Arm. »Warum nicht?«, fragte er.

Der Alte schüttelte den Kopf. »Nicht gut, du wirst sehen. Warte lieber und geh morgen mit uns.«

Marius ließ sich die Sache kurz durch den Kopf gehen. Dachte an Adriana, die jeden Tag aufstand mit dem Wunsch, er möge bald zurückkehren. Dachte an seine Frau, die gar nicht mehr aufstand. An Ştefan und Claudiu, die eine starke Hand brauchten. Und dann dachte er an das Kreuz auf dem Grab seiner Mutter, umgeworfen, mit Farbe beschmiert. Für Ammenmärchen hatte er keine Zeit. »Ich gehe heute«, sagte er mit fester Stimme und ließ den jammernden Alten stehen.

Natürlich war es ein Risiko, sich für so viel Geld zwei Fremden auszuliefern, die ihn über die Grenze führten. Doch ihm blieb keine andere Wahl. Marius hatte fest vor, sich dieses Mal Notizen zu machen und in Zukunft einen eigenen Grenztransfer für seine Leute aus Turnu Severin zu organisieren. Nicht ungefährlich, aber machbar für einen, der schon ein Bleiberecht in Deutschland hatte. Er war sicher, dass er für den richtigen Preis jemand Passenden finden würde.

Plötzlich fühlte er eine Hand auf seiner Schulter und fuhr herum, dachte kurz, es wäre noch mal der Alte, da stand der Träumer mit den Sommersprossen.

»Hast du was dagegen, wenn wir zusammen gehen?«, fragte er und hielt ihm die Hand hin. »Ich heiße Nicu. Nicu Lăcătuş.«

Marius sah ihm kurz in die Augen, dann schlug er ein.

28. Juni 1992, Gemeinde Peltzow
Mecklenburg-Vorpommern, Deutschland

Das Jagdbuch lag aufgeschlagen vor ihm auf dem Küchentisch des Zöllnerhofs. Das alte Gehöft stand im Zentrum seiner Jagd, und Uwe kannte die Bauern seit vielen Jahren. Dieser Zipfel Vorpommerns war immer Grenzgebiet gewesen und der Hof ein abgelegener Außenposten, bis zur Wende Teil der Peltzower LPG. Das Dorf lag gut fünf Kilometer südwestlich. Edwin Müller und sein Sohn Klaus betrieben die Landwirtschaft auf den umliegenden Feldern seit der Wende allein, die Mutter war schon ein paar Jahre unter der Erde. Stück für Stück mussten sie einsehen, dass der einzelne Bauer im Kapitalismus nichts zu melden hatte. Schon gar nicht, wenn irgendeine Bananenrepublik billigeren Weizen lieferte.

Als Uwe den Müllers vorschlug, an Jagdgäste zu vermieten, waren sie sofort dabei. Ein kleines Zubrot konnte hier jeder gebrauchen. Und dass seine Frau auch noch was dafür bekam, wenn sie die beiden Gästezimmer in Ordnung hielt, verstand sich von selbst. Wedemeier hatte sogar richtig was springen lassen, damit die Zimmer ein eigenes Bad bekamen, Kompletteinbauten aus Plaste wie in einer Schiffskabine. »Unsere Gäste brauchen ein Minimum an Privatsphäre, auch wenn sie das Authentische lieben«, sagte er. Das Wort »authentisch« konnte er gar nicht oft genug benutzen, der Westler. Und authentisch war es hier, kein Zweifel.

Uwe merkte, wie seine Hand beim Schreiben leicht zitterte. Er war bis obenhin vollgepumpt mit dem Bohnenkaffee seiner Frau. Dass der Arzt ihr geraten hatte, auf entkoffeinierten Kaffee umzusteigen, interessierte sie nicht. Man musste ja nicht jede neue Mode aus dem Westen mitmachen. Kaffee bleibt Kaffee, basta.

In seiner ordentlichen Handschrift, auf die er schon als ABV Wert gelegt hatte, trug er den einzigen Abschuss des vergangenen Tages ein. Die ganze Nacht waren sie unterwegs gewesen, ab Einsetzen der Dämmerung gegen zehn. Um Mitternacht war ihnen ein Rehbock vor den Lauf gesprungen, keine dreißig Meter Schussentfernung. Er kam aus dem Waldstück neben der Landstraße und zog direkt über die Wiese, auf der sie den Iltis geparkt hatten. Hajo, der Jagdgast, war zu langsam. Er legte nicht genau an und verfehlte. Uwe erlegte den Bock ohne Probleme. Danach schien sich das Wild woanders verabredet zu haben. Um sieben Uhr morgens machten sie Schluss, weil die Sonne schon wieder heiß vom Himmel brannte. Es waren Hundstage, und das bereits im Juni dieses Jahr.

Zurück auf dem Hof, bot der alte Müller ihnen selbstgebrannten Wacholderschnaps in Wassergläsern an. Und Hajo sagte nicht nein. Einmal nicht und zweimal auch nicht. Seitdem schlief er seinen Rausch aus, und Uwe war ein paar Stunden zu Hause gewesen.

Wortlos betrat der alte Bauer die Küche und schlurfte zum Waschbecken. Er wusch sich lange und umständlich die Hände, trocknete sie am Handtuch ab und trat an den Tisch. Uwe schob ihm, ebenfalls ohne Worte, einen Hundertmarkschein hin. Der

Bauer ließ sich ächzend auf der Küchenbank nieder, der Schein verschwand in seiner Hemdtasche. Dann zog er aus der Schublade im Tisch einen speckigen Quittungsblock und einen Kugelschreiber. ›Kost und Logis‹ las Uwe im Schneckentempo verkehrt herum mit. Schweiß tropfte dem Alten von der Stirn auf das Papier. Draußen waren jetzt fast dreißig Grad. Viel zu heiß für die Jagd.

Uwe beschloss, dem Westler einen Ausflug nach Stettin vorzuschlagen, bis es sich etwas abkühlen würde.

28. Juni 1992, Szczecin
Westpommern, Polen

Hajo hatte Kopfschmerzen, es pochte oben links über der Stirn. Dieser verfluchte Fusel. Die Straße war auf den letzten paar Kilometern etwas besser geworden, doch jedes Schild erinnerte ihn daran, dass er hier endgültig im Osten war, ellenlange Worte ohne Sinn und Zweck. Die Russen hatten nach '45 Polen aus dem Osten hier angesiedelt, die hatten mit der deutschen Geschichte und ihren Nachbarn hinter der Grenze nichts am Hut. So sagte man jedenfalls. Etliche seiner Jagdfreunde im Rhein-Main-Gebiet stammten ursprünglich von hier, und sie wollten ihre Ländereien immer noch nicht verloren geben.

Sie waren nicht über die Autobahn nach Polen gefahren, wegen des ständigen Lkw-Staus am Grenzübergang Pomellen. Stattdessen nahm der einheimische Jagdführer direkt vom Zöllnerhof aus eine Landstraße, und sie überquerten die deutsch-polnische Grenze im kleinen Grenzverkehr. Ein paar Baracken für den Zoll, ein Schlagbaum, mehr gab es nicht zu sehen an der europäischen Außengrenze. Dahinter standen bunte Buden, an denen wie auf dem Jahrmarkt das Geld gewechselt wurde. Eins zu vier, das große Los für einen aus dem Westen.

Die Straße nach Stettin war ein einziger lang gestreckter Polenmarkt zu beiden Seiten der Fahrbahn. An den Tankstellen sah Hajo die Trabbis Schlange stehen. Alte Frauen boten Würste an, Gemüse, Kleidung, sogar Hunde in Käfigen meinte er im Vorbeifahren entdeckt zu haben.

Der Mann fuhr schweigend, er sprach nicht viel, sein Jagdführer. Überhaupt schienen sie es hier mit dem Reden nicht so zu haben. Hajo sah weiter aus dem Fenster. Die Marktatmosphäre wich langsam einem städtischeren Ambiente. Doch nicht einmal das hob seine Laune. Erst der verpatzte Abschuss, so was war ihm seit Jahren nicht passiert. Dabei hatte sich das Tier geradezu präsentiert, er war sich seiner Sache einfach zu sicher gewesen. Dann der Fusel, und jetzt saß er hier mit diesem Stasi-Typen in Polen fest. Der konnte ja sonst was mit ihm anstellen, und seine undurchsichtigen Kumpane auf dem Zöllnerhof genauso.

Der Jeep hielt auf einem bewachten Parkplatz, und sie stiegen aus. »Hier ist die Altstadt.«

Hajo nickte. Baufällige Hansehäuschen lehnten in der staubigen Hitze aneinander, wie um sich gegenseitig aufrecht zu halten. »Gibt's hier auch ein Restaurant, wo man gepflegt essen und trinken kann?« Es sollte gar nicht überheblich klingen. Aber der Ossi kriegte es natürlich in den falschen Hals. Warum waren die bloß so empfindlich? Am Ende hatten sie doch zu viel kommunistische Propaganda intus.

»Es gibt das neue *Radisson Hotel* hinter dem Bahnhof«, lautete die beleidigte Antwort.

Hajos Laune stieg um einige Grad. *Radisson* war ein guter Name, da konnte man nicht viel falsch machen. »Na, dann lass uns doch dahin spazieren, und ich spendiere ein Gläschen zum Wachwerden«, sagte er. Und ging einfach los in die Richtung, in die der Mann gewiesen hatte. Wie hieß er noch? Jahn? Der würde schon hinterherkommen. Zum ersten Mal hatte Hajo wieder das Gefühl, die Situation unter Kontrolle zu haben.

Der spinnt doch, dachte Uwe, während er diesem Hajo nachlief. Das war ja ein Bilderbuch-Kapitalist, der musste hier tatsächlich mit seiner Brieftasche beweisen, dass er der Größte war. Na, sollte ihm recht sein. Er musste den Tag herumbringen, und dann musste er dem Hajo irgendwas vor den Lauf kriegen, egal wie. Er brauchte seine Prämie, und was er vor allem brauchte, waren zufriedene Jagdgäste, damit Wedemeier nicht auf dumme Gedanken kam.

Das *Radisson* war Teil des neu gebauten Pazim-Komplexes. Selbst der *Ostseekurier* hatte darüber berichtet. »Die Polen kleckern nicht, sie klotzen«, lautete die Überschrift. In Vorpommern zerriss man sich gerne das Maul, ein bisschen Neid war auch dabei. Die Stadtoberen von Kollwitz hatten da einfach nicht das Format, um mitzuziehen. Und wenn die PDS einen Vorschlag machte, stimmte die CDU garantiert dagegen. Schöne Demokratie. Insgeheim fand er es ganz amüsant, sich so ein Luxushotel mal von Nahem anzusehen. Es kostete ihn schließlich keine müde Mark.

Hinter der Drehtür empfing sie angenehme Kühle. Hajo war plötzlich wie ausgewechselt. Hier gehörte er hin, das war sein Element. Selbst in Jeans und Polohemd war das jedem klar, auch dem Portier in seiner lächerlichen Lakaienuniform. Er begrüßte Hajo auf Englisch, und der schwadronierte, als hätte er sein Lebtag nichts anderes getan. Uwe fühlte sich fehl am Platze. Er hatte es nicht so mit fremden Sprachen und fremden Ländern. Urlaub hatten sie immer auf einem Campingplatz an der Ostsee gemacht, und sein bisschen Schulrussisch hatte sich im Laufe der Zeit auch verabschiedet. Im Jahr nach der Wende hatte seine Frau vorgeschlagen, mal nach Mallorca zu fliegen. Uwe verspürte keinerlei Bedürfnis in dieser Richtung. Also hatte sich die Tochter erbarmt und war mit ihrer Mutter in den Urlaub gefahren. Und was brachten sie mit? Lächerliche Strohhüte und einen Sonnenbrand.

Hajo deutete auf die große Hotelhalle. »Wir gehen hier durch und dann ganz nach oben!« Zögernd folgte Uwe ihm zu den Fahrstühlen. Diese engen Kabinen machten ihn schwindelig. Verkrampft starrte er auf die Ziffern, bis sie bei zweiundzwanzig stoppten.

Das Panorama war wirklich großartig. Er trat an die Scheiben, die bis zum Boden reichten, dann wieder ein Stück zurück. Lieber Sicherheitsabstand wahren. Die Sicht reichte über das Haff bis nach Kollwitz.

»In welcher Richtung liegt deine Jagd?« Hajo stand neben ihm, ebenso ein Kellner, der darauf wartete, sie an einen der vielen freien Tische zu bringen.

Uwe brauchte einen Moment, um sich zu orientieren. »Dahinten rüber«, murmelte er. Der Kellner setzte sich in Bewegung, und sie folgten ihm.

»Vielleicht sehen wir ja von hier oben endlich was von deinem Wild«, sagte Hajo und zwinkerte ihm tatsächlich zu.

Kaum saßen sie an ihrem Tisch, kamen zwei Polinnen von der Bar und setzten sich zu ihnen. Die rochen den reichen Westler natürlich hundert Meter gegen den Wind. Hajo schien das Spektakel zu genießen und schmiss großspurig eine Runde Sekt und Kaviar. Er redete wieder Englisch mit den Nutten, und Uwe guckte aus dem Fenster. Er suchte das Panorama ab. Ganz weit hinten sah er die Autobahn, dann musste auf dem Feld links daneben seine Jagd beginnen. Der Abendhimmel lag rötlich über dem weiten Land. Das Lachen der Mädchen klang wie der Sekt, süß und klebrig. Er fragte sich, ob Hajo das komplette Programm durchziehen würde. Bis zum Abschuss sozusagen.

28. Juni 1992, Szczecin

Den ganzen Nachmittag hatte er darauf gewartet, dass sein Bruder wieder auftauchen würde. Nicu fühlte sich im Stich gelassen, warum hatte Ion nicht aufgepasst? Er selbst war hinter einen Pfeiler geflüchtet, als die Miliz kam, und hatte sich so unauffällig wie möglich verhalten. War einfach in einer Gruppe von Polen mitgelaufen, die lachend aus dem Zug stiegen. Ion dagegen hatte rumgebrüllt und versucht, durch die Polizeikette zu brechen. Sie warfen ihn zu Boden und legten ihm Handschellen an. Nicu hatte keine Ahnung, wie er allein nach Wüstenrot kommen sollte, wenn er überhaupt bis Deutschland kam. Und er musste dahin! Er wollte, dass alles wieder so war wie im letzten Jahr. Silvia würde endlich einsehen, dass es keinen anderen Weg gab.

Die Dämmerung schien schon Stunden zu dauern. Sie wanderten an einer schnurgeraden Landstraße entlang. Die Sonne stand ihnen zuletzt rechts im Rücken, also liefen sie wohl nach Süden. Die Gruppe hatte sich aufgefächert, manche gingen allein, andere zu zweit. Nur nicht auffallen. Dennoch spürte Nicu die Blicke der Polen, die am Straßenrand ihre Stände abbauten. Misstrauisch versuchte er, in ihren Gesichtern zu lesen. Wie viele solcher Gruppen hatten sie schon gesehen? Kamen sie jede Nacht? Jede zweite?

Es gab noch ein Problem. Auf dem Bahnhof hatte Ion ihm eröffnet, dass er sich als jemand anders ausgeben müsse, sobald sie die Grenze überschritten. Nicu war davon ausgegangen, er könnte da anfangen, wo er aufgehört hatte. Der Antrag auf Asyl interessierte ihn nicht, er wollte seine Arbeit in der Fensterfabrik und einen Schlafplatz. Doch ohne Asyl ging es nicht. Er brauchte einen neuen Namen, einen, den er sich im Schlaf merken konnte. Ihm wurde jetzt schon übel bei dem Gedanken an die endlosen Verhöre, die ihn erwarteten.

Vor ihm lief Marius Voinescu. Selbst von hinten wirkte er

entspannt, und das half Nicu, seine Angst im Griff zu behalten. Marius machte einen leichten Ausfallschritt nach links, um einer toten Taube auszuweichen, die am Straßenrand lag. Nicu hörte das Auto, bevor er einen Gedanken fassen konnte. Intuitiv sprang er nach vorne und zog Marius zurück, als der Geländewagen auch schon laut hupend vorbeidonnerte. Er war dunkelgrün. Wieder spielte sein Magen verrückt. »Miliz!«, rief er.

Marius legte ihm schnell die Hand auf den Mund. »Sieh doch hin!«, rief er leise.

Jetzt erst achtete Nicu auf den weißen Schriftzug hinten auf dem Auto. NORDHAUS.

Marius' harte Züge wurden freundlich. »Danke, Bruder«, sagte er schlicht.

Nicu lächelte. Die Buchstaben »H-A-U-S« hatten sich in sein Bewusstsein eingebrannt, obwohl der Wagen längst außer Sicht war. Es war ein Wort, das er auf Deutsch gelernt hatte. Er wollte es wegblinzeln, und gleichzeitig wollte er es behalten. Sein geheimer Plan. Eines Tages würde er keine Häuser mehr für Winfried oder dessen Nachbarn bauen. Er würde sein eigenes Haus bauen. Er würde mit Silvia in seinem eigenen Garten stehen und Würste grillen.

Nicu war es nicht so wichtig, ob seine Nachbarn Ţigani, Rumänen oder Deutsche waren. Seine Familie hatte keinen Einfluss unter den Clans in Braşov. Der Großvater war Landarbeiter gewesen, dann musste die Familie wie viele andere vom Land in die Stadt ziehen. Sein Vater hatte Steine geklopft und Straßen über das Gebirge gebaut, ein mieser Job. Nicu konnte noch immer den trockenen Husten hören, dessen Klang seine Kindheit durchzogen hatte, bis sein Vater starb, mit nicht mal fünfzig.

»Hilf dir selbst!«, hatte er zu Nicu gesagt. »Von unseren Leuten brauchst du keine Hilfe erwarten. Wir kennen keine der wichtigen Familien, für die sind wir Käfer. Wir haben kein Geld, um ihnen teure Geschenke zu machen. Geh und lerne was, in

Rumänien braucht man sich nicht schämen, ein Arbeiter zu sein. Vor dem Gesetz sind wir alle gleich. Und danke Gott für deine helle Haut, mein Sohn.«

In der Schule mischte er sich unauffällig unter die Rumänen. Kassierte auf dem Weg nach Hause regelmäßig Prügel von den Kindern aus seiner Siedlung. Bis Ion eine eigene Bande gründete und drohte, jeden umzubringen, der seinen Bruder anfasste. Ion ging nicht mehr zur Schule und baute Scheiße. Er landete im Knast, kam zurück, heiratete und zog weg. Nicu ging mit seinen rumänischen Freunden zur Metallfabrik und bewarb sich um einen Job. Den Bossen schien es egal zu sein, woher er kam. Sein Vater hatte recht gehabt.

Eine Zeitlang lief alles gut. Er arbeitete an der Stanzmaschine, heiratete Silvia und zog in die Strada Bucureşti, in die Wohnung neben Bogdan. Zwei Männer, zwei Familien. Keine Unterschiede. Dann kam die Revolution. Bewaffnete Truppen marschierten unter ihren Fenstern vorbei und fielen in seine alte Siedlung ein. Hütten brannten nieder, Leute wurden verprügelt. Die Fabrik wurde geschlossen. Verkauft. Und wieder geschlossen. Wieder verkauft. Auch wenn Nicu selbst schon fast vergessen hatte, wo er herkam, jemand anders hatte es nicht vergessen. Sie holten ihn direkt von der Maschine und gaben ihm seine Entlassungspapiere. Die Fortbildungen, die Überstunden, die er geschoben hatte – am Ende galten sie nichts. Er war wie alle hier auf der staubigen Landstraße gelandet.

Marius drehte sich um und nickte ihm kurz zu. Nicu war nicht entgangen, dass die anderen Männer ihn mit Respekt behandelten. Wahrscheinlich stammte er aus einer wichtigen Familie. Viele hier kamen aus dem Süden. Nicu hatte sich instinktiv an Marius gewandt, als er sich plötzlich allein auf dem Bahnhof wiederfand. Aber konnte er ihm trauen? Würde er als Gegenleistung für seine Freundlichkeit später teure Geschenke erwarten? Er beschloss, vorsichtig zu sein.

Das Gelände rechts von der Straße öffnete sich. Der Wald war durchbrochen von Sandpisten, die sich durch die Hügel zogen. Die Gruppe bog, den beiden Polen folgend, auf einen Waldweg ein, der durch einen Schlagbaum für Fahrzeuge gesperrt war. Nicu atmete schneller. »Ist das schon die Grenze?«, flüsterte er in den Rücken von Marius.

»Nein«, lautete die Antwort. Der Rest ging in ohrenbetäubendem Lärm unter. Ein Scheinwerfer schnitt durch die Dämmerung. Die Leute vor Nicu sprangen wie aufgeschrecktes Wild in die Böschung am Wegrand. Jetzt konnte er sehen, was da auf ihn zukam. Motorräder, eins, zwei, drei – mindestens fünf waren es! Die Fahrer trugen dunkle Kleidung und Helme. Schlamm spritzte unter den Rädern hervor. Nicu stand wie angewurzelt auf dem Weg. Er fühlte einen Schlag, dann nichts mehr.

Als er wieder denken konnte, lag er im Gestrüpp. Neben sich hörte er den Atem eines Mannes. »Wach auf, Mann!«, drang es heiser an sein Ohr. Marius hockte neben ihm. »Nicu, komm zu dir, es ist gut.«

»Was war das?«, keuchte Nicu in Richtung der Stimme. Kurze Stille, dann ein Glucksen. Lachte Marius etwa?

»Junge, wo lebst du denn? Hast du noch nie eine Motocross-Bahn gesehen?« Nicu befreite sich von den dornigen Ranken. Marius reichte ihm die Hand. »Hier fallen wir am wenigsten auf«, sagte er und half ihm zurück auf den Weg. Dann ging er weiter. Nicu folgte ihm, dankbar, dass er mit seiner Blamage alleine bleiben konnte. Eine Weile liefen sie schweigend den dunklen Pfad entlang. Dann war der Wald zu Ende. Vor ihnen führte ein Schienenstrang quer durch die Landschaft. Der helle Schotter leuchtete schwach im letzten Abendlicht. Hinter den Schienen ging es einen Steilhang hoch. Die Mitglieder der Gruppe rückten auf und standen dicht beieinander, wie eine Herde Schafe. Nicu konnte im etwas helleren Licht jetzt auch die beiden Polen ausmachen. Der Sohn zeigte auf das hohe Gras jenseits der Schienen. Dazwischen standen zwei Pfosten aus Holz. Nicu starrte ins Gegenlicht, bis seine Augen sich daran gewöhnt hatten. Der eine Pfosten war abwechselnd rot und weiß gestrichen, der andere rot, gelb und – schwarz! Sie hatten die Grenze erreicht.

»Hier warten wir!«, ging die Nachricht flüsternd durch die Gruppe. Die Leute entspannten sich. Nicu sah Marius etwas abseits auf einem Baumstumpf sitzen. Er hatte ein Notizbuch auf den Knien, hielt es geschickt so, dass das letzte Licht darauf fiel, und schien zu zeichnen oder zu schreiben. Als hätte er Nicus Blick gespürt, sah er hoch, lächelte und winkte ihn zu sich.

28. Juni 1992, Gemeinde Peltzow
Mecklenburg-Vorpommern, Deutschland

Es war kurz vor Mitternacht. Um diese Jahreszeit, so weit im Norden, war immer noch Licht am Horizont. Uwe suchte angestrengt die Lichtung ab. Er hatte nie eine Brille gebraucht, doch in letzter Zeit war ihm aufgefallen, dass er in der Dämmerung die Augen leicht zusammenkneifen musste, um scharf zu sehen.

Nichts bewegte sich. Wie oft hatte er hier schon Wildschweine gesichtet, sogar jetzt waren die dunklen Spuren ihres nächtlichen Wühlens deutlich im helleren Gras zu erkennen.

Der Jagdgast Hajo saß neben ihm auf dem engen Hochsitz. Seine Ungeduld war deutlich zu spüren, er schien zu vibrieren. Vielleicht hätte er ihn doch ermutigen sollen, mit einem der Mädchen aufs Zimmer zu gehen. Doch Hajos gute Laune war plötzlich verflogen, er drängte zum Aufbruch und zahlte die Rechnung mit der säuerlichen Miene eines Mannes, der sich betrogen fühlt. Im Aufzug hatte er Uwe vorwurfsvoll angestarrt. So lange, bis der sich genötigt sah, zu fragen, ob alles in Ordnung sei.

»In Ordnung!«, explodierte Hajo. »Nichts ist in Ordnung! Du hast mich hierher gelockt, und wir vertrödeln unsere Zeit. Und wenn einer nicht aufpasst, kommt er mit AIDS nach Hause. Ich bin zum Jagen hier und nicht zum Ficken!«

Uwe schluckte seinen Ärger hinunter. ›Der Kunde ist König!‹, dröhnte Wedemeiers Stimme in seinem Ohr. Auf der Rückfahrt konnte er es nicht lassen, ein bisschen stärker aufs Gaspedal zu drücken als nötig. Mit Befriedigung registrierte er, dass Hajo sich am Griff über der Tür festhielt. Beinahe hätte er einen Fußgänger übersehen, der plötzlich einen Schritt auf die Fahrbahn machte. Was hatten die bloß da zu suchen, nachts auf der Landstraße?

Hajos teure Windjacke knisterte bei jeder Bewegung, und der Mann war *dauernd* in Bewegung. Leider war dies das einzige Geräusch.

Hatten sich die Tiere des Waldes dieser Tage gegen ihn verschworen? Dabei war er immer ein ordentlicher Jäger gewesen, der sich genau an die Quoten hielt. Er sah sich als Hüter seiner Jagd, wie ein guter Herrscher, der nur eingriff, wenn es nötig war. Ein Vollblut-Kommunist war er nie gewesen, er stammte aus einer langen Reihe von Kleinbauern, denen ihr eigenes Wohl näher lag als das der Massen. Aber sie wussten auch, was sie wert waren, die pommerschen Bauern. Sein Vater hatte sich mit den Russen arrangiert, so wie er es immer getan hatte, egal wer an der Macht war. Als Uwe zur Welt kam, war das Land längst verstaatlicht, und er hatte die Wahl, bei der LPG anzufangen oder nicht. Er entschied sich dagegen. Was hatte es für einen Sinn, sich den Rücken krumm zu ackern, wenn man selbst nicht mehr und nicht weniger davon hatte als jeder andere DDR-Bürger? Er trat in den Polizeidienst ein. Das brachte viele Vorteile.

Wieder knisterte Hajos Jacke. »Kannst du nicht einen Tag länger bleiben?«, fragte Uwe leise. »Morgen wird drüben auf dem Feld an der Autobahn die Wintergerste gemäht, da kommt das Wild in Scharen aus dem Getreide.«

Hajo sah ihn an. Selbst im Dunkeln spürte er die Verachtung in diesem Blick. »Ich zahle doch nicht ein halbes Vermögen für Kinderspielchen. Ich bin Jäger und nicht beim Schützenverein!« Er vergaß zu flüstern und seine Stimme hallte über die Lichtung. »Mein Flugzeug geht um neun Uhr dreißig ab Tegel. Also lass dir was einfallen, Mensch! Ohne einen vernünftigen Abschuss hat Wedemeier einen Kunden weniger. Und das wird ihm nicht gefallen!«

Uwe wusste, das war keine leere Drohung. Der Mann war geladen bis zum Anschlag. Die Angst ballte sich zu einem Knoten in seiner Brust. Ohne Abschuss würde Wedemeier sich nach einem anderen Jagdführer umsehen. Für ihn bedeutete das, Auto und Gewehr abgeben, wieder von der mageren Frührente leben und von den paar Kröten, die die Frau aus dem *Konsum* nach Hause brachte. Ausgeträumt der Traum vom Weimaraner. Das Schweinesteak am Sonntag würde seltener werden. Er musste zu Fuß die Dorfstraße runtergehen, den Blicken ausgeliefert. Die Peltzower hatten ihn nicht gemocht, als er zu DDR-Zeiten Polizist war. Und sie mochten ihn jetzt nicht, weil er den neuen Wagen von Wedemeier fuhr und nicht in irgendeinem kapitalistischen Gefängnis schmorte. Das könnte denen so passen, den Wendehälsen. Wer alles für die Stasi gespitzelt hatte, das wusste er besser als jeder andere im Dorf. Er hatte die Listen schließlich schwarz auf weiß vor sich gehabt, und nicht nur einmal.

Da! War das ein Knacken im Unterholz oder wieder die verdammte Jacke? Er hob das nachtsichtverstärkte Fernrohr an die Augen. Nichts. Hajo hatte sein Gewehr hochgerissen. Uwe schüttelte den Kopf. Falscher Alarm. Er holte einen Flachmann mit Wacholderschnaps aus der Tasche, den ihm der alte Müller beim Aufbruch noch zugesteckt hatte. Er musste den Westler bei Laune halten. Denn es blieb ihnen nichts als zu warten.

29. Juni 1992, Gemeinde Peltzow
Mecklenburg-Vorpommern, Deutschland

Es kam ihm vor, als stolperten sie seit Stunden durch völlige Finsternis. Bei seiner letzten Einreise hatte der Mond hoch über den Feldern gestanden, und die Pflanzen waren schon bis auf die Stoppel abgeerntet. Das erhöhte die Gefahr, entdeckt zu werden. Doch der Fußmarsch war weniger schwierig und erheblich kürzer. Jetzt stand der Mais so hoch, dass er das Gefühl hatte, bis zur Hüfte durch dichten Dschungel zu laufen.

Marius fühlte, wie das Gelände unter ihm wieder anzusteigen begann. Zu allem Überfluss wehte auch noch ein starker Wind, der jedoch keinerlei Abkühlung brachte. Die Erde war so trocken, dass sie schon bald nach dem Abmarsch von den Bahnschienen Halt machen mussten, um sich Tücher, T-Shirts, irgendwelche Lumpen vor Mund und Nase zu binden. Damit ließ es sich zwar schlechter atmen, doch wenigstens hustete nicht dauernd jemand.

Endlich kam er auf die Kuppe des Hügels, wo der Mais etwas niedriger stand. Neben ihm ging der Vater des polnischen Duos und zischte leise: »Los! Beeilung! Weitergehen! Nicht stehen bleiben!«

Marius achtete nicht auf ihn, drehte sich um und starrte ins Dunkel. Die Gruppe lief weit auseinandergezogen, so viel konnte er hören. Wenn er schon so ausgelaugt war, mochte er sich kaum vorstellen, wie es erst den beiden Frauen ging, die ihre kleinen Kinder trugen. »Wir müssen warten«, flüsterte er dem Alten zu. »Sonst verlieren wir jemanden.«

Der schien ihn zu verstehen, denn er begann aufgeregt zu gestikulieren. »Weitergehen! Los!«, wiederholte er auf Rumänisch und schickte noch ein paar polnische Flüche hinterher.

»Wir brauchen Wasser!«

Marius streckte eine Hand in Richtung der weiblichen Stimme

aus, ertastete einen kleinen Körper und hob das leise wimmernde Kind zu sich auf die Anhöhe. Wie von einem Magneten angezogen scharten sich weitere Menschen um ihn.

»Wie weit ist es noch?« Eine andere Stimme, so heiser, dass er nicht sagen konnte, ob von einem Mann oder einer Frau.

Marius sah auf das Leuchtziffernblatt seiner Armbanduhr. Halb drei. Die Autos aus dem Heim würden um vier auf der Straße am Feldrand warten, gleich hinter der Autobahnbrücke. Der übliche Treffpunkt. Marius wusste das, weil er selbst in Kollwitz angerufen hatte. Die beiden Polen mussten sie nur bis zur Straße bringen, danach endete ihr Auftrag. Für den Weitertransport hatten sie selbst zu sorgen.

Die meisten Leute aus der Gruppe wollten sowieso nach Kollwitz-Fichtenberg, wo neben dem Heim auch gleich die Zentrale Aufnahmestelle für Asylbewerber war. Als Marius vor einem Jahr ankam, endete für seine Familie dort die Reise. Sie stellten ihren Asylantrag und zogen einfach einen Block weiter ins Asylbewerberheim. Heute wurden die Neuankömmlinge registriert und weitergeschickt in andere Heime. Immer mehr Leute kamen durch dieses letzte Schlupfloch nach Deutschland. Es gab Tage, an denen sie vor der Aufnahmestelle übernachten mussten, weil die Sachbearbeiter nicht alle Anträge bearbeiten konnten.

Ein paar von den jungen Männern im Heim hatten schnell begriffen, dass man sich mit den nächtlichen Touren ein gutes Taschengeld verdienen konnte. Einer von ihnen, Liviu, hatte den Gewinn angelegt und sich gebraucht einen großen VW-Transporter gekauft. Seine Nummer wurde unter denen, die über die Grenze kamen, gehandelt wie Gold. Liviu hing meistens neben dem Telefon auf dem Flur herum. Diese Nummer hatte Marius am Nachmittag gewählt, bevor sie losgingen. Doch nicht Liviu war am Telefon gewesen, sondern Adriana.

»Vater! Wo bist du?«

»Ganz in der Nähe. Morgen bin ich bei euch.«

»Endlich!« Er konnte die Freude in ihrer Stimme sprudeln hören. Er bat sie, Liviu auszurichten, dass er um vier Uhr morgens am Treffpunkt sein solle.

»Ja, Vater, ich merke es mir. Vier Uhr.« Auf einmal sah er sie vor sich, wie sie allein auf dem Flur stand, unter der flackernden Lampe.

»Adriana?«

»Ja?«

»Wie lange wartest du da schon neben dem Telefon?«

Er dachte erst, die Verbindung wäre abgebrochen, als ihre Stimme wieder erklang.

»Seit einer Woche. Aber nur wenn ich Zeit habe. Ich mache alles, so wie du es mir aufgetragen hast.«

Marius musste sich räuspern, um den Kloß im Hals loszuwerden. »Wie geht es den Jungen? Machen sie Ärger?«

»Nein, Vater. Es geht schon.«

Sie würde sich nie beklagen.

»Ich habe ein Geburtstagsgeschenk für dich, Tochter.«

Dann hatte er schnell aufgelegt. Unwillkürlich tasteten seine Finger nach dem kleinen Samtkästchen in seiner Jackentasche, um sich zu vergewissern, dass die Ohrringe noch an ihrem Platz waren.

Trotz der Finsternis merkte Marius, wie seine Augen langsam anfingen, die Umgebung nach Kontrasten im Schwarz zu sortieren. Er stand immer noch auf dem Hügel, immer noch kamen erschöpfte Nachzügler an. Keiner ging mehr weiter. Der junge Pole kam als Letzter und redete flüsternd mit seinem Vater in ihrer Sprache.

»Marius! Da unten! Siehst du?« Das war Nicu. Er sah es auch. In der Senke unter ihnen zeichnete sich dichter Baumbestand ab.

»Ein Wasserloch.« Er spürte, wie schon das Wort in der Gruppe Bewegung auslöste. »Wir möchten dort gerne Wasser holen«, sagte er laut, in höflichem Ton.

»Nein!«, schimpfte der alte Pole sofort. »Weiter! Geht weiter!«

Keiner ging.

Für einen Moment hörten sie nur den Wind, dann den Ruf eines Raubvogels. Und dann das tiefe Geräusch eines Motors, zwei Scheinwerfer. Marius kannte es nur zu gut, wie viele Nächte hatte er auf Parkplätzen verbracht, mit diesem Geräusch als Kulisse! Rechts neben ihnen donnerte in einiger Entfernung ein Lkw vorbei.

»Die Autobahn!«, flüsterte Marius. »Dann ist es nicht mehr weit. Das Auto kommt erst um vier. Wer möchte, kann mit mir kommen, und wir holen Wasser für die, die es brauchen.«

Der jüngere Pole sprach ein paar Brocken Rumänisch. »Ihr müsst gehen. Keine Pause. Keine Zeit für Wasser suchen.«

»Nein«, antwortete Marius. Es ging dem Jungen nicht um ihre Sicherheit. Es ging um die Ehre, vielleicht wollte er auch einfach schnell wieder zu Hause sein. »Du gehst. Ihr könnt gehen. Wir kommen ohne euch zurecht. Euer Geld habt ihr ja.«

Man hörte, wie die beiden sich flüsternd besprachen. Dann ein Rascheln im Getreide. Sie waren gegangen, ohne ein weiteres Wort. Marius sah schemenhaft, wie sich die Gesichter der Umstehenden ihm zuwandten. Da wusste er, wer nun die Gruppe anführte.

29. Juni 1992, Gemeinde Peltzow

Für einen Moment schoss ihm die Vorstellung durch den Kopf, wie es wäre, wenn er die Leiter umstieße. Uwe stand unten und versuchte den absurden Gedanken zu vertreiben. Im ersten Licht des neuen Tages sah er, wie Hajo sich schwankend aus dem engen Hochsitz schob und sein Gewicht auf die Leiter verlegte. Sie war nur angelehnt.

Jetzt oder nie. Hajo hatte den ganzen Flachmann leergemacht. Er könnte hinterher immer noch sagen, der Mann wäre betrunken gewesen.

»Verflucht, kannst du das wackelige Ding nicht anständig festhalten!«, erklang es von oben. Reflexartig griff er nach der Leiter und hielt sie ruhig. Keuchend kam der Mann auf dem Boden an. »Müssen wir euch auch noch die grundlegenden Sicherheitsstandards beibringen?«

Uwe schluckte. Wie viele Antworten war er dem Westler schuldig geblieben in den letzten Stunden? Er wusste es nicht mehr.

Nicht mal die Ohren eines Hasen hatten sie entdeckt. Die Lichtung war wie leergefegt. Er ging schnell zum Iltis, den er auf dem Weg zum Hochsitz geparkt hatte, öffnete die Tür und stieg ein. Kurz darauf ließ sich sein Jagdgast auf den Beifahrersitz fallen.

»Und?«, tönte es herausfordernd. »Hattest du genug Zeit, um dir zu überlegen, wo man hier jagen kann?« Uwe drehte den Zündschlüssel und knallte den Gang rein. Hajo hielt sich fest und hob die Stimme, um das Geräusch des Motors zu übertönen. »Ich sag dir nämlich eins. Hast du die Anzeige überhaupt mal gesehen, die Wedemeier geschaltet hat?«

Wieder antwortete er nicht. Warum sollte er dem Mann auf die Nase binden, dass er sich *Wild und Hund* nicht leisten konnte? Der redete sowieso schon weiter, ohne Punkt und Komma.

»Wedemeier muss mir das Geld zurückzahlen, wenn ich hier nichts schieße in seinem tollen Jagdgebiet. Vierhundert Mark, bar auf die Hand, plus die Reisekosten. Der wird sich freuen.« Er rieb sich die Hände, fast vermutete Uwe, in Vorfreude.

Hatte Hajo tatsächlich vergessen, dass er in der Nacht zuvor einen Rehbock verfehlt hatte, der fünfundzwanzig Meter vor ihm stand? Doch wem würde Wedemeier wohl glauben? Seinem neuen Jagdpächter oder dem Kunden, dem er nicht nur Jagdreisen, sondern auch Häuser verkaufte. Für den spielt es keine Rolle, ob unsereins seine Arbeit verliert, dachte Uwe.

Hajo sah auf seine silberne Rolex, die er anscheinend nicht oft genug zu Gesicht bekam. »Du hast noch genau drei Stunden«, brummte er. »Dann muss ich in Kollwitz in den Wagen steigen.« Er betätigte den Hebel, und seine Rückenlehne klappte nach hinten. »Weck mich, wenn es was zu schießen gibt. Ansonsten lass mich in Ruhe.« Er schloss die Augen.

Uwe setzte den Blinker und bog rechts auf die Versorgungsstraße zwischen zwei Feldern ein. Langsam ließ er den Iltis mit eingeschaltetem Fernlicht über den Sand rollen. Hier hatte er vor zwei Tagen die Leute im Graben gesehen. Bestimmt waren die längst über alle Berge und machten es sich auf seine Kosten im Asylbewerberheim gemütlich. Ihm blieb nur noch eins, um das Schlimmste zu verhindern: Er musste die Feldwege abfahren, bis es hell wurde. Neben ihm begann Hajo leise zu schnarchen.

29. Juni 1992, Gemeinde Peltzow

Sie liefen wieder. Noch ein Lastwagen donnerte auf der Autobahn vorbei. Ganz nah, die Lichtkegel der Scheinwerfer streiften die Gruppe am Rand. Nicu stellte sich so hin, dass die Leute etwas weiter links gehen mussten, um an ihm vorbeizukommen.

»Die Autobahn verläuft rechts von uns. Pass auf, dass wir nicht zu nahe da rankommen.« Marius hatte ihm leise ein paar Instruktionen zugeflüstert. Dann ging es los, kaum dass alle einen Schluck Wasser getrunken hatten. Nicu lief ganz rechts und Marius links außen, dazwischen die erschöpften Leute. Nicu fröstelte. Selbst im Sommer gab es die Stunde im ersten Morgengrauen, in der die Luft abkühlte. Wie oft war er um diese Zeit von der Nachtschicht gekommen, hatte leise die Wohnung betreten und noch eine Zigarette auf dem Balkon geraucht. Meistens war er nicht müde genug, um gleich zu schlafen. Wenn sie Glück hatten und keiner der Jungen aufwachte, weil er gerade Zähne bekam oder der Bauch drückte, war dies die einzige Stunde, die er und Silvia für sich hatten. Manchmal setzte er sich einfach nur ans Bett und sah sie an.

Nicu stolperte und knickte um. Er hatte für einen Moment nicht aufgepasst und war auf einen Stein getreten, der versteckt im Getreidefeld lag.

Sein Großvater war einmal mit ihm in den Bus gestiegen und aus Braşov in das Dorf gefahren, wo er früher gewohnt hatte. Er zeigte ihm die Felder und die verschiedenen Sorten von Getreide. »Eines Tages kommst du zurück, Nicu«, sagte er. »Dann musst du wissen, wie man das Land bestellt.« Nicu hatte nur gelacht. Nichts lag ihm ferner als ein Leben in diesem schmutzigen, armseligen Dorf.

Er fühlte, wie das Getreide ihm durch die Hose in die Haut stach. Vorsichtig ließ er die Hand beim Gehen durch die Halme streifen. Gerste könnte es sein. Es war jetzt so hell, dass er undeutlich die Gesichter der Leute erkennen konnte, die neben ihm liefen. Sie ließen ihn nicht aus den Augen. Nicu war erstaunt über sich selbst. Normalerweise hielt er sich lieber im Hintergrund. Wäre Ion dabei, würde nicht er, Nicu, die Leute durch das Feld führen. Wäre Ion dabei, hätte er Marius nicht kennengelernt. Er war sicher, dass sein Bruder sich von dem Mann aus Turnu Severin so weit wie möglich ferngehalten hätte. Sie waren so verschieden wie Hund und Katze.

Nicu hatte beschlossen, Marius von seinen Plänen in Wüstenrot zu erzählen, wenn sie erst im Heim waren. Wer weiß, ob sie sich nicht zusammen dorthin durchschlagen konnten? So weit weg von Rumänien war es vielleicht nicht so wichtig, wer aus welcher Familie stammte. Hier waren sie alle Fremde. Das Zauberwort *Asyl* verschaffte einem Eintritt, egal wer man war. Nicu wusste nicht genau, was das Wort eigentlich bedeutete. Damals in Wüstenrot hatte der Übersetzer es ihm gesagt, vielleicht hatte er nicht richtig zugehört. Der Mann war Rumäne und behandelte ihn wie ein Kind, das er dabei erwischt hatte, wie es eine Geldbörse stahl. »Du kannst mir nichts vormachen«, sagte er gleich bei der ersten Begegnung. »Ich weiß genau, was ihr vorhabt. Die Leute hier sind reich, und davon wollt ihr ein Stück abhaben. Aber die Deutschen werden schnell genug merken, dass ihr alle Diebe seid.« Nicu sah zu Boden. In seinem Inneren kochte es. Der Mann wollte ihn provozieren. Doch Nicu war durch eine harte Schule gegangen. Bei dieser und bei allen folgenden Begegnungen schaltete er einfach ab und versuchte, an den Geruch der weißen Laken zu denken, mit denen sein Bett im Heim bezogen war. Ein Geruch, der so sauber war, dass er in der Nase kitzelte. In solchen Laken sollten seine Kinder eines Tages schlafen. Alles andere war nicht wichtig.

Ein Pfiff riss ihn aus seinen Gedanken. »Runter!«, flog der Ruf von Mund zu Mund. Ein paar Sekunden später sah Nicu, warum Marius angehalten hatte. Vor ihnen schnitten die Lichter eines Autos durch das Dämmerlicht und erhellten einen mit Bäumen bestandenen Weg.

Das musste der Wagen sein, der sie abholen sollte! Nicu wollte schon loslaufen, als Marius neben ihm auftauchte und ihn mit der Hand auf der Schulter unsanft zu Boden drückte. »Das sind nicht unsere Leute«, hörte er ihn flüstern.

Nicu kniete im Feld, den Kopf auf Höhe der Ähren. Er fühlte sich wie gelähmt. Das Auto fuhr so langsam! Er konnte sehen, wie es zwischen zwei Bäumen zum Stehen kam. Es war ein Geländewagen.

Grenzpolizei!, dachte Nicu. Diesmal irre ich mich nicht. Alles war umsonst gewesen, und er würde ohne einen Leu bei Silvia vor der Tür stehen. Sie würden die Wohnung räumen müssen.

Nicu ließ sich tiefer zwischen das Getreide sinken. Im Liegen beobachtete er, wie Marius sich langsam auf allen vieren nach vorne schob, Zentimeter für Zentimeter. Dann richtete er sich auf, bis er gerade über die Spitzen der Halme hinaussehen konnte.

Im selben Moment ertönte ein ohrenbetäubender Knall.

29. Juni 1992, Gemeinde Peltzow

Hajo hatte einen pelzigen Geschmack auf der Zunge. Sein Herz raste. Zu viel Alkohol im Blut. Wann hatte er eigentlich zuletzt etwas gegessen? Vor dem Krimsekt? Nein, danach. In diesem schmuddeligen Zöllnerhof.

Er sah auf die Uhr. Fast vier, und sie holperten immer noch durchs Gelände wie auf einer drittklassigen Safari. In Gedanken spielte er durch, wie er Jochen anrufen würde, wenn er erst wieder zu Hause im schönen Taunus saß. »Da müsst ihr aber noch ein bisschen üben bei euch im Osten!« Oder: »Hat das Wild vielleicht schon vor der Wende Ausreiseanträge gestellt?« Er würde klipp und klar sagen, dass die Sache vergessen wäre, wenn er sein Geld zurückbekam.

Plötzlich wurde er aus seinen Gedanken gerissen, weil das Geruckel aufhörte. »Schwarzwild«, flüsterte der Ossi und öffnete langsam die Fahrertür. Hajo spürte den Luftzug und gleichzeitig die Enttäuschung darüber, dass er sein geplantes Telefonat nicht führen konnte, sollte er jetzt doch noch etwas schießen. Dann kam der Adrenalin-Kick. Er meinte es in den Ohren rauschen zu hören. Hajo griff nach seinem besten Stück und drückte die Tür so leise wie möglich auf.

Er glitt aus dem Wagen und versuchte sich zu orientieren. Sie standen mitten auf einer schmalen Allee, am Rand eines

Getreidefeldes. Der Weizen – oder war es Gerste? – stand hell in voller Reife. Am Horizont deutete sich ein Sonnenaufgang an, sie standen also in Richtung Osten. Irgendwo dort musste die Grenze verlaufen. Jahn oder wie er hieß deutete mit der Flinte ins Feld. Kein Zweifel, da bewegten sich schwarze Umrisse zwischen den Halmen.

Ohne noch weiter durch sein Fernrohr zu sehen, legte er auf dem Dach des Jeeps an. Der andere schien zu zögern. Auf was wartete der denn noch? Da, jetzt konnte er wieder etwas sehen. Es bewegte sich.

»Jetzt oder nie«, murmelte er und fühlte, wie Jahn neben ihm anlegte. Seine Bewegungen folgten dem Impuls zu langsam, der Alkohol war immer noch im Blut. Hajo hörte Uwes Schuss, da war wieder der schwarze Umriss. Abdrücken!

Sein Finger betätigte den Abzug, und den Bruchteil einer Sekunde später wusste Hajo instinktiv, dass er diesmal nicht danebengeschossen hatte.

29. Juni 1992, Gemeinde Peltzow

Seine Gedanken schnellten vorwärts. Uwe hatte nicht als Erster schießen wollen, und doch war sein Schuss vor dem von Hajo losgegangen. Als hätte der mit Verzögerung den Abzug gedrückt. Na wenn schon, er würde einfach behaupten, es war Hajos Abschuss. Schließlich hatte er extra dafür gesorgt, dass sie heute die gleiche Munition im Lauf hatten. Hajo würde im Zweifelsfall schon nichts sagen, der wollte doch nur seine Trophäe mit nach Hause nehmen.

Im Kopf ging er die nächsten Schritte durch. Wenn sie sich beeilten, konnte er das Wild noch auf dem Zöllnerhof abkochen, bevor der Westler los musste. Dann die Abrechnung, nicht zu vergessen, für den Abschuss von Schwarzwild war die Prämie natürlich höher als bei einem Hasen. Er warf noch einen letzten Blick durch das Zielfernrohr. Da war doch was. Langsam nahm er das Gewehr herunter, um mit bloßem Auge einen besseren Überblick zu haben.

Aus dem Feld erhoben sich Leute. Erst einer, zwei, dann immer mehr. Sie hielten die Hände über dem Kopf, wie im Krieg. Uwe wollte aufschreien, doch kein Ton kam aus seiner Kehle. Stumm sah er zu, wie die Gestalten auf ihn zukamen, langsam, wie in Zeitlupe.

»Abhauen!«, hörte er Hajo neben sich keuchen.

Seine Beine gehorchten, bevor der Verstand eine Entscheidung traf. Er warf das Gewehr auf den Rücksitz, zog sich hinter das Steuer, Tür zu, Zündschlüssel rechts rum. Eine Sandwolke wirbelte auf, als die Räder kreischend durchdrehten. Dahinter die Leute, schemenhaft durch den Sand zu sehen, die Sonne im Rücken. Keine Einbildung, zu wenig Schlaf, das konnte doch einfach nicht wahr sein!

»Fahr los.« Ein Befehl. Endlich wandte er den Blick zu dem Mann auf dem Beifahrersitz, der nach vorn durch die Windschutzscheibe starrte, als ginge ihn das Ganze nichts an. Feine Schweißtröpfchen glänzten auf seiner Oberlippe. »Reiß dich zusammen, Mensch!«, flüsterte er.

Er schaltete den Vorderradantrieb zu und drückte das Gaspedal durch, diesmal langsamer, der Sand gab die Räder frei, sie schossen auf die Allee. Und während sein Körper fuhr, schaltete, lenkte, den Blinker setzte, nahm in seinem Kopf ein Reim Gestalt an. Auswendig gelernt, Jägerprüfung, hundertmal vorgebetet: »Wie lautet des Jägers höchstes Gebot? Was du nicht kennst, das schieße nicht tot!«

Wie eine Dauerschleife tönten die Worte durch seinen Kopf und warfen ihr Echo hin und her, wieder und wieder.

29. Juni 1992, Peltzow

Adriana klappte die Sonnenblende herunter, die nur noch an einer Seite befestigt war. Innen befand sich ein kleiner Spiegel. Das Dämmerlicht gab ihren Zügen etwas Geheimnisvolles, das ihr gefiel. Die großen Augen, umrahmt von einer Flut dunkler Haare. Sie schüttelte leicht den Kopf. Liviu, der den Wagen fuhr, sah zu ihr herüber und pfiff anerkennend. Sie wusste, dass er wusste, dass sie kein Kind mehr war.

Ihre Mutter hatte sich Gott weiß wohin verabschiedet, seit der Vater weggefahren war. Sie lag da im Bett wie ein riesiger Fisch und wartete. Adriana blieb nichts anderes übrig als zu kochen, Brot zu backen, die Wäsche zu waschen und sich um die Brüder zu kümmern. Sie hatte es ein paarmal nicht zur Schule geschafft. Es war niemandem aufgefallen. Die Unterschrift ihrer Mutter ließ sich leicht nachmachen. Die konnte ja nicht mal richtig schreiben.

Vor der Mutter ekelte es sie, obwohl sie versuchte, es nicht zu zeigen. Wenn sie ihr morgens die Plastikschüssel mit Wasser brachte, damit sie sich waschen konnte, sah sie die hängenden Brüste durch den Stoff des Nachthemds. Dann kämmte sie ihr die dünn gewordenen Haare. Am Scheitel fielen sie am stärksten aus, jeden Morgen hatte Adriana büschelweise davon im Kamm. Bald würde die Mutter kahle Stellen auf dem Kopf bekommen. Am meisten störten sie jedoch die Augen. Sie waren tot. Tote Fischaugen.

Adriana unterteilte ihre eigenen Haare geschickt in drei Strähnen und flocht sich einen Zopf. Vater würde es so lieber mögen. Erst als sie fertig war, sah sie zu Liviu und lächelte. Sie hatte keine Angst, nachts allein mit ihm im Auto durch die Gegend zu fahren. Ihr Vater beschützte sie, selbst wenn er nicht da war. Niemand würde es wagen, sich mit Marius Voinescu anzulegen, niemand würde seine Tochter anfassen. Zumindest niemand aus

Turnu Severin. Und Liviu war einer ihrer Nachbarn, nur ein paar Jahre älter als sie.

Draußen wurde es heller. Sie fuhren durch ein Dorf, ein hübsches stilles Dorf mit einem See. Eine Kirche ohne Turm. In so einem Dorf würde Adriana gerne leben. »Wie spät ist es?«, fragte sie Liviu. Der seufzte und sah auf die Uhr.

»Es ist fünf Minuten später als beim letzten Mal«, sagte er. »Sieben Minuten nach vier.«

»Wir sind zu spät«, stellte sie fest. »Kannst du nicht ein bisschen schneller fahren?«

»Nicht im Dorf«, antwortete Liviu, »wenn wir angehalten werden, gibt es Ärger.«

Adriana schwieg. Sie wusste, dass er recht hatte. Wäre ihr Vater da gewesen, hätte er niemals erlaubt, dass sie mitfuhr. Diese Touren waren nicht ungefährlich, denn wer seinen Leuten half, illegal über die Grenze zu gehen, galt als Menschenhändler. Adriana faszinierte dieses Wort. Menschenhändler. Einer der mit Menschen handelte wie mit Vieh. Ein gruseliges Wort. Es passte nicht zu Liviu, der neben ihr saß und eine alte Melodie vor sich hin pfiff.

Sie musste ihm ein selbstgebackenes Brot versprechen, damit er sie mitnahm. Das war seine Schwachstelle. Seine Eltern waren in Turnu Severin, zu alt, um nach Deutschland zu kommen, und eine Frau hatte er noch nicht. Er aß nur das, was er von seinen Gutscheinen in dem kleinen Laden neben dem Heim kaufen konnte. Die hatten da nicht mal frisches Brot.

Die Straße machte eine scharfe Rechtskurve. Adriana sah unter sich die Autobahn. Plötzlich riss Liviu das Steuer herum und wich im letzten Moment einem entgegenkommenden Wagen aus. In der Einfahrt eines Feldwegs kamen sie zum Stehen.

»Verdammt, das war knapp!« Liviu hielt immer noch das Lenkrad fest. Direkt vor der Windschutzscheibe hing eine Brombeerranke. Die Früchte waren schon dran, noch grün.

»War das Polizei?«, fragte Adriana leise.

»Ich glaube schon.« Liviu startete den Wagen wieder und setzte zurück. »Die Grenzpolizei fährt solche Jeeps.«

Adriana merkte, wie Angst in ihr aufflammte. Wenn sie die Gruppe nun erwischt hatten?

Sie waren wieder auf der Straße. Liviu fuhr noch langsamer und ohne Licht.

»Wo ist der Treffpunkt?« Sie reckte sich auf dem Sitz, als könnte sie dadurch weiter sehen. Vor ihnen erstreckte sich ein Sandweg zwischen Bäumen. Noch ein paar Häuser, dann kam links ein Feld. Rechts sah sie ein Waldstück, davor eine Wiese. Dort stand jemand an der Straße und winkte!

Adriana war aus dem Wagen, noch bevor er stand, suchte die Menge ab, sah ihn nicht gleich. Jemand rief etwas, deutete auf das Feld. Sie rannte los, hinein in das Getreide, ihre Stiefel zertraten die Halme. Sie konnte nichts sehen, die Sonne ging auf und blendete sie. Da war eine Lücke im Getreide, da vorn!

Auf den letzten Metern stolperte sie und fiel hin. Was war denn los? Warum hockte er da? Warum war er nicht bei den anderen? Da war noch einer, sie hörte sein Stöhnen. Bestimmt war er krank, und Vater war bei ihm geblieben. Erleichtert rappelte sie sich auf und schoss vorwärts. Griff nach der Hand mit der Armbanduhr. »Vater!«

Sie fuhr zurück. Der Kopf, da stimmte was nicht. Die Hälfte seines Kopfes fehlte! Sie drehte sich um, als suche sie danach, erblickte den zweiten Mann. Aus seinem Mund lief Blut, er sah sie an, oh Gott, er sah ihr direkt in die Augen!

Sie schrie, schrie, schrie, bis sie keine Luft mehr bekam und die Beine unter ihr wegsackten. Sie fiel zwischen das Korn, immer noch hörte sie ihre eigene Stimme, doch sie fühlte nichts mehr. Ihre Augen sahen nur noch Halme, ein Meer von Halmen. Darin ertrank sie.

37 TAGE DANACH

5. August 1992, Harmsdorf
Schleswig-Holstein, Deutschland

Madita Junghans schloss das hölzerne Garagentor. Die Enttäuschung steckte ihr noch wie ein dicker Brocken im Hals. Von wegen Geschenk zum Abitur. Ein Trip nach London, der dann nur den Zweck hatte, dass Tim mit seinen Kumpels das Freundschaftsspiel gegen England sehen konnte. Als hätten sie nicht den halben Sommer vor dem Fernseher verbracht. Europameisterschaft. »Madita, könntest du noch mal ein Bier – danke, Schatz!«

Auf dem Campingplatz Schlägereien zwischen deutschen und englischen Fans. Mittendrin ihr Freund, besoffen, grölend. »Man wird ja wohl mal die Sau rauslassen dürfen!« Er war ihr vorgekommen wie ein total Fremder. Ein fremder Idiot.

Tim lenkte den VW-Bus langsam rückwärts in den Carport, den er letzten Winter gebaut hatte. Obwohl sie von hinten nicht in den Wagen hineinsehen konnte, wusste Madita genau, wie er das machte: ein Blick in den linken Außenspiegel, dann in den rechten, dann einen halben Meter zurück, die rechte Hand am Steuer. Endlich war er fertig, sie öffnete die Schiebetür des Busses, schnappte sich die nächstbeste Tasche und ging wortlos vor ins Haus. Betrat das gemeinsame Wohnzimmer, alles Holz, die Möbel natürlich selbstgebaut – »wir fahren nie, niemals zu Ikea« –, dazwischen helle Baumwolle, naturgebleicht. War das wirklich ihr Zuhause?

Das große Fenster des Bootshauses ging raus auf den See, strahlend blauer Himmel, Boote, eine leichte Brise. Harmsdorf am See. Besuchen Sie uns bald wieder im Luftkurort.

Madita ließ die Tasche fallen, wo sie stand. Tims Mutter hatte die Post auf den Tisch gelegt. Wie praktisch, eine Mutter zu haben, die nach der Post sah, die Blumen goss und sonst weiter nicht nervte. Frauke lebte ihr eigenes Leben und war für ihren Sohn wie eine Freundin. Madita konnte sie nicht leiden.

Ein paar Briefe, einer an Madita mit der Lohnsteuerkarte. Sie war jetzt fertig, ein fertiger Mensch, der ins Leben trat. Welches Leben? Daneben der *Spiegel*, den sie abonniert hatte, eins der wenigen Dinge, die ihr gehörten in diesem Haus. Tim brauchte einen Monat, um eine Zeitschrift zu lesen. Das Orange des Covers wirkte irgendwie obszön in all dem Holz und Beige.

Madita öffnete die Tür zur Terrasse, klappte einen Liegestuhl – aus Holz mit Leinenbezug – auf und setzte sich rein.

Sie kommen, ob wir wollen oder nicht! Schon wieder eine Titelstory über Asylbewerber. Sie blieb an einem Kasten hängen und begann zu lesen.

»Musst du immer alles fallen lassen, wo du gehst und stehst?« Tim konnte das nicht leiden, deswegen machte sie es ja.

»Komm mal raus!« Ihre Gedanken waren bei der Geschichte, die sie gerade gelesen hatte. Tims hochgewachsene Gestalt erschien in der Terrassentür. »Weißt du, wo Kollwitz liegt?«

Tim kam näher. »Kleine Hansestadt, kurz vor der polnischen Grenze. Gute Wellen, angeblich.« Das waren die zwei Themen, die ihn wirklich interessierten: die Hanse und die Wellen. Ein Wunder, dass er noch nicht auf dem Brett stand nach einer Woche Abstinenz.

»Da hat wieder ein Asylbewerberheim gebrannt. Man vermutet, dass es Streit gab und Anwohner die Brandsätze geworfen haben. Die Polizei ist erst Stunden später aufgetaucht. Und nur weil zufällig ein Team da war, das eine Reportage für den *Spiegel* …« Sie hielt ihm die Zeitschrift hin.

Tim warf einen kurzen Blick darauf. »Sind das Zigeuner?«

Madita starrte ihn an. »Und du bist Arier? Nennt man das so?«

Tim verdrehte die Augen. »Du weißt, wie ich das meine. Wie soll ich die denn sonst nennen?«

»Die wurden dann abtransportiert. Man konnte nicht mehr für ihre Sicherheit garantieren, heißt es.«

Tim sah sie an. Madita wusste, dass er nichts lieber wollte als das Thema wechseln. Sie zählte lautlos bis drei und hielt ihn mit den Augen fest. Kein Entkommen.

»Aber du weißt doch gar nicht, was da genau abgelaufen ist!« Tim hatte Verständnis für seine Brüder und Schwestern von der Hanse. »Stell dir mal vor, hier würden plötzlich Hunderte von diesen Leuten wohnen. Bei uns nebenan. Die sehen anders aus, die haben andere Sitten und Gebräuche –«

Madita war aufgesprungen, so heftig, dass der Liegestuhl umkippte. »Dann zeig ich dir mal was!« Schon war sie an ihm vorbei, zog die Leiter im Flur herunter.

Auf dem Spitzboden war es staubig. Ihre Kisten, voll mit Dingen, für die es hier keinen Platz gab. Mitgebracht und nie ausgepackt. Da war es. Ein verstaubtes Porträt in Schwarzweiß. Sie war vielleicht zwölf, dreizehn, trug die Haare noch lang. Ihr Vater Hinnarck, also Emmas Mann, nicht ihr biologischer Vater – ach was soll's –, hatte das Foto machen lassen, als das neue Fotostudio in Harmsdorf eröffnete. Madita kam gerade vom Ballettunterricht. »Mach doch die Haare auf, Deern!«, sagte er zu ihr, als sie verkrampft auf dem Stuhl des Fotografen herumrutschte. »Sonst siehst du so indisch aus.« Typisch Hinnarck.

»Willst du Spaghetti Carbonara oder Bolognese?«, rief Tim aus der Küche, als sie wieder ins Wohnzimmer kam.

»Ich will, dass du dir das ansiehst!«, rief Madita zurück.

Er kam und wischte sich die Hände an einem Geschirrhandtuch ab. »Was hast du da oben gemacht?«

Sie hielt ihm ihr Bild vor die Nase und zeigte auf den *Spiegel*. Der Fotograf hatte den Abtransport der Roma dokumentiert. Direkt an der offenen Bustür, kurz vor dem Einsteigen, stand ein Mädchen, die Haare offen. Sie hielt mit beiden Händen eine Plastiktüte umklammert und fixierte einen Punkt hinter der Kamera. Ihr Gesicht war eine ausdruckslose Maske.

»Die sehen anders aus als du, Tim Helling. Aber nicht als ich. Alles eine Frage der Perspektive.«

INTERMEZZO

Zwei Wochen später gingen die Bilder des brennenden Wohnheims für vietnamesische Vertragsarbeiter in Rostock-Lichtenhagen um die Welt. Vier Tage lang tobte der Mob. Die Anwohner applaudierten.

Acht Wochen später zog Madita Junghans nach Hamburg. Die Beziehung zu Tim Helling dümpelte noch eine Weile vor sich hin und wurde dann in gegenseitigem Einvernehmen beendet.

In einer Umzugskiste, die sie nie auspackte, befanden sich neben einem gerahmten Porträt von Madita ein paar zerknitterte Seiten aus dem *Spiegel*.

Das Mädchen auf dem Foto, das darauf wartete, in den Bus zu steigen, hieß Adriana Voinescu, vierzehn Jahre und zweiundfünfzig Tage alt. Auf die Plastiktüte, die sie in der Hand hielt, war der Slogan einer Supermarktkette gedruckt, die im Sommer 1992 sechsundzwanzig Filialen in den neuen Bundesländern eröffnete.

Jetzt können Sie einpacken

ZWEITES BUCH

3. Juni 2012, Gut Westenhagen
Schleswig-Holstein, Deutschland

»Madita!«

Emma ist nun die Letzte, die sie bei ihrem richtigen Namen nennt. Harte Schatten – hell, dunkel, hell, dunkel. Sie bremst ab. Die Allee aus Linden hat ihr Blätterdach über dem Weg fast geschlossen. Der Duft der Blüten zieht aufdringlich durch das offene Fenster und lässt sie an unendlich lange Kindheitstage denken, trotz des Sommers am See überschattet von einer matten Traurigkeit, die alles mit einem grauen Schleier überzieht. Da vorne steht die kleine Figur und winkt.

Mattie Junghans schaltet in den Leerlauf und lässt den Wagen rollen. In ihrem Bauch streitet der jäh einsetzende Schmerz um Hinnarck mit dem Déjà-vu ihrer winkenden Mutter. Ein Lachkrampf bahnt sich seinen Weg und treibt ihr die Tränen in die Augen. Emma hat den größten Teil ihres Lebens damit verbracht zu warten. Menschen treten in ihrem Dasein auf und ab wie in einem Filmset. Titelmelodie: *Ein Schiff wird kommen* von Nana Mouskouri. Emma führt Regie und ist gleichzeitig das Publikum. Aber das Kino ist fast leer. Nicht mal Hinnarck sitzt mehr neben ihr und hält die Popcorntüte.

Die Allee öffnet sich, das Gutshaus liegt überirdisch angestrahlt vor Mattie. Ein Investor hat es aus der Erbmasse des letzten Grafen von Westenhagen gekauft und in ein Seniorenheim umgewandelt. Landhausstil, funkelnder Kronleuchter in der Eingangshalle, Friseur, Aquafit. Jedoch die Flure wie leergefegt von Personal, das hechelnd Zwölfstundenschichten in Minimalbesetzung schiebt, der Geruch nach dem nahen Tod nur stellenweise überdeckt von Airfresh Marke Pfirsich. Hinter dem Gutshaus dreht sich ein Windrad. Erinnerungen prasseln auf sie ein, fünf Jahre ist es her, dass Mattie hier mit Nick und Cal …

Emmas Kopf taucht unten im Fenster des Transporters auf. »Madita, du wolltest doch um elf kommen!« Demonstrativ sieht sie auf ihre Armbanduhr, die schon seit Jahren nicht mehr geht, weil Emma sich weigert, sie abzunehmen. Hinnarck durfte die Batterie nicht auswechseln.

Der Van ist hoch, und Mattie starrt von oben auf den Haaransatz ihrer Mutter. Die mausgraue Farbe ist einem frischen Kastanienton gewichen. »Hast du dir die Haare färben lassen?« Sie macht den Motor aus und lauscht einen Moment in die Stille, bis der schleppende Tonfall von Emma wieder einsetzt.

»Schwester Lisa sagt, ich habe ein hübsches Gesicht.«

Gut gemacht, Lisa. Emma kriegt man nur zu fassen, wenn man noch berechnender ist als sie. Mattie steigt aus dem Wagen. »Hast du dem Hausmeister Bescheid gesagt?«

»Ja.« Emma guckt an ihr vorbei, und Mattie weiß, dass sie lügt. Sie mag den Hausmeister nicht, und es ist ihr egal, wie ihre Tochter die Möbel in den Keller kriegt.

Eine halbe Stunde später lässt sie sich keuchend auf Emmas ordentlich gemachtes Bett fallen. Das kleine Apartment mit eingebauter Küche hat einen weiten Blick über die Allee und den Teich. Emma sitzt in ihrem Sessel am Fenster, raucht eine Zigarette und beobachtet die tägliche Anlieferung der Wäsche. Sie wirkt zufrieden und entspannt, nicht wie eine trauernde Witwe.

»Wann fährst du weg?«, fragt sie, kaum dass Mattie sitzt. »Um zwölf gibt es Mittag.«

Mattie lacht auf. Das bedeutet nicht, dass Emma sie einlädt, mit ihr mittagzuessen, sondern dass sie vor dem Essen wieder verschwunden sein soll. Routine ist alles in Emmas Welt, nur so bleibt sie halbwegs im Gleichgewicht. Hinnarcks Tod hat den Rhythmus gestört, doch nun hat sie einen neuen gefunden. Mattie gibt sich einen Ruck. Lieber früher als später …

»Emma, du kannst hier nicht bleiben. Das Geld aus dem Hausverkauf hat gerade gereicht, um die Hypotheken zu bezahlen.«

Emma wendet nicht mal den Blick vom Fenster ab. »Hinnarck hat gesagt, ich soll hierhin«, sagt sie leise.

Mattie seufzt. »Hinnarck wollte mit dir zusammen hier leben. Du wolltest nicht.« Vor fünf Jahren hatte der erste Schlaganfall ihn erwischt, ein paar Tage vor Matties geplantem Abflug nach Bombay. Wochenlang pendelte sie zwischen ihrem Elternhaus und der Reha-Klinik, bis er wieder so weit auf den Beinen war, dass er seine Angelegenheiten selbst regeln konnte. Eine Pflegerin wurde eingestellt, die für ihn und Emma sorgte. Dann eine zweite. Dann noch ein Schlaganfall. Emma weigerte sich, ihren über Jahrzehnte angestammten Platz am Küchenfenster des Hauses in Harmsdorf am See zu verlassen. Hinnarck hätte sie nie zu irgendwas gezwungen. Er pflegte Emmas Psychosen wie ein hingebungsvoller Gärtner. Den unausweichlichen Konflikt hinterließ er seiner Tochter Madita. »Es ist zu teuer. Hinnarcks Rente reicht nicht.«

Emma starrt sie an. »Du willst mich bestrafen. Hinnarck und du. Immer habt ihr hinter meinem Rücken geredet. Wegen dem Inder –«

»Schluss jetzt!« Mattie steht auf. »Hinnarck ist tot. Und dein Inder kommt auch nicht wieder.« Hofft sie jedenfalls. Sie hat genug von Anand Kumar, mit dem Emma eine Affäre hatte, anno dazumal. »Ich sag dir Bescheid, wenn ich einen anderen Platz für dich gefunden habe.«

Ohne den starren Blick ihrer Mutter weiter zu beachten, nimmt sie ihre Tasche und geht. Für heute hat sie genug. Soll sich Schwester Lisa mit dem kommenden Anfall herumschlagen. Emma wird in Kürze komplett durchdrehen, so viel ist klar. In solchen Momenten zieht sie alle Register. Man wird Mattie zureden, ihre Mutter auf keinen Fall ein weiteres Mal zu verpflanzen, wenn sie ihre geistige und körperliche Gesundheit nicht ernsthaft gefährden will.

Sie fährt auf die Bundesstraße in Richtung Kiel, der schnellste

Weg nach Hause zu Kamal. Die Kung-Fu-Schule im Gewerbegebiet ist ihr Shaolin-Kloster. Hier hat sie Aufnahme gefunden, als sie zwischen den Kliniken herumirrte wie ein verlorenes Huhn. Hier konnte sie ihren Geist beruhigen, indem sie ihren Körper an die Grenzen trieb. Und hier lebt Kamal Assadi, Kung-Fu achter Dan, zum Glück kein Mönch. Ein Mann, der sie immer wieder in die Selbstbeobachtung treibt, eine Wohltat nach den wirren Jahren mit Nick und Cal. Hier kann sie auftanken, in den Wintermonaten, wenn sie nicht mit ihrem Wanderkino die Küste entlangzieht. Zog, besser gesagt.

Denn damit ist es jetzt vorbei. Wenn Emma hundert wird, was für Mattie feststeht, dann muss sie sich jetzt eine anständige Arbeit suchen und neunundzwanzig Jahre lang malochen, bis sie siebenundsechzig ist.

3. Juni 2012, nördlich von Zaragoza Aragonien, Spanien

Adriana Voinescu Ciurar steht auf dem höchsten Punkt des Dorfes und sieht hinunter auf die Plantagen. Das Grün in der Nähe des Flusses verliert sich nach und nach in helleren Brauntönen, die in die weißen Häuser des Dorfes übergehen. Am Himmel kreisen zwei Geier, ihr Geschrei übertönt sogar das Gerede der Frauen hinter Adriana. Ein uraltes Dorf, weiter unten wohnen die Spanier, oben die Gitanos. Im Sommer vermieten sie ihre alten Häuser an die Erntearbeiter aus dem Osten.

»Adriana, Schwester.« Die alte Pilar hat sich angeschlichen, ohne dass sie es gemerkt hat. Wie immer in Schwarz, aufrecht, Augen wie die Geier über ihr. Sie erinnert Adriana an die Großmutter.

»Wie lange wollt ihr bleiben?« Sie vergeudet keine Worte, Pilar.

»Du weißt doch, wir warten auf die Verträge.« Jeder weiß es. Alle warten. Es ist ihr zehnter Sommer hier in Spanien. Sobald in Rumänien der Winter vorüber ist, fahren sie los. Sie würde die drei Töchter lieber mitnehmen, aber Florin sagt, sie brauchen nur Platz, das kostet Geld, sie können noch nicht mitarbeiten. Also bleiben sie bei Adrianas Mutter in Turnu Severin. Sie telefoniert einmal am Tag mit Lili, ihrer Ältesten.

Jedes Jahr haben sie die Verträge bekommen. Der Mann von der Plantage geht von Haus zu Haus, guckt sich die Arbeiter an. Erst der Vertrag für die Äpfel, dann die Birnen, und wenn sie Glück haben, noch die Mandeln. Genug Geld, um in Rumänien über den Winter zu kommen.

»Er wird nicht kommen«, sagt Pilar.

Adriana will ihren Blick nicht von der Ferne auf die Enge der Straße wenden. Schließlich dreht sie sich doch um. Vor den Häusern sitzen sie. Rauchen. Warten. Frauen und Männer. Ganz hinten, vor ihrem Haus, Florin zusammen mit Liviu und dessen Schwager. Sie überlegt, was sie Pilar antworten soll, die sie fixiert.

»Wie lange habt ihr gearbeitet?« Sie spricht langsam, wie zu einem Kind, um sicherzugehen, dass Adriana sie versteht.

»Einen Monat.«

»Einen Monat, jeden Tag zehn Stunden. Warum sollen sie die müden Arbeiter nehmen, wenn sie frische haben können?«

»Wir haben immer gut gearbeitet. Sie kennen uns.«

Die Alte lacht. »Sie können Spanier haben für das gleiche Geld. Es ist Rezession. Und von euch kommen auch immer mehr.«

Adriana merkt, wie sich trotz der Hitze eine Gänsehaut auf ihren Armen bildet. »Wann brauchst du meine Antwort?«, fragt sie.

»Morgen«, antwortet Pilar. »Es sind welche aus Ungarn gekommen, eine große Familie. Sie mussten ihr Dorf verlassen. Sie wollen das ganze Haus mieten.«

Adriana lässt Pilar stehen. Sie fühlt die Blicke von beiden Seiten. Niemand wird ihr etwas ansehen. Sie hat gelernt, ihre Gefühle zu verschließen. Sie hebt die Unterkante ihres Rocks, damit sie schneller laufen kann. Die Absätze ihrer Stiefel knallen auf die Pflastersteine. Florin und Liviu sind am Auto und bemerken sie nicht. Sie läuft schneller, die Dorfstraße entlang. Bergab, immer weiter.

Zwischen den Apfelbäumen macht sie Pause. Tief Luft holen. Da hängt noch ein Apfel am Baum, vergessen bei der Ernte. Erst als sie schon reingebissen hat, wird ihr klar, dass sie gerade gestohlen hat. Angewidert wirft sie die überreife Frucht ins Gras. Wer keinen Vertrag hat, darf nicht von den Früchten essen.

Es ist Mittagspause. Gedämpftes Lachen dringt an ihr Ohr. Das sind die Bulgaren, weiter unten am Fluss. Sie geht wieder schneller. Gut, dass sie Stiefel trägt, wegen der Schlangen. Sie lässt den Lastwagen mit den Obstkisten durch, der Fahrer winkt ihr zu. Sie kennen uns.

Weiter zum Fluss. Das ist ihre Stelle. »Unser Pool«, haben sie diesen Ort im ersten Sommer getauft. Hier hat sie unzählige Mittagspausen verbracht, sich abgekühlt, gegessen, ihre Wäsche gewaschen. Noch hat niemand den Platz erobert, doch lange wird es nicht dauern, wenn sie erst fort sind, auf dem Weg zurück nach Rumänien, mit nicht mal einem Drittel des Geldes in den Taschen.

Adriana zieht die Stiefel aus, hebt den Rock höher und geht bis zu den Knien ins Wasser. Es ist noch nicht zu warm im Juni. Sie beugt sich vor und betrachtet sich. Vierunddreißig Jahre, keine Falten, es ist gut, wenn man nicht so dünn ist. In der Verzerrung des Wassers wirkt es dennoch fremd. Ein Gesicht, in dem die Traurigkeit zu Hause ist, nicht das Lachen. Sieht sie ihrem Vater ähnlich? Sie kann sich kaum erinnern, wie er aussah.

Sie taucht die Hände ein und spritzt sich Wasser ins Gesicht. Gedankenstopp. Sie will nicht daran denken. Niemand will das.

Sie sprechen zu Hause nicht davon, das bringt Unglück. Doch manchmal ist es anstrengender, nicht daran zu denken. Die Erinnerung verschwindet, das beunruhigt sie.

Als Adriana die steile Böschung hochsteigt, spürt sie die Schwere ihrer Beine. Sie will jetzt noch nicht den Berg hinaufgehen. Es ist zu heiß. Sie legt sich in den Schatten der tief herabhängenden Weide und schließt die Augen.

Zum ersten Mal seit vielen Jahren hat sie wieder den Traum. Sie steht zwischen den Bäumen am Rand des Feldes, durch das Getreide weht der Wind. Plötzlich erhebt er sich aus dem Feld, sie lacht. Vater kommt zurück. Er ruft ihr etwas zu: »Ich bin es nicht!« Sie lacht. Natürlich ist er es! Er breitet die Arme aus. Sie rennt auf ihn zu. Doch bevor sie ihn erreicht, versagen ihre Beine, der Boden unter ihr gibt nach. Und schon liegt sie im Feld, zwischen den Halmen, allein.

Adriana genießt für einen Moment die orangefarbene Wärme auf den Lidern, dann öffnet sie die Augen und lässt die Wirklichkeit Stück für Stück in ihr Bewusstsein einsickern. Das harte Sonnenlicht. Die Stimmen der Bulgaren. Keine Verträge. Kein Holz für den Winter.

Warum ist der Traum zurückgekehrt? Sie empfindet ihn wie eine Folter, Vater ist lange tot, nichts kann ihn wieder lebendig machen. Der Traum raubt ihr die Kraft. Sie setzt sich auf und streckt die Schultern. Versucht den Traum abzuschütteln.

Vielleicht liegt es daran, dass Liviu gestern angekommen ist. Er hat ein Auto für Florin gebracht, der seins zu Beginn des Sommers verkaufen musste, um die Miete zu bezahlen. Liviu verbringt den Sommer auf den Autobahnen, überall aus Europa rufen ihn die Leute an, wenn einer ein Auto braucht. Er ist ehrlich, seine Hände können selbst einem Wrack noch Leben einhauchen. Livius Familie ist diesen Sommer in Berlin, weil sie aus Frankreich verschwinden mussten. Man hört, dort lässt es sich ganz gut leben.

Adriana ist wütend. Die Wut ist ihr Begleiter, seit sie denken kann. Liegt ein Fluch über ihrer Familie? Was will Vater ihr sagen? Der Polizist hat ihn abgeschossen wie ein Tier. So oft hat sie daran gedacht, wie es wäre, den Mann zu töten. In endlosen Nächten, in denen sie nicht schlafen konnte vor Angst, dass die Mutter sich das Leben nimmt. Vom einen Paar Stiefel zum nächsten ist das Messer gewandert, und jedes Mal hat sie es geschliffen, so scharf sie konnte. Ist es das, was Vater will?

4. Juni 2012, Kreuzberg
Berlin, Deutschland

»Nikolaus!«

Er hat sich immer noch nicht dran gewöhnt. Jasmin besteht darauf, ihn bei seinem richtigen Namen zu nennen. Vielleicht will sie damit einen klaren Strich unter seine Vergangenheit ziehen. Seine Frau ist die geradlinigste Person der Welt.

Nick Ostrowski sitzt auf der Schaukel neben der Babyplansche. Sein elf Monate alter Sohn Azim sitzt zehn Zentimeter vom rettenden Ufer entfernt in der warmen Brühe und spielt mit einem Plastikdelfin. Nick sieht nach oben zur Dachgeschosswohnung. Jasmin steht auf der Terrasse.

»Kannst du nicht mal die Sonnenbrille abnehmen? Du siehst ja nicht mal, ob er ertrinkt!«

Das Wasser ist zur Mitte hin tiefer. Mindestens dreißig Zentimeter an der tiefsten Stelle. Nick nimmt die Brille ab.

»Ich fahr jetzt ins AA! Bis später.«

Er bemerkt, dass alle ihn anstarren. Die Frauen natürlich, nicht die Kinder. Nick hat nichts gegen Kinder. Aber er hat definitiv was gegen Spielplätze, Babyplanschen eingeschlossen. Für ihn die traurigsten Orte der Welt. Er kann die Blicke fast körperlich spüren, abschätzend, manche interessiert. Viele der Mütter sind jünger als er. Sie haben lange Haare, modische Frisuren, gepflegte Körper. Als wollten sie kollektiv darauf hinweisen, dass Mütter heute nicht mehr automatisch vom Markt genommen werden.

Nick klappt seinen Laptop auf und versucht ihn auf den Knien auszubalancieren und dabei nicht ins Schaukeln zu geraten. In Bombay, direkt nach Azims Geburt, konnte er wenigstens ein paar Stunden am Tag arbeiten. Es gab ein Kindermädchen und eine Frau, die die Wohnung putzte. Nick war am Ende doch ein neofeudaler weißer Snob geworden.

»Joel! Das ist aber nicht nett. Guck mal, das Kind ist kleiner als du. Gib doch bitte mal den Delfin zurück.«

Eins, zwei, drei. Nick klappt den Laptop zu. Azim fängt an zu schreien. Er hebt ihn hoch und setzt sich mit ihm auf die Schaukel, andersherum, damit sie ihn nicht dabei scannen können, wie er versucht, sein Kind zu beruhigen. Den Artikel über die Gay Pride Parade in Bombay wird er vielleicht heute Nacht fertig schreiben. Wenn Azim durchschläft. Was er nicht tut. Schon seit vier Monaten nicht, seit sie wieder in Deutschland sind. Jasmin braucht ihren Schlaf. Das Auswärtige Amt ist schließlich keine Pommesbude. Apropos Pommes …

»Was meinst du, Azim, wollen wir mal wieder zu McDonalds?« Die Frage ist nicht für Azim gedacht, der ist längst eingeschlafen. Nick dreht sich um. Tödliche Blicke treffen ihn von allen Seiten. Zufrieden setzt er die Sonnenbrille auf, packt Azim in die dreirädrige Joggingkarre und schiebt Richtung Ausgang. Immer in Bewegung bleiben.

Eine Stunde später sitzt er in seinem türkischen Lieblingsbiergarten, vor sich einen Teller Köfte mit Pommes und ein großes Bier. Azim ist aufgewacht und robbt durch den Sand eines abgezäunten Miniatur-Freizeitparks für die Kinder. Immerhin gibt es hier so früh am Nachmittag nur wenige Besucher. Nick fühlt sich brammig und leicht benebelt vom Bier. Der Artikel dümpelt ganz außen an der Peripherie seines Bewusstseins.

Fünftausend Leute, Regenbohnenfahnen, ein verstohlener Kuss zwischen zwei Männern. Ungläubig stand Nick mit Azim im Schultertuch am Marine Drive. Mitlaufen wollte er nicht, falls doch die Polizei eingriff. Vor allem wollte er nicht Cal über den Weg laufen. War auch nicht möglich, denn Cal war, wie so oft, umringt von Freunden und Fans.

Vier Jahre lang Versteckspielen, ein Doppelleben führen, immer Angst haben, entdeckt zu werden. Wie oft hatten er und Cal sich ausgemalt, wie es wäre, wenn Artikel 377 der indischen Verfassung abgeschafft würde und sie endlich offiziell zusammen sein könnten. Doch dazu kam es nicht mehr. Cal arrangierte sich prima zwischen seiner Scheinehe mit der Tochter eines Studiobesitzers und seinem heimlichen Zweitleben mit Nick. Eigentlich war er sowieso nie da, denn er gehört zu den Shooting Stars des neuen indischen Kinos. Die Zeit der Bollywood-Märchen ist vorbei, die Jugend in den Metropolen will ihre eigenen Filme.

Nick fuhr hierhin und dorthin, schrieb aufwühlende Reportagen und begann sich zu langweilen. Die Nachrichten von Mattie waren auch nicht besser. Indienreise abgesagt, stattdessen saß sie am Bett ihres Vaters herum und vergeudete ihre Jugend mit Kamal Assadi.

Wenn Nick eines nicht erträgt, außer Spielplätzen, dann ist es Stillstand. Stillstand ist gleich Tod. Und so schlug Jasmin wie ein Meteorit in sein Leben ein, direkt von der Uni in Genf ins Auswärtige Amt gecastet, erster Job im Generalkonsulat Mumbai. Ob er und Azim von Anfang an zu ihrem Plan gehörten, möchte er lieber nicht wissen. Diese Frau hat ihn vom ersten Moment an überwältigt. Damals hinter der Glasscheibe in Kamal Assadis Dojo an der Ostsee.

Jasmin bezog eine schicke Konsulatswohnung in South Bombay, wo Nick sich öfter blicken ließ, als gut für ihn war. Sie wollte Nick, daran ließ sie keinen Zweifel. Seine Beziehung zu Cal ignorierte sie einfach. Er brauchte dem Impuls nur nachzugeben. Seine neue Liebe gefiel ihm umso besser, weil Jasmins Vater Kamal tobte und Mattie jetzt sozusagen seine Schwiegermutter war.

»Nikolaus, wach auf.« Klar, er ist eingeschlafen. Und sie hat ihn erwischt. Ihre Augen sind dunkel vor Wut. Azim klammert sich an sie, seine volle Windel stinkt drei Meilen gegen den Wind.

»Scheiße, Jasmin, tut mir leid. Setz dich doch. Willst du was trinken?«

Sie schüttelt den Kopf und bleibt stehen. »Du riechst nach Bier.« Jasmin trinkt kaum Alkohol, nicht weil sie irgendwie bekennende Muslimin ist, sondern aus gesundheitlichen Gründen. Die Disziplin, die sie von klein auf beim Kung-Fu gelernt hat, erstreckt sich auf alle Bereiche ihres Lebens.

Nick fühlt sich uralt. »Gibt es nicht die Technik des betrunkenen Mönchs? Die wollte ich mal ausprobieren.«

Jasmin trägt ihre Haare jetzt lang, und in letzter Zeit hat sie öfter Röcke an als Hosen. Leute drehen sich nach ihr um. Sie legt Azim auf dem Stuhl ab und hockt sich hin, um die Windel zu wechseln. Jeder Handgriff sitzt.

Nick fühlt, wie er ihre Aufmerksamkeit verliert. Also platziert er vorsichtig den Sprengsatz. »Mattie braucht einen Job. Weißt du nicht was?«

»Was soll denn das jetzt schon wieder?«

Nick lehnt sich zurück. Er hat, was er wollte. »Sie braucht einen richtigen, gut bezahlten Job. Heimkosten für Emma.«

Jasmin schüttelt unwillig den Kopf. »Mal abgesehen davon, dass sie alt genug ist, kann sich doch Kamal darum kümmern. Was geht uns das an?«

Nick nimmt seine Sonnenbrille ab. Ihm ist plötzlich kühl. Die Sonne ist hinter den Bäumen verschwunden. »Sie wird ihn verlassen. Ich hab's ihr angesehen.«

Jasmin dreht sich um. Für einen Moment sieht er Angst in ihrem Blick aufflackern. »Wieso? Wo ist sie denn?«

»Noch ist sie in Kiel. Wir haben heute geskypt.«

Sie versucht ihren Ausrutscher zu überspielen und lacht gekünstelt auf. »Ach, und du kannst über Skype ihre Zukunft lesen?« Sie hat sich wieder im Griff. »Mattie hat gerade ihren Vater verloren. Klar, dass es ihr nicht so gut geht.«

Er schüttelt den Kopf. »Vergiss es, Jasmin. Ich kenne Mattie besser als jeder andere. Ich kann in ihr lesen wie in einem Buch.«

Plötzlich bricht es aus ihr heraus. »Und warum hast du dann nicht Mattie geheiratet?« Trotz des Kindes auf ihrem Arm sieht sie aus wie ein wütendes kleines Mädchen.

Nick ist nicht nach Versöhnlichkeit zumute. Er weiß genau, was sie jetzt hören möchte. Aber er will es ihr nicht geben. »Ich weiß auch nicht.« Er zuckt die Schultern. »Irgendwie war nie der richtige Moment.«

Azim spürt die Gewitterfront, die zwischen seinen Eltern aufzieht, und fängt an zu weinen. Nick würde sich am liebsten die Ohren zuhalten, oder noch besser: wegrennen. Weg aus diesem Vorzeigeleben.

»Nikolaus!« Ihre Stimme dringt wie aus weiter Ferne zu ihm durch. Sie hat Azim über ihre Schulter gelegt und lässt ihn vorsichtig auf und ab wippen. Die Härte ist aus ihrem Blick verschwunden. »Ich höre mich um, okay? Können wir jetzt nach Hause gehen?«

Er nickt. Und dann gehen sie nach Hause. Wie jeden Abend.

9. Juni 2012, Braşov
Transsilvanien, Rumänien

»Mist!« Draußen ist es ja hell! Da vorne um die Ecke, dann kommt das Fußballstadion. Nadina Lăcătuş reißt die Kopfhörer aus den Ohren und stopft das Handy in die Tasche ihrer Trainingshose. Sie tritt dem Opa neben ihr auf die Füße.

Der Alte schreckt aus dem Schlaf. »Was?«

Doch Nadina ist schon weiter. »Stopp!«

Der Fahrer steigt auf die Bremsen. Gerade noch geschafft.

Der Rollkoffer knallt auf die Straße. Ihr restliches Geld ist dafür draufgegangen, auf dem chinesischen Markt in Bucureşti. Darin ihre Sachen, die sich über die letzten vier Jahre angesammelt haben, Stifte, Haarspangen und ein Plastikfußball für die Kleinen von ihren Brüdern. Jeden Leu abgespart vom lausigen Almosen für die Stipendiaten. Taschengeld nennen sie das. Ein Witz. Raluca, die das nur für den Kick macht, hat ihr gezeigt, wie man bei H&M die Sicherungen aus den Klamotten fummelt. Sonst würde Nadina heute noch denselben Rock tragen wie an dem Tag, als sie wegging.

Der Bus hustet schwarzen Qualm und verschwindet in Richtung Innenstadt. Auf einmal kriegt sie den Horror. Hinterherrennen. Wieder einsteigen. Irgendwohin fahren. Zu spät. Nadina setzt sich auf die Bank vor dem Stadion. Die langen Haare nerven. Nachts im Bus hat sie das Haargummi abgemacht und eingesteckt. Ach ja, linke Tasche. Hier will sie sowieso nicht mit offenen Haaren rumlaufen. Da sind ja auch die Kopfhörer. Nur noch einmal. Rihanna und Eminem.

Just gonna stand there and watch me burn
But that's all right because I like the way it hurts
Just gonna stand there and hear me cry
But that's all right because I love the way you lie

Kann sie gar nicht oft genug hören. Der Wind auf den nackten Schultern. Ganz schön kalt hier oben in den Bergen. Voll die Tussi ist sie geworden. Sie steckt sich eine Kippe an, um das kribbelige Gefühl in der Magengrube loszuwerden. Alles easy, sie war doch alle paar Monate hier. In den Ferien. Heute kommt sie für immer zurück.

Sie ist nicht mehr die kleine Doofe aus der Provinz. Sie weiß Bescheid. Das Ţiganikind für die Quote auf dem Internat. Irgend so ein Schwachsinns-Modellprojekt aus Brüssel. Wenn es Kohle von der EU gibt, machen in Rumänien alle Männchen. Ihre alte Klassenlehrerin hat sie vorgeschlagen, damals nach der achten. Mama wollte sie hierbehalten. Die Brüder wollten, dass sie bei Mama blieb. Nadina wollte auch bei Mama bleiben. Die Lehrerin ist immer wieder bei ihnen aufgekreuzt. Bis Mama zugestimmt hat. »Du wirst vier Jahre lang zu essen haben, Tochter.« Als das Auto kam, um sie abzuholen, konnte Mihai sie trotzdem nur mit Gewalt reinbefördern.

Es war schlimmer als erwartet. Sie musste sich jeden Millimeter Respekt von den Gadjes erkämpfen. Mit Schreien und Spucken und oft genug mit den Fingernägeln. »Halt immer den Kopf hoch.« Mamas Lieblingsspruch. »Und heul nicht vor den Weißen.« Wie oft hat sie das Stipendium verflucht. Ihre Sachen gepackt, um abzuhauen. Die Tränen runtergeschluckt. Weitergemacht.

Bringt nichts, hier rumzuhängen. Sie zieht den Griff von dem Koffer raus und macht sich auf den Weg nach Hause. Immer an der Ausfallstraße nach Osten, unter der Stromtrasse. Der Koffer poltert über die uralten Platten des Bürgersteigs. Oh Mann. In Bucureşti lief der noch wie geschmiert. Autos rasen an ihr vorbei. Wochenende, die Reichen fahren raus in ihre Datschen.

Endlich. Sie bleibt kurz stehen. Noch 'ne Kippe. Wollte sie eigentlich für später aufheben. Wer weiß, wann sie Arbeit findet. Aber das Kribbeln geht nicht weg. Die letzten Häuserblocks hier links, dann ist die Stadt zu Ende. Die Brücke über den Fluss, links die Sandpiste rein. Ihre Siedlung.

Neben ihr tauchen sofort die Kinder, die Hunde und ein Ferkel auf. Haben die hier gewartet oder was? Voll das Ghetto. Zusammengezimmerte Hütten hinter Wellblechzäunen. Überall Müll. Verdammt, holt den hier keiner ab? Blöde Frage. Was irgendwer zu Geld machen kann, wird rausgesammelt, der Rest bleibt liegen.

»Nadina!« Ist das nicht der Älteste von Mihai, der sich da zu ihr durchboxt?

»Lass mich mal durch.« Sie versucht schneller zu laufen, aber der blöde Koffer wird immer schwerer auf dem Sand. Vor ihr das Umspannwerk, mitten im Mais, direkt hinter den letzten Hütten. Was stehen denn die ganzen Leute da rum?

Die Bretterpforte geht auf. Mama tritt auf die Straße. Obwohl sie so klein ist, der Rücken krumm, bildet sich sofort eine Gasse. Sie hat diese Wirkung auf die Leute.

»Tochter.«

»Mama!«

Ist das wirklich Mihais Großer, der an ihrem Koffer zerrt? Wird er schon sein. Sie lässt los. Nur noch ein paar Schritte. Mama riecht so gut. Nadina drückt ihr Gesicht an das kratzige Tuch, mit dem sie ihre Haare zusammenhält.

»Willkommen zu Hause, mein Kind.«

Neugierige Blicke bohren sich in ihren Rücken. Die mit dem Schulabschluss. »Silvia, sag ihr, sie soll ihr Gesicht zeigen!«, ruft jemand und lacht.

»Komm.« Mama zieht sie mit festem Griff hinter sich her und schließt die Pforte. »Heute gehörst du noch mir allein.«

Nadina lacht. »Wieso noch?«

»Na, na, du wirst sehen. Kaum vergeht der Tag, und schon sind die Kinder fort.«

Sie knufft ihre Mutter in die Seite. »Mama, deine Söhne wohnen um die Ecke. Deine Enkel sind mehr bei dir als bei ihren eigenen Müttern.«

Alles sieht enger aus als früher. Der rechteckige Hof mit dem Bretterverschlag und dem Klo. Ein Kinderfahrrad. Eine Puppe ohne Arme. Mama hält ihr den Vorhang auf, der ins Wohnzimmer führt. Es ist winzig, gerade genug Platz für das Sofa und den Tisch. Nadina schleudert ihre Flipflops von den Füßen.

»Ich hab alle weggeschickt«, sagt Mama und brüllt den Jungen an, der sich über den Koffer hermachen will. »Raus jetzt! Ihr könnt später wiederkommen. Am Abend!« Der Sandkastenrocker zieht eine verspiegelte Sonnenbrille aus der Hemdtasche, setzt sie auf und versucht einen coolen Rückzug. Als er sich umdreht, liest sie auf dem Portugal-Trikot: *Ronaldo* und die Sieben. Richtig, Cristi heißt er.

»Setz dich hierhin.« Ein Befehl, keine Widerrede. Sie lässt sich aufs Sofa fallen. Mama verschwindet nebenan in der Küche und kommt mit einem Tablett wieder. Brot, Käse und ein paar verschrumpelte Tomaten. Das soll alles sein? Dafür hat sie geschuftet wie ein Ochse und ein verdammtes Abschlusszeugnis mitgebracht? »Der Herd ist kaputt, Kind. Der letzte Regen ist durch das Dach gegangen und hat Löcher ins Eisen gefressen. Jetzt fällt das Holz durch.«

Nadina seufzt. Es hat nie was anderes gegeben. Als hätte das Haus auch Löcher im Boden, durch die das Geld fällt. Mama zieht wortlos ihr T-Shirt aus. Nadina muss den Blick abwenden. Es ist schlimmer geworden. Die Wirbelsäule sieht aus wie eine Schlange, die unter der Haut liegt. »Die Schmerzen.« Mama sagt das so, als würde sie über das Wetter reden. »Jede Nacht. Ich kann nicht mehr schlafen. Ich kann nicht mehr arbeiten.« In den letzten Winterferien ist Mama noch einmal die Woche ins Fußballstadion gelaufen und hat ganz allein die riesige Tribüne, die Toiletten und die Kabinen für die Spieler geputzt.

»Ich gehe arbeiten. Die Callcenter suchen Leute, die Englisch und Französisch können. Du ruhst dich aus.« Sie nimmt das Zeugnis aus der Mappe und gibt es Mama.

Die Brille liegt noch in der Schublade. Sie setzt sie umständlich auf. Trotzdem hält sie das Blatt weit weg. Ihre Augen werden auch immer schlechter. »Du bist wie dein Vater. Immer wollte er noch mehr lernen über seine Maschine. Lernen, lernen. Und wen haben sie zuerst entlassen? Die Ţigani.«

Nadina seufzt. »Mama, das war damals. Heute zählen andere Sachen. Außerdem sehe ich nicht aus wie eine –«

Mamas Augen schießen grünes Feuer. Ohne ein weiteres Wort nimmt sie den leeren Teller und verschwindet. »Es ist besser, wenn deine Brüder dich nicht sehen«, ertönt die Stimme hinter dem Vorhang. »Sie kommen meistens zwischen vier und sechs, nach der Arbeit. Wenn es welche gibt.«

»Es tut mir leid, Mama!« Sie hat gelernt, die Tränen runterzuschlucken.

»Du bist jung und unverheiratet. Es wird sich herumsprechen, dass du wieder da bist.«

Nadina versteht. »Ich will nicht heiraten. Ich will noch keine Kinder.«

Als sie hochsieht, steht Mama wieder in der Tür. »Was ist daran schlimm?«, fragt sie, und ihre Stimme klingt wie Metall. »So ist es immer gewesen.«

»Ich will Architektur studieren.« Auf der Abschlussfeier haben alle so geredet. Ich mach dies und das. Ins Ausland gehen. Work and Travel. Und sie hat mitgemacht. Einfach irgendwas gelabert. Na ja, hier interessiert das sowieso keinen.

»Sicher«, sagt Mama. Ihre Gedanken sind schon ganz woanders. Das Zeugnis verschwindet in der Schublade, zusammen mit der Brille. Wertloses Zeug.

Nadina steht auf. In der engen Hütte hat sie das Gefühl, keine Luft zu kriegen. Raus in den Hof. Noch eine Kippe. Auch zu eng. Zu laut. Überall Stimmen. Geräusche. Gerüche. Armut. Sie versucht sich zu erinnern. Im Stadtzentrum gibt es Internetcafés. Das Wechselgeld vom Busticket reicht vielleicht noch für ein paar Stunden. Eine Weile verschwinden, zwischen Touristen und den Jugendlichen aus den Wohnblöcken.

Auszeit.

11. Juni 2012, Gemeinde Peltzow
Mecklenburg-Vorpommern, Deutschland

Sie hat es getan.

Draußen vor dem Fenster Windräder. Die gab es damals nicht. Nicht hier.

»Nächste Abfahrt.« Liviu ist aufgewacht und gibt kurze Anweisungen an seinen Schwager, der jetzt fährt. Sie haben sich abgewechselt, in einem Rutsch durch von Zaragoza. Adriana weiß, dass sie wegen ihr einen Umweg von mehreren Stunden machen. Sie hat die Schilder nach Berlin gesehen, heute früh. Jetzt steht die Sonne hoch.

Fast bedauert sie es, als der Wagen auf die schlecht geteerte Abfahrt rumpelt. Die Zeit auf der Autobahn hat ihr gut getan. Das leise Gemurmel der Männer vorn, der Rauch ihrer Zigaretten. Viele Stunden zum Nachdenken.

Liviu glaubt natürlich, Florin wüsste Bescheid. Sie sind im Dunkeln aufgestanden, ihr Mann schlief noch. Keine Ehefrau – ganz sicher nicht Adriana die Stille – läuft einfach fort. Sie riskiert zu viel. Ihre Töchter. Sie will nicht allein sein. Fünfzig Euro hat sie mitgenommen, mehr nicht. Adriana hat Liviu erklärt, sie möchte sich ein eigenes Bild von der Lage in Berlin machen, Möglichkeiten sondieren. Florin wolle noch ein paar Tage länger auf den Vertrag warten. Liviu hat keine Fragen gestellt. Erst als sie schon in Deutschland waren, hat sie ihn gebeten, sie an dem Ort abzusetzen, wo ihr Vater starb.

Plötzlich durchfährt sie ein Ruck. Kein Zweifel. Dasselbe Dorf. Kirche ohne Turm. Es sieht noch genauso aus wie vor zwanzig Jahren.

Liviu dreht sich um. »Bist du sicher, Adriana Voinescu?« Er gibt sich keine Mühe, seine Skepsis zu verbergen.

»Ja.« Ihre Stimme klingt fest. In ihr sieht es anders aus.

Er reicht ihr einen Zettel. »Meine deutsche Handynummer.

Ruf mich an, wenn du in Berlin bist. Du kannst zu Fuß rüber nach Polen gehen –«

»Und den Zug nach Berlin nehmen. Regionalexpress. Ich habe es mir gemerkt.«

»Man soll die Toten ruhen lassen. Bringt Unglück.« Sie kann sein Gemurmel kaum verstehen, er hat sich wieder nach vorn gedreht.

Da! Die Straße knickt nach rechts ab, die Brücke über die Autobahn. Dieser verfluchte Ort. Sie braucht die Bilder ihres Traums nicht heraufzubeschwören, um ihn zu erkennen. Das Feld links hinter den letzten Häusern. Es steht wieder Getreide darauf. Und Windräder. Hoch ragen sie in den Himmel. Verdunkeln die Sonne. »Hier rechts kannst du halten.«

Der Schwager bremst ab und biegt auf einen Feldweg ein. Der Motor verstummt. Es ist still. Die Männer auf dem Vordersitz haben Bartstoppeln und rote Augen.

»Es ist gut«, sagt Adriana. »Danke, mein Freund.« Sie steigt aus und läuft los, ohne sich umzusehen. Sie geht in das Feld, einfach geradeaus. Das Getreide reicht ihr bis über die Knie. Sie schließt die Augen, berührt die Ähren. Dasselbe Gefühl. Augen auf. Lässt sich von ihrer Erinnerung leiten. Das Geräusch der Windräder treibt sie an. Fffffft. Fffffft. Plötzlich streift sie der Schatten eines Flügels. Fffffft. Es ist ein Gefühl, als würde sie in der Mitte durchgeschnitten. Ihr Herz setzt aus.

Dann schlägt es wieder.

Fffffft. Fffffft. Sie fühlt sich verletzlich. Schutz suchen. Schnell tritt sie aus der Reichweite des letzten Schattens, den Blick weiter auf den Boden geheftet. Wo war die Stelle? Da drüben?

Alles sieht gleich aus. Was will sie hier? Ihr Mut verlässt sie schlagartig, und sie setzt sich zwischen die Halme. Sie ist wieder vierzehn. Ihr ist nach Weinen zumute, doch sie weiß nicht, wie das geht.

»Ist Ihnen nicht gut?«

Wie elektrisiert springt sie auf. Eine Stimme, nicht laut. Alt, wie Pergamentpapier. Diese Sprache, die sie geschworen hat zu hassen, zu vergessen. Und die doch so viele Jahre in ihr geschlummert hat wie ein unsichtbarer Parasit.

»Hier bin ich. Kommen Sie doch näher!«

Orientierung. Vor ihr das Feld, die Windräder. Die Straße, jetzt rechts. Langsam dreht sie sich um. Auf der Flucht vor den Schatten ist sie viel zu nah an die Häuser des Dorfes gekommen. Ein Zaun, dahinter eine Gestalt, ganz dünn und krumm. Und ein Hund, der ruhig neben ihr steht. Zögernd setzt sich Adriana in Bewegung.

Es ist eine Frau. Ihre Haare sind silbern und kurz geschnitten. Sie trägt Hemd und Hose, wie ein Mann. Ihr Kopf liegt schräg, wie bei einem Vogel. Ihre hellen Augen frei von Angst, neugierig.

»Möchten Sie ein Glas Wasser? Kommen Sie herein, da ist eine Pforte.«

Adriana folgt dem mit Mühe ausgestreckten Arm den Zaun entlang. Warum traut sie der Frau? Sie traut niemandem in diesem verfluchten Land!

Als sie die Tür durchschritten hat, geht die Alte schon über ihren winzigen Hof. Ganz langsam geht sie. Der Hund beschnüffelt Adrianas Rock, sein Gesicht ist weiß vom Alter. Er wedelt kurz mit dem Schwanz und folgt seiner Herrin. Sie steigt ein paar Treppen zur überdachten Veranda hinauf. Schritt für Schritt.

Dann sitzen sie in einem Vorbau mit großen Fenstern. Ein alter Tisch mit einer Holzbank rundherum, darauf Kissen, mit einem dunkelgrünen, schimmernden Stoff bezogen. Alles wirkt alt und zerbrechlich, die Frau, die Möbel, sogar der Hund. Nur der Blick aus den hellen Augen ist fest. Wieder muss sie an einen Vogel denken.

»Verstehen Sie mich?«

Adriana nickt. Die Sprache kommt an, doch es formt sich

keine Antwort in ihrem trockenen Mund. Sie trinkt von dem Wasser.

Die Vogelfrau sieht ihr zu. »Ich möchte Ihnen etwas erzählen.« Sie spricht leise und deutlich. »Als junges Mädchen habe ich nicht hier gewohnt, sondern im heutigen Polen.« Sie deutet über das Feld. »Meinen Eltern gehörte ein großer Hof. Eines Tages kamen die Zigeuner. Sie lagerten direkt hinter unserem Haus. Ich habe mich jeden Tag hingeschlichen. Ich wollte nicht stören. Nur zusehen. Eines Tages hat mich eine alte Zigeunerin erwischt. Sie hat mich verflucht. Glauben Sie an Flüche?«

Adriana weiß nicht genau, was dieses Wort bedeutet. Sie nickt wieder.

»Ich auch. Könnten Sie den Fluch vielleicht aufheben? Wissen Sie, ich leide an Parkinson. Vielleicht sterbe ich bald.«

Sie möchte antworten, doch die Worte bleiben ihr im Hals stecken. Sie hustet.

Die Frau schenkt ihr Wasser nach und spricht weiter. »Ich wusste, dass eines Tages einer von ihnen hierher zurückkommen würde. Niemand erschießt ungestraft einen Zigeuner, nicht wahr?«

Es fühlt sich an, als würde Strom durch ihren Körper jagen. »Kennst du ihn? Den Polizisten?« Ist das wirklich ihre Stimme? Sie klingt fremd und hart. »Bist du hier, damals?« Irgendetwas stimmt noch nicht, doch jetzt will diese andere Sprache schneller aus ihrem Mund, als ihr lieb ist.

»Natürlich war ich hier. Ich lebe in diesem Haus seit neunzehnhunderteinundfünfzig. Mit meinem Mann. Er war auch hier, aber vor drei Jahren ist er gestorben.«

»Mein Vater. Er ist erschossen. Hier.«

Die Vogelaugen werden weich. »Ihr Vater?« Eine Hand auf ihrer. Sie zuckt zurück, dann tut es ihr leid. Flecken auf der alten Hand. Die Haut ist warm und trocken.

»Kennst du ihn? Den Polizisten?«, fragt sie noch einmal. Sie weiß jetzt, dass diese Begegnung kein Zufall ist. Ebenso wenig wie ihr Traum.

Der Blick der Vogelfrau kehrt sich nach innen, als suche sie etwas. »Zwei Jäger waren das doch. Einer aus dem Westen und unser ehemaliger ABV, der Jahn. Der war früher eine Art Polizist, ja.«

»Du siehst ihn?« Adriana macht eine Bewegung, als hielte sie ein Gewehr und würde schießen.

»Nein, Kind.« Die Alte schüttelt bedauernd den Kopf. »Wir lagen doch in unseren Betten. Ich habe den Schuss gehört, aber das war nichts Besonderes. Erst als das Feld brannte, am nächsten Morgen, da haben wir begriffen, was los war. Und der Jahn, der stand da drüben an der Straße mit den anderen, in aller Seelenruhe. Hat einfach zugesehen. Der war sicher, er kommt davon. Bis sie ihn abgeholt haben.«

»Jahn? Ist Name? Wo ist Jahn?« Sie sucht nach dem Wort, dann fällt es ihr wieder ein. Ein Wort, das im Heim jedes Kind kannte. »Gefängnis?«

»Der war keine Woche im Gefängnis.« Die Vogelaugen wenden sich ab, streifen durch den kleinen Raum. »Da drüben, geben Sie mir mal die Papiere, bitte!« Adriana dreht sich um. Ein Bündel Papier, verschnürt, bereit zum Mitnehmen neben der Tür. Sie gibt es der Alten.

Mit zitternden Fingern beginnt sie den Knoten zu lösen. Es dauert lange. Stille breitet sich aus. Endlich hat sie das Band abgewickelt. Ein Papier nach dem anderen wird betrachtet, zur Seite gelegt, betrachtet, zur Seite gelegt.

Adriana fällt das Warten nicht schwer. Sie hat in ihrem Leben gelernt zu warten. Darauf, dass der Morgen anbricht und die Mutter noch lebt. Auf die Verträge in Zaragoza. Auf die Abwasserrohre in Turnu Severin. Auf bessere Zeiten.

»Da ist es ja! Hier, sehen Sie mal!« Ein Papier wandert langsam über den Tisch zu ihr. »Der konnte sich hier im Dorf nicht mehr blicken lassen. Die Leute haben gedacht, der hat seine alten Seilschaften aktiviert, deswegen muss er nicht in Haft. Nach Kollwitz gezogen ist er angeblich, um für diese Firma hier zu arbeiten. *Nordhaus Immobilien.*«

Ratlos betrachtet Adriana das Foto auf dem Prospekt. Eine Familie, am Strand, dahinter Häuser. »Immobi-lien?« Das Wort bedeutet nichts in ihrem Kopf.

»Die verkaufen Wohnungen. Direkt am Meer. Jede Woche habe ich diese Prospekte im Kasten. Als könnte sich eine alte Frau so was leisten.« Ihr Blick schweift aus dem Fenster, über den Hof, zum Stall. Hühner laufen herum und picken im kurzen Gras. »Ich möchte hier sterben«, sagt sie leise.

Adriana spürt ihre Trauer und steht auf.

»Nein, warten Sie!« Die Augen leuchten wieder hell und freundlich. »Ich habe doch noch etwas. Haben Sie noch Geduld, mein Kind?«

Während Adriana sich wieder hinsetzt, geht die Vogelfrau nach hinten ins Dunkel ihrer Wohnung. Zeit vergeht. Ab und zu rumpelt es. Adriana wird schläfrig. Der Hund beobachtet sie. Eine Fliege summt.

»Sehen Sie mal!« Adriana schreckt hoch. Die Frau steht direkt neben ihr und hält ihr ein Bündel hin, ebenso verschnürt mit grauem Band wie das andere. Doch dies ist kein bedrucktes Papier. Es sind einzelne Blätter, weiß und an den Rändern dunkel. Sie riechen nach Feuchtigkeit und –

Zögernd greift Adriana nach dem Packen.

»Der Wind hat sie damals gegen unseren Zaun geweht. Da habe ich sie nach dem Brand gefunden. Ich konnte die Schrift nicht lesen, also habe ich sie weggelegt, falls die Polizei sie sehen will. Aber es kam ja nie jemand. Ich hatte sie ganz vergessen. Bis ich sie neulich zwischen meinen Büchern gefunden habe.«

Die Schrift. Sie kennt diese Schrift! Er hat sie immer seine

Fahrtenbücher genannt. »Meine liebe Adriana, das Haus ist leer ohne euch hier in Turnu Severin«, der Text verschwimmt vor ihren Augen. Weg, schnell weg von hier.

»Ist schon gut, mein Kind.« Die Vogelfrau steht immer noch da, den Kopf schräg. Sie reicht Adriana gerade bis zur Schulter. »Nimm sie mit, sie sind ja dein.«

Adriana kann nicht sprechen. Also folgt sie ihrem Gefühl, nimmt den Kopf der Frau in ihre Hände, ganz vorsichtig, und küsst sie auf die Stirn.

Dann verlässt sie das Haus. Ihre Stiefel gehen wie von selbst die Stufen hinab. An der Gartentür dreht sie sich noch einmal um. Die Frau und ihr Hund stehen im Eingang und sehen ihr nach. Die Frau lächelt. Adriana hebt die linke Hand zum Gruß. In der Rechten hält sie den Prospekt und die losen Seiten aus dem letzten Fahrtenbuch ihres Vaters.

»Meine liebe Adriana.«

Jedes seiner Worte gehört ihr. Ihr ganz allein.

11. Juni 2012, Hansestadt Kollwitz
Mecklenburg-Vorpommern, Deutschland

Gesine Matthiesen tritt auf den leeren Schulhof. Eine kräftige Bö fährt ihr ins Haar und bläst ihr ein paar Strähnen ins Gesicht. Von Jahr zu Jahr schimmern sie silberner. Ungeduldig wischt sie die Haare und den Gedanken beiseite. Eitelkeit ist überflüssig, der Lauf der Zeit lässt sich nicht aufhalten. Dunkle Wolken haben sich vor die Sonne geschoben, von der Seeseite her grollt es dumpf. Der rote Tartan des Basketballfeldes leuchtet im Gewitterlicht.

»Tschüs, Frau Matthiesen!«

Sie sieht noch einmal zurück. Kristin und Beata winken ihr

zu. Die Mädchen gehören zu der Projektgruppe, die sie an der Hannah-Arendt-Europaschule leitet. Seit Jahren macht sie mit Freiwilligen aus der Zehnten jeden Sommer nach den Ferien die Ausstellung *Minderheiten in der Region Kollwitz.* Besonderer Anreiz ist natürlich die anschließende Exkursion in ein anderes EU-Land, finanziert mit Projektmitteln aus Brüssel. Dieses Jahr hat sie gemeinsam mit dem Lehrerkollegium entschieden, die Ausstellung über Sinti und Roma zu machen. Im Herbst geht es für eine Woche nach Bukarest. »Denkt ihr bitte an den Grundriss der Aula zum nächsten Mittwoch?«, ruft sie den Mädchen zu.

»Ależ tak!!«

Gesine lächelt. Die Schüler lernen hier zweisprachig, Deutsch und Polnisch. Mitte der Neunziger stand die Oberschule in Kollwitz-Fichtenberg vor der Schließung, weil es zu wenig Schüler gab. Gesine war Vorsitzende des Elternbeirats, Felicitas ging damals in die achte Klasse. Die Lösung lag auf der Hand, auch wenn sie sich damit hier keine Freunde machte. Nur mit Pendlern aus dem nahe gelegenen Szczecin konnte man die Mindestzahlen aufbringen. Von Haus zu Haus hat sie Überzeugungsarbeit geleistet. Am Ende mussten selbst ihre schärfsten Gegner einsehen, dass sie recht hatte.

Es fängt an zu regnen. Gesine zieht die Kapuze ihrer roten Outdoorjacke über den Kopf. Heute gehört Polen zur EU, die Grenze ist offen. Die Szczeciner kaufen auf der deutschen Seite Wohnungen, weil es billiger ist. Man muss das pragmatisch betrachten. Letztlich kommt es den Kollwitzer Steuereinnahmen zugute. Sie läuft weiter im Schutz des neu gebauten Deichs, an den Ostseeterrassen vorbei. Wie ausgestorben der Kinderspielplatz. Nur ein paar Graugänse lagern vor dem kürzlich angelegten Biotop. Zu viele sind es geworden in den letzten Jahren. Umweltschutz sollte in vernünftigen Maßen passieren. Sie sind naiv gewesen, damals nach der Wende. Sind den Grünen ja quasi blindlings hinterhergelaufen. Eigentlich schade, dass das Neue Forum wie so vieles nicht überlebt hat.

Als sie am überdachten Kiosk vorbeihastet, sieht sie die üblichen Verdächtigen vor Bier und Korn hocken. »Schönen Tag auch, Frau Pastorin«, ruft einer.

Gesine hebt grüßend die Hand, zögert einen Moment. Nein, sie werden nicht erwarten, dass sie bei diesem Wetter stehen bleibt und Klönschnack hält. Ist das nicht Uwe Jahn da in der Ecke? Dem bekommt das Rentnerdasein nicht, der Mann ist einsam. Immer öfter sieht sie ihn in letzter Zeit da herumsitzen. Er scheint keine engen Freunde zu haben, seine Frau ist vor zwei Jahren an Magenkrebs gestorben, die Kinder oder Enkelkinder hat sie nie getroffen.

Jetzt ist sie doch stehen geblieben. Ein Pott Kaffee kann nicht schaden angesichts der Bürokratie, die sie im Pfarrhaus erwartet. Das heiße Porzellan wärmt ihre klammen Finger. »Guten Tag, Herr Jahn, darf ich mich setzen?«

Er sieht sie erstaunt an, nickt. »Gibt's wieder ein Problem mit dem Boiler?« Als er noch Hausmeister in den Ostseeterrassen war, hat er sich nie geziert, auch in der Kirche oder im Pfarrhaus mal Hand anzulegen. Jetzt ruft sie wohl oder übel einen Handwerker an, schließlich kann sie den Mann ja nicht schwarz beschäftigen.

»Alles in Ordnung. Und selbst?« Sie weiß aus Erfahrung, dass es keinen Sinn hat, überflüssige Worte zu verschwenden. Ihre Gemeinde liegt schließlich in Vorpommern.

»Bestens.« Sein unsteter Blick verrät das Gegenteil.

»Sagen Sie, Herr Jahn, Ihre Frau erwähnte mal, dass Sie einen Sohn haben, der bei der Bundeswehr dient. Man hört ja so einiges über den Einsatz in Afghanistan.«

Er schweigt. Nimmt einen Schluck Bier. »Mein Sohn ist bei den Pionieren. In Süddeutschland.«

Gesine ist erfreut über den Ansatzpunkt. »Ach, wo denn

genau? Wissen Sie, meine Tochter lebt in Freiburg, und da bin ich in den letzten Jahren öfter –«

»Hab ich vergessen.« Er nimmt noch einen Schluck Bier.

Gesine beobachtet ihn. Er sucht nach einem Ausweg, will nicht unhöflich sein. Immerhin hat sie seine Frau in den letzten Monaten ihres Lebens fast täglich besucht. Gesine weiß einiges über Agnes Jahn, die ihr Leben als Verschwendung angesehen hat. Wenigstens hat sie in Frieden sterben können, im Vertrauen zu Gott.

»Denen ist es doch egal, wer ihre Eltern sind. Seitdem, also seit damals –«

Die anderen sehen herüber. Seine Stimme ist lauter geworden als beabsichtigt. Er will alles, nur nicht auffallen, der Jahn. »Entschuldigen Sie, ich habe noch Wild abzukochen.« Er steht auf. Draußen gießt es. Nicht einmal das kann ihn abhalten von seiner überstürzten Flucht.

Mit drei Schritten ist Gesine wieder an seiner Seite. »Dann haben wir ja denselben Weg!«, ruft sie gegen den Sturm an.

Schweigend stapfen sie durch die plötzliche Dämmerung. Ein Blitz erhellt die Szenerie. Links die schimmernden Ostseeterrassen, rechts wie ein beabsichtigter Störfaktor in der Siedlung die Backsteinkirche und das Pfarrhaus, mehr ist nicht übrig vom Zentrum des einstigen Fischerdorfs.

»Wollen Sie Ihren Sohn nicht mal anrufen? Ich könnte mir vorstellen, dass …«

Heftiges Kopfschütteln. Der Mann läuft so schnell, dass sie kaum Schritt halten kann. Die Kinder haben den Kontakt abgebrochen, als der sogenannte Wildschwein-Prozess durch die Presse ging. Die sterbende Agnes Jahn konnte Gesine nicht erklären, warum der Sohn und die Tochter so heftig reagierten. In dieser Familie war sicherlich schon vorher etwas aus dem Lot geraten.

Gesine seufzt. Wen hat die Wende damals nicht erschüttert?

Sie kennt Uwe Jahn seit der Umbauphase in den Ostseeterrassen. Da war der Prozess schon in vollem Gange. Die ersten Meldungen hat sie aus einem anderen Grund verfolgt. Eines der Opfer, Marius Voinescu, lebte hier im Heim. Seine Mutter starb unter tragischen Umständen, dann passierten die Grabschändungen und zu guter Letzt dieser furchtbare Jagdunfall.

»Ich muss dann mal.« Bei seinem Tempo haben sie schon die Garagen erreicht.

Gesine reicht ihm die Hand. »Herr Jahn, ich bin für Sie da. Wenn Sie Trost suchen oder Hilfe …«

»Wat mutt, dat mutt.« Er drückt kurz ihre Hand. »Auf Wiedersehen, Frau Pastorin.«

Was für ein deprimierender Satz, bei aller Liebe zur plattdeutschen Sprache! Sie blickt ihm nach. Es ist doch schicksalhaft: Erst hat das Opfer hier gelebt und nun der Täter.

Uwe Jahn schließt seine Garage auf. Gesine sieht das Licht der Neonröhre aufflackern. Der Mann tut ihr leid, er hat eine Menge durchgemacht. Doch dass er weiter zur Jagd geht, findet sie widerwärtig, geschmacklos. Keine drei Tage nach dem Freispruch stand er im Ordnungsamt auf der Matte und hat seinen Jagdschein beantragt, das weiß sie aus erster Hand. Bis heute übt er sein blutiges Handwerk aus, gleich hier, in einer modernen Wohnanlage wie den Ostseeterrassen. Sie nimmt sich vor, dieser Tage mit Wedemeier darüber zu sprechen, wenn der nicht gerade damit beschäftigt ist, Bürgermeister zu werden.

Gesine schließt die Haustür des Pfarrhauses auf, betritt den Flur und zieht die nasse Jacke aus. Sie streift die Schuhe ab, schlüpft in die Filzpantoffeln und drückt die Wiedergabetaste des Anrufbeantworters. Felicitas mit ihrem wöchentlichen Pflichtanruf, sie meldet sich immer dann, wenn sie sicher sein kann, dass Gesine in der Schule ist. Dem Kleinen geht es gut, und selbst kann man auch nicht klagen.

Gesine gähnt. Dann geht sie in die Küche und schaltet den Wasserkocher ein. Was unterscheidet sie denn schon von Uwe Jahn? Ihre Tochter wird ihr immer fremder, seit sie mit einem Mann verheiratet ist, der sich ausschließlich für Solarenergie interessiert. Felicitas geht es gut, sie hat alles, was sie braucht. Wenn sie ehrlich ist, findet Gesine ihre Tochter und deren Leben langweilig. Ohne jede Herausforderung. Ohne ein Ziel jenseits der eigenen Bedürfnisse.

Sie öffnet den Küchenschrank und nimmt die Dose Darjeeling First Flush heraus, die sie im letzten Jahr von einer Himalaya-Tour mit dem deutschen Alpenverein mitgebracht hat. Der schlichte Glaube der buddhistischen Mönche in den Klöstern dort hat sie tief beeindruckt. Vielleicht zum ersten Mal verspürte sie den Wunsch, alles hinter sich zu lassen: ihre Gemeinde, die Aufgaben als Seelsorgerin, ihre irdischen Besitztümer. Ist es das Alter? Hat das Abschiednehmen schon begonnen? Das Wasser kocht. Der Tee wird ihr helfen, die düsteren Gedanken und das düstere Wetter zu vertreiben.

In vier Jahren soll sie ebenfalls in Rente gehen. Die Einsamkeit wird ihr sicher mehr zusetzen als heute, so mitten im Leben. Doch allein ist sie nie. Gott wird immer ihr Begleiter sein. Ein Privileg, das sie nur zu gern mit ihren Mitmenschen teilen würde. Aber nicht jeder ist bereit, Gott in sein Herz zu lassen. Arno war es nicht.

Mit dem dampfenden Becher in der Hand geht sie durch die Diele hinüber ins Büro. Im Vorübergehen streift sie mit der Linken das glatte Holz der Stele. »Ein Totempfahl«, hat Arno gesagt, als er ihr stolz die schlanke Säule mit den geschnitzten Gesichtern zeigte. Arno war fasziniert von den Roma im Heim, er bewunderte ihre Haltung und ihre Schönheit weitgehend kritiklos. Als sie gehen mussten, verschwand er nach Südfrankreich. Verzweifelt an den Realitäten der Nachwendezeit. Ein Künstler, der nur seinen eigenen Träumen und Visionen folgte. Dafür hat er ohne Zögern ihr gemeinsames Leben geopfert. Natürlich wäre sie ihm nie gefolgt und hätte dafür ihr Pastorat aufgegeben. Das Problem ist nur: Er hat sie nicht einmal gefragt. Eines Morgens war er einfach nicht mehr da. Bald zwanzig Jahre ist das her. Herrje, wie die Zeit vergeht.

12. Juni 2012, Kiel-Gaarden
Schleswig-Holstein, Deutschland

»Verdammt, Kamal!«

Mattie haut aufs Lenkrad und dreht den Zündschlüssel um. Stotternd wie ein alter Esel erwacht der Bus zum Leben. Er fährt noch.

Kamal rührt sich nicht. Wie eine Statue steht er hinter dem Wagen, nur ganz außen im Spiegel zu sehen, Arme vor dem Körper verschränkt, die Kapuze verbirgt seine Augen.

Sie hat die ganze Nacht versucht, ihm klarzumachen, dass es kein Abschied für immer sein muss. Dass sie sonst auch monatelang unterwegs war. Wie so oft saßen sie nach dem Training im Vorraum des Dojo bei einer Tasse Mokka. Aber diesmal brachte das Eis zwischen ihnen die Luft zum Klirren.

»Wenn du gehst, gibt es keinen Weg zurück.« Kamals kurze Antwort auf ihre lange Rede.

Der Eingang des Shaolin-Klosters wird in wenigen Momenten mit der schroffen Bergwand verschmelzen. Die Heldin hat gewählt und ist von nun an auf sich allein gestellt.

Mattie weiß, dass Kamal eine komplizierte Ehe hinter sich hat, dass Regina immer wieder vor seiner Tür stand. Vielleicht ist es genau das. Kamal hat von allem genug gehabt: erst der politische Kampf in Teheran, Flucht aus dem Iran, eine große, verkorkste Liebe, zwei Kinder, sein Sohn Azim, Jasmins Bruder, gestorben als Junkie in einem Autowrack. Zwei pubertierende Adoptivtöchter, die er gemeinsam mit seiner Exfrau erzieht. Kung-Fu-Schule, Personenschutzagentur, sein Boot, sein Motorrad, Stammtisch mit den *Persern*, eine obskure Versammlung alternder Exil-Iraner.

Und Mattie? Seit Hinnarck tot ist, kommt es ihr vor, als sei sie aus einer Warteschleife aufgewacht. Ihr Leben fühlt sich an wie ein Ballon mit heißer Luft, in der noch ganz leicht die alten

Träume flimmern. Aber nur, wenn man genau hinsieht, und höchstens in Schwarz-Weiß.

Der Abschiedsbesuch bei Emma fällt kürzer aus als geplant. »Ihre Mutter lässt Ihnen ausrichten, sie möchte Sie nicht sehen.« Mattie steht wie ein begossener Pudel vor der Rezeption, wo man sich anmelden muss wie in einem Hotel. Dahinter ein junges Gesicht, Hochsteckfrisur, weißes T-Shirt, garantiert frei von Gerüchen und sonstigen Schadstoffen.

»Heißen Sie Lisa?«

»Ja, warum?«

»Nur so. Einen schönen Sommer für Sie.«

Überraschter Blick. »Danke!«

Als Mattie draußen in den Bus steigt, sieht sie Emma mit ihrer Zigarette am Fenster sitzen. Starrer Blick. Emma hat ihr den Kampf angesagt. Eine Löwin auf Psychopharmaka.

Erst als sie auf die Autobahn fährt und den maximalen Beschleunigungsgrad erreicht, der gerade der erlaubten Mindestgeschwindigkeit entspricht, merkt sie, wie verkrampft sie das Lenkrad umklammert. Immer locker, Mattie. Noch fünf Stunden liegen zwischen dem Abschied aus ihrem alten Leben und Nicks Wiedereintreten in ihre Umlaufbahn. Ein beunruhigendes Ereignis, zumal er neuerdings Frau und Kind hat. Nick wechselt seine Lebensentwürfe wie ein Chamäleon.

Mattie hat nicht mal genug Phantasie für einen einzigen.

Sein Anruf hat den Ausschlag gegeben. Berliner Anwaltskanzlei braucht Mädchen für alles auf Festanstellungsbasis. Nun muss sie Jasmin auch noch dankbar sein. Schluck's runter. Es gibt nicht gerade eine verschwenderische Auswahl an Möglichkeiten, sich selbst plus Emma über Wasser zu halten.

»Was haben Sie denn für Referenzen, Frau Junghans?«

Referenzen? »Ich war selbständig tätig.« Wanderkino, Vorführraum, Filmverleih. Kung-Fu-Unterricht. Fahrerin für Kamals Security-Leute.

»Und in welcher Branche, wenn ich fragen darf?«

»In der Unterhaltungsbranche.« Sie hat ein paar Filmreihen gemacht. Wie hieß noch der Typ in Berlin? Achim Sander, richtig. Der ist mitsamt seinen *Spreespeichern* und dem Badeschiff in die Insolvenz gerutscht, das hat sie mal irgendwo gelesen. Lebt jetzt wahrscheinlich auf den Malediven. Auch keine Referenz.

Mattie hat es satt, die Nebenrolle zu spielen. Nicks Muse, Kamals Ikone, Emmas Arbeitsdrohne. Ihre Welt besteht aus einem dreißig Jahre alten roten Reisebus, einem Projektor mit Leinwand (eingelagert) und ein paar Kisten, die sie noch nie ausgepackt hat. Und was ist sie für Cal? Beste Freundin, wenn überhaupt.

Mit einer Hand klappt sie den Laptop auf, der neben ihr auf dem Sitz liegt und mit den Boxen verbunden ist. Switcht durch die Songs auf ihrer Festplatte. Alles langweilig. Falsche Stimmung. Tausendmal gehört. USB-Stick, Netzeinwahl.

»Hello?«

»Cal, Mattie hier. Ich brauche dein Bild. Sofort.«

»Gimme ten seconds.« Na gut, zehn Sekunden, keine mehr. Ab jetzt stellt Mattie die Bedingungen.

Zehn, neun, acht, sieben, sechs, fünf, vier, drei, zwei.

»Mattie!«

Ihr Herz macht einen Sprung. Dann eben beste Freundin. Scheißegal wie man es nennt. Fühlt sich gut an. »Hi handsome, wo steckst du?«

Er guckt sich um, hinter ihm kreischen unscharf Leute vor einer Ladenfassade. »Weiß nicht, irgendein book launch. Bin hier mit Vivek Sen.«

Der unwiderstehliche Strubbelkopf des Bollywoodstars wischt ins Bild. »Hi Mattie, you look gorgeous. Are you driving while on skype, bad girl?«

Mattie grinst. Millionen Mädchen aus aller Welt würden für

diesen Chat ihre Ersparnisse hinblättern. »Bist du der neue Prinz an Cals Seite?«

»Wo denkst du hin? Ich bin ein verheirateter Mann.« Verheiratet nach nepalesischem Recht mit Jai, einem legendären indischen Softwaremillionär. Millionen Ersparnisse umsonst verpulvert.

»Vivek, kümmer dich mal um deine Fans, die stürmen gleich den Laden.« Jetzt ist Cal wieder da. »Wohin bist du unterwegs, asphalt cowgirl?«

»Zu Nick.« Früher oder später wird er es sowieso erfahren.

Sein Gesicht verzieht sich. »Autsch. Tut immer noch weh.«

»Ich weiß.« Sie weiß. Besser denn je. »Cal, ich brauch sofort ein Lied von dir. Ein trauriges Lied. Ich möchte es vier Stunden lang hören und weinen.«

»Darling, ich habe grad kein Lied – das ist hier der Computer von dem – warte mal ...« Es rumpelt und Cal verschwindet aus der Webcam.

Mattie sieht einen halben Ventilator und eine Rikscha, die vor dem Fenster vorbeifährt. Bombay. Ob der Monsun schon angefangen hat?

»Kannst du aufnehmen?«

Wie ging das noch, mitschneiden. »Yes, sir.«

Er singt. Cal singt ihr ein Lied vor.

Die Tränen lassen nicht lange auf sich warten. Mattie schaltet die Scheibenwischer ein. Draußen scheint die Sonne.

Agar zindagi ho khud mein kahin	*Wäre das Leben sich selbst genug*
Phir kiyun rahe	*Warum sollten wir dann*
kisi ki kami	*Sehnsucht fühlen?*
Bojh ban ke rahe kiyun subah	*Warum drückt der Morgen schon*
kisi raat pe	*als schwere Last auf die Nacht?*
Aa badal daalain rasmain	*Komm, ändern wir*
sabhi isi baat pe	*die Norm für diesen Fall*
Isi baat pe	*für diesen Fall*
Isi baat pe	*für diesen Fall*
Isi baat pe	*für diesen Fall*

Maanga nahi hai kabhi aasmaan	*Ich habe nie den Himmel gefordert*
Haan magar ik jharoka khula	*Ja, aber lass doch ein*
to rakha	*Fensterchen offen*
Jeet dan torr dena kahin	*Falls der Geist, den es zu überwinden*
isi maat pe	*gilt, an einer Hürde scheitert*
Haan badal daalain rasmain	*Komm, ändern wir*
sabhi isi baat pe	*die Norm für diesen Fall*
Isi baat pe	*für diesen Fall*
Isi baat pe	*für diesen Fall*
Isi baat pe	*für diesen Fall*

12. Juni 2012, Hansestadt Kollwitz
Mecklenburg-Vorpommern, Deutschland

Der Bus hält an der großen Kreuzung. Wieder kommt ihre Erinnerung nicht langsam, sondern wie ein Schlag. Ein paar Leute steigen aus, Adriana folgt ihnen. Sie ist müde, sehr müde.

Nachdem sie gestern bei der alten Frau war, ist sie nach Peltzow gelaufen. Im Ort gibt es eine Bushaltestelle. Dort hat sie gewartet. Gegenüber saßen Männer in einer Art Garage und tranken Bier. Sie haben sie angestarrt und Bemerkungen gemacht, die sie nicht verstand. Es kam kein Bus, also ist sie losgegangen, dem Schild nach, auf dem *Kollwitz* stand.

Stunde um Stunde an der Landstraße entlang, ihre Stiefel auf dem heißen Asphalt. Sie fand ein Feld mit Sonnenblumen. Die Kerne sind gut, sie geben Kraft. Gegen Abend fing es an zu regnen. Blitz und Donner. Sie versteckte sich in einem Holzhaus, wo man auf den Bus wartet. Dort hat sie die Nacht verbracht.

Adriana erinnert sich. Wenn sie jetzt über die Ampel geht, den anderen Leuten nach, geradeaus über die Eisenbahnbrücke und dann rechts, steht sie vor dem Heim. Die Stiefel gehen, ihre Augen sehen, trotzdem ist ihr so, als ob sie träumt. Der kleine Kiosk, wo Vater immer sein Bier getrunken hat. Früher war es bloß ein Wohnwagen, jetzt ist es ein gläsernes Haus mit einem Garten, wo Familien sitzen und essen. Dahinter der *Kaufmarkt*. Alles neu. Eine Supermarktkette, die es auch in Turnu Severin gibt. Zu teuer für Adriana und ihre Familie. Weiter. Was ist das denn? Schon sind die Stiefel in das neue Einkaufszentrum getreten.

Schimmernde Fliesen. Ein Springbrunnen. Hier ist es schön kühl. Adriana setzt sich vorsichtig auf den Rand des Springbrunnens. Sie schöpft mit der Hand ein bisschen Wasser heraus und trinkt. Dann sieht sie die Uniform. Der Mann ist schon auf dem

Weg vom Eingang des *Mediamarkt* zu ihr herüber. Adriana steht auf. Der Mann geht schneller. Adriana auch.

»Hallo! Junge Frau!«

Sie dreht sich nicht um. Wo ist der Ausgang? Dahinten.

Sie hört seine Schritte hinter sich. Endlich. Die Tür.

Die Stiefel halten erst an, als sie eine Straßenecke weiter ist. Adriana dreht sich um und holt Luft. Es ist niemand da. Sie ist allein. Vor ihr liegt ein großer Parkplatz. Auf einmal erkennt sie das Heim. Es sieht genauso aus wie auf dem Prospekt, den ihr die alte Frau gegeben hat. Sie geht am Rand des Parkplatzes entlang, hält sich nah bei den Büschen. Man muss aufpassen. Sie ist zu müde, deswegen hat sie den Mann zu spät bemerkt.

Die Gitter vor den Fenstern sind weg. Ein Durchgang in den Hof. Alles ist grün, wie ein Park. Ein kleiner Teich mit einer Brücke. Ein Kinderspielplatz. Der vordere Block, in dem sie damals gewohnt haben, fehlt. Der, in dem das Feuer angefangen hat.

Sie dreht sich um. Der hintere Teil steht noch, die beiden Seitenflügel werden zum Meer hin immer niedriger, so dass es auf jeder Etage Terrassen gibt.

Adrianas Stiefel wollen mitten durch den schönen Park laufen, auf die Brücke, über das grüne Gras. Doch ihre Vorsicht ist stärker. Sie hält sich im Schatten der Hauseingänge außer Sichtweite der Balkone. Am Rand gibt es mehrere Reihen mit Garagen, an die sie sich erinnert. Der Weg führt direkt zum Strand. Verwundert steht sie vor dem meterhohen Wall aus Sand, auf dem grüne Pflanzen wachsen. Eine Holztreppe führt hinauf.

Das Meer! Der Wind zerrt an ihren Haaren. Stundenlang hat sie hier mit den Brüdern Steine ins Wasser geworfen. Manchmal hat das Meer Sachen angespült. Heute gibt es keine Steine mehr. Der Sand ist weißer. Überall stehen Kästen aus Korb, in denen Leute in Badehosen liegen. Weiter links, wo das Zentrum von Kollwitz liegt, kann sie eine Brücke erkennen, die weit ins Meer hinausragt.

Sie will nicht zwischen die Badenden gehen mit ihrem langen Rock und den Stiefeln. Doch sie kann ihren Blick auch nicht vom Meer losreißen. Also folgt sie dem Weg auf dem Deich, bis sie zu einer weißen Bank kommt. Sitzen. Adriana stellt ihre Stofftasche auf den Boden und holt das zusammengeschnürte Fahrtenbuch heraus. Sie hat noch nicht darin gelesen, sie schiebt es hinaus. Ihr kostbarster Besitz. Sie will es Stück für Stück genießen. Langsam und mit Vorsicht löst sie die Schnur und ordnet die Seiten. Bei jedem Eintrag hat Vater ein Datum in die erste Zeile einer neuen Seite geschrieben. Eine Seite wird sie lesen. Mehr nicht.

»30/04/1992. Geliebte Tochter. Heute hast du dein erstes Brot gebacken. Es war ein bisschen zu salzig, aber ich habe mir nichts anmerken lassen. Du wirst einmal eine gute Frau und eine wunderbare Köchin werden, das sagt mir mein Gefühl. Es ist ein warmer Sommerabend, und ich sitze draußen und trinke mein Bier im Hof. Ein paar von uns haben ihre Instrumente ausgepackt und spielen alte Lieder aus der Heimat. Mein Herz könnte leicht sein, und dennoch ist es schwer vor Sorge. Wann hat deine Mutter das letzte Mal hier neben mir gesessen? Ich kann mich nicht erinnern. Ich glaube, sie wird langsam krank vor Traurigkeit. Sie ist nicht die Einzige hier, es hat einige erwischt, vor allem Frauen, aber auch ein paar Männer. Manche trinken zu viel Alkohol.

Letzte Woche hat es wieder Ärger gegeben im *Kaufmarkt*. Deutsche Jugendliche haben ein paar Frauen von uns angegriffen. Sie sollten ihre Röcke hochheben, um zu beweisen, dass sie nichts gestohlen haben. Liviu und Dan sind zufällig vorbeigekommen. Es gab eine Schlägerei. Die Polizei griff ein. Ich kam dazu und habe versucht zu vermitteln, aber was kann ich tun, wenn ich ihre Sprache nicht spreche? Wie ein Kind musste ich zu Arno laufen und um Hilfe bitten. Er konnte wenigstens verhindern, dass die beiden im Gefängnis landeten.«

Plong. Adriana schreckt hoch. Ein älteres Paar mit Hund ist an ihr vorbeigegangen. Haben sie – Adriana nimmt ihre Tasche hoch, wühlt darin herum. Tatsächlich! Es liegt ein Fünfzigcentstück darin. Die Frau dreht sich um und lächelt sie an. Adriana starrt ihr nach. Sie stammt doch nicht aus einer Familie von Bettlern! Noch nie hat sie um Geld gebettelt, selbst wenn sie nichts mehr zu essen hatten. Vater hätte es nicht gutgeheißen. Vater.

»Übrigens hatten die Frauen nichts gestohlen. Die Polizisten haben über Funk eine weibliche Polizistin gerufen, die musste sie durchsuchen, eine nach der anderen, im Polizeiwagen. Natürlich gibt es Ţigani, die stehlen. Genauso gibt es Polen, Rumänen, Deutsche, die stehlen. Sind sie deswegen alle Verbrecher?

Die Alten haben aufgehört zu spielen. Mein Bier ist alle. Es ist still, ganz still. Ich werde jetzt auch zu Bett gehen. Aber ich habe ein ungutes Gefühl. Es liegt etwas in der Luft.«

Nun hat sie doch mehr als eine Seite gelesen. Fast glaubte sie, seine Stimme zu hören. Es tut gut. Sie fühlt sich weniger allein.

»Ordnungsamt. Guten Tag. Dürfte ich Sie bitten, hier aufzustehen?« Ein hochgewachsener Mann in Uniform. Sie hat wieder nicht aufgepasst.

»Polizei?«, fragt sie vorsichtig. Das Gesicht kommt ihr bekannt vor. Die Augen.

»Nein, aber ich kann gern die Polizei rufen, wenn Sie hier nicht verschwinden.«

Nils! Sie hebt die Hand, um nur seine Augen zu sehen. Er ist es. Die alte Wut kriecht in ihr hoch. »Warum darf ich hier nicht sitzen? Ist verboten?«

Nils erkennt sie nicht. Er sieht ihr sowieso nicht in die Augen, sondern fixiert einen Punkt über ihrem Kopf. »Sie haben hier gebettelt. Ich habe das beobachtet. Von dort aus.« Er zeigt in Richtung Kollwitz. »Sie können es gerne woanders versuchen. In Kollwitz ist es nicht erlaubt, die Badegäste anzubetteln oder

Scheiben zu putzen. Ich befolge nur meine Anordnungen. Bitte gehen Sie jetzt.«

Adriana weiß, dass es keinen Zweck hat, mit ihm zu streiten. Sie legt die Papiere vorsichtig zurück in ihre Tasche und steht langsam auf. Wie gerne würde sie ihm noch mal ihr Messer zeigen. Doch sie darf nicht auffallen. Noch nicht.

Er wippt in seinen Schuhen auf und ab, sieht ihr nach, wie sie den Weg entlang und die Holztreppe hinuntergeht. Sie fühlt seinen Blick im Rücken.

Lange.

Sehr lange.

13. Juni 2012, Kreuzberg
Berlin, Deutschland

Okay, zweiter Versuch.

Gestern Abend hat es nicht gut angefangen. Jasmin hat Nick und Mattie zum Essen eingeladen, in ein neues französisches Restaurant im Vorderhaus, wohin sie das Babyfon mitnehmen konnten. Mattie hat das feine Essen achtlos in sich hineingestopft, so hat es Jasmin jedenfalls später behauptet, sagt Nick. Und den teuren Wein hat sie runtergekippt wie Wasser. Jasmin musste kurz hoch, um Azim zu beruhigen. »Lass doch, Schatz, genießt ihr mal euer Wiedersehen, ich mach das schon.« Schatz! Also, Jasmin musste kurz hoch, da hat Nick auch mindestens eine halbe Flasche allein gekillt. Als sie wiederkam, hatten die Kicheranfälle schon angefangen.

»Mattie, zeig noch mal, wie Kamal dastand.« Mattie ist aufgestanden, hat die Arme verschränkt und voll auf dicke Hose gemacht. Plötzlich hat Nick so komisch geguckt. Jasmin stand direkt hinter ihr.

Jetzt hat sie einen Kater. Die Sonne scheint brutal in die offene Küche. »Hat sie sonst noch was gesagt – Schatz?« Mattie hebt die Glastasse mit dem verschiedenfarbigen Latte Macchiato direkt vor die Augen. Nicht schlecht. Schmeckt auch.

Nick läuft schon die ganze Zeit mit Azim in der Küche auf und ab. »Nein, hat sie nicht. Sei doch nicht so gemein.«

»Ich? Gemein? Wenn du dich erinnerst, hab ich Jasmin in unser beider Leben gebracht. Sie war eine coole Nummer. Eine junge Frau mit Idealen. Nicht so 'ne Tussi vom Auswärtigen Amt.« Oh nein, nicht schon wieder. Sie ist im Zerstörungsmodus gelandet und kann nicht mehr raus. »Kannst du nicht mal aufhören, dauernd hin und her zu laufen? Du machst mich ganz schwindelig.«

Nick bleibt stehen. Azim fängt an zu schreien. Mattie hält sich die Ohren zu.

»Bitte nicht. Mein Kopf.«

Nick läuft wieder los. Auf und ab. Auf und ab.

Nachdenken. Sie muss nachdenken. Hier geht das nicht.

»Ich muss mal kurz runter zum Bus. Hab noch was vergessen.« Nick sieht sie misstrauisch an. Der mit seinem ›Ich kann Matties Gedanken lesen!‹ Soll er doch lesen. Sie stellt die halbvolle Tasse ab und läuft los. Die Treppen runter, auf die Straße. Links rum.

Der Bus parkt direkt an der Spree. Irgendwelche Touristen aus dem Bootshostel stehen da rum. »Que lindo!« Das Mädchen versucht, durch die Scheiben ins Innere des Busses zu sehen.

Ego Shooter aktivieren. Destruction.

»Fuck off, you assholes!« Die Gruppe spritzt auseinander. Mattie stampft auf die Fahrerseite, pult ihren Schlüssel aus der Jeans und steigt ein. Tür zu. Endlich allein. Sie lässt sich auf das Bett fallen. Schade, dass Mascha nicht mehr da ist. Die alte Hündin rennt jetzt über saftige Wiesen im Hundehimmel.

»Guys, have a look.« Direkt vor ihr taucht ein bärtiges Gesicht auf, Marke Holzfäller. Sie zieht die Gardine vors Fenster. »That's awesome!«, hört sie trotzdem.

Das geht so nicht.

Sie braucht einen Platz in dieser Stadt. Ihren Platz. Nicht wie ein Hund unter dem Tisch von Monsieur Nick und seiner Diplomatenfamilie. Wuff! Danke für den Knochen. Und erst recht nicht als lebendes Ausstellungsstück. Treten Sie näher! Norddeutsches Halbblut, kurz vor vierzig, ungebunden, kinderlos, ohne festen Wohnsitz. Sehr anhänglich. Vorsicht, beißt!

Mattie steht wieder auf und schlängelt sich durch die Kistenstapel in den hinteren Busteil. Wo ist der Karton mit den Wertsachen? Ein eher kleiner Schuhkarton. Ihr Reisepass, Geburtsurkunde, Zeugnis, ein paar Münzen, die Hinnarck ihr geschenkt hat, seine goldenen Manschettenknöpfe.

Fünf Minuten später steht sie wieder bei Nick in der Küche. »Kann ich die hier irgendwo unterstellen?«

Nick bleibt stehen. Azim schreit.

»Mattie, du kannst doch nicht einfach wieder ...« Plötzlich sieht er wieder aus wie Nick. Verletzlich. Auch wenn ihm die Haare nicht mehr ins Gesicht hängen. Dafür sorgt Jasmin.

»Nick! Bitte!« Kurz entschlossen geht sie zu ihm und nimmt ihm das Baby ab. Azim guckt sie an wie ein Auto. Aber jedenfalls ist er still. »Nick, ich kann nicht –«

Azim schreit. Nick nimmt ihn zurück. »Du kannst dein Zeug auf meinen Schreibtisch stellen!«, brüllt er.

Mattie klettert die Treppe hoch ins Gästezimmer und stopft ihre Sachen in die Umhängetasche. Ein letzter Blick ins Gäste-WC, dann wieder auf die Galerie. Von unten tönt Azims Geschrei herauf. Maisonette des Grauens.

Irgendwo hier oben ist Nicks Arbeitszimmer. Sie versucht sich an die Führung von gestern zu erinnern. Ja richtig, die letzte Tür. Ein winziger Verschlag unter der Dachschräge. Schon jetzt herrschen hier gefühlte fünfzig Grad. Der Schreibtisch wirkt unberührt, kein Nick-typisches Chaos aus Papieren, Chipstüten und vollen Aschenbechern. Sie stellt den Karton ab und fühlt die dicke Staubschicht unter ihren Fingern.

Als sie wieder runterkommt, sitzt Azim zufrieden in seinem Hochstuhl und kaut an einem Stück Apfel. Nick hat seinen Laptop aufgeklappt.

»Hey, woran schreibst du gerade?«

»Schreiben?« Er lacht sarkastisch. »Ich bin froh, wenn ich dazu komme, die Zeitungen zu lesen, für die ich früher geschrieben habe.«

Sein Ton trifft sie mehr als die Worte selbst. »Aber du hast doch alles.« Sie macht eine weit ausholende Geste in Richtung des offenen Wohnzimmers mit Spreeblick.

Nick folgt ihrer Hand mit den Augen. »Und du glaubst, das

bedeutet mir was? Ich dachte, du würdest mich besser kennen, Mattie Junghans.«

Auf einmal versteht sie. Nick der Spieler. Wenn er ein neues Leben hat, probiert er sich so lange darin aus, bis ihm langweilig wird. Dann sucht er die Tür zum nächsten Level. Weiterspielen. Score. Er hat es weit gebracht. »Das ist kein Spiel, Nick. Dies hier dauert achtzehn Jahre. Wenn du Glück hast.«

Azim sieht hoch, als ob er merkt, dass hier über ihn verhandelt wird. »Tick!«, sagt er.

Nicks Ausdruck wird weich wie Butter. Mit zwei Schritten ist er bei seinem Sohn und hebt ihn hoch über seinen Kopf. »Hast du gehört? Er kann meinen Namen sagen!«

Na ja, mehr oder weniger.

»Das verstehst du nicht, Mattie. Ein Kind verändert dein Leben auf unglaubliche Weise.«

Jetzt aber nichts wie weg.

An der Ampel in der Schlesischen hämmern seine Worte immer noch in ihrem schmerzenden Kopf. »Das verstehst du nicht, Mattie.« Hat Kamal das nicht auch gesagt? »Das verstehst du nicht. Du hast keine Kinder.« Verdammt, wer sagt denn, dass sie keine Kinder will? Gut, sie hat sich nicht drum gerissen. Wie auch, mit Emma als leuchtendem Vorbild? Nick wollte, wenn überhaupt, *noch* keine Kinder, als sie zusammen waren. Kamal wollte keine *mehr*. Was für ein Schlamassel.

Touristen hängen wie Insektenschwärme vor den Hostels ab. Dann taucht links das ehemalige Speicherhaus auf. Die *Spreespeicher* sehen heruntergekommen aus. Das Schild zum Badeschiff hängt noch. Damit klärt sich die Frage nach einer passenden Duschgelegenheit. Mattie scannt die Umgebung auf ihrer inneren Landkarte. Rechts hinter der Brücke liegt die Wagenburg von Didi. Emma hat dort jeden Tag im Garten mitgeholfen, als Mattie in den *Spreespeichern* gearbeitet hat. Eine Wagenburg wäre mit ihrem Bus natürlich naheliegend.

Aber schon der Gedanke, sich auf dem wöchentlichen Plenum vorzustellen, verursacht Unwohlsein. Neue Regeln. Neue Utopien, die nicht ihre sind. »Was, du willst hier Tiere verzehren? Kommt überhaupt nicht in Frage.« Mattie braucht ab und zu Fischstäbchen, unbedingt. Fleisch nicht ganz so unbedingt, aber auch lecker. Also, ein alternativer Kleingartenverein geht schon mal nicht.

Links von ihr zieht der Park mit dem sowjetischen Ehrenmal vorbei. Moment, dahinter liegt doch der Plänterwald! Sie setzt den Blinker und biegt ab. Ganz hinten, wenn man geradeaus weiterfährt, geht es zur Insel der Jugend. Ein mittelgroßer Parkplatz direkt an der Spree, nur fünf Minuten Jogging vom Badeschiff entfernt. Eine gute Wahl. Vielleicht ein bisschen einsam, aber das macht ihr nichts.

Langsam rollt sie über den Asphalt auf die Wasserkante zu. Ein Stück weiter stehen schon zwei VW-Busse. Noch ein paar Camper, umso besser. Sie setzt zurück und stellt den Bus in höflichem Abstand auf. Ist doch purer Luxus, mit Blick auf das Wasser und den Plänterwald mit seinem verfallenen Themenpark.

Den Tag verbringt sie mit Lesen und Leute-Beobachten am Fluss. Abends geht sie zu Fuß zum Einkaufen im *Treptower Park Center*. Als sie mit Tüten beladen zurückkommt, sitzen die Camper auf Klappstühlen zwischen ihren Bussen. Je näher sie kommt, desto mehr Leute scheinen sich aus dem Schatten zu materialisieren. Eine Frau steht auf, um etwas aus dem Wagen zu holen. Langer Rock, lange dunkle Haare. Mattie erschrickt. Das sind keine Camper! Die Angst kommt unmittelbar, ohne Nachdenken. Ruhig, Mattie. Was soll denn passieren? Die paar Wertsachen sind bei Nick, ihren Laptop hat sie immer dabei, und die Kisten – weiß der Himmel, was da überhaupt drin ist.

»Guten Abend!«, grüßt sie tapfer in Richtung der beiden Vans. Ein Mann mit einem dicken Bauch nickt ihr zu. Schnell peilt sie ihren Bus an. Noch mal umdrehen. Sicher ist sicher. Niemand zu sehen. Nur ein paar winzige Hunde mit umso mehr Fell jagen um die Busse herum.

Mattie kocht Kartoffeln und studiert nebenbei die Website der Kanzlei, für die sie ab morgen arbeitet. Die scheinen ziemlich dick drin zu sein in der Menschenrechtsszene, auch international haben sie Prozesse geführt. Der Kampf gegen gentechnisch verändertes Saatgut ist ein zweiter Schwerpunkt. Sie setzt sich zum Essen aufs Bett und sucht in der Mediathek nach einem Livestream für das EM-Spiel Deutschland gegen Holland. Die Teams laufen gerade ein. Perfektes Timing.

Es klopft. Die Angst ist wieder da, wie ein sprungbereites Tier. Vorsichtig öffnet sie die Tür. Draußen steht der Dicke mit Shorts und Muscle-Shirt. Er grinst sie an. Mattie versucht, die Stufen hinunterzugehen und gleichzeitig die Tür hinter sich zu schließen, so dass er nicht in den Bus sehen kann.

»Ja?«

»Español? Inglese?«

Ihr Spanisch ist rudimentär, ihr Englisch besser. Was er sagt, spielt sich irgendwo dazwischen ab.

»Sie wohnen hier?«

Mattie nickt. »Eine Weile, ja. Ist das in Ordnung?«

»Natürlich!« Er lacht, Goldzähne blitzen auf. »Ist ein freies Land, oder? Deutschland ist gut.«

Sie nickt wieder. Geht so. Kann man so oder so sehen.

»Mein Name ist Liviu. Das ist meine Familie.« Er deutet auf die Busse.

»Mattie. Freut mich.« Sie schütteln sich die Hand. Liviu scheint auf etwas zu warten.

»Mattie – und?«

»Nichts und. Was denn?« Sie weiß nicht, was der Mann will.

»Einfach nur Mattie? Ganz allein? Wo sind dein Mann und deine Kinder? Deine Eltern? Schwiegereltern?«

Nicht schon wieder. Ist heute Weltfamilientag? »Keine Familie. Nur Mattie.«

Er lacht wieder, als hätte sie einen Witz gemacht. Ist ja auch ein Witz, ihr Leben.

»Ich möchte deinen Bus haben.«

Der Bus! Natürlich. An den hat sie nicht gedacht. Die wollen ihren alten Esel klauen. Sie spannt die Muskeln an. Sechs Jahre Kung-Fu ist das eine. Gegen zehn bis fünfzehn Gegner das andere. Womöglich bewaffnet.

»Guck nicht so. Ich gebe dir meinen dafür. Siehst du dahinten? Der T4. Ist zwanzig Jahre jünger, tipptopp in Ordnung.«

Mattie sieht ihn misstrauisch an. »Warum willst du dann meinen haben?«

»Ist zu eng.« Er deutet mit den Händen die Breite an. »Hab schon fünf Kinder, und das sechste ist unterwegs.«

Okay, das ergibt Sinn. Es geht trotzdem nicht. »Ich habe den Bus seit vielen Jahren. Er ist mein Haus. Wie ein Freund.«

Liviu überlegt eine ganze Weile, streicht mit der Hand über seinen Bauch. »Okay, ich verstehe. Die Deutschen lieben alte Häuser und alte Autos. Wie Freunde.«

Mattie fühlt, wie ihre Anspannung etwas nachlässt. Zwischen den Autos kommen ein Mann und ein paar halbwüchsige Jungen hervor. Sofort ist sie wieder auf der Hut. Liviu sieht ihren Blick und dreht sich um.

»Mein Schwager und seine Jungs. Gehen Musik machen.«

Stimmt, sie haben Instrumente dabei. Was ist nur mit dir los, Mattie?

»Alle erwarten von uns, dass wir Musik machen. Also machen wir Musik.« Liviu winkt dem Mann zu. »Meine Frau geht lieber Scheiben putzen. Kottbusser Tor.« Mattie erinnert sich dunkel an Gestalten in langen Röcken, gestern, als sie angekommen ist. »Ich hab auch nichts gegen Musik, gute Partys. Aber meine Hände sind nicht für Musik gemacht. Sie wollen Motoren spüren. In denen kann ich sogar die Zukunft lesen.« Wieder dieses Lachen.

Die Angst räumt ihren Platz und überlässt ihn der Müdigkeit. Mattie gähnt. »Entschuldigung. Ich fange morgen einen neuen Job an.«

»Was für einen Job?«

Mann, ist der neugierig! Aber kann nicht schaden, das schon mal fallen zu lassen. »Bei einem Anwaltsbüro.«

»Ein abogado! Nicht schlecht. Verdient man da viel Geld?«

Jetzt reicht's aber. Mattie zuckt die Schultern. »Gute Nacht, Liviu.«

»Frau Mattie, schlafen Sie ruhig.« Wieder feierliches Händeschütteln. Dann darf sie endlich den Rückzug antreten.

Als sie Minuten später im Bett liegt und gemütlich das Fußballspiel guckt, sieht sie den Schein des Feuers zwischen den Autos. Komisch, irgendwie fühlt sie sich weniger verlassen als heute Morgen in Nicks schickem Gästezimmer.

14. Juni 2012, Hansestadt Kollwitz
Mecklenburg-Vorpommern, Deutschland

Nach dem Zusammentreffen mit Nils ist sie am Strand entlanggewandert bis zu dem Dorf, in dem früher das Atomkraftwerk stand. Die hohen Türme ragen immer noch hinter den Bäumen auf. War es nicht abgeschaltet worden, damals? In einem Supermarkt hat sie Sonnenblumenkerne, Wasser und ein Brot gekauft. Draußen vor dem Laden war ein Stand mit Kleidung aufgebaut, kurze Röcke und Shorts. Damit würde sie weniger auffallen. Der Chinese hinter dem Stand hat ihr zugelächelt. Doch der lange Rock gehört zu ihr wie ihre Haare und die Stiefel.

Der Strand war nicht voll, ein paar alte Menschen saßen nackt in den Dünen, weiß der Himmel, was sie da trieben. Adriana hat sich im Nadelwald versteckt, bis sie endlich nach Hause gingen. Dann ist sie bis zu den Knien ins Meer gewatet und hat sich gewaschen. Ein einzelner Sitzkasten stand dort herum, er war nicht mit einem Gitter verschlossen. Darin hat sie geschlafen.

Adriana kann am besten nachdenken, wenn sie läuft. Die Sonne geht gerade auf, als sie den Strand vor den Ostseeterrassen erreicht. Sie hat keine Ahnung, wie Uwe Jahn aussieht. Sie kann nicht weiter in der Siedlung herumschleichen. Nils wird sie finden, oder jemand anders ruft die Polizei. Aber wenn der Mann dort arbeitet, müssen ihn die Leute doch kennen.

Um fünf Minuten nach neun betritt Adriana das Büro von *Nordhaus Immobilien*, ein Ladengeschäft auf der vom Meer abgewandten Seite der Siedlung. Vor dem Schaufenster wehen grüne Fahnen mit dem Zeichen, das auch auf dem Prospekt ist. Eine Frau hinter einem Computer-Bildschirm telefoniert. Sie ist tiefbraun, hat schwarz gefärbte Haare und grellrote Fingernägel. Adriana setzt sich auf einen grünen Plastikstuhl und wartet.

»Nein, hier in den Ostseeterrassen ist alles verkauft. Aber wenn der AKW-Rückbau dieses Jahr abgeschlossen ist, wird

Nordhaus in Wolfshagen ein neues Projekt aufziehen. … Ich versichere Ihnen, die Wasserqualität ist hervorragend. … Wissen Sie denn nicht, dass Deutschland weltweit führend im Rückbau von Atomkraftwerken ist? … Natürlich ist das Ihre Gesundheit. Wenn Sie doppelt so viel investieren möchten, kann ich Ihnen gern eines unserer Objekte weiter westlich in Ostseenähe –« Ein genervter Blick auf den Hörer. »Geizkragen.« Dann sieht sie hoch. Erschrickt, weil sie Adriana nicht bemerkt hat. Adriana sieht sie an. Es folgt das Übliche. Die Haare. Der Rock. Ablehnung.

»Entschuldigung. Was kann ich für Sie tun?« Vorsicht in der Stimme.

»Ich suche Uwe Jahn.« Sie hat den Satz geübt, auf dem Weg am Strand entlang.

Überraschung in den Augen. »Jahn? Der ist doch schon drei Jahre in Rente. Sie kommen wegen des Putzjobs?«

Adriana hat keine Ahnung, was ein Putzjob ist. Sie nickt. Die Frau ruft etwas nach hinten, und ein junger Mann mit sehr kurzen Haaren kommt aus einer Tür in den Laden. Er trägt einen grünen Overall, schließt gerade den Reißverschluss über der Brust.

»Das ist Darek, der Hausmeister. Darek, hier ist jemand wegen des Jobs.« Damit verschwindet sie hinter ihrem Bildschirm.

Adriana ist aufgestanden. Darek sieht sie von oben bis unten an. »Sprechen Sie Deutsch?«

»Ich bin hier zur Schule gegangen.«

»Na, dann kommen Sie mal mit.« Er geht mit ihr zu den Garagen. Eine öffnet er, drinnen hängen Kittel an der Wand, Eimer und Putzmittel stehen ordentlich in Regalen.

»Sind Sie Türkin?« Er reicht ihr einen Kittel.

»Nein. Aus Rumänien.«

Darek brummt, nimmt einen Eimer und legt Putzmittel und Wischlappen hinein. »Nehmen Sie den Wischmopp.« Draußen zeigt er ihr einen Wasserhahn, ein altes Becken und ein Abflussgitter. »Hier können Sie frisches Wasser holen. Und immer hier reingießen, nicht einfach auf die Erde. Kapiert?«

Ein Pritschenwagen fährt aus einer Garage an ihnen vorbei. Er hupt kurz. Darek hebt die Hand. »Waidmanns Heil, Jahn!«

Adrianas Kopf schnellt in die Höhe, sie sieht gerade noch einen Arm, der aus dem Fenster grüßt. Kariertes Hemd.

Er lebt! Und er ist hier! Der Mörder ihres Vaters.

»So, jetzt putzen Sie mal eine Stunde zur Probe hier im Haus Austernfischer, dann sehe ich mir das an, und dann entscheide ich, ob Sie den Job haben. Aber mehr als vier Euro gibt's nicht. Bar auf die Hand.«

Adriana nimmt den Eimer und öffnet die Tür. Sie wird so gut putzen wie noch nie in ihrem Leben.

14. Juni 2012, Kreuzberg
Berlin, Deutschland

Die Kanzlei ist eine Fabriketage am Ufer des Landwehrkanals. Mattie steigt die Treppen hoch, den Latte Macchiato im Pappbecher in der Hand. Sie wird langsamer. Warum dieses flaue Gefühl im Bauch? Ist das wirklich nötig? In ihrem Alter?

Wenn es wenigstens das Kino wäre. In der Durchfahrt zum Hof hat sie den Eingang gesehen. Eigenwilliges Programm, zwei Säle. Davon könnte sie vielleicht leben, wenn sie Emma nach Berlin holt und sie zwingt, wieder in der Wagenburg auf Selbstversorgung umzusteigen und vielleicht noch Karten abzureißen. Aber Emma macht jetzt auf Pilcher'sche Gräfin, also gibt es kein Kino für Mattie.

Die schwere Eisentür ist angelehnt. Die Etage dahinter ist durch Glaswände unterteilt. Sofort schlägt ihr ein lautes Gewirr aus menschlichen Stimmen, Kopierern, Faxgeräten und Computergebläsen entgegen. Leute laufen mit Telefonen am Ohr und Papieren in der Hand von einem Raum zum anderen. Weiter hinten in dem wabenförmigen Eingangsbereich steht ein nicht sehr großer Mann an einem Wasserspender. Er sucht offensichtlich einen Knopf.

»Wo geht denn das hier –«

»Einfach drücken.« Mattie ist neben ihn getreten. Er hält einen wiederverwendbaren Plastikbecher in der Hand.

»Wie denn? Ich seh hier nichts zum Drücken!«

»Darf ich?« Sie nimmt ihm den Becher aus der Hand und drückt ihn vorsichtig gegen den winzigen Plastikhebel unten über der Stellfläche. Wasser läuft hinein.

Der Mann kichert. Er trägt T-Shirt und Jeans, dazu Flipflops. Kurze Haare, Schnurrbart – nicht altmodisch, sondern mit einer Lässigkeit, die man nur noch selten sieht. Einer, der sich nicht mit halben Wahrheiten zufrieden gibt. Irritiert sieht er sie an. »Arbeitest du hier?«

»Ja.« Mattie nickt. Mal gucken, was er sagt.

Er sieht sie an, durchforstet sein Gedächtnis. »Warum kenn ich dich dann nicht?«

Sie lacht und streckt ihm ihre Hand hin. »Ich bin neu. Mattie Junghans. Kannst du mir sagen, wo ich Volker und Bettina finde?«

»Bettina. Ich weiß nicht. Auf einer Anhörung im Bundestag zu Datenbanken mit Genmaterial, denke ich. Volker ist da.«

Sie dreht sich um. »Wo?«

Er lächelt. »Wie du mir, so ich dir.«

Oh. Sie hat als Erstes den Chef verarscht. Klasse, Mattie.

Fünf Minuten später sitzen sie einander gegenüber in einem Glaskasten. Kniehoch türmen sich Aktenstapel, die nur noch schmale Wege zwischen Tür, Fenster und Schreibtisch freigeben. »Du siehst, wir haben ein Problem.«

Na toll, sie darf Akten sortieren. Was hast du denn erwartet, Mattie? Du bist schließlich keine Juristin.

Volker hat sie beim Denken beobachtet. »Du brauchst kein Fachwissen. Dafür haben wir zig Referendare. Was du brauchst, ist Eigeninitiative und Engagement.«

»Ja.« Sie klingt wahrscheinlich nicht sehr engagiert. »Habt ihr denn ein Ablagesystem?«

Volker lacht. »Okay, Einstellungstest bestanden. Du musst keine Akten sortieren. Das machen wir alle zusammen einmal im Monat, immer am letzten Freitag. Genauso bist du alle« – er rechnet mit beiden Händen nach – »siebzehn Tage einmal mit Kochen dran. Wenn Fleisch, dann bitte aus artgerechter Haltung. Wir leben im Vorderhaus, es gibt einen Gemüsegarten auf dem Dach. Da kannst du dich bedienen.«

Schon wieder ein Kleingartenverein. Nein. Mattie muss sich korrigieren. Das klingt nach einem funktionierenden Lebensmodell. Der ist völlig entspannt. Nur kein Neid, altes Mädchen.

»Woher kennst du Jasmin?«, fragt Volker. Mattie berichtet, wie sie sich kennengelernt haben. Eine tragische Geschichte, die mit dem Tod der Staatssekretärin Frederike von Westenhagen endet.

»Ich erinnere mich. Und Nick kennst du auch?«

»Mein Ex.«

»Interessant.« Er lehnt sich zurück und holt ein silbernes Kännchen aus einer Schublade. Mit einem Röhrchen saugt er eine Flüssigkeit daraus. »Mate. Eine Angewohnheit aus Argentinien. Ich hab da eine Weile gearbeitet.«

Mattie hat gelesen, dass sie für Familien von während der Diktatur verschwundenen Gewerkschaftern Entschädigungsforderungen gegen einen deutschen Automobilkonzern vertreten.

»Ich kenne Jasmin seit ihrer Studienzeit. Damals hat sie mit uns gegen Abschiebungen gekämpft. Heute bin ich mir etwas unsicher über ihren Standpunkt. Aber das wird sich zeigen.« Er guckt aus dem Fenster. Wie viele Leute hat er wohl von ihrem

Weg abkommen sehen? Und wer kann schon sagen, was richtig ist für Jasmin oder falsch? »Nick recherchiert gründlich. Er hat ein paar gute Geschichten über Fälle geschrieben, an denen wir hier arbeiten. Leider ist das eine Weile her.«

»Kein Wunder.« Ist ihr so rausgerutscht.

Ein schneller Blick aus wachen Augen, dann süffelt er wieder seine Mate. »Es ist gut, dass du einen kurzen Draht zu ihm hast. Wir möchten nämlich, dass du hier die Öffentlichkeitsarbeit koordinierst. Wir haben durchaus Probleme mit unserer – visibility, wie man so schön sagt. Linke Themen zu lancieren ist kein Spaß in Krisenzeiten.«

»Damit habe ich kein Problem.« Mattie steht auf. »Wo kann ich mich hinsetzen, und wer kann mir die aktuellen Fälle zeigen?«

Volker bedeutet ihr, sich wieder zu setzen. »Immer schön sutje.«

»Kommst du aus dem Norden?«

»Hamburg.«

»Harmsdorf.«

»Am See. Da war ich früher immer mit meinen Eltern im Urlaub.«

»Das war jeder mal.«

Sie lächeln sich an. Ein schönes, warmes Verbündetenlächeln.

»Hier ist dein Arbeitsvertrag. Lies ihn dir gut durch, bevor du unterschreibst. Drei Monate Probezeit, nicht nur für uns, auch für dich. Vielleicht gefällt es dir hier nicht.«

Mattie liest. »Einheitslohn? Du verdienst genauso viel wie ich?«

»Warum nicht?« Er zieht an seinem Silberhalm. Offensichtlich kommt nichts mehr raus. Vorsichtig stellt er das Kännchen ab. »Weißt du, mein Alter hat dreißig Jahre lang malocht wie ein Blöder. Bauunternehmer, Nachkriegszeit, Wirtschaftswunder, das ganze Programm. Meine Mutter ist mit einem Gemeinschaftskundelehrer abgehauen. Mit sechzig dann der Herzinfarkt. Aus. Und plötzlich hatte ich das ganze Geld. Ich hab das Haus hier gekauft, als der Senat es verscherbeln wollte. Es gehört jetzt dem Mietersyndikat. Mit dem Rest habe ich eine Stiftung gegründet, die Juristen aus dem Süden Stipendien bezahlt. Verstehst du? Ich mache die Arbeit, die ich will. Ich lebe in einer Hausgemeinschaft mit Leuten, die mir nahestehen. Wenn ich freihabe, gehe ich segeln. Das ist der totale Luxus. Mehr brauch ich nicht.«

Mattie, die Lebensmodellforscherin, betrachtet den Anwalt wie das letzte Exemplar einer seltenen Spezies, von der man lange glaubte, sie sei ausgestorben. Höchst interessant.

Draußen macht jemand Musik.

»Wie auf dem Rummel ist das hier in letzter Zeit.« Volker schließt das Fenster. Mattie geht zu ihm, den unterschriebenen Vertrag in der Hand. Ein Mann mit einer Trompete, ein Junge mit einem Akkordeon. Könnte der Schwager von Liviu sein. Vielleicht auch nicht.

»Gibt es eigentlich viele, äh …« Sie weiß nicht, was sie sagen soll. Zigani? Liviu hat das Wort benutzt, aber ihr will es nicht über die Lippen. Zu besetzt auf Deutsch.

Volker ist ihrem Blick gefolgt. »Roma?«

Sie nickt.

Volker überlegt. Mattie gefallen diese langen Pausen, die er macht. Kein Gelaber. »Für den Kosovo besteht ein Beschluss zur Abschiebung. Aber es kommen immer mehr Familien aus Tschechien und Rumänien, auch aus Ungarn. Dort herrschen die Faschisten. Es gibt wieder Pogrome.«

»Ach komm.« Warum hat sie davon noch nichts gehört?

»Warum du davon nichts weißt?« Er deutet nach draußen. »Das sind Leute, die keine Lobby haben. Kein Nachrichten-Material. Dein Job, Mattie Junghans.«

15. Juni 2012, Hansestadt Kollwitz
Mecklenburg-Vorpommern, Deutschland

Adriana drückt den Mopp im Sieb des Plastikeimers aus, so fest sie kann. Nicht zu nass wischen. Sonst rutschen die Leute aus. Das hat Darek ihr mehrmals gesagt, ansonsten war er zufrieden.

Sie muss jeden Tag ein anderes Treppenhaus putzen, so kommt sie nach und nach in alle drei Flügel. Heute ist es Haus Seeschwalbe. Seltsame Namen: Möwe. Austernfischer. Über jedem Eingang ein Bild des Vogels. Seeschwalbe ist das letzte Treppenhaus im linken Seitenflügel, die Fenster in Richtung der Garagen. Auf jedem Absatz bleibt sie stehen, hält sich kurz den Rücken, als müsse sie ausruhen, ein schneller Blick nach draußen. Dann kommen die Namensschilder an die Reihe. Jede Tür, vier auf einem Stockwerk. Manche sind mit der Hand geschrieben, und Adriana kann die Schrift nicht entziffern. Das macht nichts. Gestern nach der Arbeit hat sie den ganzen Nachmittag gewartet, doch der Wagen kam nicht zurück. Sie saß im Schatten einer Birke und hat Sonnenblumenkerne gegessen. Auf der Lauer. Sie gibt nicht auf. Jetzt nicht mehr.

Nächstes Stockwerk. Blick aus dem Fenster. Da kommt der Pritschenwagen! Er fährt direkt zu der Garage, die sie schon kennt. Adriana sieht von oben zu, wie der Mann aussteigt und das Tor öffnet, dann steigt er wieder ins Auto. Der Mörder. Ganz klein von hier oben. Sie könnte ihn zerquetschen. Ohne Eile räumt sie ihre Putzsachen zusammen und geht die Treppen hinunter. Sie wird später hier weitermachen. Wenn sie es hinter sich hat.

Ohne das geschlossene Garagentor zu beachten, geht sie in die Putzkammer, stellt den Eimer ins Regal. Den Kittel behält sie an. Dann stellt sie sich hinter die Tür und wartet.

Nach zehn Minuten kommt er raus. Er trägt ein in durchsichtige Plastikfolie gewickeltes Stück Fleisch. Der Größe nach ein Kaninchen. Adriana verspürt zum ersten Mal seit Tagen Hunger. Langsam geht sie hinter ihm her, hält sich im Schatten der Durchgänge. Er geht an Haus Seeschwalbe vorbei. Auf dem Parkplatz wäscht ein Mann sein Auto. Er ruft dem Mörder einen Gruß zu. Der grüßt zurück, ohne seinen Schritt zu verlangsamen. Er geht schnell. Schnell und mit gesenktem Blick. Weiter und weiter. Auf die rechte Seite. Da müsste Adriana noch lange putzen, bis sie dort ankommt.

Endlich verschwindet er in einem Hauseingang. Adriana steht vor der Tür. Wieder ein Vogel. Er ist schwarz. Haus Kormoran.

Adriana bekreuzigt sich. Dann öffnet sie die Tür. Er steht vor den Aufzügen. Geht hinein. Dreht sich um. Er sieht sie an.

Und sieht sie doch nicht. Adriana trägt noch den Kittel, ein Kopftuch. Eine Putzfrau. Unsichtbar. Sie nimmt ihren Mut zusammen und tritt in den Fahrstuhl. Er rückt ein Stück zur Seite, kein Blick zu ihr. »Wie weit wollen Sie?«

»Sieben.« Die acht leuchtet schon. Sie starrt auf die rote Anzeige. Zählt leise mit. Bei sieben öffnet sich die Tür. Wortlos tritt sie auf den Flur. Wartet, bis sich die Tür wieder schließt. Ihr Herz rast. Sie greift mit der rechten Hand in den linken Stiefel. Das Messer ist da, an seinem Platz. Sie zieht es heraus. Es ist warm. Jetzt weiter. Die Stiefel tragen sie nach oben. Als sie den achten Stock erreicht, hat er gerade den Schlüssel ins Schloss gesteckt.

Alles geht sehr schnell jetzt. Sie drängt sich hinter ihm in die Wohnung. Er wehrt sich, versucht sie aus der Tür zu schieben. »Hilfe! Polizei!«

Aber sie ist größer. Sie hält ihm das Messer an die Kehle. Schließt die Tür hinter sich. Es ist nichts passiert.

»Geh!« Sie berührt ihn mit dem Messer. Er geht langsam rückwärts. Erst als sie in ein Zimmer mit einem großen Fenster kommen, kann sie ihn richtig sehen. Und er sie. Überraschung. Die Putzfrau.

»Setz dich da hin.« Sie stößt ihn in den Sessel am Fenster. Es macht ihr Spaß. Sie fühlt das Blut in ihren Adern fließen. Endlich! Endlich Rache!

»Wenn Sie Geld wollen – dahinten in der Schublade ist mein Portemonnaie. Es ist nicht viel drin.«

»Geld!« Sie spuckt vor ihm aus. Reißt sich das Kopftuch ab. Löst den Knoten, so dass die Haare lang über ihren Rücken fallen. »Erkennst du mich nicht?«

Sie haben sich nur einen Moment lang gesehen, damals, als der Jeep vorbeiraste. Er saß am Steuer. Er hat sich nicht sehr verändert. Sie schon.

Er schüttelt den Kopf. »Ein Missverständnis –«

Aber sie kann zusehen, wie aus seiner Vermutung Gewissheit wird. Sein Kopf sackt auf die Brust.

»Ich wusste, eines Tages kommen sie.«

»Wer kommt?« Sie berührt ihn wieder mit dem Messer, damit er den Kopf hebt.

»Die Zigeuner.« Er versucht, hinter sie zu sehen, als wären da noch mehr Leute.

»Du hast meinen Vater erschossen. Wie das Tier da. Ich bin gekommen, um dich zu töten.«

Plötzlich macht er einen Satz aus dem Sessel auf sie zu. Sie hebt das Messer, um sich zu verteidigen. Er fällt auf die Knie.

»Bitte! Es hätte nicht passieren dürfen, ich weiß! Wir hatten beide dieselbe Munition an dem Tag. Ich habe sie morgens noch ausgetauscht –«

Was brabbelt der Mann da? Adriana versteht ihn nicht. »Sprich langsam!«, sagt sie und tritt nach ihm. Er soll sie nicht anfassen.

Er spricht einfach weiter. »Verstehen Sie? Ich habe nächtelang darüber nachgedacht. Ich habe doch absichtlich danebengeschossen. Ich war es nicht!«

Der deutsche Satz bildet eine Bedeutung in ihrem Kopf. Sie

verbindet sich mit Vaters Worten aus ihrem Traum. Ich bin es nicht!

Sein Gesicht sieht aus wie eine Maske, verzerrt. Er kniet vor ihr.

Adriana wird unsicher. Ist es nicht das, was Vater will? Dass sie den Mann dort tötet? Sie hat kein Mitleid mit ihm. »Feigling!« Sie spuckt wieder aus, diesmal in sein Gesicht. »Meine Mutter – sie ist beinahe gestorben vor Schmerz. Du hast sie nicht um Verzeihung gebeten. Du hast ihr nichts angeboten als« – sie sucht nach dem richtigen Wort – »als Ersatz für das Leben meines Vaters.«

»Ich bitte Sie um Verzeihung.« Er greift nach ihrer Hand, sie ekelt sich vor diesem Mann. »Wenn Sie mich töten wollen, töten Sie mich.«

Nein. Vater hätte das nicht gewollt. Wonach er gesucht hat, war eine Zukunft. Glück. Für seine Familie. Vielleicht wären sie in Deutschland geblieben. Vielleicht wäre sie weiter zur Schule gegangen. Vielleicht wäre Mutter wieder gesund geworden. Für jedes Vielleicht soll er zahlen. Ihre Familie wird nicht mehr vom Pech verfolgt sein. Auch wenn sie, Adriana die Stille, nachhelfen muss. Wie viel ist ein Jahr Zukunft ohne Vater wert? Tausend Euro? Viele Tausend?

»Vierzigtausend Euro.« Sie hat nicht lange darüber nachgedacht. Zehntausend für die Mutter. Zehntausend für jedes der drei Kinder.

Verzweiflung auf dem Gesicht des alten Mannes. »So viel Geld habe ich nicht.«

»Du kannst es dir leihen. Eine Bank überfallen. Ist mir egal.«

Sie geht ein paar Schritte rückwärts, prägt sich die ganze Szene ein. Hinter ihm der Balkon, man sieht das Meer. Es hat weiße Schaumkronen. Vier gewinnt.

»Du hast drei Tage Zeit. Und keine Polizei. Wenn du nicht bezahlst, kommen am vierten Tag die Brüder. Die kennen keine Gnade.«

Sie sieht ihm in die Augen, bis er den Kopf abwendet. »Ich arbeite hier jeden Tag. Ich warte auf deine Nachricht.«

Ohne ihn aus den Augen zu lassen, dreht sie ihr Haar zu einem festen Knoten, hebt ihr Kopftuch auf, bindet es zu.

Dann geht sie. Was bleibt, ist der Hall ihrer Stiefel.

15. Juni 2012, Hansestadt Kollwitz

Gesine sieht es schon von weitem. Ungeheuerlich! Neben dem Eingang zum *Baltic Center* hängt ein Wahlplakat der NPD. Das kann kein Zufall sein, die haben ihre dreckigen Finger überall drin, selbst in der Verteilung der Plakatflächen. Aufgebracht marschiert sie durch den Nieselregen. Unter dem Vordach des Supermarkts steht eine Menschenansammlung. Sie erkennt ein paar der jungen Gesichter. Die 10 a mit dem Kollegen Friedrichs, Mathe und Physik. Sicher haben sie sich untergestellt. Da kann sie doch gleich den Jens bitten, nächsten Mittwoch seinen Fotoapparat mitzubringen.

Erst als sie den Rand der Gruppe erreicht, bemerkt sie, dass jemand zu den Schülern spricht. Ein schlanker Mann im Trenchcoat. Unauffällig, wäre da nicht eine etwas übertriebene Mimik. Ein Vertreter? Er steht auf dem Podest des Elefanten, auf dem die Kleinkinder reiten, wenn ihre Mütter den Einkaufswagen wegbringen.

»Und wir sind doch hier nicht die Einzigen, die so denken. Wir sind nur die Einzigen, die sich trauen, es auszusprechen! Der Herr Sarkozy in Paris hat es uns ja sogar vorgemacht. Ab ins Flugzeug und nach Hause. Leute, die sich der Zivilisation verweigern, brauchen wir hier nicht. Sonst können wir nicht dafür garantieren, dass es kein zweites Mal brennt in Kollwitz. Stimmt das, Herr Lehrer?«

Der Friedrichs starrt den Sprecher an wie ein Ochse. Er nickt.

Gesine ist fassungslos. »Aufhören! Sofort!« Die Schüler drehen sich um. Getuschel kommt auf. Einige sind sichtlich erfreut über die Abwechslung.

»Warum soll ich hier nicht sprechen? Das ist der typische EU-Stalinismus, vor dem ich euch gerade gewarnt habe. Wer nicht auf Linie ist, dem wird Sprechverbot erteilt.«

»Es sind Schüler! Haben Sie denn keinen Anstand?« Während der Mann darüber lamentiert, dass auch die Wähler von morgen und übermorgen ernst genommen werden wollen, drängt sich Gesine zu Friedrichs durch. »Wie lange geht das hier schon so?«

Er starrt sie an, offensichtlich unfähig, die Lage zu kontrollieren.

»Genau vierzehn Minuten«, ertönt es hinter ihr aus der Menge der Schüler. Jemand gähnt. Eine Schülerin filmt mit ihrem Smartphone. »Cool, das ist doch der Typ aus dem Fernsehen. Wie heißt der noch mal?«

Sie versucht zu Friedrichs durchzudringen. »Herr Friedrichs, was machen Sie hier überhaupt?«

Langsam scheint er wieder zu sich zu kommen. »Exkursion zum AKW, Thema Rückbau«, stammelt er, »der Bus sollte längst da sein.«

Gesine seufzt. Zivilcourage ist dem Mann ein Fremdwort. Sie schätzt ihn auf Mitte dreißig. Den hat die Wende schon als Jugendlichen plattgebügelt. Das ist dennoch keine Entschuldigung. In diesem Staat geht keiner nach Bautzen, nur weil er den Mund aufmacht. »Menschenskind! Und Sie lassen es zu, dass der NPD-Chef von Mecklenburg-Vorpommern vor den Kindern spricht? Rechtskräftig verurteilt wegen Volksverhetzung?« Der Mann redet immer noch. Gesine boxt sich durch die Menge nach vorne. »Aufhören! Sofort aufhören! Oder ich zeige Sie auf der Stelle an.«

Er misst sie mit einem arroganten Lächeln. »Und wer sind Sie, wenn ich fragen darf, gnädige Frau?«

»Pass uff, Mann, die hat Gott auf ihrer Seite!«, krakeelt es hinter ihr.

»Gott?« Das Lächeln bleibt kleben. »Was hat der denn hier verloren?«

»Als Vertreterin der Gemeinde Fichtenberg fordere ich Sie auf, sofort zu gehen. Ich rufe sonst die Polizei.« Sie zieht ihr Handy aus der Tasche.

Er taxiert sie abschätzend. »Also gut. Ich beuge mich dem stärkeren Geschlecht. Wir haben sowieso, was wir brauchen. Alles klar, Maik?«

Hinten steht ein Mann mit einer Videokamera. »Alles klar, Thilo.«

»Und vergesst nicht: www Punkt npd Minus mv Punkt de. Heute Abend könnt ihr euch online sehen!«

Das Podest ist leer bis auf den Elefanten. Der Mann verschwunden wie ein Spuk.

Gesines Wut klingt langsamer ab. Welche Unverfrorenheit! Und niemand schreitet ein. Sie blickt sich um. Längst nicht nur die Jungen und Mädchen haben sich hier untergestellt. Sie versucht in den Gesichtern der Erwachsenen zu lesen. Sind sie so abgestumpft, dass es ihnen egal ist, wer ihren Kindern eine Gehirnwäsche verpasst? Oder sind sie selbst NPD-Wähler? So kann es jedenfalls nicht weitergehen. »Ich informiere die Schulleitung. Wenn dieses Video online geht, werden die Persönlichkeitsrechte von Minderjährigen verletzt.« Sie wendet sich zum Gehen.

»Frau Matthiesen!« Der Lehrer. Jetzt ist er also aufgewacht. Ein bisschen spät. »Bitte – ich wusste zunächst gar nicht, dass dieser Mann von der NPD –«

»Herr Friedrichs! Sie als Lehrer haben Vorbildfunktion. Zivilcourage ist eine Bürgerpflicht. Mitläufer haben wir schon zu DDR-Zeiten genug gehabt.«

»Uih! Hört, hört!« Gesine ignoriert das Gejohle und geht am Einkaufszentrum vorbei in Richtung Pfarrhaus. Dieses Telefonat wird sie nicht von ihrem Handy aus führen. Sie wird die Antwort der Schulleiterin mitschneiden. Und im Zweifelsfall an die Presse –

»Du musst mir helfen!« Jahn steht hinter seiner Garage und presst sein Handy ans Ohr. Macht den Eindruck, als wäre er in großer Bedrängnis. »Also gut, ich warte auf deinen Anruf.«

Gesine will nicht so tun, als hätte sie ihn nicht gesehen. »Herr Jahn! Alles in Ordnung?« Er zuckt zusammen und starrt sie an. »Sie sind ja ganz grün im Gesicht.«

»Frau Pastorin«, stammelt er. »Ich –«, und bricht wieder ab. Der Mann hat doch etwas auf dem Herzen. Dem muss man eine ganze Hand reichen, keinen kleinen Finger.

»Herr Jahn, ich würde Ihnen gern helfen. Möchten Sie einmal vorbeikommen? Ist etwas mit Ihren Kindern?«

»Nee, Frau Pastorin.« Sie sieht, wie er versucht, sich am Riemen zu reißen. »Alles in Ordnung. Wat mutt, dat mutt.«

Schon wieder dieser olle Spruch. Manchmal wünscht sich Gesine, sie wäre katholische Pfarrerin. Eine absurde Vorstellung, gewiss. Aber die Beichte ist schon ein nützliches Sakrament. Sie könnte den Menschen die Last von den Schultern nehmen. Erlösung bringen. Doch letztlich muss eben jeder zu dem stehen, was er getan hat. Es hat keinen Zweck, die Schuld bei anderen abzuladen.

So wie es diese Hetzer von der NPD tun. Ihre Wut ist mittlerweile großer Besorgnis gewichen. Es ist so leicht, eine Politik zu verkaufen, die auf Ausgrenzung basiert. Sie sieht es als Bürgerpflicht an, in dieser Sache schnellstens Schadensbegrenzung einzuleiten. Der Jahn muss warten, wohl oder übel. »Überlegen Sie es sich. Sie wissen ja, wo Sie mich finden.«

Er nickt. Sie geht weiter. Zum Glück ist der Wahlkampf in ein paar Wochen durch. Wie jedes Mal wird sie beten, dass die

Rechten keine fünf Prozent bekommen. Jedoch scheint Gott an Wahlen, zumindest in Mecklenburg-Vorpommern, nicht sonderlich interessiert zu sein. Bestimmt hat er andere Sorgen.

15. Juni 2012, Kreuzberg
Berlin, Deutschland

»Du fällst überhaupt nicht auf. Wäre beinah vorbeigelaufen.«

Nick nimmt die Sonnenbrille ab und sieht Mattie im Gegenlicht vor seinem Liegestuhl stehen. Sie hat einen Rock an, oder jedenfalls eine Mischung aus Hose und Rock.

»Starr mich nicht so an.«

»Ich hab dich noch nie im Rock gesehen.«

»Ich wollte mich eben mal verändern. Wart's ab, ich lass mir die Haare wachsen, mach mir 'ne hübsche Hochsteckfrisur, dann kann ich hier auch mitmachen.«

Azim kräht in seinem Joggingmobil. Mattie kneift ihn in die Wange. Er macht ein entsetztes Gesicht. Übergriffige Fremde mag er nicht. Nick sieht sich um. Mattie hat natürlich recht. Männer mit kurzen Haaren, Jeans und Sonnenbrille, Frauen mit langen Haaren, Rock und Sonnenbrille. Durchschnittsalter dreißig. Kinderrate geschätzte sechzig bis siebzig Prozent.

»Die spielen Erwachsensein. Wie langweilig.« Sie sagt es zu Azim, aber sie meint ihn. Mattie lässt sich in den Liegestuhl auf der anderen Seite der Karre fallen.

»Und du? Wirst du nicht langsam ein alterndes Mädchen?« Allein wie sie dasitzt, die Knie hochgezogen, Arme fest darumgeschlungen.

»Ja, kann sein.« Sie sieht ihn nachdenklich an. Kein ätzender Spruch? »Ich denke gerade darüber nach, was ich mache, wenn ich mal groß bin.«

Nick muss lachen.

»Jetzt guck mich nicht so an.« Diesmal meint sie Azim. »Kommst du freiwillig zu mir, oder muss ich dich bestechen?« Umständlich hebt sie ihn aus dem Wagen. Nick sieht lieber woandershin. Soll sie nur machen. Innerlich stellt er sich auf das kommende Gebrüll ein. Es bleibt still. Nicht hingucken.

Links unter dem Schuppenvordach sitzen Leute, die auf den zweiten Blick nicht ins Bild passen. Sie trinken auch keinen italienischen Kaffee oder Rhabarberschorle. Nick schielt nach rechts. Mattie und Azim sind nicht mehr da. Nicht überreagieren jetzt. Er versucht, sich wieder auf die Leute unter dem Dach zu konzentrieren. Schlagzeilen gehen ihm durch den Kopf, eine polizeiliche Räumung im Görlitzer Park, als er noch in Bombay war. Mehrere Romafamilien, die hier über den Sommer ihr Lager aufgeschlagen hatten. Nicks Interesse ist geweckt. Er steht auf und schlendert an dem überdachten Betonstreifen vorbei.

Ein heiseres Lachen lässt ihn aufhorchen. »Zigarette?« Die Frau sieht ihn herausfordernd an. Ist die in seinem Alter? Älter? Keine Spur von devotem Gebettel.

Nick lacht. »Sorry, ich rauch nicht mehr.«

Ihre Aufmerksamkeit ist schon zum nächsten Spaziergänger weitergewandert. Er kann den Blick nicht abwenden, andererseits hat er das Gefühl, Leuten in einem gläsernen Haus beim Leben zuzugucken. Ein Mann rasiert sich, eine Frau wäscht ihr Kind mit Wasser aus einem Eimer. Junge Männer rauchen und unterhalten sich.

»Na? Heimweh nach Bombay?«

Nick dreht sich um. Mattie hat Azim auf der Hüfte sitzen, der zufrieden an einem Wassereis saugt. Nick verzieht das Gesicht. »Eigentlich soll er nicht so viel Zucker und künstliche Farbstoffe –«

»Nick!« Mattie macht seine Grimasse nach. »Wenn du dich hören könntest!« Sie dreht sich weg und murmelt verschwörerisch in Azims Ohr, der begeistert in ihre kurzen Haare greift und daran zieht.

Nick guckt wieder zu der Frau mit dem Lachen rüber. Ja, er hat Heimweh nach Bombay. Und verdammt, er hätte gern eine Zigarette. »Ich geh mal kurz rüber zum Spätkauf. Willst du auch was?«

Mattie schüttelt den Kopf. »Wir sind zufrieden. Oder, Azim?« Das rote Eis kleckert auf seinen neuen Body. Sein Mund sieht aus, als hätte er den Lippenstift von Jasmin gefunden. Auch egal jetzt.

Als Nick vom Kiosk kommt, eine Schachtel *American Spirit* – wenigstens organischer Tabak – in der Hand, bietet sich ihm eine Szene wie aus einem Film. Mattie mit Azim auf dem Arm. Steht ihr gut. Von rechts kommt einer dieser militanten Radfahrer angejagt, Kopfhörer auf, guckt nicht links, nicht rechts, Kinder, Hunde, Gehbehinderte, mir doch scheißegal. Im selben Moment hat der Junge unter dem Dach es satt, mit Seife eingeschäumt zu werden. Er greift nach dem Plastikeimer, blitzschnell hat er ihn über den Kopf gestülpt, Wasser spritzt auf Beton, und schon ist er weg, auf der Flucht vor seiner keifenden Mutter. Nick macht die Augen zu. Kollision unausweichlich.

Es scheppert nicht.

Langsam macht er die Augen wieder auf. Mattie hat den Wicht mit dem Eimer auf dem Kopf an der Hand, Azim immer noch auf der Hüfte. Sie ruft dem Fahrradfahrer hinterher, der sich umdreht und ihr den Mittelfinger zeigt. Nick geht näher ran.

»Fick dich!« Mattie muss immer das letzte Wort haben. Der Kleine hat den Eimer abgenommen und guckt sie bewundernd an. Die Mutter kommt dazu. Nick will Mattie Azim abnehmen, wird jedoch von einer Frau mit blonden Dreadlocks überholt.

»Lässt du mich mal bitte durch?« Sie bringt sich zwischen Mattie und der Mutter des Jungen in Position. »Falls die Polizei kommt oder es sonst Ärger gibt, ruft bitte hier an. Wir versuchen dann, was für euch zu organisieren.« Sie drückt Mattie einen Flyer in die Hand.

Nick prustet los. Die Frau mit den Dreads wirft ihm einen wütenden Blick zu und geht weiter zu den Leuten unter dem Dach. Mattie dreht sich um. Schwarze Haare, braune Haut, das Kind genauso.

»Du fällst hier nicht auf.« Nick lächelt sie an.

»Ja?« Mattie starrt auf den Zettel in ihrer Hand. »Ich gehör lieber hier dazu als zu deinem hippen Kreuzberger Volk da drüben.«

»Klar«, sagt Nick, »solidarity with the downtrodden.« Er steckt sich eine Zigarette an, geht zu der Frau, die immer noch keine hat, und hält ihr die Schachtel hin. Sie nimmt sich drei.

»Danke, mein Freund.« Diese Stimme. Große Klasse. Nick würde am liebsten fragen, ob er sie aufnehmen darf.

»Sag mal, findest du das gut, die noch so zu ermutigen?« Diese Stimme klingt überhaupt nicht cool. Gepresst. Angestrengt. Überheblich.

Nick dreht sich um. Mattie hat es auch gehört. Da drüben, auf den äußeren Liegestühlen.

»Sprichst du mit mir?« Er bläst den Rauch seiner Zigarette absichtlich in ihre Richtung. Typ Yogalehrerin.

»Du solltest diese Leute nicht dazu ermutigen, zu betteln. Ich wohne hier, und ich kann dir sagen, wir Anwohner sind gar nicht glücklich, dass die in unserem Park lagern. Guck dir doch mal den Müll an!«

Lagern. Was ist denn das für ein Wort! »Die sitzen doch hier ganz friedlich. Oder haben die dir was getan?«

Die Frau verzieht den Mund wie ein mauliges Kind. »Mir nicht, aber meiner Freundin hat man vorgestern das Auto aufgebrochen.«

»Ach echt?« Das ist jetzt Mattie von links. »Und du hast also beobachtet, wer es war?« Sie ist noch nicht fertig. »Und der ganze Müll hier im Park stammt auch von denen? Die müssen ja Kohle ohne Ende haben, so viele Sekt- und Weinpullen wie hier rumliegen.«

Jetzt mischt sich auch noch der Supervater ein, der Nick schon vorhin damit genervt hat, dass er die ganze Zeit überlaut mit seinem Nachwuchs quatscht. »Ihr müsst doch zugeben, dass das für unsere Kinder nicht schön ist. Immer dieses Geschrei. Und die Jungs da drüben rauchen schon. Die sind doch höchstens vierzehn!«

»Stimmt«, sagt Mattie, »hast du das gesehen, Azim? Willst du jetzt auch rauchen?« Azim gluckst und greift nach ihrer Nase.

Der Typ wird sauer, guckt sich um, sucht Verstärkung. »Na ja, mir ist es nicht egal, womit meine Kinder aufwachsen. Und einigen anderen hier im Viertel auch nicht.«

»Problems, honey?« Der Freund von der Yogalehrerin. Weniger Yoga als Kraftraum. Zwei Caipis in der Hand.

»Mattie.« Sie hat sich gerade in Stimmung gebracht, doch Nick deutet auf Azim. »Rückzug.« Er greift sich die Karre, und sie machen sich davon. Ein ganz normaler Abend mit Mattie. Wenigstens nicht langweilig.

16. Juni 2012, Hansestadt Kollwitz
Mecklenburg-Vorpommern, Deutschland

Adriana schläft zwischen der hinteren Reihe der Sitzkästen und dem Deich. Der Traum ist wieder da. Vater breitet die Arme aus: »Ich bin es nicht!« Sie schreckt hoch, schnappt nach Luft. War da ein Geräusch? Eine Möwe, die einen Plastikbecher über den Strand zerrt. Adriana fühlt sich verklebt. Überall Sand.

Sie steht auf, wischt Sandkörner aus der Nase, aus den Augen. Überprüft, ob ihre Uhr stehengeblieben ist. Nein, wirklich noch so früh. Dann geht sie barfuß hinüber zu dem Toilettenwagen und zieht vorsichtig am Griff. Die Tür ist offen.

Erleichtert stellt sie sich vor das Waschbecken und zieht ihre Bluse aus. Sie wäscht sich, dann die Bluse und die Unterhose. Bis sie zur Arbeit muss, werden sie im Wind getrocknet sein. Sie wickelt sich das Schultertuch eng um den Körper.

Zurück an ihrem Schlafplatz, hängt sie die Bluse und die Hose über das schützende Gebüsch, das auf dem Deich wächst. Sie setzt sich in die Kuhle, in der sie geschlafen hat, und holt das Fahrtenbuch aus der Tasche. Die Seiten sind ein wenig feucht. Adriana glättet sie sorgfältig mit der Hand, bevor sie eine lose Haarsträhne aus dem Gesicht streicht und weiterliest.

»20/06/1992. Meine liebe Adriana, das Haus ist leer ohne euch hier in Turnu Severin. Jedes Mal, wenn ein Auto vorüberfährt, huschen die Schatten über die Wände. Es ist still, selbst die Hunde sind nicht mehr da. Ich frage mich, ob es richtig war, dass wir alle unsere Häuser verlassen haben und nach Norden gezogen sind. Häuser brauchen Menschen, die in ihnen leben, sonst sterben sie. Ich habe das Gefühl, um mich herum stirbt das ganze Viertel.«

Adrianas Tränen fallen auf das Papier. Schnell wischt sie mit dem Tuch die Tropfen weg. Die Schrift darf nicht zerstört werden. Das Erbe ihres Vaters, so anfällig gegen Wind und Wetter und Zerstörung. Sie ordnet den Stapel noch einmal. Steht auf, geht wieder zum Toilettenwagen. Legt zwischen die einzelnen Seiten jeweils ein Papierhandtuch. Geht zur Mülltonne, sucht vorsichtig mit der einen Hand darin herum. Zieht eine Plastiktüte heraus, prüft, ob sie sauber und trocken ist, und legt das Fahrtenbuch hinein. Die Plastiktüte verschwindet in der Umhängetasche.

Obwohl die Bluse noch nass ist, zieht sie sie wieder an, ebenso die Unterhose. Die Stiefel warten direkt hinter dem Sitzkasten. Fühlen, ob Tiere sich darin verstecken. Nein. Das Messer ist noch da. Adriana wirft einen letzten Blick zurück. Nichts deutet darauf hin, dass hier jemand geschlafen hat. Außer der leichten Vertiefung im Sand, die ihr Körper hinterlassen hat. Sie läuft los, sieht auf die Uhr. Halb sechs. In einer halben Stunde soll sie anfangen zu putzen. Sie muss etwas essen. Früher gab es am Bahnhof einen Kiosk, der rund um die Uhr geöffnet hatte. Mit schnellen Schritten erklimmt sie den Deich.

Fünfzehn Euro hat die Telefonkarte gekostet. Plus dreißig Cent für ein trockenes Brötchen. Wird ihr Geld reichen, bis der Mörder ihr gibt, was ihnen zusteht? Außerdem bekommt sie Lohn für das Putzen. Sie weiß nicht, wann. Nach einer Woche? Einem Monat? Egal, sie bereut es nicht. Die Karte an die Brust gepresst, geht sie über die Brücke und sucht nach einer Telefonzelle. Hier stand früher eine. Nicht mehr da. Weiter. Drüben bei der *Kaufhalle*, drei nebeneinander. Auch weg. Adriana fühlt die Panik kommen. Nicht hektisch werden, sie darf nicht auffallen. Sie läuft weiter. Sieht auf die Uhr. Noch fünfzehn Minuten. Der Kirchturm. Vor der Kirche hat sie manchmal mit der Großmutter auf der Bank gesessen. Rechts, an der Ecke zum Pfarrhaus. Zwei Telefonzellen. Schneller. Der Kirchplatz, das Pfarrhaus. Noch da! Erleichtert zerrt sie an der Tür. Offen. Hebt den Hörer ab. Freizeichen. Schiebt die Karte hinein.

»Hallo! Wer spricht?«

Ruhig, sie darf sich nichts anmerken lassen.

»Lili?«

»Mama! Es ist Mama! Wo bist du?«

Bevor sie antworten kann, ertönt hinter Lili vielstimmiges Geschrei. Adriana lächelt. »Lili? Hörst du mich?« Keine Antwort. Sie hört das Geräusch von Schritten. Lili rennt mit dem Telefon über den Hof.

Ihr Blick wandert durch das Fenster der Telefonzelle zum Pfarrhaus. Noch ein Fenster hinter dem Fenster. Eine Frau, die vorsichtig Wasser in eine Kanne füllt. Die Pastorin! Sie ist immer noch hier.

»Adriana! Frau! Wo bist du, was hast du getan?« Florin. Adriana schluckt die aufsteigenden Tränen herunter.

»Du bist zurück.« Es ist gut, dass er bei den Kindern ist. »Gab es keinen Vertrag mehr für dieses Jahr?«

»Wo bist du? Warum bist du fortgelaufen?«

Sie schüttelt den Kopf. »Ich bin bald bei euch, Florin. Es wird alles gut.«

Seine Stimme klingt jetzt ruhiger. »Deine Mutter ist krank vor Sorge. Wann kommst du?«

Sie kann die Tränen nicht länger zurückhalten. »Bald«, flüstert sie und legt auf.

Einen Augenblick lang steht sie einfach da, an die kühle Glaswand der Telefonzelle gelehnt. Dann zieht sie die Karte aus dem Schlitz, geht nach draußen. Sieht zum Pfarrhaus hinüber. Beim Anblick der Pastorin ist ihr eingefallen, dass die Großmutter hier begraben liegt. Die Stiefel wollen nach links, zum Friedhof. Am Grab sitzen, der Großmutter erzählen, was geschehen ist. Warum sie allein in Deutschland zurückgeblieben ist. Doch die Großmutter muss warten. Adriana nimmt sich vor, mit der Pastorin zu sprechen. Was kostet es, die Großmutter nach Hause zu bringen? Es war Vaters Wunsch. Später. Noch hat sie das Geld nicht. Noch muss sie putzen.

Als sie an der Garage des Mörders vorbeikommt, bleibt sie kurz stehen, lauscht. Es ist kein Ton zu hören. Sie läuft weiter, öffnet die Tür am Ende der Reihe mit dem Schlüssel, den sie an einer Schnur um den Hals trägt. Die Neonröhre flackert auf. Sie nimmt den Kittel vom Haken, hängt stattdessen ihr Schultertuch daran und die Umhängetasche. Zieht den Kittel an. Steckt den Schlüssel in die Tasche, um sich das Kopftuch festzubinden. Hält inne.

In der rechten Kitteltasche steckt ein Zettel. Adriana holt ihn heraus, stellt sich direkt unter die Neonröhre. »Heute Abend, 23 Uhr. In der Wohnung.« Sie liest die Worte noch einmal. Ein drittes Mal. Ihr Herz klopft.

»Bald«, flüstert sie wieder. Bald wird sie auf dem Weg nach Hause sein.

16. Juni 2012, Braşov
Transsilvanien, Rumänien

Der einzige Job, den Nadina gefunden hat, ist Mamas alte Stelle im Stadion. Und auch nur, weil Mama da angerufen hat und die Leute vom Verein Mitleid mit ihr haben. Jeder Knochen tut ihr weh von dem sinnlosen Schrubben. Bier, Kippen und Kotze. Reihe um Reihe. Sie hat heimlich in der Umkleide geduscht. Der Geruch hängt ihr trotzdem noch in der Nase. Das Geld reicht gerade für Internet und Kippen. Sie weiß nicht, wonach sie in letzter Zeit mehr süchtig ist.

Sie kann nicht so schnell putzen wie Mama. Es ist schon dunkel. Sie läuft unter der Stromtrasse entlang. Die Blicke spürt sie trotzdem, fast noch stärker als am Tag. Es ist warm, die Nachbarn sitzen vor ihren Häusern. Vor manchen brennen die Feuertonnen. Ein Hund läuft auf sie zu und bellt. Misstrauisch schnuppert er an ihrem Bein. Nadina tritt zu. Jaulend verzieht er sich in die Dunkelheit. Eine junge Frau steht im Halbdunkel an der Ecke und redet mit jemandem hinter dem Zaun. Ihr Rock aus irgendeinem billigen Glitzerstoff. Ein Mädchen klammert sich an ihre Hand. »Nadina Lăcătuş.« Sie lacht. »Kennst du mich nicht mehr oder willst du mich nicht mehr kennen?«

Immer schön lächeln. Das Gesicht kommt ihr bekannt vor. Aus der Schule oder was? Die meisten sind schon ein paar Jahre verheiratet. Kinder sowieso. »Ich muss nach Hause«, sagt sie, »Mama wartet.« Kopf hoch. Weitergehen.

Nichts anmerken lassen.

Sie ist schon eine Woche hier und hat noch nicht mal ihre Brüder besucht. Sie geht ihnen aus dem Weg, und Mama erfindet irgendwelche Ausreden für sie.

Endlich die Pforte. Sie will nur noch ins Bett. Musik hören. Vergessen. Schon im Gang hört sie die lauten Stimmen. Ihre Brüder sind da. Zurück auf die Straße kann sie nicht um diese Zeit. Nadina bleibt stehen. Der Mond scheint in den engen Hof. Das ist die Stimme von Sergiu. Als Papa starb, war er acht. Jemand antwortet, leiser, das muss Mihai sein. Er ist der dritte Bruder, Nadinas Liebling. Als Kinder waren sie immer zusammen. Sie lauscht, kann nicht verstehen, was gesprochen wird.

Mama macht sich zu viele Gedanken. Es sind ihre Brüder. Was soll schon passieren? Niemand kann sie zu irgendwas zwingen. Und zum Heiraten schon gar nicht. Nadina atmet tief durch und geht nach hinten. Der Vorhang ist offen.

»Du hast mir gesagt: Tu etwas, Sohn! Egal was!« Wieder die laute Stimme. Nadina bleibt stehen, das Licht von drinnen blendet sie.

»Ich weiß!« Mama schlägt die Hände vors Gesicht.

»Mama!« Nadina ist mit drei Schritten bei ihr, sitzt auf dem Sofa, legt den Arm um ihre Schultern. Sie ist so dünn.

Sergiu steht neben dem Fernseher. »Wo bist du gewesen? Warum kommst du erst jetzt?« Er ist kein Junge mehr, arbeitet auf dem Bau. Seine Klamotten sind voll mit weißem Staub. Ein neues Tattoo auf dem linken Arm. Kein Typ, mit dem man Streit haben will.

»Ich habe gearbeitet.« Ihre Stimme zittert. Sie ballt ihre linke Hand unauffällig zur Faust. Nichts anmerken lassen.

Sergiu hat sie nicht mal begrüßt. Ihr Blick geht rüber zu Mihai, der auf dem Holzstuhl sitzt. Er zwinkert ihr zu wie früher. Mihai sieht gut aus, ein dunkler Typ wie Mama. Er könnte Italiener sein. »Du bist eine Schönheit geworden, Schwester.« Bevor sie etwas sagen kann, sieht er weg. Sein Blick flackert.

»Sülz nicht rum!« Sergiu starrt sie an. »Ich habe andere Arbeit für dich gefunden.«

»Nein!« Das ist wieder Mama. Nadina spürt, wie die Gänsehaut langsam ihren Arm hochkriecht. Was ist hier los?

»Na los, erzähl ihr doch selbst von deinem Abenteuer, Idiot!« Sergiu zündet sich eine Zigarette an und stellt sich in den Türrahmen. Er füllt ihn beinahe ganz aus.

»Ich bin im April nach Marseille gefahren.« Mihai redet leise und starrt auf seine Füße. »Ich wollte Arbeit suchen. Wir hatten kein Holz mehr und Mama auch nicht. Sie braucht Tabletten wegen der Schmerzen.«

»War ich es etwa, die dir gesagt hat, dass du dorthin fahren sollst?« Mama hat den Kopf hochgerissen. Sie holt aus, um ihm eine Ohrfeige zu geben. Ihr Gesicht verzieht sich. Die Schmerzen im Rücken. Sie lässt die Hand wieder fallen.

»Ich habe gesucht und gesucht, aber keiner gab mir Arbeit. Ich hatte kein Geld mehr.«

»Er ist fast verhungert!« Mama funkelt ihn wütend an. »Hat hier angerufen. Keinen zusammenhängenden Satz konnte er mehr sagen.«

Mihai achtet nicht auf sie. »Ich dachte, sie zahlen mir den Rückflug, wenn ich nichts finde. So haben es im letzten Jahr alle gemacht.«

Nadina kommt nicht mit. »Wer?«

»Na, die Franzosen«, wirft Mama ein, »aber das ist lange vorbei.«

»Und dann?«

Mihai hebt die Schultern, als wolle er dazwischen verschwinden. »Ich weiß nicht …«

»Aber wir wissen es.« Sergiu hat sich umgedreht. »Mama war schon genauso verrückt wie er. Hat immer nur davon geredet, dass noch einer verschwindet und nicht zurückkommt. Nach drei Tagen ruft ein Fremder an. Ein Țigani. Mihai ist in Sicherheit, sagt er. Sie bringen ihn nach Hause.«

Nadina drückt Mamas Schultern. »Siehst du? Du machst dir zu viele Sorgen.«

»Macht sie nicht.« Sergiu stellt sich wieder auf seinen alten Platz. »Sie wollten achthundert Euro von mir. Ohne Geld kein kleiner Bruder. Ich bin zum Geldverleiher gegangen. Der gibt mir das Geld, ich schicke es nach Marseille – zwei Tage später steht er vor der Tür. Mama ist glücklich und päppelt ihren Kleinen wieder auf. Seine Frau ist glücklich, seine Kinder sind glücklich. Und ich? Jeden Monat steigen die Schulden um einhundert Prozent. Verstehst du? Hast du rechnen gelernt, Schwester?«

Nadina nickt. Jetzt ist Juni. Zweitausendvierhundert Euro.

»Ich komme gerade vom Geldverleiher.« Sergiu sieht nicht mehr so gefährlich aus. Nur müde. Er steckt sich noch eine Kippe an. »Er hat mir ein Angebot gemacht.«

»Nein!« Mama wirft sich vor Sergiu auf die Knie und umklammert seine Beine. »Willst du mich töten, Sohn?« Er greift nach ihren Armen und drückt sie zurück ins Sofa, wo sie sitzen bleibt wie eine Puppe.

Nadina ist aufgesprungen. »Wie kannst du so mit Mama umspringen?« Sie erwartet, dass Mihai ihr zu Hilfe kommt wie früher. Er starrt weiter auf seine Füße. Mama genauso. »Sergiu, was ist hier los?«

Sein kalter Blick trifft sie mehr als eine Ohrfeige. »Ein reicher Mann in Südfrankreich, Rumäne, braucht ein Hausmädchen. Alle haben dich hier herumlaufen sehen in den letzten Tagen. Du hast helle Haut. Du kannst Rumänisch und Französisch. Der Geldverleiher will, dass du dorthin gehst.«

Eine Mischung aus Wut und Panik. Wie auf dem Internat. Ihr ist schwindelig.

»Verstehst du, was ich sage? Du wirst sechs Monate umsonst arbeiten, danach sind die Schulden bezahlt und die Familie bekommt jeden Monat fünfhundert Euro.«

»Nein.« Sie will an ihm vorbei zur Tür, aber er ist schneller. Seine Hand legt sich wie eine Fessel um ihren rechten Arm.

»Denk doch mal an Mama.« Ist es wirklich Mihai, der das sagt? Ihr Lieblingsbruder?

»Du wirst gehen«, sagt Sergiu. »Keine Diskussion mehr. Oder die Familie stürzt ins Verderben.«

»Lass mich los!« Nadina zieht. Sergiu hält fest.

»Sie geht nicht!« Mama ist aufgestanden. »Nicht solange ich lebe!«

»Mama, bitte!« Sergiu drückt die Zigarette aus. »Ich muss ins Bett.«

»Ich werde das Geld besorgen. Bis zum Monatsende. Und sie wird nicht nach Frankreich gehen.«

»Das ist doch lächerlich.« Sergiu lässt endlich ihren Arm los. »Komm schon, Mihai.« Mihai folgt ihm schweigend hinaus in die Dunkelheit.

»Ich werde das Geld besorgen«, murmelt Mama.

Nadina reibt sich den Arm, damit das Kribbeln weggeht. Sie macht den Vorhang runter. Dreht sich um. Geht zu Mama und umarmt sie. Mama zittert ja. Ihre starke Mama, die nichts umwerfen kann.

So bleiben sie stehen, bis das Licht ausgeht. Stromausfall.

16. Juni 2012, Hansestadt Kollwitz
Mecklenburg-Vorpommern, Deutschland

Es ist fünf Minuten vor elf. Adriana steht unten im Haus Kormoran vor dem Aufzug. Jetzt, wo es so weit ist, ist sie plötzlich ruhig. Den ganzen Tag hat sie schlecht gearbeitet, ist bei jedem Geräusch zusammengefahren. Hat zu nass gewischt. Die Zeit wollte nicht vergehen. Nach der Arbeit war sie auf dem Friedhof, um mit der Großmutter zu reden. Sie ist die Reihen abgelaufen, doch sie konnte das Grab nicht finden. Kann ein Grab einfach verschwinden? Sie hätte gern die Pastorin gefragt, hat dann aber lieber nicht am Pfarrhaus geklingelt. Nur kein Aufsehen so kurz vor dem Ziel.

Einer spontanen Idee folgend, ist sie noch mal zu den Garagen gegangen und hat sich den Kittel angezogen, das Kopftuch umgebunden, Eimer und Wischmopp mitgenommen. Die Putzfrau, die er schon kennt. Adriana die Stille, die morgen in den Zug nach Berlin steigen wird, kennt er nicht.

Sind das Schritte im Treppenhaus? Endlich kommt der Fahrstuhl. Die Kabine ist leer. Adriana geht hinein, die hintere Wand ist verspiegelt. Sie betrachtet sich. Wie sie da steht, in ihren Stiefeln, langer Rock, Kittel und Kopftuch, auf den Wischmopp gestützt, der in dem Sieb des Eimers steckt. Warum erkennt sie plötzlich das Mädchen Adriana wieder? Vielleicht nur, weil sie hier an diesem Ort gelebt hat. Adriana die Stille. Als sie noch nicht still war.

Der Fahrstuhl hält. Die Tür öffnet sich, doch sie bleibt noch einen Moment stehen. Dann dreht sie sich um und tritt hinaus auf den Treppenabsatz. Das Licht geht aus. Sie tastet sich zu dem orange leuchtenden Punkt und macht es wieder an. Horcht in die Stille. Was, wenn er ihr hinter der Tür auflauert? Vielleicht hat er seine Familie zu Hilfe geholt? Und sie hat nichts weiter als einen Wischmopp in der Hand und ein Messer im Stiefel.

Keine guten Gedanken. Adriana schließt die Augen und denkt für einen Moment an Vater. Wie er die Arme ausbreitet in ihrem Traum. Lass mich jetzt nicht im Stich, Vater.

Sie klingelt.

Nichts passiert.

Sie wartet.

Das Licht geht wieder aus.

Vorsichtig drückt sie gegen die Tür. Sie gibt nach. Adriana stellt Wischmopp und Eimer in der Ecke ab, damit niemand darüber fällt. Sie schiebt die Tür auf, bis ein wenig Licht in den Flur scheint. Mondlicht. Es brennt keine Lampe in der Wohnung. Der Griff nach dem Messer im Stiefel, zum zweiten Mal in drei Tagen. Langsam geht sie hinein, Schritt für Schritt. Der Flur, dahinter das Zimmer mit dem großen Fenster, das sie schon kennt. Der Mond steht über dem Meer. Ein Bild wie aus einem Traum. Der Raum sieht genauso aus wie beim letzten Mal. Nein, doch nicht. Auf dem flachen Tisch zwischen Sofa und Sessel liegt ein rechteckiges Päckchen. Geldnoten. Adriana nimmt sie in die Hand. Es sind grüne Hunderteuroscheine, mit einer Banderole. Wo ist der Mörder? Versteckt er sich hier irgendwo?

Es ist kühl. Die Tür zum Balkon ist offen. Vorsichtig, in alle Richtungen witternd, bewegt sich Adriana darauf zu. Das Wasser schimmert im Mondlicht wie flüssiges Metall. Ist da jemand? Der Balkon ist leer. Niemand kann sich hier verstecken. Sie geht hinaus, stellt sich jedoch so, dass sie die Tür im Auge behält. Von hinten wird er sie nicht erwischen.

Plötzlich dringen Stimmen an ihr Ohr, weit unten im Hof. Was ist da los? Motorengeräusch. Flackerndes Licht, bläulich. Sie hat so ein Licht schon einmal gesehen. Damals, als sie die Großmutter abgeholt haben.

Adriana nimmt ihren Mut zusammen und beugt sich über das Geländer, das Messer in der Hand. Unten, ganz klein, liegt der

Mörder. Wie ein erlegtes Tier. Keuchend stützt sich Adriana am Geländer ab.

Geräusche. Schritte. Stimmen. In der Wohnung.

Der Umriss eines Mannes in der Tür zum Balkon.

»Vorsicht, sie ist bewaffnet!«

Adriana starrt auf das Messer in ihrer Hand.

»Polizei! Lassen Sie das Messer fallen! Sofort!«

Sie weiß, was kommt. Sie kennt das Gefühl aus dem Traum. Der Boden gibt unter ihr nach. Adriana lässt das Messer fallen und sinkt auf den kalten Beton. Um sie herum trampeln schwarze Stiefel.

17. Juni 2012, Kreuzberg
Berlin, Deutschland

Heute hat sie das erste Mal gekocht. Spaghetti mit Pilzen und Salat. War nicht super, aber sie haben alle nett aufgegessen und keiner hat gemeckert. Bettina kennengelernt, die andere Anwältin. Durchtrainiert. Hart. Braungebrannt mit Fältchen um die Augen. Nicht so entspannt wie Volker. Jeder spielt eben seine Rolle, in so einem Laden genau wie im sonstigen Leben. Bettina hat Mattie ganz schön gegrillt. Wie sie eigenverantwortlich das Netzwerk aufbauen will für ihre Öffentlichkeitsarbeit. Ob einem das Wort Eigenverantwortung irgendwann zu den Ohren rauskommt?

Nick hat ihr das Fahrrad von Jasmin gegeben. Die fährt zurzeit lieber S-Bahn, damit sie morgens und abends noch lesen kann. Alles für die Karriere. Das Fahrrad ist leicht wie eine Feder. Deswegen muss sie es auch überall mit reintragen. In die Kanzlei. In ihren Bus. »Auf keinen Fall draußen anschließen!« Dein Besitz macht dich ängstlich, Nick.

Sie schiebt das Fahrrad über die Schlesische und fährt an den Speichern vorbei. Hier hat Cal seine Bollywoodshow inszeniert. Cal. An dieser Ecke taucht er jedes Mal vor ihrem inneren Auge auf wie ein Hologramm. Außer Nick ist ihr vielleicht nie jemand so nahegekommen. Das Lied, das er ihr über Skype vorgesungen hat.

Isi Baat Pe.

Sie kriegt die Melodie nicht mehr richtig hin. Cal fehlt ihr von innen. Jeden Tag. Einer, mit dem sie sich vorstellen konnte irgendein mögliches Leben zu teilen. Mit Kindern? Ist doch Quatsch. Ist auch zu spät jetzt. Cal ist in Bombay. Cal liebt Männer. Überleg dir was anderes als diesen Kleinfamilienkram, Mattie. Lass dich nicht anstecken. Sei kreativ!

Sie biegt am Osthafen ab und atmet auf. Wind! Wellen. Mattie vermisst das Meer. Das Meer und das Kung-Fu-Training. Bei Kamal ist sie nicht so sicher. Der Schnitt ist noch zu frisch. Je schneller sie fährt, desto mehr Wind bläst ihr ins Gesicht.

In null Komma nix ist sie am Plänterwald. Der Parkplatz liegt verlassen da, mitten in der Woche verirren sich am Abend höchstens ein paar Jogger und Leute mit Hunden hierher. Die beiden Busse von Familie Liviu – so nennt sie sie für sich – scheinen verlassen. Mattie steigt ab, schließt den Bus auf und hebt das Fahrrad oben auf die Kisten. Lässt sich aufs Bett fallen. Vorne gibt es zwar noch ein paar Sitzbänke, aber das fühlt sich komisch an, wenn man nicht fährt. Wie lange kann sie so leben, ohne Wohnung, ohne Beziehung, als frei flottierender Himmelskörper in der Riesenstadt? Wonach suchst du, Mattie? Suchst du überhaupt irgendwas?

Sie klappt den Laptop auf, um die Aufnahme von Cals Song abzuspielen.

Es klopft. »Frau Mattie!«

Nein. Tot stellen. Nicht da.

»Frau Mattie! Sie sind da! Ich habe Sie gesehen. Bitte!«

Sie steht auf und öffnet die vordere Tür.

Liviu. »Kann ich reinkommen?«

Eigentlich ist es ihr nicht recht. Sie hat ja keinen Salon oder so. Schließlich rutscht sie rüber, so dass er auf dem Fahrersitz Platz hat. Er klettert die Stufen hoch und lässt sich keuchend in den Sitz fallen. Legt erst mal die Hände aufs Lenkrad. Brummt wie ein Bär.

»Was ist los, Liviu?«

»Arbeitest du wirklich bei einem abogado?«

»Ja.« Schön auf der Hut bleiben. Nicht zu viel sagen.

In seinem Euro-Kauderwelsch erklärt er umständlich, dass eine Freundin angerufen hat, die in Schwierigkeiten steckt und Hilfe braucht.

»Was für Schwierigkeiten? Mit der Polizei?«

Er wackelt mit dem Kopf, überlegt, was er sagen soll. »Ja, irgendwie schon. Ist aber alles ein Missverständnis.«

Mattie lächelt. Wahrscheinlich sitzt die Frau wegen Diebstahls oder so, braucht einen Anwalt und hat kein Geld. »Die Anwälte, bei denen ich arbeite, machen nur große Sachen. Politische Prozesse. Verstehst du?«

»Was ist das, politischer Prozess?«

Sie weiß nicht, wie sie es auf Spanisch-Englisch erklären soll. »Egal, sie haben genug Fälle, okay? Keine Zeit!«

Liviu starrt auf den Wald hinter der Frontscheibe. Eine ganze Weile sagt er nichts. Mattie überlegt, wie sie sich verabschieden kann, ohne ihn zu kränken.

»Ist eine große Sache«, sagt er plötzlich, ohne sie anzusehen. »Ist Mord.«

»Mord?« Sie glaubt erst, dass sie ihn falsch verstanden hat. Er wiederholt das Wort.

Ihr wird kalt. Zweimal hat sie mit Mord zu tun gehabt. Danach ist nichts mehr, wie es vorher war. Man ist ein Scherbenhaufen, und wenn man Pech hat, fehlt irgendwo ein Stück, das sich nicht wieder ankleben lässt. Zweimal zu viel.

»Hat die Frau keine Familie? Können die ihr nicht helfen?« Dafür hat man schließlich Familie. Alle anderen jedenfalls.

»Ich hab ihren Mann angerufen. Der sagt, er bringt mich um, wenn ich sie nicht heil zurückbringe. Ist alles meine Schuld.«

Oh nein, nicht das. Das ist Emmas Masche. Alles meine Schuld.

»Frau Mattie, fahren Sie mit nach Kollwitz. Dann entscheiden Sie, ob Sie dem abogado davon erzählen. Bitte.« Keine Witze mehr. Kein Bärengebrumm. Es macht ihm zu schaffen, das kann sie sehen und fühlen.

»Die nehmen doch keinen Mandanten, nur weil ich einen anschleppe«, murmelt sie, eher zu sich selbst. Liviu sieht sie an. Er macht keine Anstalten auszusteigen.

Verdammt! Warum muss so was immer dir passieren, Mattie Junghans?

Andererseits ist morgen Samstag. Ihr erstes Wochenende in Berlin. Nichts steht auf dem Plan, außer vielleicht, ins Büro zu gehen und die Zeit mit Arbeit herumzubringen.

»Na gut. Aber wenn ich nein sage, gilt nein.«

Als die Fahrertür hinter ihm zufällt, stellt sie die Füße aufs Armaturenbrett und schlingt die Arme um die Knie. Bist *du* verrückt oder Emma? Das kann doch nicht dein Ernst sein, mit einem wildfremden Zi– äh, Roma durch die Gegend zu fahren und eine Mörderin zu besuchen?

Nick anrufen. Nick muss mitkommen. Sie springt nach hinten, zieht das Handy aus der Tasche, drückt die Kurzwahltaste –

Nein. Nick ist jetzt Vater und Ehemann. Der hat ein Privatleben, im Gegensatz zu dir. Wenn sie da zu viel aufreißt, gibt es eine Katastrophe. Für Nick und Jasmin. Und für Azim. Dem soll sein kleines Leben doch nicht jetzt schon um die Ohren fliegen.

18. Juni 2012, Hansestadt Kollwitz
Mecklenburg-Vorpommern, Deutschland

Unsere Zigeuner. So haben sie sie damals genannt, natürlich nur, wenn sie unter sich waren. Sie und Arno. Heute würde man sagen, das ist politisch unkorrekt. Das waren eben andere Zeiten. Sie waren jung und naiv. Hingerissen von dem bunten Völkchen in der Nachbarschaft.

Mein Gott, dieses Gesicht. Erinnerungen stürzen auf sie ein. Damit hat sie nicht gerechnet.

Als Gefängnisseelsorgerin kommt Gesine einmal wöchentlich in die Justizvollzugsanstalt Kollwitz. Hier sitzen kaum schwere Kaliber ein wie in Berlin oder Rostock. Autodiebe, Einbrecher, Kleinkriminelle. Ein paar Drogensüchtige und jugendliche Gewalttäter. Insgesamt gerade mal einhundertvierzig Plätze, Regelvollzug und Untersuchungshaft. Und nun diese Mörderin.

Keine Ablenkung für die Sinne. Sie sitzen in einem Quader aus Beton. Gesine hat im letzten Jahr einen Kurztrip nach Erfurt gemacht und im evangelischen Augustinerkloster übernachtet. Dort gibt es einen Neubau mit einfachen Gästezimmern für Besucher. Protestantische Kargheit. Angenehme Funktionalität. Die Ähnlichkeit der Architektur ist verblüffend.

Unsere Zigeuner. Arno mit seiner Gitarre, auf dem Weg vom Pfarrhaus hinüber ins Heim. Gesine hat sich so bemüht, aber für sie gab es unüberwindbare Grenzen. Die Nähgruppe, um Kostüme für die Tanzvorführungen anzufertigen, die sie in der Umgebung des Heims organisierten. Gemeinsames Kochen mit den Frauen aus der Kirchengemeinde. Doch immer, wenn sie das Gefühl hatte, einen Durchbruch zu erzielen, zogen die Frauen sich wieder in ihre eigene Welt zurück und schlossen sie aus. So wie diese Frau hier, die ihr seit zehn Minuten gegenübersitzt, ohne eine Wort zu sagen.

Arno hatte es leichter mit den Männern. Seine Art ist von Natur aus gewinnend. Er ist Künstler. Er spielt Gitarre. Die Männer im Heim hatten sofort einen Draht zu ihm. Sie vertrauten ihm. Teilten sich mit ihm die Nachtwachen nach dem ersten Angriff, spielten Karten, tranken Schnaps. »Im Herzen bin ich einer von ihnen.« So unrecht hatte er damit nicht. Arno Matthiesen. Bildhauer, Vagabund. Zu Hause dort, wo der Wind ihn hintrieb. So stellte er sich gern dar. Und glaubte es selbst.

Gesine sieht auf die Uhr. »Noch fünf Minuten, dann muss ich wirklich gehen. Es gibt andere, die meinen Beistand brauchen.« Warum hat sie nur das Gefühl, dass die Frau jedes Wort versteht? Sie ist doch rumänische Staatsbürgerin. Sie starrt auf den Zettel vor sich. Adriana Ciurar. Adriana …

»Adriana Voinescu!« Natürlich. Vor ihr sitzt das Mädchen Adriana. Angeklagt wegen Raubmordes an dem Mann, der ihren Vater getötet hat. Menschenskinder. Das muss sie erst mal verdauen.

Adriana schweigt und sieht sie an aus diesen klugen dunklen Augen, deren Blick Gesine schon bei dem Kind beunruhigend fand. So viel Schmerz stand in diesen Augen, als sie sie zurückbrachten von dem Feld, wo ihr Vater gestorben war. Ein stummes Bündel mit zwei riesigen Augen. Einen Tag später stand sie wieder in der Küche, kochte für die kleinen Brüder und kümmerte sich um die Mutter, die ständig in Ohnmacht fiel.

»Sie haben viel Leid erlebt, Adriana.« Gesine wählt ihre Worte mit Bedacht. »Aber Sie können nicht einfach hierherkommen und Rache üben. Damit verursachen Sie anderen Menschen Leid, wie Ihnen welches zugefügt wurde. Haben Sie das bedacht, bevor Sie die Tat begangen haben?«

Kein Wort. Nur die Augen sprechen.

Bei aller Liebe, wenn die Frau nicht reden will, ist ihr nicht zu helfen. Mit einem Seufzer nimmt Gesine ihre Ledertasche und steckt den Zettel hinein. Es ist nicht ihre Aufgabe, der Gefangenen ein Geständnis zu entlocken. »Wenn Sie möchten, komme ich nächste Woche wieder, Adriana.«

Der Blick fokussiert sich auf Gesine. Sie öffnet den Mund. Überlegt. Sie konnte fließend Deutsch, doch das ist zwanzig Jahre her. Man muss ihr Zeit geben.

»Was ist mit dem Grab der Großmutter?«

Gesine fühlt, wie ihr das Blut ins Gesicht schießt. »Adriana, das ist eine lange Geschichte. Zu einem anderen Zeitpunkt bin ich gern bereit …«

Es hat keinen Zweck. Sie hat wieder dichtgemacht. Gesine geht zur Zellentür und klopft dreimal laut dagegen. Einen Augenblick später ist der Schließer zur Stelle. Der lange Gang ist ihr heute viel zu kurz, um den Sturm der Gefühle zu beruhigen, der in ihrem Inneren tost. In der Zeit nach der Wende ist so vieles gleichzeitig geschehen, dass es nie genug Muße gab, zu sortieren und zu verarbeiten. Aufbruch, Verlust, Hoffnung, Enttäuschung. Die Welt schien sich schneller zu drehen. Am Ende jenes Sommers war Arno fort, und ihre Zigeuner auch. Gesine sah sich plötzlich vor die Aufgabe gestellt, die Erziehung ihrer Tochter mit dem Beruf unter einen Hut zu bekommen. Die schwerste Herausforderung ihres Lebens.

In der Eingangshalle, ebenfalls bestechend in ihrer Kargheit, trägt die Akustik ihr schon von weitem einen hitzigen Disput entgegen.

»Aber wir sind extra aus Berlin gekommen! Er hier ist ihr Cousin. Und ich arbeite für die Kanzlei Meerbach & Wiese.«

»Dann sollten Sie wissen, dass ein Antrag gestellt werden muss beim zuständigen Haftrichter. Sie können nicht einfach so hier reinschneien. Die Frau ist in Sicherheitsverwahrung. – Frau Pastorin.« Der Pförtner hebt die Hand zum Gruß.

»Machen Sie nur so viel Stress, weil sie eine Roma ist?« Die Frau klebt ja fast an der Scheibe. Nun haut sie sogar mit der flachen Hand dagegen.

»Geht es bitte etwas weniger aggressiv?« Gesine mustert die Besucher. Die Frau vielleicht Mitte dreißig, alternativer Look, kurze Haare, der Mann jünger, ein kleiner Dicker mit Shorts und Stoppelschnitt, beide sehen ausländisch aus. Davon abgesehen bilden sie ein ungleiches Paar. »Außerdem heißt es Romni.«

»Wie bitte?«

»Weibliche Angehörige der Roma werden Romni genannt. Das ist der korrekte Sprachgebrauch. Wussten Sie das nicht?«

»Nein.« Die Frau sieht sie interessiert an. »Mattie Junghans. Das ist Liviu, äh –«

»Iancu«, ergänzt der Dicke.

»Liviu Iancu. Er ist ein Cousin der Frau, die hier gestern wegen Mordes eingewiesen, ich meine, in Haft genommen wurde. Untersuchungshaft.«

»Und Sie sind Anwältin?« Das ist doch Humbug. Gesine will und kann ihr Misstrauen nicht verhehlen.

»Natürlich nicht.« Die Überraschung ist echt. »Ich mache seit kurzem die Öffentlichkeitsarbeit für unsere Kanzlei.«

»Dann sollten Sie sich aber schnellstens einen anderen Tonfall angewöhnen.« Sie ist immer noch ungehalten. »Sonst werden Sie nicht viel erreichen.« Hinz, der Pförtner, wirft ihr einen dankbaren Blick zu.

Die Frau sieht sie an, überlegt. Entweder nimmt sie ihr die Bemerkung nicht übel oder sie lässt es sich nicht anmerken. »Haben Sie als Pastorin Zugang zu den Untersuchungsgefangenen?«

»Ich war gerade bei Adriana. Adriana Ciurar. Es geht ihr den Umständen entsprechend gut.«

Der Dicke horcht auf. Die Frau, Mattie, flüstert ihm etwas ins Ohr. Er zieht ein Taschentuch aus der Hose und wischt sich über die Stirn. Die Aufregung steht ihm ins Gesicht geschrieben. »Bitte. Adriana, meine Leute. Meine Familie.« Er klopft sich auf die Brust.

Gesine denkt an die Augen von Adriana Voinescu. Eine vertraute Person kann ihr vielleicht eher Trost spenden. »Können Sie nicht für fünf Minuten eine Ausnahme machen?« Sie sieht auf die Uhr. »Ich warte solange hier.«

Hinz gibt ihr ein Zeichen, schließt die Klappe und führt ein kurzes Telefonat. Er legt auf und nickt. Kurz darauf erscheint der Schließer wieder.

»Fünf Minuten«, sagt Hinz.

Der Schließer verschwindet mit Liviu.

Seine Begleiterin entspannt sich etwas. »Danke. Möchten Sie einen Kaffee?«

Der Anstaltskaffee ist ungenießbar, Gesine will das Friedensangebot jedoch nicht ausschlagen. »Gern.«

Kurz darauf kommt die Frau mit zwei Bechern zurück.

»Was für eine tragische Geschichte.« Gesine nimmt einen Schluck heißen Kaffee. »Wissen Sie, ich kenne diese Familie. Ich habe die Großmutter hier auf meinem Friedhof beerdigt. Sie starb an einem Asthmaanfall. Mein Mann, er ist Bildhauer, hat das Grabkreuz gearbeitet. Dann haben wir das Grab mit Ziegelsteinen eingefasst. Es wurde mehrfach geschändet, ich wurde persönlich bedroht, die Kirchenfenster eingeworfen. Aber für unsere Zig –, für die Roma war es furchtbar. Eine dunkle Zeit.«

»Die Familie lebt hier?« Die Frau ist verständlicherweise irritiert.

Warum hat sie nur davon angefangen? Ein unerklärliches Bedürfnis hat sie gepackt. Manchmal braucht eben auch der beste Seelsorger ein geneigtes Ohr. In anderen Gemeinden gibt es schon länger Supervision für die Pastoren. Nicht so hier im Norden. Da hält man nichts von solchem neumod'schen Gedöns. »Sie haben hier gelebt, vor zwanzig Jahren, als in der Gegend sehr viele Flüchtlinge über die Grenze kamen. Adriana war damals noch ein junges Mädchen, ein Kind. Sie übersetzte zwischen ihrem Vater und mir. Ein guter Mann, immer besonnen. Er wollte Papiere besorgen, um die Leiche seiner Mutter nach Rumänien zurückzubringen. Auf dem Rückweg wurde er auf einem Feld bei Peltzow erschossen. Es war ein Jagdunfall, zwei Jäger hatten die Flüchtlinge für Wildschweine gehalten. Einen von ihnen hat Adriana nun offensichtlich getötet.«

»*Wildschweine?*«

»Ja.« Gesine ist in Gedanken wieder in der Zelle bei Adriana. Was hat sie sich nur dabei gedacht, von dem Grab anzufangen? Ihr ist doch nun wirklich kein Vorwurf zu machen. Sie hat immer nach bestem Wissen und Gewissen gehandelt. »Das Grabkreuz stand jahrelang in der Kirche. Ich hatte dem Mann versprochen, darauf aufzupassen. Gerade habe ich es wieder aus dem Keller geholt, um es für eine Ausstellung über Roma und Sinti in der Region zur Verfügung zu stellen.«

»Warum haben Sie es nicht wieder aufgestellt?« Die Frau sieht sie herausfordernd an.

Der impertinente Tonfall gefällt Gesine ganz und gar nicht. Es lässt sich leicht reden, wenn man nicht selbst am Pranger steht. »Nach dem Tod des Vaters verschwand die Familie. Ich habe den Prozess jahrelang in der Presse verfolgt. Die beiden Jäger wurden am Ende freigesprochen.«

»Die Täter waren bekannt und wurden nicht verurteilt?«

Gesine nickt. »Die irdische Gerechtigkeit ist das eine. Vor Gott müssen sie dennoch ihre Taten verantworten. Ich denke, die waren auch so gestraft genug. Der Jahn jedenfalls war ein vom Schicksal gezeichneter Mann. Einfach so acht Stockwerke hinuntergeworfen zu werden wie ein Stück Abfall, das hat er nicht verdient.«

Bevor die Frau etwas sagen kann, und das hat sie ohne Zweifel vor, kommt der Schließer mit dem Rom zurück. Der Mann ist noch aufgeregter als vor dem Besuch. Er will etwas sagen. Seine Begleiterin unterbricht ihn. »Später, Liviu. Wir sollten uns erst mal verabschieden.« Sie reicht Gesine die Hand. »Vielen Dank für Ihre Hilfe, Frau –«

»Matthiesen. Gesine Matthiesen. Falls Sie sich den Ort des Geschehens mal ansehen möchten – Sie finden mich im Pfarrhaus in Kollwitz-Fichtenberg.«

»Okay.«

Sympathie kann man nicht erzwingen. Nun ja, so ist das eben. Ganz anders der Dicke. Wortreich schüttelt er ihr lange die Hand. Sie lächelt. Diese Emotionalität, dieser bedingungslose Familiensinn der Zigeuner hat sie schon damals beeindruckt. Da könnte sich hier manch einer eine Scheibe von abschneiden.

18. Juni 2012, A20 Richtung Berlin
Brandenburg, Deutschland

»Sie will nur einen Anwalt, der selber Rom ist?«

Liviu nickt verdrossen und blinkt einen Laster an, damit er überholt. Mattie hat ihn ans Steuer gelassen, er sagt, das Fahren beruhigt ihn. Sie muss zugeben, dass er den Bus behandelt wie ein verdientes altes Rennpferd. Sie stellt die Füße aufs Armaturenbrett, Arme um die Knie, und guckt aus dem Fenster. Auf einer Wiese grasen Rehe im Abendlicht. Was für eine komplizierte, verworrene Geschichte ihr die Gutmenschen-Tante da aufgetischt hat.

»Kanntest du den Vater von Adriana?«

»Jeder kannte Marius Voinescu. Ein angesehener Mann in Turnu Severin. Vorbild für die jungen Männer.« Langsam gewöhnt sie sich an das zwei- bis dreisprachige Kauderwelsch von Liviu.

»Wie habt ihr erfahren, dass er tot ist?«

Liviu rutscht auf dem Sitz hin und her. Das Thema ist ihm unangenehm. »Ich war da. Kurz danach. Sie auch. Adriana.«

»Auf dem Feld? Du warst auch hier in Deutschland?« Das gibt's doch nicht. »Und dann?«

»Nichts und dann. Marius und ein anderer Mann aus der Gruppe waren erschossen. Von der Polizei. Wir mussten schnell weg, bevor die Polizei wiederkommt. Viele Leute, alle illegal.«

»Moment mal.« Mattie versucht ihre Gedanken zu ordnen. »Ihr habt die beiden Toten da liegen lassen?«

»Bitte, Frau Mattie.« Er lächelt gequält. »Wir reden nicht gern über die Toten. Bringt Unglück. War eine ganz schlimme Sache damals. Wir hatten Angst, sie denken, wir haben Marius und den anderen erschossen.«

Mattie seufzt. Wahrscheinlich hatten sie diese Angst zu Recht. »Okay, aber sag mir wenigstens, woher du weißt, dass es die Polizei war, die Marius umgebracht hat.« Hat die Pastorin vorhin nicht von Jägern gesprochen?

»Wir haben das Polizeiauto gesehen. Kam uns entgegen, sehr schnell. Adriana und ich.«

»Und später? Habt ihr das ausgesagt?«

Er sieht sie an. »Natürlich, Frau Mattie. Hundertmal. Immer wieder musste ich zur Polizei. Reden, reden, reden.«

Ihr ist nicht klar, ob er die Verhöre von damals meint oder ihr augenblickliches Gespräch. Ist aber egal jetzt. Das alte Jagdfieber hat sie gepackt. Bescheuerter Vergleich in diesem Zusammenhang, Mattie. Jedenfalls läuten alle Alarmglocken in ihrem Kopf. »War jemand von euch beim Prozess?«

Liviu zuckt die Schultern. »Ist viel passiert damals. Das Heim wurde geschlossen, nach einem Feuer. Überall Feuer in Deutschland. Gegen Ausländer. Aber waren nur wenige, sonst ist Deutschland ein gutes Land.«

»Hmm, ja.« Meint er das wirklich ernst, nach allem, was passiert ist, oder sagt er es nur ihr zuliebe? »Wohin seid ihr gegangen?«

Wieder ein Thema, das Liviu offensichtlich nervt. »Adriana ist zurück, gleich nach dem Feuer im Heim. Mit der Familie. Marius wurde zu Hause beerdigt. In Turnu Severin. Ich musste weg aus Kollwitz. Zurück nach Rumänien. '93.«

Langsam dämmert es in Matties Bewusstsein. 1992. Der letzte Sommer mit Tim. Rostock-Lichtenhagen. Änderung des Asylrechts. Sichere Drittstaaten. »Haben sie dich abgeschoben, Liviu?«

Er nickt. »Alle. Wenn sie uns gefunden haben, mussten wir ins Flugzeug und nach Rumänien. Nach ein paar Jahren waren alle wieder da. In Turnu Severin. Da konnten wir nicht mehr weg. Bis EU. Erst nur mit Visum. Jetzt ohne.«

Mattie überlegt. Wie praktisch. Alle Zeugen untergetaucht oder abgeschoben. »Wusstest du, dass die Männer, die Marius erschossen haben, freigesprochen wurden?«

»Was?« Liviu sieht misstrauisch zu ihr rüber. »Kein Gefängnis? Aber wussten doch alle, wer es war!«

»Ja, genau.« Mattie ist schwindelig von der Informationsflut der letzten Stunden. »Glaubst du, die Familie hat davon gewusst? Adriana?«

Liviu schüttelt den Kopf. »Nein. Auf keinen Fall. Sie hätten es jemandem erzählt. Wir leben sehr eng zusammen. Eine Familie, verstehst du?«

Klar, das hat sie mittlerweile kapiert. Ist ja nicht zu übersehen. »Und habt ihr in eurer Berliner Abteilung zufällig auch einen Anwalt?«

»Abteilung?« Livius Sinn für Humor ist vielleicht wegen Stress abgeschaltet.

»Wo finden wir einen Roma-Anwalt?«

»Aber, Frau Mattie!« Jetzt schwingt eindeutig ein Vorwurf in seiner Stimme. »Sie arbeiten doch bei dem abogado. Müssen Sie sagen!«

Na toll. Vielleicht kennen Volker und Bettina einen Anwalt,

der zufällig Rom ist. Irgendwo in Deutschland. Vielleicht auch nicht. Mattie greift in ihre Tasche, um das Handy herauszuholen. Hoffentlich hat Nick sich von selbst gemeldet. Dann könnte sie ihn bitten, Jasmin zu fragen –

Nichts. Nicht mal eine SMS. Warum soll er sich auch darum kümmern, was der Ex-Anteil seiner Familie so ganz allein am Wochenende treibt? Familie im Roma-Sinne jedenfalls könnte man es doch nennen, oder? Denk nach, Mattie. Du bist auf dich allein gestellt.

Sie steckt das Telefon wieder in die Tasche. Dabei gerät ihr ein Papier zwischen die Finger. Der Flyer. Neulich im Park hat sie ihn eingesteckt, ohne draufzugucken. Was hat die Frau noch gesagt? »Wenn es Probleme mit der Polizei gibt, meldet euch.« Probleme mit der Polizei. Das kann man in diesem Fall laut sagen.

Eine Stunde später parken sie vor einem kleinen Ladenlokal in Neukölln. Mattie steigt aus. Heiße, stickige Stadtluft schlägt ihr entgegen. Es hat trotz allem gut getan, mal rauszukommen. Liviu gibt ihr den Schlüssel zum Bus. Die Tür des Ladens steht offen. Höflich lässt er ihr den Vortritt.

Drinnen ist die Luft zum Schneiden. Ungefähr zwanzig Leute sitzen um Tische herum und auf der Kante einer Bühne. Viele rauchen, überquellende Aschenbecher, man trinkt Kaffee und Clubmate. Gemütlich. Sieht nach Plenum aus. Mattie hat ja mal ein besetztes Kino mitbetrieben, vor Urzeiten in Hamburg. Dort ist sie Nick begegnet. Sie und Liviu stellen sich neben die Tür. Keiner beachtet sie.

»… immer dasselbe. Diesmal war es ein Hausverwalter in Friedrichshain. Der Besitzer hat Insolvenz angemeldet, das Haus ist zur Zwangsversteigerung ausgeschrieben. Das Vorderhaus steht seit einem halben Jahr leer, weil es angeblich modernisiert werden sollte.« Der Mann ist vielleicht ein paar Jahre älter als sie, dunkler Zopf, weißes Hemd. Eckige Brille mit schwarzem Rand. Raucht Gitanes. »Und dieser schlaue Herr Celik –«

»Ist das ein Türke?« Die Frau mit den Dreads, die ihr den Flyer gegeben hat.

»Spielt das eine Rolle?« Der Mann fixiert sie über den Rand seiner Brille. Nicht schlecht. Mattie hockt sich auf eine umgedrehte Bierkiste. Liviu sieht sie an. Sie macht eine Handbewegung, er soll sich hinsetzen. Kann dauern.

»Also dieser Hausverwalter denkt sich: Warum soll ich das ganze Haus leerstehen lassen, und streut über irgendwelche Kanäle, dass er Betten vermietet. Keine Zimmer, Betten! Ihr wisst, wie es läuft in Ungarn und Tschechien. In weniger als zwei Wochen waren die Betten voll. Sieben Euro die Nacht mal vier pro Zimmer mal durchschnittlich zwei Zimmer pro Wohnung mal fünf Stockwerke à zwei Wohnungen. Kann das mal jemand ausrechnen?«

»Fünfhundertsechzig die Nacht.« Eine Frau mit harten Gesichtszügen, die Kette raucht. Eine – Romni, na ja, vielleicht. Spielt das eine Rolle, Mattie?

»Das ist eine Goldgrube. Natürlich bestellt der werte Herr nicht mehr Mülltonnen, und die Wohnungen quellen über von Menschen und Sachen. Der Müll fliegt in den Hof. Die Nachbarn beschweren sich. In diesem Fall hat uns eine Frau mit Hirn informiert, die im Bezirksamt arbeitet. Und als wir ankamen?«

Der Mann wirft einen gekonnten Blick in die Gruppe. Stille. Schauspieler, Politiker oder Naturtalent.

»Weg. An die hundert Leute sind wie vom Erdboden verschwunden, und genauso der Herr Celik. Ein Nachbar sagt, da sind nachts Busse vorgefahren und haben die Leute weggebracht.«

»Sollte nicht mal jemand mit den Leuten im Park reden? Ich wette, die kommen auch aus dem Haus.« Das ist wieder die Frau mit den Dreads. »Die brauchen ja einen kurzen Fußweg zum Kotti morgens, zum Scheibenputzen.«

»Kann ich machen.« Ein Wuschelkopf aus der dritten Reihe, Geschlecht von hier aus nicht zu erkennen.

»Vor allem müssen wir diese Geschichten öffentlich machen. Die Leute müssen kapieren, dass es Ursachen gibt, nicht nur Zustände.«

»Ich kenne einen freien Journalisten, der schreibt für verschiedene Zeitungen.« Alle Gesichter drehen sich zu Mattie. Skepsis. Misstrauen. Neugier. »Ich bin Mattie«, fügt sie sicherheitshalber hinzu. »Und das ist Liviu.« Der kommt schon besser an in dieser Runde. Entspannung.

»Okay, ruf den an. Das war's, Leute. Der Plan für die Sprechstunden nächste Woche hängt aus.«

Fünf Minuten später ist das Plenum in kleine Grüppchen zerfallen. Mattie und Liviu sitzen an einem Tisch, um sie herum fünf, sechs Leute. Diesmal gibt Liviu seine Zusammenfassung der Ereignisse auf Rumänisch, was erheblich schneller geht. Betroffene Gesichter unter denen, die ihn verstehen, geflüsterte Übersetzungen für die anderen. Mattie wartet ab und guckt sich um. Ein schöner Laden. Auch ein Zuhause, so ein Projekt.

Plötzlich fällt das Wort »abogado«, und alle gucken wieder zu ihr.

Die Kettenraucherin ergreift das Wort. »Wir machen hier unbezahlte Sozialarbeit. Begleitung zu den Ämtern und so. Was wir eigentlich machen wollen, ist Kultur, Öffentlichkeitsarbeit und Veranstaltungen. Eigene Juristen haben wir nicht. Bei welcher Kanzlei bist du?«

»Volker Meerbach und Bettina Wiese.« Ein Raunen geht durch die Gruppe. Ihre Arbeitgeber sind offensichtlich bekannter, als Mattie dachte.

»Bessere gibt es nicht. Die solltest du dafür gewinnen.« Die Frau übersetzt für Liviu, der Mattie auf die Schulter klopft und mit viel Pathos etwas sagt, das sicher so viel bedeutet wie: Ich weiß, dass sie es schaffen wird.

18. Juni 2012, Kreuzberg
Berlin, Deutschland

»Meinst du, ich soll besser mal bei ihr vorbeifahren?« Nick sitzt auf der Dachterrasse und beobachtet Massen von Touristen, die sich über die Oberbaumbrücke wälzen. Azim schläft in seiner Hängematte. Jasmin macht irgendwelche Übungen. Start-up family.

»Nikolaus, ich kann mich nicht konzentrieren, wenn du immer quatschst. Mach doch einfach, was du willst.«

»Okay, okay.« Er trinkt einen Schluck mexikanisches Bier. Nicht weil er es mag, sondern weil er versucht, sich innerlich darauf einzustellen. Mindestens ein Jahr, wenn nicht zwei, werden sie nach Mexiko gehen. Nur zu dritt. Kein Cal. Keine Mattie. Keine Kompromisse mehr. Nick guckt auf sein Handy. Immer noch nichts. Er hat heute im Laufe des Tages drei SMS an Mattie geschickt. Sie hat nicht geantwortet. Eigentlich wollte er schon nachmittags zum Parkplatz fahren, dann hat Azim sich wieder eingeschissen, eine Kollegin von Jasmin kam vorbei, um letzte Tipps zu geben, und jetzt –

Das Telefon brummt.

»Ja? Mattie! Wo warst du denn? Hast du meine SMS nicht gekriegt?« Er verzieht sich schnell nach drinnen, um Jasmins bösen Blicken zu entgehen. »Wo warst du?«

In Kollwitz, na toll. Kaum eine Woche hier, schon verschwindet sie wieder an die Ostsee. Ohne Empfang.

»Klar kannst du kommen. Weißt du doch.« Er legt auf. Ist es klar? Müsste er eigentlich Jasmin fragen, bevor er ja sagt? Sie hat ihre Prioritäten klar gesetzt, wie es so schön heißt. Ihr Beruf, Nick und Azim. Alles andere rangiert irgendwo dahinter, auch ihre Freunde und ihr Vater Kamal.

»Mattie kommt gleich noch vorbei.«

»Schön, dass ich das auch erfahre.« Sie steht auf, einen Augenblick später hört er das Rauschen der Dusche. War ja klar.

Unten auf der Straße schwillt eine Woge menschlicher Stimmen an. Public Viewing. Früher hat Nick manchmal Mattie zuliebe in irgendwelchen Kneipen gesessen, Bier in sich reingekippt und Fußball geguckt.

Es klingelt. Kurz darauf steht sie oben.

»Ich bin hängengeblieben. Spanien macht gerade Kroatien platt.«

»Was hast du denn da?« Hinter ihr hängt ein nicht mal kniehohes Fellknäuel an einer Leine. »Ist das ein Meerschweinchen?«

»Zwergspitz.« Ist da ein leicht verkniffener Zug um ihren Mund? »Hab ich geschenkt bekommen. Er soll auf mich aufpassen.«

»Diese Trethupe?« Nick muss einfach lachen. Die Trethupe fängt an zu kläffen und versteckt sich hinter Mattie. »Wie heißt er denn?«

»Woher soll ich das wissen?« Jetzt ist sie eindeutig sauer.

Nick lenkt ein. »Willst du ein Bier?

»Was trinkst denn du da für Mädchenbier?«

Typisch Mattie.

Draußen geht sie als Erstes zu Azims Hängematte und guckt ihm beim Schlafen zu. Dann sitzen sie schweigend nebeneinander und beobachten abwechselnd das Treiben auf der Brücke und den Spitz, der hektisch herumwetzt und die Ecken abschnüffelt. An Jasmins geliebtem Bambus hebt er sein Beinchen. Mattie will schimpfen, Nick legt den Finger an die Lippen und deutet nach drinnen.

»Wolltest du nicht was erzählen?«

»Ich warte, bis Jasmin kommt. Sie ist doch da?«

»Wenn du willst, sage ich ihr Bescheid. Ich dachte, du wolltest mich sehen.« Was soll das? Wieso will Mattie plötzlich mit Jasmin reden? Genervt steht Nick auf. Jasmin ist immer noch im Bad. Er klopft an die Tür. »Dein Typ wird verlangt.«

»Komme gleich!«

Er geht weiter zum großen Kühlschrank und holt sich noch

ein Mädchenbier. Für Jasmin nimmt er schon mal einen Green Ice Tea mit.

Nach ein paar Minuten kommt sie auf die Terrasse. So mag er sie eigentlich am liebsten: mit strubbeligen nassen Haaren, Kapuzenpulli. Die beiden Frauen umarmen sich. Der Spitz kläfft, und Jasmin verzieht das Gesicht. »Ist das deiner?«

Auf einmal kann Mattie es kaum erwarten loszulegen. Die ganze Geschichte platzt förmlich aus ihr raus. Nick muss ein paarmal nachfragen, weil sie die Zusammenhänge zwischen damals und heute nicht richtig erklärt. Er merkt, wie ihn der Fall, eigentlich sind es ja zwei Fälle, in den Bann zieht. »Kaum bist du hier, schon passiert wieder was.« Es ist ihm rausgerutscht.

Jasmins vernichtender Blick ist die Quittung. »Volker und Bettina kannst du vergessen.« Sachlich. Ohne mit der Wimper zu zucken.

»Warum?«

»Überleg doch mal!«

Mattie zieht eine Grimasse, hört aber zu.

»Die beiden können doch kein Mandat annehmen, wenn die Angeklagte nicht von ihnen verteidigt werden will! Die einzige Alternative wäre eine Vollmacht, die nur von den direkten Angehörigen erteilt werden kann. Also Ehemann, Geschwister, Eltern und so weiter.«

»Aber die sitzen in Rumänien, in irgendeinem Kaff namens Turnu Severin! Und geben Liviu die Schuld, weil er die Frau heimlich nach Deutschland mitgenommen hat.«

Mattie klingt verzweifelt. Bestimmt hat sie diesem Liviu schon versprochen, alles zu regeln. Nick geht auf die Nerven, dass sie immer noch so unrealistisch ist. »Ja, Mattie, dann fahr doch eben kurz nach Rumänien! Du hast ja keine familiären Verpflichtungen.« Treffer. Versenkt.

Mattie verabschiedet sich. An der Tür kein Blick, keine Umarmung. Weg ist sie mitsamt ihrem namenlosen Zwergspitz.

Nick schließt die Tür und lehnt sich mit der Stirn dagegen. Er kann es nicht fassen. Mattie. Cal. Mattie. Wer ist als Nächstes dran? Nick macht wieder mal Schießübungen.

Zwei Stunden später liegt er auf dem Sofa und starrt ins Leere. Jasmin ist schon im Bett und liest. Nicks Handy brummt.

»Mattie!«

»Nick, Liviu hat mich gerade zum Bahnhof gebracht. Ich sitze im Nachtzug nach Budapest. Von da kann ich morgen weiter nach Turnu Severin durchfahren.«

Mit einem Ruck ist er in der Senkrechten. »Hey, das war doch nicht ernst gemeint vorhin!«

»Nee? Wie doof von mir.« Sie kichert. »Wir sind im Büro vorbeigefahren und ich hab ein paar Vollmachten mitgenommen. Hör mal, Nick, ich weiß, du hast familiäre Verpflichtungen« – die Retourkutsche, war nur eine Frage der Zeit –, »aber könntest du dich vielleicht um den Hund kümmern? Er liegt im Bus und schläft. Liviu hat ihn mir geschenkt, das war eine große Sache für ihn und ich will nicht, dass er das Gefühl hat, sein Geschenk wird zurückgewiesen. Den Ersatzschlüssel hast du ja.«

Großartig. Mattie geht auf Abenteuerfahrt und Nick kriegt noch mehr familiäre Verpflichtungen!

»Nick? Bist du noch da?«

»Okay. Kann ich ihm einen Namen geben?«

Ihre Stimme sendet Signale durch den Äther, sie vibriert förmlich vor Energie. »Frag ihn doch selbst. Und kannst du vielleicht im Anwaltsbüro sagen, dass ich krank bin oder so? Ich glaub nicht, dass ich es schaffe, bis Montag früh wieder da zu sein.« Wieder dieses Kichern. »Okay, wir sind jetzt an der Grenze. Mach's gut, Nick!« Die Verbindung bricht ab.

Jasmin steht in der Tür zum Schlafzimmer. »Was ist denn jetzt schon wieder los?«

»Mattie ist nach Rumänien unterwegs. Sie macht Ernst.« Er kann nicht verhindern, dass Bewunderung in seiner Stimme mitschwingt. »Glaub mir, es wird ihr guttun. Endlich ist der Winterschlaf vorbei.«

Jasmin steht da und guckt ihn an. »Und du würdest am liebsten mitmachen, oder?«

Er muss darauf nichts sagen. Sie kennt die Antwort. »Ich muss eine gute Krankheit erfinden, sonst verliert sie den Job gleich wieder.«

»Weißt du, Nikolaus, was mich wirklich nervt? Ich hab Mattie diese Arbeit vermittelt. Ich muss jetzt tolerieren, dass du meinen Bekannten, ihren Arbeitgebern, Lügen erzählst. Könnt ihr beide euch nicht einfach mal benehmen wie Erwachsene?«

Den Spruch hat er zuletzt von seiner Mutter gehört. »Aber ich bin doch hier bei euch. Was willst du denn noch?«

»Du spielst das nur, solange es dir passt. Und ich würde mich gern auf dich verlassen können.« Tür zu.

Nick steht leise auf, nimmt die Jacke vom Haken und steckt den Fahrradschlüssel ein. Jasmins Flaschen-Wegbring-Korb muss auch mit, für den Köter, und Azims Kuscheldecke.

Den Hund holen.

Betrinken.

Ausblenden.

19. Juni 2012, Turnu Severin
Walachei, Rumänien

Mattie sitzt in der menschenleeren Lobby vom *Green Hotel*. Warum grün, hat sich ihr noch nicht erschlossen. Weder gibt es hier viele Grünpflanzen, noch scheint man besonderen Wert auf ökologische Kost zu legen. Die Atmosphäre ist eher realsozialistisch, obwohl das Hotel ein Neubau ist.

Sie hat einen langen Tag im Zug hinter sich, der sie quer durch Rumänien geschaukelt hat. Über die Karpaten, vorbei an gigantomanischen Industrieruinen und bunt gestrichenen Häusern mit Weinlaubengängen. Am Bahnhof von Turnu Severin hat Liviu eine Überraschung organisiert. Ein Mann um die dreißig mit dunklen Locken und Sex-Pistols-T-Shirt. Stellte sich als Georgel vor, Lehrer von Livius ältester Tochter, Geschichte und Deutsch. Außerdem Hobbyarchäologe und eigentlich seit einer Woche zu Ausgrabungen im Donaudelta unterwegs. Soweit sie verstanden hat, eine Art Sommercamp anarchistischer Historiker. Anhaltende Regenfälle und Überschwemmungen haben das verhindert, zu Georgels Unglück und Matties Glück.

Der Mann hinter der Rezeption hantiert mit zwei Handys, die beide gleichzeitig klingeln. Mattie döst in dem Kunstledersessel vor sich hin. Gäste scheint es in diesem Hotel sonst keine zu geben. Es ist heiß, schon um zehn Uhr morgens.

»Willkommen in Rumänien.« Georgel steht vor ihr, pünktlich und dem Anlass entsprechend gekleidet. Heißt, er hat die Sex Pistols gegen adidas eingetauscht. Seine stämmige Figur verdunkelt das helle Licht, das von draußen hereinscheint. Mattie blinzelt ihn an. Der Typ hinter der Rezeption wirft ihnen einen misstrauischen Blick zu.

»Hat der Angst, dass ich abhaue, ohne zu bezahlen?«

»Nee, der hat Angst, dass sein Hotel als Ţigani-Treffpunkt bekannt wird.«

»Was?« Plötzlich ist Mattie hellwach. »Aber hier ist doch niemand außer uns.«

Georgel guckt sie spöttisch an. Klar, er ist dunkler als der Durchschnittsrumäne, schwarze Haare, Goatie, Ohrring. »Mein Papa war Rom und meine Mutter ist Rumänin.« Er überlegt kurz. »Na ja, und du siehst auch nicht so ganz –« Er spricht den Satz nicht zu Ende. »Vergiss es. Komm, das Taxi wartet draußen.«

Mattie steht auf. Sie weiß nicht, ob sie lachen soll oder schlechte Laune kriegen. Aus Deutschland kennt sie eher die subtile Art der Ausgrenzung. Hier ist es offener Rassismus. Sie wirft dem Rezeptionisten einen scharfen Blick zu und folgt Georgel nach draußen. Demonstrativ steigt sie neben ihm hinten ins Taxi ein.

»Warum bist du Lehrer?«, fragt sie, als der Wagen losfährt. Gestern Abend hat er ihr erzählt, dass der Monatslohn eines Gymnasiallehrers unter dreihundert Euro liegt. Georgel wohnt bei seiner Mutter, eine eigene Wohnung ist zu teuer.

»Keine Ahnung.« Er macht sein Fenster auf. »Als Jugendlicher wollte ich mit dem ganzen Scheiß, wo gehör ich dazu und so, nichts zu tun haben. Ich war Punk. Nach der Öffnung der Grenzen bin ich ein paar Jahre durch Europa getrampt. Hab eine ganze Weile in einem besetzten Haus in Berlin gewohnt.« Er steckt sich eine Zigarette an, hält dem Fahrer auch eine hin, der dankend zugreift. Mattie nimmt ebenfalls eine. Sie hat lange nicht mehr geraucht. Heute ist ihr danach. »Dann ist mein Vater gestorben, ein Arbeitsunfall. Ich bin zurückgekommen und hab Deutsch und Geschichte studiert.« Er denkt einen Moment nach. »Es gab diese großartige Zeit direkt nach der Revolution, wo alle auf die Straßen gegangen sind, um zu diskutieren. Manchmal stundenlang. Wildfremde Leute haben sich ihre Lebensgeschichten erzählt. Ich war damals noch ein Kind, aber es gibt Filmmaterial aus der Zeit.«

Mattie sieht aus dem Fenster. Obwohl sie im Zentrum sind, ist es relativ leer, die Leute wirken gehetzt.

»Damals habe ich Geschichte als etwas Bewegliches kennengelernt. Heute sitzen die ehemaligen Securitate-Leute in dicken Villen, und der Rest muss im Ausland dienstleisten, um Geld ranzuschaffen.« Er lacht. »Jedes Jahr nach den Sommerferien zählen wir erst mal die Schüler, um zu gucken, welche Familien in Italien geblieben sind. Und dann, welche Lehrer.«

Der Taxifahrer stellt eine Frage. Georgel antwortet in seiner ruhigen, gelassenen Art. Daraufhin setzt der Mann zu einem Wortschwall an, der nicht enden will.

»Gibt es ein Problem?« Mattie kann den plötzlichen Stimmungswechsel nicht deuten.

»Nein.« Georgel verfällt in düsteres Schweigen.

Mattie hakt nicht nach. Der nachdenkliche Punk-Historiker ist ihr sympathisch. Wenn er nicht sprechen will, dann entweder, weil es ihm unangenehm ist, oder weil es nichts zu sagen gibt.

Das Taxi holpert auf die Brücke über einen Kanal, eher das ausgetrocknete Bett eines Kanals. Dahinter sieht die Stadt anders aus. Der Fahrer drosselt die Geschwindigkeit und kurvt fluchend durch tiefe Schlaglöcher. Kein Asphalt. Dafür werden die Häuser auf Matties Fensterseite immer größer und spektakulärer. Paläste aus Gips. Säulen, Türmchen, falscher Stuck. Geschwungene Freitreppen. Film City fällt ihr ein, die Studiostadt von Bollywood. Die Frauen, die vor den Häusern flanieren, nicht weniger spektakulär. Hier wird die Konkurrenz mit aufwändigen Röcken bis zum Boden und Haaren bis zur Hüfte abgesteckt. Die Männer sehen dagegen aus, als kämen sie alle gerade aus dem Fitnessstudio. Ältere mit Bauch, die Jugend trägt Muskeln pur. Shorts, Muscle-Shirt, Badelatschen. Livius Stil ist hier Gesetz.

Georgel zieht sie ein wenig vom Fenster zurück. »Muss ja nicht jeder sehen, dass wir hier sind«, brummt er. Der Taxifahrer hat seine Litanei wieder aufgenommen. Auch wenn Mattie nichts versteht, ahnt sie, dass er keine Nettigkeiten von sich gibt.

»Habt ihr auch hier gewohnt?«

Georgel sieht sie erstaunt an. »Nein. Mein Vater hat sein Dorf verlassen und ist zur Armee gegangen. Da gibt es kein Zurück.« Er grinst. »Ich war auch noch nie hier.«

Jetzt ist Mattie verwundert. »Warum nicht?«

Er zuckt die Schultern. »Weiß nicht. Gab keinen Grund. Hier gehst du nicht einfach so spazieren.«

Nach einer gefühlten Ewigkeit hält der Wagen. Mattie zahlt den Preis, den Georgel ihr nennt. Sie steigen aus, und das Taxi rumpelt in einer Staubwolke davon. Sie stehen an einer Straßenecke. Das Haus hat einen tiefen Rotton, der ins Rosa geht. Es ist L-förmig, so dass es mit dem schmiedeeisernen Zaun einen weitläufigen Hof einrahmt. Vorne rechts ist eine Art Garage mit einem kleinen Fenster. Daneben steht eine Zementmischmaschine. Offenbar wird bei Familie Voinescu gerade gebaut.

Georgel öffnet das große Tor. Kinder und Hunde stürmen heran. In Sekunden sind sie umringt. Alle schreien und bellen durcheinander.

Dann plötzlich Stille. Von links treten drei muskelbepackte Männer auf. Georgel verbeugt sich, sagt ein paar Worte. Mattie versteht ihren eigenen und Livius Namen. Einer der Männer spricht für alle. Die anderen beiden gucken unfreundlich dazu.

»Das ist Ştefan, der älteste Sohn. Daneben Claudiu, sein Bruder, und Florin, der Mann von Adriana. Ştefan will wissen, was wir wollen.«

Mattie berichtet von Adrianas Verhaftung und dass Liviu sie gebeten hat, nach Turnu Severin zu fahren und die Familie direkt um eine Vollmacht zu bitten. Georgel übersetzt. Wieder antwortet Ştefan.

»Er sagt, Liviu hat in ihrer Familie nichts zu sagen. Wir sollen gehen. Sie kümmern sich selbst um ihre Angelegenheiten.«

Mattie sucht Blickkontakt zu Florin. Ihr Bericht hat ihn sichtlich getroffen. Er holt sein Handy aus der Tasche und beginnt zu telefonieren, ohne sie weiter zu beachten. Sie sieht Ştefan an, will noch etwas sagen. Aber Georgel ist schon auf dem Weg zum Tor. Enttäuscht dreht sie sich um und geht ihm nach, unter den Augen der Brüder, die sich keinen Zentimeter vom Fleck gerührt haben.

Kurz vor dem Tor erhascht sie noch einen Blick auf Kühlschrank und Töpfe in dem, was sie für die Garage hielt. Kinderköpfe verschwinden blitzartig aus dem Türrahmen. Ein Mädchen jedoch, vielleicht zwölf, dreizehn, bleibt stehen und wirft ihr einen Blick zu, der Mattie bis auf die Straße verfolgt. Provozierend? Aufreizend? Mitleidig? Schwer zu sagen.

Ihre Anwesenheit hat schon die Runde gemacht. Der Weg zurück zur Hauptstraße ist eine Erfahrung, die Mattie so schnell nicht vergessen wird. Die Augen straight auf den Bärenrücken von Georgel gerichtet, stapft sie durch den Staub. Es fällt kein lautes Wort, doch sie spürt, dass sie unter durchgehender Beobachtung stehen.

Eine geflüsterte Bemerkung.

Ein Lachen hinter ihrem Rücken.

Als endlich ein klappriges altes Taxi hält, kommt es ihr vor wie der Himmel auf Erden. Ein Innen, in dem sie verschwinden und sich dem Außen entziehen kann.

20. Juni 2012, Hansestadt Kollwitz
Mecklenburg-Vorpommern, Deutschland

Adriana sitzt in der Zelle am Tisch. Das Fenster ist vergittert, wie damals im Heim. Dahinter ein großer Hof. Grünes Gras, kurz geschnitten. Rundherum ein Gang aus hellgrauen Betonplatten. Ein paar Bäume, noch jung, sie haben kaum Blätter. Adriana ist unruhig.

Die Zeit steht still.

Sie wartet darauf, dass ihre Kleider trocknen. Die Wärterin hat ihr ein T-Shirt und einen Rock gebracht. Das T-Shirt ist zu groß und der Rock zu kurz. Sie fühlt sich nackt, setzt sich wieder aufs Bett, kriecht unter die Decke. Das Alleinsein macht sie müde, unendlich müde. Dauernd schläft sie ein, hat wilde Träume, wacht wieder auf. Sie kann sich nicht erinnern, jemals so lange in einem Raum gewesen zu sein.

Nachts liegt sie wach. Überall im Haus geht zur selben Zeit das Licht aus. Dann ist es dunkel. Kein Laut ist zu hören. Als läge sie tot in einem Sarg. Sie lauscht auf ihren Herzschlag. Und wartet auf den Morgen.

Die Frau, die ihr jeden Tag das Essen bringt, kommt herein. Sie stellt das Tablett mit dem Mittagessen auf den Tisch. Sie haben noch kein Wort miteinander gesprochen.

»Meine Tasche!« Ihre Stimme klingt heiser. Wie lange ist es her, dass Liviu sie besucht hat? Drei Tage? Drei Wochen? »Da sind Papiere drin. Wichtige Papiere.«

»Die Tasche ist in Verwahrung.« Die Frau ist schon wieder auf dem Weg nach draußen.

»Kann ich in den Papieren lesen? Bitte?«

»Wenn Sie lesen wollen, gehen Sie in die Bücherei. Da gibt's genug zu lesen.«

Der Schlüssel dreht sich im Schloss. Die Frau ist weg. Adriana geht zum Tisch und isst.

Beim nächsten Mal ist sie schneller.

Kaffeepause. »Kann ich einen Antrag stellen, um die Papiere zu lesen?«

Die Frau guckt sie an. »Können Sie.« Etwas Seltsames geht von ihr aus. Adriana versucht in ihrem Gesicht zu lesen. Ist es Hass? Nein, nicht nur. Hass hat sie schon oft gesehen. In Rumänien. In Spanien. In Deutschland. Es ist noch etwas anderes. Angst. Die Frau hat Angst vor ihr. Die Mörderin. Die Zigeuner-Mörderin. Adriana hat dieses schlechte deutsche Wort für Ţigani nicht vergessen. Die Erkenntnis, dass die Frau Angst vor ihr hat, gibt ihr den Mut, weiterzumachen.

»Wie stelle ich einen Antrag?«

Die Frau verschwindet und kommt kurz darauf mit einem weißen Blatt und einem Kugelschreiber zurück.

Die nächsten Stunden verbringt Adriana damit, aufzuschreiben, dass sie in dem Fahrtenbuch ihres Vaters lesen möchte. Zwischendurch legt sie immer wieder den Kopf auf die Arme. Als sie das Abendessen abräumt, nimmt die Frau ihren Antrag mit.

Am nächsten Morgen liegen die Seiten aus Vaters Fahrtenbuch auf dem Tisch neben dem Tablett. Das erste Mal seit Tagen fühlt Adriana etwas anderes als Einsamkeit und Angst. Vater ist bei ihr.

»28/06/1992.« Der Abend, bevor er starb. Adriana sitzt aufrecht am Tisch. Sie ist nicht mehr müde. »Meine Tochter, als ich heute Nachmittag am Telefon deine Stimme hörte, musste ich fast weinen. Du klingst nicht mehr wie ein Mädchen, sondern wie eine erwachsene Frau. Und das bist du ja auch. Du hast für unsere Familie gesorgt, während ich weg war. Werde ich dir jemals genug dafür danken können?« Adriana sieht zum Fenster, als könne sie Vater dort draußen finden. Es ist gut, Vater. Dann liest sie weiter. »Im Moment sitze ich an den Bahnschienen, genau an der Grenze zwischen Polen und Deutschland.

Ich schreibe in mein Buch. Einige stehen herum und unterhalten sich leise. Andere sitzen einfach auf einem Baumstamm und warten. Ich kann ihre Anspannung spüren, sie alle werden erleichtert sein, wenn sie es sicher auf die andere Seite geschafft haben. Besonders Nicu. Lass mich dir von ihm berichten.«

Die Tür geht auf. Zum ersten Mal hat Adriana die Frau nicht kommen gehört, so vertieft war sie in die Worte des Vaters. Hinter der Frau kommen zwei Polizisten in die Zelle, ein Mann und eine Frau. Die drei wechseln einen schnellen Blick. Hass und Angst.

»Frau Ciurar?«

»Ja.« Sie legt die Seite, die sie gerade liest, vorsichtshalber mit der Schrift nach unten auf den Tisch. Steht auf.

»Wir bringen Sie jetzt mit dem Auto zum Gericht. Sie werden dort dem Haftrichter vorgeführt.«

Sie versteht nicht.

Die Polizistin tritt zu ihr, schon hat sie die Handschellen von ihrem Gürtel gelöst. Adriana versucht, sich dem Griff zu entziehen.

»Fluchtgefahr«, murmelt die Polizistin mit zusammengepressten Lippen. Das Metall legt sich um ihre Handgelenke, sie ist gefangen. Die Prozession setzt sich in Bewegung. Die Wärterin voran, dann Adriana und die Polizistin, hinten der Mann. In der Eingangshalle kommen sie zum Stehen. Ein anderer Polizist erscheint. Sie flüstern. Adriana kann nur einzelne Worte verstehen.

Die Gefängniswärterin verschwindet. Stattdessen geht jetzt der andere Polizist voran. Draußen blendet sie das helle Licht. Der Lärm trifft ihre Ohren wie ein Schlag nach den Tagen und Nächten der Stille.

»Mörderin!«

»Zigeuner raus!«

Gesichter. Rot vor Aufregung.

Wut.

Hass.

Angst.

Der Polizist geht schneller. Die Polizistin zieht an ihrem Arm.

»Vorwärts!« Von hinten schiebt der andere Polizist. Adriana fühlt sich wie ein Tier.

Plötzlich trifft etwas Kaltes sie seitlich am Kopf.

Panik.

Sie wird hochgehoben. Als sie wieder denken und fühlen kann, sitzt sie in einem Transporter. Vergitterte Scheiben.

Adriana zittert am ganzen Körper. Sie bekommt keine Luft.

Die Großmutter. Kann nicht atmen. SCHEINASYLANTEN-ZIGEUNER!

Die Polizistin telefoniert. »Wir brauchen bei Ankunft einen Arzt. So ist sie nicht vernehmungsfähig.«

Ihre Zähne klappern, als habe sie Fieber. Der Polizist kommt von vorne und bringt ihr eine Decke. Sie hüllt sich darin ein.

»Frau Ciurar!« Die Polizistin telefoniert nicht mehr. »Können Sie mich verstehen?«

Adriana nickt.

»Es ist ja nichts passiert, Frau Ciurar. Sie stehen im Verdacht, ein Tötungsdelikt an einem deutschen Staatsbürger begangen zu haben. Die Leute sind aufgebracht. Sie müssen das verstehen.«

Adriana schließt die Augen. Sie muss das verstehen. Und die Großmutter? Und Vater? Warum, warum nur musste sie an diesen verfluchten Ort zurückkehren? Sprich zu mir, Vater! Erkläre es mir!

20. Juni 2012, Turnu Severin
Walachei, Rumänien

Diesmal hat Georgel sich den Wagen seiner Mutter geliehen, einen blauen Ford Ka, der aussieht, als wäre er ihm eine Nummer zu klein. Mattie wartet draußen vor dem Hotel, um sich die Blicke von hinter der Rezeption zu ersparen. Auch wenn der Hoteltyp ihr mittlerweile das Frühstück in eisigem Schweigen serviert, das *Green Hotel* hat immerhin WLAN. Die halbe Nacht hat sie im Internet verbracht, um sich ein Bild davon zu machen, wie die Roma in Rumänien leben. Es ist kein schönes Bild.

»Warum kein Taxi heute?«

Georgel winkt ab. »Ich kann diese Scheiße keinen Tag länger ertragen.«

»Welche Scheiße?«

»Dieses Viertel ist gefährlich. Die Leute sind Verbrecher. Sehen Sie sich die Autos an! Alle geklaut. Und wenn schon!« Er haut mit der Faust aufs Lenkrad und dreht die Musik lauter. Hardcore.

Mattie kaut auf ihrer Lippe. »Du findest es okay, wenn die Autos geklaut sind?«

Georgels Blick sagt alles. Entfremdung. »Darum geht's doch gar nicht.« Er schweigt. Sie fahren wieder über den Kanal. Der Ford beginnt zu hopsen. »Ja, ich find's okay. Sollen sie den Reichen ihre Autos klauen. Guck doch mal, wie die Leute hier leben! Die Stadt kümmert sich einen Scheiß um die. Keine Straßen. Kein Licht. Kein Abwasser. Eine einzige Grundschule für das ganze Viertel.«

»Ich liebe meinen Bus. Wenn jemand ihn klaut, wäre ich unglücklich.«

»Besitz gehört umverteilt.« Georgel konzentriert sich auf die Schlaglöcher.

»Das sieht hier aber nicht danach aus.« Mattie zeigt auf die

Gips-Paläste. »Weißt du, wie das für mich aussieht? Seht her. Dies ist meins. Das kann mir keiner nehmen. Auch wenn ihr uns jedes Recht absprecht, uns behandelt wie Abschaum. Dies ist das Zeichen unseres Stolzes.«

»Du siehst das zu romantisch.« Immerhin zeigt sich ein sarkastisches Lächeln auf seinem Gesicht. Mattie grinst zurück. Das Zusammensein mit Georgel macht ihr Spaß. Es erinnert sie an den turbulenten Beginn ihrer Freundschaft mit Cal.

»Und du romantisierst, jemandem einfach was wegzunehmen. Ohne zu fragen.«

Er schaltet in den ersten Gang und nimmt ein besonders tiefes Schlagloch in Angriff. »Was würdest du denn machen, wenn alle Welt sowieso von dir erwartet, dass du ein Dieb bist?«

Mattie überlegt. »Ihnen beweisen, dass ich anders bin.«

»Und was nützt das?« Georgel sieht sie an. »Es ändert gar nichts.«

»Wahrscheinlich hast du recht.« Sie wird darüber nachdenken müssen.

Georgel parkt direkt vor dem Tor des Voinescu-Hauses.

»Ist es okay, wenn wir es noch mal versuchen?«

Er nickt. »Es wäre gut, wenn diese Familie mal eine gute Erfahrung macht. Es würde etwas ändern. Für sie jedenfalls.«

Wieder Hunde und Kinder. Geduldig bleiben sie in der Mitte des Hofes stehen und warten darauf, dass ein Erwachsener auftaucht. Es kommt niemand. Plötzlich bildet sich eine Lücke, und das Mädchen steht vor ihnen. Heute ist sie geschminkt. Lolita mit dem tragischen Flair der zu frühen Abgeklärtheit. Wieder dieser eigenartige Blick. Erwachsen und mädchenhaft zugleich.

»Ich bin Lili«, sagt sie auf Englisch. Dann ein scharfer Befehl an die anderen Kids, und in kürzester Zeit stehen drei Plastikstühle auf dem Hof. Lili nimmt Platz wie eine Königin und bedeutet ihnen, sich ebenfalls hinzusetzen.

Georgel beantwortet geduldig ihre Fragen, während Mattie sie in Ruhe beobachtet und ab und zu freundlich nickt. Er hat eine gute Art mit den Kindern, ohne jede Herablassung und vor allem ohne lehrerhaften Unterton.

»Lili möchte wissen, wo du herkommst.«

»Aus Deutschland. Im Moment wohne ich in Berlin.«

Georgel übersetzt. Lili schüttelt unzufrieden den Kopf.

»Sie möchte wissen, woher du stammst. Deine Heimat.«

Mattie seufzt. Schon klar, wo der Hase hinläuft. »Mein Vater ist Inder.«

Georgel lässt sich seine Überraschung nicht anmerken. Lili klatscht in die Hände. »Sie sagt, sie hat es sofort gewusst. Gestern schon.«

Es folgt ein langer Vortrag von Lili via Georgel darüber, dass die Roma vor knapp tausend Jahren aus Indien nach Europa gekommen sind. Also ist man verwandt. Sie springt auf und rennt überhaupt nicht mehr damenhaft ins Haus. Kurz darauf kommt sie mit einer älteren Frau zurück. Die wirkt erschöpft. Matties Emma-geschulter sechster Sinn für Depressionen spürt die Düsternis, die über der Frau schwebt wie eine Wolke. Trotzdem strahlt sie eine gewisse Würde aus, als sie sich vorsichtig auf Lilis Stuhl setzt. Dann kommt die obligatorische Vorstellungsrunde.

»Sie ist Angelica, die Frau von Marius Voinescu.«

Mattie steht auf und gibt ihr die Hand. »Es tut mir sehr leid, was Ihrem Mann in Deutschland geschehen ist.«

Angelica schaut sie lange an und nickt. Der Blick geht Mattie durch und durch. Schnipsel aus alten Kinofilmen schießen ihr durch den Kopf.

»Sie ist Inderin!«, sagt Lili stolz, als wäre Mattie ihr persönliches Eigentum.

Um von sich abzulenken, fragt Mattie, ob Angelica sich an die Zeit in Deutschland erinnert. Georgels Übersetzung ist vorsichtig, bereit, jederzeit abzubrechen, wenn die Frage eine Grenze überschreitet. Mattie schickt ihm einen dankbaren Blick. Er ist wirklich ein Geschenk.

Angelica beginnt zu sprechen. Erst ganz leise, dann lauter. Sie richtet sich auf, und Mattie erahnt für einen Moment die Schönheit, die diese Frau verloren hat.

»Sie erinnert sich nicht genau, wie es war. Alles ist verschwommen in ihrem Kopf. Jemand hat ihr die Nachricht gebracht, dass ihr Mann getötet wurde. Sie ist ohnmächtig geworden. Immer wieder. Dann ist sie zurückgefahren mit dem Sarg. Am offenen Grab hat sie die Täter verflucht. Sie hofft, dass sie bis heute im Gefängnis schmoren.«

Mattie zögert, dann sagt sie ihr, dass die Täter niemals im Gefängnis waren. Georgel seufzt, bevor er für Angelica übersetzt. Die ist sichtlich erschüttert. Ein Befehl an die Kinder, ein Junge rennt in die Küche und kommt mit einer Schachtel Zigaretten wieder. Angelica raucht schweigend. Lili steht hinter ihrer Großmutter, die Hand auf deren Schulter. Sie sieht Mattie an und sagt etwas.

»Sie fragt, ob du ihr versprichst, dass ihre Mama zurückkommt.«

Mattie will gerade antworten, als ohne Vorwarnung Ştefan auf der Bildfläche erscheint. Von einem Moment auf den anderen sind alle Kinder weg, ebenso Angelica und Lili. Ştefans Blick spricht Bände. Mattie und Georgel sollen verschwinden.

Auf dem Weg hinaus guckt sie wieder in die Küche. Eine Melodie erregt ihre Aufmerksamkeit. Auf einem großen Fernseher läuft *Don 2*. Sie kann nicht anders, sie muss stehen bleiben. Frauen und Kinder, die gebannt auf den Bildschirm starren.

Georgel zerrt sie fast mit Gewalt mit zum Ausgang. »Komm jetzt! Es kann hier verdammt ungemütlich werden, wenn wir nicht verschwinden.«

Die Angst ist schlagartig wieder da. Vor Liviu, vor den Brüdern Voinescu, vor den Blicken auf der Straße. Erst im Auto spürt Mattie, wie die Anspannung von ihr abfällt.

Selbst Georgel scheint erleichtert zu sein. Auf dem Rückweg kommt er für seine Verhältnisse in richtige Plauderlaune und erzählt ihr, dass es früher in Turnu Severin ein Kino gab, das fast ausschließlich Bollywoodfilme zeigte. »Meine Großmutter, also die Mutter meines Vaters, hat mich regelmäßig dahin mitgenommen.«

»Aber warum gerade indische Filme?«

»Na, ist doch klar. Die Filme sind wie Botschaften aus der Heimat. Alle sind hingegangen. Sie haben sich aufgebrezelt und die Lieder auf Hindi mitgesungen. Es gibt Ähnlichkeiten zwischen Hindi und Romanes, weißt du das nicht?«

Woher soll sie das wissen? Und dass die Roma nach tausend Jahren immer noch Indien als ihre Heimat ansehen.

Georgel zwinkert ihr zu. »Du hast auch nicht so viel mit Indien am Hut, stimmt's?«

Darauf hat sie keine einfache Antwort. »Gibt's das Kino noch?«

Er schüttelt den Kopf. »Hat Mitte der neunziger Jahre geschlossen. Das Publikum war ja komplett weg. Alle im Westen.«

Schade. Sie hätte Cal gern berichtet, wie es ist, in einer rumänischen Kleinstadt den indischen Kinohit der letzten Saison zu gucken.

Apropos Cal. In ihrem Hinterkopf meldet sich ein kleiner grüner Funke. Eine Idee. Operation Letzte Hoffnung.

21. Juni 2012, Hansestadt Kollwitz
Mecklenburg-Vorpommern, Deutschland

Mittsommernacht. Eigentlich ein heidnisches Fest, bei dem sie dennoch große Nähe zu Gott empfindet. Jedes Jahr aufs Neue. Nach der Wende: Endlich freier Ostseestrand für alle, ohne Kontrollen und ständige Beobachtung. Bevor sie noch recht begriffen, was vor sich ging, kam schon der Ansturm aus Berlin und Hamburg. Gier machte sich breit, bei den Einheimischen genauso wie bei den Schnäppchenjägern und den Immobilienhaien. Das eigentliche Geschenk, ein friedliches Stück ungeteilte Küste, wurde zunehmend übersehen.

Es braucht einen Anlass, innezuhalten. Dieses Wunder der Natur bewusst zu erleben. Seit 1991 brennt jedes Jahr an diesem Tag ein großes Lagerfeuer am Strand von Fichtenberg, jeder bringt etwas zu essen und zu trinken mit, wer hat, ein Instrument. Um Mitternacht gehen einige ins Meer, wenn im Norden noch ein letzter Streifen Licht zu sehen ist.

1992 haben sie das Fest zusammen mit den Roma gefeiert. Adriana hat getanzt. Ein Moment der Ausgelassenheit und des Friedens in jenem Sommer der Schrecken.

Gesines Gedanken kreisen unentwegt um die Raubmörderin. Jagen hin und her zwischen der stillen Auflehnung in ihrem heutigen, erwachsenen Gesicht und dem wütenden, traumatisierten Mädchen von damals. Der Friedhofsgärtner hat ihr berichtet, was gestern vor der JVA passiert ist. Seine Frau arbeitet dort in der Küche. Das grenzt ja an Lynchjustiz. Ein menschlicher Zug, den sie verabscheut. Dieses blinde Urteilen, Verurteilen. Das hat man im Nationalsozialismus gesehen: Wenn die Angst regiert, fällt die rechte Saat auf fruchtbaren Boden. Die Frage ist nur: Wovor haben die Menschen heute, 2012, solche Angst? Vor der Eurokrise? Vor Attentaten, Naturkatastrophen, Weltuntergang? Sie nimmt sich vor, dieses Thema in der Predigt am kommenden

Sonntag anzugehen. Wenn die Menschen Gott und der Kirche nur so zulaufen würden wie Thilo Henning von der NPD. Die Schulleiterin hat den Eltern der betroffenen Schüler empfohlen, Strafanzeige zu stellen. Gerade mal eine Anzeige ist bei der örtlichen Polizeidienststelle eingegangen. Eine traurige Bilanz.

Sie fährt mit dem Fahrrad auf dem Deich in die Innenstadt. Ein steifer Westwind pustet sie ordentlich durch. Das Auspowern tut ihr gut und vertreibt die tristen Gedanken. Gesine versucht, sich auf das Rezept für den mediterranen Kartoffelsalat zu konzentrieren, den sie für das Mittsommerbuffet beisteuern will. Ohne Mayonnaise, eine Herausforderung an den norddeutschen Geschmack. Der selbstgemachte Holunderblütensirup aus dem Pfarrgarten steht schon in der Diele bereit.

Auf dem Marktplatz dominiert der Wahlkampf. Die Stände der Bauern aus der Umgebung verschwinden fast neben den knalligen Sonnenschirmen, unter denen Anhänger aller Parteien um die Gunst der letzten Stunde kämpfen. Die Gemütlichkeit der Markttage fehlt, die Leute stehen nicht herum und klönen. Viele hasten mit gesenkten Köpfen vorbei, um nicht angesprochen zu werden. Einige scheinen sich tatsächlich noch so kurz vor dem Urnengang für die Ziele dieser Wahl zu interessieren.

Gesine steigt ab, schließt ihr Rad an einen Fahrradständer und geht zu ihrem Gemüsestand. Der Biobauer wiegt die Kartoffeln ab. »Ich glaube, die stellen sich extra hier neben mich. Nicht zum Aushalten ist das!«

Gesine nickt. Unter den Schirmen der NPD steht wieder eine ganze Traube von Menschen. Alte, Arme, Mütter mit Kinderwagen. Sie bezahlt ihre Kartoffeln und schlendert hinüber.

Diesmal spricht nicht der Landesvorsitzende, sondern der regionale Kandidat. So ein junger Blasser, der Name ist ihr entfallen. Nur dass er Student der Wirtschaftsinformatik ist, hat sie behalten. Ein Student!

»Es kann doch nicht angehen, dass man hier als Zigeuner

hereinspaziert und deutsche Bürger umbringt. Ja, ich benutze dieses Wort mit Absicht, die Zigeuner selbst benutzen es. Dem unterwürfigen Multikulti-Sprachgebrauch der Berliner Demokratur wollen wir uns nicht anschließen. Und jetzt sitzt diese Mörderin hier in Kollwitz in der JVA und wird von unseren Steuergeldern durchgefüttert. Haben wir so viel Geld? Müssen wir obendrein noch fünfzigtausend Euro aus den Kommunen beisteuern, um dem Schuldkult von 1992 in Fichtenberg und Rostock-Lichtenhagen zu finanzieren? Haben wir in Deutschland keine dringlicheren Notstände?« Er hält das Mikrofon demonstrativ in die Menge. Gesine geht schnell weiter. Es deprimiert sie, mit anzuhören, wie die Menschen diesen Demagogen ihre Sorgen und Nöte anvertrauen.

Gleich nebenan präsentiert sich mit großem Aufwand die CDU. Ein Musikant mit Schifferklavier spielt Shanties und versucht die Reden von der NPD zu übertönen. Der Bürgermeisterkandidat Jochen Wedemeier höchstpersönlich schüttelt Hände. »Nein, meine Dame, ich denke, das ist ein Einzelfall, machen Sie sich keine Sorgen. Die Frau sitzt ja bereits hinter Schloss und Riegel. Unsere Kommune verfügt über einen guten Polizeiapparat, den wir allerdings gerne ausbauen würden, um dem wachsenden Sicherheitsbedürfnis gerade unserer älteren Mitbürger gerecht zu werden.«

Wedemeier hat Gesine entdeckt und bezieht sie sofort in seine Rede mit ein. »Die Frau Pastorin und ich sind uns sicherlich einig darüber, dass unsere christlichen Werte um jeden Preis geschützt werden müssen.«

Gesine ist empört über diese Vereinnahmung. »Aber gelten diese christlichen Werte nicht für alle Menschen? Rechtfertigen sie, dass sich vor der JVA ein Lynchmob zusammenrottet, der noch vor der Verurteilung das Gesetz in die eigene Hand nimmt?«

Wedemeier scheint bei diesem Stichwort zu Hochform aufzulaufen. »Natürlich lehnen wir als Partei der bürgerlichen Mitte jede Form der Gewalt ab. Aber lassen Sie es mich so ausdrücken: Verstehen kann ich die Leute schon. Wir reden ja hier nicht nur von der Tat selbst, sondern von fremden Sitten, Moralvorstellungen, die wir mitunter nicht nachvollziehen können. Wir sind schließlich im schönen Vorpommern und nicht auf dem Balkan.« Damit erntet er den billigen Applaus, den er haben will.

Gesine fühlt sich in die Defensive gedrängt. »Wenn ich etwas nicht nachvollziehen kann, dann, dass diese Republik, insbesondere Ihre Partei, offensichtlich auf dem rechten Auge blind ist. Nehmen Sie nur die Pannen bei der NSU-Ermittlung –«

»Ihre Ablenkungsmanöver in Ehren, Frau Matthiesen«, unterbricht Wedemeier und wirft einen Blick in die Runde, die bereits angewachsen ist. »Aber wir Pommern brauchen was zwischen den Zähnen!« Wieder wird er mit Applaus belohnt. »Wir brauchen das Gefühl, in Berlin nicht vergessen zu werden!« Er deutet nach rechts. »Sehen Sie die Herren von der NPD da drüben? Das sind keine Skinheads mit Bomberjacke und Springerstiefeln mehr. Die tragen heute Schlips und Kragen. Die eröffnen Bürgerbüros in den Städten und Dörfern. Sie organisieren Essen auf Rädern und Einkaufsdienste. Dem müssen wir Einhalt gebieten, da müssen wir uns aufstellen und rechtsstaatliche Alternativen anbieten.«

»Wollen Sie damit sagen, man muss dieses rechte Gerede auch noch nachplappern?« Gesine ist aufgebracht über Wedemeiers rhetorische Kunststückchen. »Sie fischen am rechten Rand, Herr Wedemeier. Da gehe ich nicht mit.« Sie wendet sich ab.

»Ja, gute Frau, gehen Sie nur. Die Linke wird Sie sicher mit offenen Armen willkommen heißen.« Gelächter brandet auf.

Nun, wir werden ja sehen, ob du auch nach der Wahl die Lacher auf deiner Seite hast, denkt Gesine. Die Lust auf den gemütlichen Klönschnack beim Wochenmarkt ist ihr jedenfalls vergangen.

21. Juni 2012, Turnu Severin
Walachei, Rumänien

Sie hat Georgel angelogen. Nach dem Rausschmiss von gestern hätte er sich nie bereit erklärt, auf gut Glück noch mal zu der Familie zu fahren. Nicht weil er ein Angsthase ist. Sondern weil er bedingungslos an die Entscheidungsfreiheit des Individuums glaubt. Und vielleicht auch, weil es bescheuert ist, unnötige Risiken einzugehen.

Ein bisschen flau ist Mattie schon, als der Ford wieder durch die Schlaglöcher rumpelt.

»Wenn meine Mutter wüsste, dass ich mit ihrem Auto hier langfahre, würde sie mich umbringen.« Ob er was gemerkt hat? Sein Gesichtsausdruck verrät nichts.

Es hat sie eine schlaflose Nacht gekostet. Um vier Uhr morgens hatte sie, was sie wollte. Um sechs hat sie den armen Georgel aus dem Bett geklingelt. Sie hat ihm erzählt, Liviu habe sich bei ihr gemeldet. Die Familie will sie noch einmal sehen. Georgel hat nur gebrummt. Pünktlich um neun stand er wieder vor dem Hotel. Sie hätte ihn am liebsten umarmt, aber er hat ihr erzählt, dass er eine Freundin hat, und sie will ihn nicht in Verlegenheit bringen.

Mattie überprüft zum wiederholten Mal, ob ihr Laptop, den sie auf dem Schoß hat, geladen ist. Das bringt ihr einen Seitenblick von Georgel ein.

»Wozu brauchst du den Computer?«

»Überraschung.«

Hoffentlich ist es nur das Rührei, das da in ihrem Bauch rumort. Heute kommt ihr die Strecke viel kürzer vor. So früh am Vormittag sind die Straßen des Viertels fast leer. Das verstärkt den Eindruck, durch eine künstliche Kulissenstadt zu fahren, die den Glanz der abendlichen Inszenierung braucht, um ihren Reiz zu entfalten. Auch der Hof der Familie Voinescu ist leer.

Vorsichtig öffnen sie das Tor und betreten das Grundstück.

Die beiden Hunde kommen. Man kennt sich, ein müdes Schwanzwedeln. Mattie winkt Georgel zu dem Küchenhäuschen. Angelica steht vor einem dampfenden Topf, ein kleines Mädchen auf dem Arm. Georgel bleibt in der Tür stehen und räuspert sich. »Bună ziua, Doamnă Angelica.«

Erschrocken fährt sie herum, starrt sie an. Das Mädchen spürt die Angst der Großmutter und fängt an zu weinen. Angelica wischt sich mit dem Ärmel den Schweiß ab, dann die Tränen der Kleinen. Sie spricht zu Mattie, auf Rumänisch.

»Sie sagt, du sollst gehen. Ihre Söhne kommen gleich. Soll ich ihr erklären, dass Liviu –«

»Nein.« Mattie erwidert den Blick der Frau, während sie mit Georgel spricht. »Frag sie einfach, ob Lili da ist.«

Georgel gibt einen überraschten Laut von sich. Trotzdem übersetzt er. Angelica geht wortlos an ihnen vorbei auf den Hof und ruft nach Lili. Das Mädchen kommt aus dem Haus gerannt. Diesmal trägt sie T-Shirt und Shorts, die Haare sind noch nass. Ein Kind, keine Lolita. Ihre Wangen sind vor Aufregung gerötet.

Mattie platziert den Laptop für alle sichtbar auf dem Küchentisch und betet, dass es funktioniert.

Da ist die Datei.

Sie startet das Video, das sie während der nächtlichen Telefonkonferenz mit Cal mitgeschnitten hat. Auf dem Bildschirm erscheint Vivek Sen, Bollywood-Superstar, und grüßt Liliana Voinescu Ciurar aus Turnu Severin. Liliana kreischt vor Begeisterung und greift nach dem Laptop. Mattie hält sie fest, bevor sie wahllos irgendwelche Tasten drücken kann.

In diesem Moment kommt Ştefan in die Küche, gefolgt von Florin. Georgel stellt sich vor Mattie. Ştefans Augen sprühen Funken vor Wut. Florin baut sich neben ihm auf. Im letzten Moment befreit Lili ihren Arm aus Matties Griff und haut auf die Leertaste. Vivek Sens Stimme ertönt.

»This is Vivek Sen from Bombay, India, with a special message for Liliana –«

Mit einem Satz ist Florin an ihrer Seite, starrt auf den Bildschirm. Georgel übersetzt mit zitternder Stimme die Worte des Schauspielers. Ştefan unterbricht ihn. Es folgt ein kurzer Wortwechsel zwischen den Männern.

»Ştefan sagt, so etwas kann man im Internet fälschen.«

»Sag ihm, es ist echt.« Mattie sieht Ştefan direkt an. Er ist der entscheidende Faktor in dieser Familie. »Wir können jetzt sofort in Bombay anrufen und mit Vivek sprechen, wenn er möchte.« Sie holt ihr Handy aus der Tasche und sucht demonstrativ die Nummer. Der arme Vivek. Hoffentlich muss sie ihn nicht noch mal nerven. Ştefans Blick fliegt kurz zum Laptop und wieder zurück. Mattie greift langsam über Lilis Arm hinweg und spielt das Video ein drittes Mal ab.

»Er spricht zu meiner Tochter!« Florins Widerstand ist gebrochen.

Mattie nimmt die DVD aus dem Laufwerk und gibt sie ihm. »Ich hoffe, Lili darf den Clip behalten. Als Erinnerung.«

Georgel übersetzt. Ştefan antwortet.

»Er will wissen, woher du Vivek Sen kennst.«

Innerlich jubelt sie. Es hat funktioniert!

Eine herbeigeschaffte Zweiliterflasche Cola und einige ausgewählte Anekdoten aus Bombay später kommen die Männer zur Sache. Die Kinder werden aus der Küche verbannt. Angelica bleibt zu Matties Überraschung sitzen. Es kommt ihr vor, als wäre der Blick der Frau wacher als gestern.

»Ştefan fragt, was du von ihnen willst.«

»Um Adriana helfen zu können, brauche ich eine Vollmacht von einem von Ihnen.«

»Er will wissen, was du persönlich davon hast.«

Mattie ist verunsichert. Was für eine Antwort erwartet er von ihr? Das Schweigen am Küchentisch zieht sich in die Länge. »Ich habe so gesehen nichts davon. Ich arbeite für die Anwälte, ich bekomme mein Geld, ob ich Adriana helfe oder nicht.«

Die Skepsis kehrt auf Ştefans Gesicht zurück, sobald Georgel übersetzt hat.

»Wer bezahlt die Anwälte?«

Das ist eine Frage, über die sie bisher noch keine Sekunde nachgedacht hat. Mist, überleg dir was, Mattie. Schnell! »Äh – wenn Adriana unschuldig ist, was wir ja glauben, dann bezahlt der deutsche Staat die Anwälte.«

Wieder ein kurzer Wortwechsel zwischen Ştefan und Florin. Florin scheint dazu zu tendieren, ihr eine Chance zu geben. Mattie sieht zu Georgel. Er zuckt mit den Schultern. »Sie sprechen Romanes. Ich verstehe kein Wort.«

»Darf ich noch was sagen?« Alle sehen sie erstaunt an. Offenbar ist es hier nicht üblich, dass eine Frau das Gespräch zwischen Männern stört. Ist da etwa die Andeutung eines Lächelns auf Angelicas Gesicht?

Ştefan nickt Georgel zu. »Okay.«

»Sie haben mich gefragt, warum ich Adriana helfen will. Mein Gefühl sagt mir, dass Ihrer Familie vor zwanzig Jahren in Deutschland ein Unrecht geschehen ist. Es sagt mir weiterhin, dass das, was damals war, mit dem, was heute ist, in einem Zusammenhang steht. Ich bin in Deutschland geboren und aufgewachsen. Ich fühle mich dafür verantwortlich, was in meinem Land passiert.« Sie hat langsam und mit Pausen für Georgels Übersetzung gesprochen. Die Ansprache ist ihr ein wenig pathetisch geraten, aber im Grunde ist es das, was sie sagen will.

Zu ihrer Überraschung mischt sich Angelica ein und spricht eindringlich mit ihrem Sohn. Ştefan nickt, dann antwortet er.

Georgel übersetzt. »Sie geben dir die Vollmacht, aber nur unter einer Bedingung. Deine Anwälte sollen auch den alten Fall untersuchen. Die Familie ist tief verletzt darüber, dass die

Täter nicht bestraft wurden. Es ist, als habe man den Vater ein zweites Mal getötet.«

Mattie bedankt sich für das Vertrauen. Aus ihrer Tasche nimmt sie zwei Vollmachten in englischer Sprache. Georgel hilft den Männern dabei, je ein Blatt auszufüllen. Mattie klappt ihren Laptop zu.

Plötzlich fühlt sie eine fremde Hand auf ihrer. Angelica sagt etwas. Mattie guckt hilflos zu Georgel. Dann fängt die Frau an zu lachen. Georgel stimmt ein. »Sie hat vergessen, dass du kein Rumänisch kannst.«

Später, als sie wieder neben ihm im Auto sitzt, legt Georgel schweigend eine Kassette ein. Eins, zwo, drei, vier – Speed Metal dröhnt in voller Lautstärke durch den Ford. Mattie versucht sich abzulenken, indem sie aus dem Fenster guckt. Bollywood Apokalypse.

Nach einer Weile dreht er die Musik leiser. »Liviu hat dich nicht angerufen, stimmt's?«

Mattie überlegt. Es gibt keinen Grund, noch mal zu lügen. »Und du wärst nicht mitgekommen, stimmt's?«

Er guckt nach vorn. Sie sind jetzt wieder auf der Hauptstraße. »Stimmt.«

Als er vor dem Hotel anhält, bleibt sie noch einen Moment sitzen. »Bist du sauer?«

Ein kurzer Blick, er holt seine Zigaretten raus, steckt sich eine an. Hält ihr die Schachtel hin. Mattie schüttelt den Kopf.

»Vorhin, als wir die Vollmachten ausgefüllt haben. Ştefan hat am Ende gesagt, dass seine Mutter schon ewig nicht mehr gelacht hat.« Er grinst.

Mattie klaut Georgel die Zigarette aus der Hand und nimmt einen tiefen Zug. »Und ausgerechnet über mich.«

Er stupst sie in die Seite. »Heute Abend musst du mit uns Schnaps trinken, bis du umkippst. Sonst kannst du nicht sagen, dass du in Rumänien warst.«

22. Juni 2012, Hansestadt Kollwitz
Mecklenburg-Vorpommern, Deutschland

Nick sitzt in der Kantine der Staatsanwaltschaft Kollwitz, vor sich einen Teller mit Currywurst, Kartoffelbrei und schwarzen Bohnen. Das Tagesmenü in den Farben der deutschen Flagge, um die Nationalmannschaft zu unterstützen. Unter dem Tisch sitzt der Zwergspitz und bettelt.

»Jogi? Heißt du vielleicht Jogi?« Der Hund reagiert nicht. Nick hat schon einige Namen ausprobiert, keiner scheint ihm zu gefallen. Das Essen ist nicht schlecht für Kantinenfraß, doch die Farben gehen ihm auf den Geist. Entnervt schiebt er den Teller weg und holt seine Zigaretten aus der Jackentasche. Gut, dass Jasmin noch nicht gemerkt hat, dass er wieder raucht.

Draußen vor dem Eingang steht er mit anderen bleichgesichtigen Männern herum, die alle an ihren Zigaretten ziehen und auf den halb leeren Parkplatz starren. Der Spitz zerrt an seiner neuen Leine, die Nick ihm in einem Hunde-Discounter gekauft hat. Plus Fressnäpfe, Futter und ein Kissen, auf dem er schlafen kann.

Noch eine halbe Stunde.

Gestern Nacht kam zwar nicht Mattie, aber immerhin eine lange E-Mail. Im Anhang zwei gescannte Vollmachten. Außerdem ein Haufen Anweisungen an Nick, unter anderem, sich umgehend mit Volker und Bettina in Verbindung zu setzen und ihnen zu eröffnen, dass Mattie gar nicht krank ist. Großartig.

Die E-Mail klang ein bisschen wirr und endete mit den Worten: »Nick, die haben hier einen Schnaps aus den Weinlaubengängen, der kommt in Colaflaschen, weil er verboten ist. Musst du unbedingt probieren. Ich glaub, ich muss mal schlafen. Gute Nacht.«

Es blieb ihm nichts anderes übrig, als morgens Halsschmerzen vorzutäuschen und Jasmin allein mit Azim auf Shoppingtour für Mexiko zu schicken. Als sie weg waren, ist Nick mit dem Hund ohne Namen zur Kanzlei gehetzt. Er hatte Glück, Volker war schon da. Der hörte sich die ganze Sache an und schlürfte dabei seine obligatorische Mate. »Kann ich nicht allein entscheiden.« Also wurde Bettina geholt, und Nick musste die Geschichte noch mal erzählen. Beim zweiten Mal hat Volker schon gegrinst, als er Matties Alleingang schilderte.

Die beiden Anwälte hatten eindeutig Interesse, vor allem als der angebliche Jagdunfall zur Sprache kam.

»Das stinkt«, konstatierte Volker, »und zwar gewaltig.«

Bettina knüpfte ihre Zustimmung an die Bedingung, dass Nick persönlich darüber berichtet. »So was muss man flankieren, und zwar von allen Seiten. Sonst können wir es gleich lassen. Wir brauchen deinen Namen.«

Nick konnte seine Freude kaum verbergen. Noch ein Mal. Einmal zeigen, was er kann, bevor er nach Mexiko verschwindet. Ein Zeichen setzen. Nikolaus Ostrowski ist wieder da.

Noch zwanzig Minuten. Er drückt die Zigarette in den überquellenden Standaschenbecher. Und jetzt? Jetzt hat er Lampenfieber. Nervös wie ein Erstklässler vor dem Interview mit einem Staatsanwalt. Dazu Volkers Geheimauftrag. Auf dem Weg von der Kanzlei zu seiner Car-Sharing-Station hat er die entscheidende Frage gestellt. »Wer war eigentlich der zweite Tote?«

Liviu, den sie auf dem Weg nach Kollwitz bei seinem Parkplatz aufgesammelt haben, konnte auch nicht weiterhelfen. Niemand aus dem Heim schien den Mann gekannt zu haben. Er stammte nicht aus Turnu Severin, so viel ist sicher. Sie haben damals gesammelt, um ihn heimzuschicken zu der Adresse, die die Polizei in seinem Ausweis gefunden hatte. Das Geld wurde von dem Mann der Pastorin zur Dienststelle gebracht.

Noch zehn Minuten.

Nick hat Glück, dass der Pressesprecher der Staatsanwaltschaft Kollwitz, ein Dr. jur. Schölling, sich überhaupt so kurzfristig zu einem Interview bereit erklärt hat. »Ich erinnere mich gut an den Fall«, sagte er am Telefon auf Nicks Schilderung der Sache. »Das war, kurz nachdem ich hier angefangen habe. Kommen Sie um vierzehn Uhr in mein Büro.«

Also sind Volker und Liviu weiter zur JVA gefahren, die außerhalb der Stadt liegt. Und Nick ist in dieser eintönigen Beamtenverwahranstalt gestrandet, wo das einzig Farbige das Essen in Schwarz-Rot-Gold ist.

»Du musst hierbleiben«, erklärt er dem Hund und bindet ihn am Fahrradständer fest. »Lass dich nicht klauen.«

»Bringen Sie den man rein hier, sonst brennt dem ja die Sonne das Gehirn wech«, ruft es aus der Pförtnerloge.

»Na, du hast aber ein Glück«, flüstert Nick und bindet den Hund wieder los. »Hier werden Hunde besser behandelt als Menschen.«

Fünf Minuten später sitzt er Herrn Doktor Schölling gegenüber. Etwa gleichaltrig. Ehering. Kleidung Ton in Ton mit der weißen Wand und dem grauen Schreibtisch. Gerahmte Kinderzeichnungen. Schölling sieht auf seine Armbanduhr. Sicher ein Erbstück. »Wir haben eine halbe Stunde«, sagt er und deutet auf ein paar dicke Aktenordner. »Sie haben Glück, dass die Akten noch nicht vernichtet sind. Was wollen Sie wissen?«

Nicks Aufregung ist wie weggeblasen. Er schaltet sein Aufnahmegerät ein. »Lassen Sie uns mit dem damaligen Fall beginnen. Was haben die Ermittlungen vor Ort ergeben?«

»Bevor ich Ihnen die Sachlage schildere, stellen Sie sich bitte vor, dass wir uns im Sommer 1992 befinden. Kurz nach der Wende. Logistisch war das hier eine Brachfläche. Wir hatten nicht mal funktionierende Telefonleitungen.«

Das fängt ja gut an. Nick nimmt sich vor, die Anwälte auf

mögliche Ermittlungspannen hinzuweisen. Volker hat recht. Der Fall stinkt.

Betont emotionslos referiert Schölling die gesammelten Erkenntnisse der Staatsanwaltschaft vor Prozessbeginn. Die Polizei wurde erst informiert, als am Morgen nach den tödlichen Schüssen das Feld brannte. Die anrückenden Einsatzkräfte fanden zwei hochgradig verbrannte Leichen und lauter Zivilisten auf dem Feld, die an einem Tatort nichts zu suchen haben. Erst als die Leichen gerichtsmedizinisch untersucht wurden, stellte sich heraus, dass sie durch ein Jagdgeschoss und nicht an Verbrennungen oder Rauchvergiftung gestorben waren. Der Jagdpächter wurde verhört, ebenso der Jagdgast. Beide machten von ihrem Recht auf Aussageverweigerung Gebrauch.

»Sicher steht fest, dass beide Opfer durch eine einzige Kugel ums Leben kamen. Es handelt sich um ein sogenanntes Teilmantelgeschoss, das sich beim Auftreffen in viele kleine Geschosse teilt, um das Wild möglichst schmerzfrei zu töten.«

Nick muss tief durchatmen. Diese Sprache. Der Mann redet ohne abzusetzen weiter. Druckreife Sätze. Die Staatsanwaltschaft habe derzeit nichts unversucht gelassen, um den Täter zu identifizieren. Im Endeffekt ließ sich die Munition jedoch keinem der beiden Angeklagten einwandfrei zuordnen. Und das deutsche Recht laute nun einmal dahingehend, dass niemand verurteilt wird, dem die Schuld an einem Verbrechen nicht zweifelsfrei nachgewiesen werden kann.

»Zwischen der Tat und dem Prozessbeginn liegen gut vier Jahre. Ist das nicht außergewöhnlich lange?«

»Ich muss Sie nochmals auf die damalige Lage in den neuen Bundesländern hinweisen.« Der Mann lässt sich nicht aus der Reserve locken.

»Wurden die Familien der Toten in Rumänien über die Anklageerhebung und den Prozessverlauf informiert?«

Schölling blättert lange in den Akten.

»Nein.«

»Warum nicht? Hatten Sie keine Adressen?«

»Die vollständigen Namen und Adressen der Opfer sind in den Akten vermerkt.« Er blättert ein paar Seiten zurück. »Hier. Leider darf ich Ihnen, wie Sie wissen, keinen Einblick in die Akten geben.«

»Warum wurden sie nicht informiert?«

»Wir haben es hier mit einem Tötungsdelikt zu tun, das in Deutschland von Deutschen begangen wurde. Die Familien der Opfer waren für die Ermittlungen und den Prozessverlauf zu keiner Zeit relevant.«

Nick fühlt, wie die Ader auf seiner rechten Schläfe zu pochen beginnt. »Wenn die Opfer und ihre Familien Deutsche gewesen wären, hätte es dann nicht mit großer Wahrscheinlichkeit eine Nebenklage gegeben?«

»Ja, das ist korrekt.«

»Aber da die Familien in Rumänien waren, hat sie niemand darüber aufgeklärt?«

»Das ist möglich. Aufgabe der Staatsanwaltschaft ist es nicht.«

»Finden Sie das nicht zynisch?« Nick hat Mühe, seine Gefühle im Zaum zu halten.

Schölling überlegt einen Moment. »Aus Sicht der deutschen Behörden nicht. Hier liegt kein Fehler vor. Aus Sicht der Familien kann ich Ihre Argumentation durchaus nachvollziehen.«

»Sie machen es sich zu einfach.« Nick möchte diesen Mann in Grund und Boden argumentieren. Moralisch. Politisch.

»Haben Sie sonst noch Fragen zur Sache?« Wieder ein Blick auf die geerbte Armbanduhr. Juristenfamilie, mindestens dritte Generation. Nick kennt diese Liga. Er hat selbst mal dazugehört.

»Können Sie mir schon etwas zu dem aktuellen Fall sagen?«

Schölling schüttelt den Kopf. »Laufende Ermittlungen. Wenn

eine Pressekonferenz angesetzt wird, kann ich Sie gerne informieren. Lassen Sie Ihre Karte einfach bei meiner Mitarbeiterin vorne.«

Nick steht auf. Jetzt kommt der entscheidende Moment.

Columbo.

»Ach, übrigens – die Familie des einen Opfers wusste bis gestern nichts vom Ergebnis des Prozesses. Wenn wir nun die zweite Familie ebenfalls kontaktieren möchten …« Er lässt den Satz bewusst unvollendet.

Der Mann sieht ihn lange an. Dann nimmt er sein graues Jackett und zieht es an. »Auf Wiedersehen, Herr Ostrowski. Meine Mitarbeiterin wird in einer Minute erscheinen und Sie hinausbegleiten.«

Zehn Sekunden später ist Nick allein im Raum. Die Akten auf dem Tisch, aufgeschlagen die Seite mit den Adressen der Opfer. In der Ecke ein Kopierer. Danke, Doktor Schölling.

Als die Frau den Raum betritt, sitzt Nick wieder auf dem Stuhl und ist gerade dabei, sein Aufnahmegerät einzupacken.

22. Juni 2012, Hansestadt Kollwitz

Wo ist sie? Gitter vor dem Fenster. Sie ist dreizehn Jahre alt. In Deutschland. Vater sagt, die Gitter sind zu ihrem Schutz. Er glaubt es selbst nicht. Aber es stimmt, Vater! Die Leute da draußen hassen uns. Sie wollen uns umbringen. Erst die Alten. Die Großmutter. Dann die Väter. Dann die Kinder.

Adriana die Stille liegt unter ihrer Decke und zittert. Sie haben ihr Tabletten gebracht. Sie wirft sie weg. Gift.

Die Frau mit dem Essen. Hass. Angst.

Adriana hat seit drei Tagen nichts gegessen.

Angst.

Sie trinkt nur Wasser aus der Leitung.

»Frau Ciurar! Aufstehen, Sie haben Besuch!«

Adriana bleibt liegen. Ganz still.

»Kommen Sie! Ihr Anwalt ist da!«

Anwalt. Liviu hat ihr versprochen, er sucht einen Anwalt. Einen von uns.

Ihre Beine zittern. Wo sind die Stiefel?

Die Frau will ihr helfen.

»Geh weg!« Adriana will nicht, dass sie sie berührt.

Ihre Haare. Sie muss sie zusammenbinden. Ihre Arme sind zu müde.

Laufen.

Laufen.

Gitter.

Laufen.

Ein Tisch. Zwei Männer. Liviu.

Liviu springt auf. »Adriana Voinescu! Wie siehst du aus, Schwester? Was ist geschehen?«

»Liviu, das ist keiner von uns!«

»Er ist ein guter Anwalt. Der Beste, Schwester, glaube mir, er wird uns helfen.«

»Ich will nicht mit ihm reden.« Hinsetzen. Den Kopf auf die Arme legen. Sie ist müde.

Etwas berührt ihren Arm. Was? Ein Blatt Papier.

»Florin hat dem Anwalt eine Vollmacht geschrieben.« Florins Unterschrift. Liviu, was ist los, alter Freund? Warum guckst du so verzweifelt?

Adriana schiebt das Papier von sich weg. »Sie haben seine Unterschrift nachgemacht. Liviu. Siehst du das nicht?«

Müde. So müde.

»Adriana, ich werde Sie nur als Anwalt vertreten, wenn Sie das möchten. Niemand wird Sie zwingen.« Der andere Mann geht hinaus.

Er spricht mit einem Polizisten. Er gehört dazu. Sie gehören alle dazu.

Er kommt zurück. »Adriana, wir können jetzt mit Florin telefonieren. Möchten Sie das?«

Florin. Ja, sie will mit Florin reden.

Liviu ist zuerst dran. »Florin, ich bin es, Liviu. Leg nicht auf, deine Frau ist hier bei mir.«

Er gibt ihr das Handy.

»Adriana?«

»Florin? Wo bist du?«

»Adriana, Frau, hör mir genau zu. Du willst doch zurück zu deiner Familie?«

»Ja, Florin.«

»Dann tu, was ich dir sage. Der Anwalt arbeitet mit einer Frau. Sie heißt Mattie. Sprich mit ihr. Sprich mit niemandem sonst. Hast du mich verstanden, Frau?«

»Ja, Florin.«

Sie nehmen ihr das Handy weg.

»Wo ist Meti?« Adriana spricht Deutsch.

»Mattie ist noch in Rumänien, Adriana. Sie wird bald hier sein.«

Er hat eine sanfte Stimme, der Anwalt. Sie darf niemandem trauen. »Ich rede mit Meti.«

»Ist gut, Adriana.« Er sieht ihr in die Augen. »Sie reden mit Mattie, und Mattie redet mit mir. Möchten Sie, dass ich Sie als Ihr Anwalt vertrete?«

Liviu sieht sie an und nickt.

Adriana nickt.

Liviu atmet aus. »Gut, Schwester. Es wird alles gut, du wirst sehen.«

Dann ist sie wieder auf dem Gang.

Laufen.

Gitter.

Halt. Dieses Fenster geht nicht auf ihren Hof. Leute auf der Straße. Männer und Frauen. Da kommt Liviu. Neben ihm geht der Anwalt. Hass. Sie schreien. Sie schütteln ihre Fäuste. Eine Frau versucht Liviu zu schlagen.

Adriana zuckt zurück.

»Frau Ciurar. Kommen Sie bitte weiter.«

Laufen.

Schlafen.

23. Juni 2012, Zugstrecke Bukarest – Braşov
Transsilvanien, Rumänien

Statt wie geplant von Bukarest zurück nach Berlin zu fahren, ist sie in den Abendzug nach Braşov gestiegen. Nick hat ihr die damalige Adresse von Niculai Lăcătuş gemailt. Volker möchte, wenn möglich, beide Familien in einem Wiederaufnahmeverfahren vertreten. Wenigstens ist sie jetzt offiziell im Auftrag ihrer Arbeitgeber unterwegs.

Draußen ist es dunkel bis auf den Mond. Der Zug ächzt bergan, wieder geht es hoch in die Karpaten. Immer schroffere Felsformationen ragen schwarz in den Himmel. Auf einem Zacken steht ein Gipfelkreuz. Eine mächtige, mystische Landschaft. Kino. *Tanz der Vampire*.

Sie muss eingeschlafen sein. Plötzlich steht der Zug. Halbwach greift sie nach ihrer Tasche und rennt zur Tür. Der Bahnhof von Braşov ist menschenleer. Es ist kurz vor ein Uhr morgens. Kalte Luft fährt ihr unter das dünne T-Shirt. Geisterstunde.

Der Taxifahrer bringt sie schweigend zu dem Hotel, das als Erstes auf der Liste im Internet steht. Es ist eine Villa, Anfang zwanzigstes Jahrhundert oder sehr gut imitiert. Die Frau an der Rezeption zeigt verschlafene Arroganz, der Preis ist für nordeuropäische Verhältnisse okay. Kurz darauf steht Mattie in einem Prinzessinnengemach. Weißes Bett, weiße Rüschenvorhänge, Rüschendecken, ein goldener Stuhl mit verschnörkelten Füßen. Das Fenster geht auf einen Garten hinaus, dahinter erhebt sich ein Berg. Prinzessin Mattie schmeißt ihre Klamotten auf den goldenen Stuhl, wankt ins Bad und klettert in eine überdimensionale sechseckige Badewanne.

Morgens beim Frühstück läuft auf drei Flatscreens eine Nachrichtensendung. Sie schlürft perfekten italienischen Kaffee – ›den müssen Sie extra zahlen‹ – und beobachtet die wenigen anderen Gäste. Ein Mann in Matties Alter mit iPad und Bartstoppeln starrt abwechselnd auf seinen eigenen und die anderen Bildschirme. Nur nicht auf das Mädchen, das er bei sich hat. Die Blonde betrachtet ihre Fingernägel. Trinkt Kaffee ohne Zucker. Isst nichts. Ein anderer im Anzug beendet ein Telefonat und verlässt den Raum. Kurz darauf röhrt der Porsche Cayenne auf, den sie gestern im Vorbeigehen gesehen hat. Rumänien hat viele Gesichter.

Zwei Stunden später steht Mattie in einer Plattenbausiedlung am Stadtrand. Zwischen den Häusern eine orthodoxe Kirche aus Holz, umschlossen von einem blühenden Garten. Sie würde da gern reingehen. Ein Priester, der aus einer Seitentür in den Garten kommt, wirft ihr einen finsteren Blick zu. Mattie wendet sich ab. Sie hat schließlich einen Auftrag.

Die Strada Bucureşti ist eine der großen Ausfallstraßen aus der Stadt. Das Haus Nummer vier hat sechs Stockwerke. Eine junge Frau mit einem Kinderwagen kommt heraus. Mattie schiebt sich schnell durch die zufallende Tür. Sie geht die Briefkästen durch. Keine Familie Lăcătuş. Wäre ja auch zu schön gewesen. Sie holt ihr Handy raus.

»Nick, hallo. Ja, Mattie. Die wohnen hier nicht mehr.«

Er sagt, sie soll nach Hause kommen, es gibt genug zu tun. Adriana will mit ihr sprechen. Volker und Bettina auch. Außerdem wartet da noch ein kleiner Vierbeiner …

»Okay, ich komm ja.«

Sie legt auf. Der Vorraum mit den Briefkästen geht ins Halbdunkel eines Treppenhauses über. Da steht doch jemand.

»Hallo?« Mattie ist ein bisschen unheimlich. So ganz ist das Karpaten-Feeling noch nicht abgeklungen.

»Haben Sie gerade Deutsch gesprochen?« Der Mann hat einen merkwürdigen Akzent. Sein Alter ist schwer einzuschätzen, er wirkt wie aus der Zeit gefallen, ist aber nicht älter als Mitte sechzig. Sie tippt, dass seine Haare braun gefärbt sind. Weißes Hemd, Hosenträger, Fliege.

»Ja. Warum?«

Neugierige graue Augen mustern sie. »Sie sehen nicht wie eine Deutsche aus.«

Nicht dass sie diesen Spruch zum ersten Mal hört. Aber ausgerechnet hier, in Rumänien? Schweigend sucht sie nach einem eleganten Abgang, ohne den Mann vor den Kopf zu stoßen.

»Entschuldigen Sie, mein Name ist Schindler. Ich habe mich nicht vorgestellt. Was führt Sie in unser schönes Kronstadt?«

Kronstadt? Eine längst vergessen geglaubte Information in Matties Hinterkopf leuchtet schwach auf, rumänische Aussiedler, Siebenbürgen. So einer hat ihr gerade noch gefehlt.

»Ich suche Familie Lăcătuş. Sie haben hier 1992 gewohnt.«

»Meine Frau und ich sind erst '95 hier eingezogen. Die Kinder sind nach Deutschland gegangen, wissen Sie.« Schindler überlegt. »Nein, Lăcătuş, der Name sagt mir nichts.«

»Na dann, vielen Dank und auf Wiedersehen.« Mattie wendet sich zum Gehen.

»Nicht so eilig, junge Frau.« Sie dreht sich um. »Haben Sie denn keine Zeit? So kommen Sie schon.« Er steuert auf die Treppe zu.

Mattie zögert. Ach, was soll's. Dieses komische Männchen wird ihr schon nichts tun.

Im dritten Stock bleibt er stehen. »Hier drüben wohne ich. Und hier –« Er drückt eine Klingel. Schritte. Eine Frau öffnet. Dauerwelle, rote Haare, Sommerkleid mit Blumenmuster. »Paula!« Herr Schindler deutet auf Mattie und setzt zu einem Wortschwall auf Rumänisch an, den Paula dadurch unterbricht, dass sie ihn und Mattie mit einem matten Lächeln in die Wohnung bugsiert.

Im Wohnzimmer sitzt ein Mann um die fünfzig mit einer bandagierten Hand. Ein Arbeiter wie aus dem Bilderbuch, inklusive weißes Unterhemd und Fluppe im Mundwinkel.

»Bogdan Sotica.« Schindler deutet stolz auf seinen Nachbarn

und setzt sich in einen goldgelben Polstersessel. Die beiden Männer könnten nicht unterschiedlicher sein.

Mattie sagt »Bună ziua, Bogdan« und wird von Paula ebenfalls mit sanfter Gewalt in einen Sessel gedrückt. Bogdan raucht, Schindler redet.

»Wie war der Name der Familie doch gleich?«

»Lăcătuş.«

Stille.

Paula Sotica erstarrt mit einer Kaffeekanne und zwei Tassen in der Hand. Bogdan beugt sich vor und fixiert Mattie. Selbst Schindler wirkt einen Moment lang eingeschüchtert.

Bogdan spricht. Kurz, mit heiserer Stimme.

»Er fragt, warum Sie das wissen wollen.«

Mattie überlegt, wie viel sie erzählen soll. »Niculai Lăcătuş wurde 1992 in Deutschland erschossen. Wir suchen die Familie, eventuell wird der Fall noch einmal vor Gericht kommen.«

»In Deutschland erschossen? Von wem denn?« Schindler scheint die Geschichte nicht zu gefallen.

»Übersetzen Sie doch.« Mattie versucht die Ruhe zu bewahren. »Bitte!«

Er zögert, dann folgt er ihrer Bitte, während Paula Kaffee einschenkt. Auf allen freien Flächen steht Nippes aus Porzellan. Mattie schaudert. Wie können sich Leute bloß mit so vielen Dingen umgeben?

Paula sitzt jetzt neben ihrem Mann. Sie schauen sich an, dann beginnt er zu reden.

»Bogdan und Niculai Lăcătuş waren Arbeitskollegen und Nachbarn. Bei der zweiten Entlassungswelle nach der Revolution verlor Nicu die Arbeit und ging mit seinem Bruder nach Deutschland. Sie hörten erst wieder von ihm, als Silvia, das ist Nicus Ehefrau, einen Brief bekam, sie möchte bitte seinen Sarg am Flughafen Otopeni abholen.«

Paula schlägt die Hände vors Gesicht. Sie spricht schneller als ihr Mann und betont das Gesagte mit den Händen. Vor Aufregung hat sie rote Flecken auf den Wangen.

»Silvia öffnete den Sarg, obwohl es verboten war. Es war ein einfacher Holzsarg aus hellem Holz. Paula war dabei. Als Silvia die verbrannte Leiche sah, brach sie zusammen.«

Schindler stellt eine Frage, in der das Wort Ţigani vorkommt. Mattie horcht auf. Paula und Bogdan antworten, ergänzen einander, ein eingespieltes Team.

»Es gab eine Trauerfeier, zu der viele Zigeuner aus der Gegend kamen.« Schindlers Augen leuchten auf. »Sie verstehen es, zu feiern, selbst die Beerdigungen sind wahre Feste. Ihre Musiker sind einmalige Künstler.« Mattie schaut ihn bittend an, und er kommt wieder zur Sache. »Zwei Wochen nach der Beisetzung musste Silvia mit den fünf Kindern die Wohnung räumen.«

Bogdan schüttelt den Kopf. Seine Mimik verrät echtes Mitgefühl.

»Sie sind dann zurück ins Zigeunerviertel –« Paula unterbricht die Männer. »Sie sagt, wir sollen es nicht Zigeunerviertel nennen, sondern Industriegebiet. Doch es ist nun mal das Zigeunerviertel.« Schindler erwartet Matties Zustimmung.

Sie würde gern mit Paula und Bogdan direkt sprechen, die beiden sind ihr sympathisch. Stattdessen trinkt sie ihren Kaffee, macht »hmmm« und nimmt einen Keks aus der Porzellanschale mit rosa Blüten.

Schindler ist sich seiner zentralen Position in dieser Runde bewusst. Er hat Oberwasser. »Wissen Sie, hier in Siebenbürgen leben wir ja schon seit Jahrhunderten mit den Zigeunern. Sie sind wie Kinder! Ein romantisches Volk, das es in seiner Ursprünglichkeit zu bewahren gilt. Verstehen Sie, was ich sagen will?«

Mattie versteht. Paternalismus ist das Wort.

Schindlers Stimme überschlägt sich vor missionarischem Eifer. »Diese schönen Menschen! In der modernen Zivilisation gehen sie zugrunde. Dafür sind sie nicht geschaffen.«

Mattie wirft Bogdan einen flehenden Blick zu. Er versteht und erhebt sich mühsam aus dem tiefen Polster. Sieht demonstrativ auf die Kuckucksuhr an der Wand. Unterbricht Schindler mit seiner heiseren Stimme.

»Bogdan muss zum Arzt wegen seiner Hand. Er kann Sie hinbringen.« Schindler steht auf, reicht ihr die Hand und deutet eine Verbeugung an. »Ich hätte mich gern noch länger mit Ihnen unterhalten, Frau –«

Nein, danke. »Junghans. Mattie Junghans. Ich auch, Herr Schindler. Alles Gute für Sie.«

Paula begleitet sie zur Tür. Mattie wird an den geblümten Busen gedrückt. Bogdan erhält letzte Instruktionen, darunter Grüße an Silvia, so viel versteht sie. Als sie sich auf der Treppe noch mal umdreht, wischt sich Paula eine Träne aus dem Augenwinkel.

23. Juni 2012, Gemeinde Peltzow
Mecklenburg-Vorpommern, Deutschland

Jimi Hendrix. Gitarren. Rückkopplung.

Nick hockt direkt unter dem Windrad. Entweder es hat mit dem Wetter zu tun oder mit dem Stromnetz: Alle paar Minuten kommt das Ding mit einem von innen nach außen detonierenden Brachialsound zum Stehen. Das Geräusch bringt den ganzen Körper zum Vibrieren. Das gibt einem das Gefühl, mit einem Lebewesen konfrontiert zu sein. Sechzig Meter hoch. *Transformers.*

Er schaltet das Aufnahmegerät ein und zählt. Eine Sinfonie aus Klängen. Stell dir vor, man könnte das steuern. Komposition für dreizehn Windräder. Ein Requiem für Marius Voinescu und Niculai Lăcătuş, die auf diesem Feld starben.

Wow.

Wenn er den Kopf hebt, sieht er die Flügel durch den blauen Himmel schneiden. Wie Messer. Wie Arme. Mattie und Nick wären vor ein paar Jahren beinahe mit einem Windrad in die Luft geflogen. Der Mann, der sie töten wollte, ist an ihrer Stelle gestorben. Die Explosion war gewaltig. Vielleicht kommen ihm diese Apparate deshalb wie Krieger vor.

Plötzlich vermisst er Mattie, genau jetzt auf dem Feld. Ein Wind geht über die Halme. Das Getreide sieht aus wie ein Meer.

Hinter ihm auf der schmalen Allee fährt ein Wagen vorbei. Nein, er hält an.

»Hallo, Sie!«

Nick möchte weiter auf dieses Meer gucken. Es wechselt die Farbe im Wind.

»Hallo, was machen Sie da?«

Er dreht sich um.

Ein dunkler Allradwagen. Überdimensional auf dieser engen Straße. Ein Mann, kurze graue Haare, Weste.

»Darf ich hier nicht stehen?«

»Es ist mein Feld.«

Nick seufzt und geht ein paar Schritte auf den Wagen zu. »Entschuldigen Sie, ich wollte mich hier nur mal umsehen. War das vor zwanzig Jahren auch schon Ihr Feld?«

»Hab ich mir doch gedacht, dass Sie jetzt wieder anfangen, in der alten Sache rumzustochern. Wie die Geier. Jetzt, wo der Uwe tot ist.«

»Sie kannten Uwe Jahn?« Nick lehnt sich in das offene Fenster, um den Fahrer besser zu sehen. Eine Flinte liegt auf dem Rücksitz. War ja klar. Der Fahrer sieht ihn unfreundlich an. »Mein Name ist Nikolaus Ostrowski.« Er holt seinen Presseausweis aus der Hosentasche und hält ihn dem Mann vor die Nase. »Und Ihr Name?«

»Müller. Klaus Müller«, brummt der Mann. »Natürlich kannte ich Uwe Jahn. Alle hier kannten ihn. Wir fangen heute mit der

Ernte der Wintergerste an. Dann müssen Sie da weg sein. Die Maschinen zu stoppen kostet Zeit. Und Zeit ist Geld.«

»Klar.« Nick macht keine Anstalten, das Fenster freizugeben. »Stand hier damals auch Gerste?«

Der Mann überlegt. »Jetzt, wo Sie es sagen. Ja, wir haben ja an dem Morgen angefangen zu dreschen. Der Fahrer hat die Leichen entdeckt. Er wollte Hilfe holen und ist zurückgefahren. Und wie der in den Rückspiegel guckt, da steht das Feld in Flammen.« Klaus Müller sieht auf das Feld, als würde es gleich erneut anfangen zu brennen. »Die ganze Ernte kaputt. Wir haben Anzeige erstattet gegen unbekannt.«

»Da lagen zwei Tote, und Sie haben Anzeige erstattet wegen Ihrer verbrannten Ernte?«

»Mann, Sie haben ja keine Ahnung! Da sind mehr als dreißigtausend Demark auf dem Feld verbrannt. Die Versicherung hat dann auch gezahlt.«

»Ist denn jemals geklärt worden, ob es Brandstiftung war?«

»Nee. Die haben gesagt, es könnte auch ein Funken gewesen sein von dem Mähdrescher. Passiert manchmal, wenn der über einen Stein fährt. War ja sehr trocken, der Sommer.«

Nick hat eine Idee. »Arbeitet der noch bei Ihnen, dieser Fahrer?«

»Helmut? Na klar. Der kommt hier gleich mit der Maschine. Die ist geliehen. Das Feld muss heute runter.« Er drückt auf das Gaspedal, um anzudeuten, dass seine Zeit auch Geld ist. Nick tritt vorsichtshalber einen Schritt zurück. Doch der Mann ist noch nicht fertig. »Soll ich Ihnen mal was sagen? Die Grenzer, die waren uns – also den Jägern im Allgemeinen – die waren uns richtiggehend dankbar. Was glauben Sie denn? Danach war nämlich Ruhe hier. Da kam keiner mehr rüber.«

»Ist ja toll.« Nicks Stimme trieft vor Sarkasmus. Der Mann ist offensichtlich mit dieser Art Humor nicht vertraut.

»Also, dann gucken Sie ruhig weiter. Aber halten Sie mir die

Leute nicht auf. Waidmanns Heil wünsche ich.« Der Jeep braust davon.

Nick sieht ihm nach, bis er um die Kurve verschwunden ist. Dann zieht er das Aufnahmegerät aus der Tasche. Es läuft noch.

Er hat auf Volkers Account einen Car-Sharing-Wagen genommen, der auf dem Feldweg hinter der Allee parkt. Nick holt eine Thermoskanne aus dem Handschuhfach und füllt heißen Kaffee in den Becher. Neben ihm auf dem Beifahrersitz liegt der Zwergspitz. Guckt der beleidigt? Nick hat ihn vorhin ins Auto gesperrt, weil er einem Hasen hinterher wollte und gekläfft hat wie ein Irrer.

»Jetzt sei du nicht auch noch sauer auf mich.« Der Hund sieht ihn an und stößt einen tiefen Seufzer aus. Nick trinkt Kaffee und blickt über die Felder. Dramatische Wolkenformationen ziehen über den Himmel. Das Licht wechselt, und mit ihm die Farbe des Feldes. Durch das offene Fenster klingt die Sinfonie der Windräder.

Er hat Jasmin immer noch nicht gesagt, dass er an dem Fall arbeitet. Zum einen, weil sie geplant hatten, die letzten zwei Wochen vor der Abreise gemeinsam zu verbringen. In Berlin oder woanders, Jasmin muss nicht mehr ins AA.

Doch es ist nicht nur das. Nick hat Angst. Der letzte Artikel liegt unvollendet auf der Festplatte. Was, wenn er es wieder nicht schafft? Irgendwann wird sie den Respekt vor ihm verlieren. Im besten Fall wird sie ihn dann mit sich durch die Welt schleppen wie er diesen Hund. Ein Mann ohne Namen. Azim wird größer werden und sich fragen, wer eigentlich dieser nutzlose Typ ist, der immer bei ihnen rumhängt. Finstere Aussichten.

Wie um diese Gedanken zu vertreiben, fährt in dem Moment von links ein gelber Mähdrescher in den Panoramaausschnitt seiner Frontscheibe ein, gefolgt von zwei Treckern mit Anhänger. Es geht los.

Nick stellt sich an den Straßenrand und verfolgt gebannt die Choreografie der Ernte. Reihe für Reihe wird das Getreide gekappt und aus einem Rohr des Mähdreschers direkt auf die Anhänger geblasen. Ist eine der beiden Pritschen voll, zieht der Trecker an, macht Platz für den anderen und fährt über die Allee zum Silo. Fünf Minuten später ist er wieder da, bereit zu übernehmen. Zeit ist Geld.

Er wartet über eine Stunde, bis sich irgendetwas in den Klingen des Mähdreschers verfängt und das Ballett zum Stillstand bringt. Ein stämmiger Mann mit Halbglatze in einer schwarzen Latzhose steigt aus der Steuerkapsel des Monstrums wie aus einer mobilen Kampfmaschine auf die Erde.

Nick nähert sich vorsichtig von der Seite. »Entschuldigung, sind Sie Helmut?«

Der Mann guckt kurz hoch, nickt und wendet sich wieder seinem Gerät zu. Erst als er einen Stock herausgezogen hat, dreht er sich um und mustert Nick ausgiebig. »Sie stehen ja hier schon 'ne ganze Weile rum.«

»Ich interessiere mich für den Fall damals, die beiden toten Flüchtlinge. Erinnern Sie sich daran?«

Der Mann winkt ab. »Dreimal musste ich deswegen vor Gericht. Am Anfang habe ich noch geredet, aber die haben mir ja sowieso nicht geglaubt. Da hab ich lieber meine Klappe gehalten.« Er wird unruhig, guckt demonstrativ zu seiner Tür hoch. »Ich muss dann mal.«

Nick folgt seinem Blick. »Und wenn ich –«

Helmut grinst. »Sie wollen mitfahren? Ist aber ganz schön laut.«

»Macht nichts.« Nick deutet auf das noch stehende Getreide. »Sieht doch bestimmt klasse aus von da oben.«

Der Fahrer nickt, überrascht von so viel Interesse. »Na denn kommen Sie mal mit. Der Chef ist ja momentan auf dem Hof.«

Vor Nicks Augen läuft ein Experimentalfilm. Sein Blickfeld ist mit Halmen ausgefüllt, die auf ihn zurasen, nur um dann in einen unsichtbaren Schlund gesogen zu werden. Kaum sind sie weg, ist die nächste Reihe dran. In seiner Vorstellung unterlegt Nick den Film mit der Windrad-Komposition. Ein Meisterwerk abstrakter Filmkunst.

»Was hat man Ihnen denn damals nicht geglaubt vor Gericht?« Er muss gegen den Lärm anbrüllen. Helmut nickt zum Zeichen, dass er ihn verstanden hat.

»Na ja«, brüllt er zurück, »die haben mir gesagt, das wäre eine Täuschung. Aber ich bin ja runter vom Bock und rüber zu den beiden. Da hat es noch nicht gebrannt. Der eine war hin, da fehlte der halbe Kopf, hab ich gleich gesehen. Aber der andere, der hat so geröchelt. Ich dachte, der lebt noch.«

»Wer hat gesagt, das wäre eine Täuschung?« Nick ist jetzt ganz bei der Sache.

»Einer dieser Gutachter, so ein Professor. Den hat die Verteidigung angefordert. Meinte, das wären nur noch Gase gewesen, die aus dem Toten kamen.«

Der Mähdrescher fährt die letzte Reihe Getreide ab, die auf diesem Teil des Feldes steht. Dadurch entsteht zwischen der Straße und den hinteren Feldabschnitten eine Art Innenraum, ungefähr von der Größe eines Fußballfeldes. Meter für Meter öffnet sich der Blick darauf vor Nicks Augen.

Noch zehn Meter. Aus der letzten Insel stehenden Getreides stürzen zwei Rehe hervor. Sie können nur auf die offene Fläche entkommen. An der Allee stehen mehrere Allradwagen. Männer legen ihre Flinten an.

Schüsse.

Nick zuckt zusammen.

Helmut grinst. Dann stellt er den Motor ab.

In der folgenden Stille schweigen selbst die Windräder.

23. Juni 2012, Braşov
Transsilvanien, Rumänien

»… also das Workcamp in Costa Rica, und danach muss ich direkt nach Barcelona, um mir eine Wohnung zu suchen. Nadi, ich bin so aufgeregt! Ich glaub, ich muss erst mal shoppen gehen.«

Raluca sitzt im Garten ihrer Großeltern auf der Hollywoodschaukel. Vor und zurück. Nadina ist ganz schwindelig vom Skypen mit ihr. Sie hat schon eine ganze Weile nichts mehr gesagt.

Noch mal fünf Minuten, bis es Raluca auffällt. »Und du, Nadi? Hast du endlich einen Job?«

Nadina schnaubt. »Ist ja nett, dass du auch mal fragst.«

Raluca stoppt. »Hey, sorry. Alles okay bei dir?«

Klar. Alles bestens. Wir sind kurz vorm Verhungern. Nadina fühlt sich, als würde sie mit einer Außerirdischen reden. »Die Callcenter sind voll. In den Ferien arbeiten da die Lehrer.«

Raluca lacht. »Na, die müssen's ja nötig haben.«

»Ich hab sogar die Hotels abgeklappert. Aber die wollen lieber keine Zimmermädchen, die Englisch und Französisch sprechen.«

»Warum bewirbst du dich nicht einfach heimlich für einen Studienplatz? Wenn du erst eine Zusage hast, werden deine Leute dich schon gehen lassen.«

Nadina seufzt. »Raluca, du verstehst das nicht.« In der Schule hatten sie beide das gleiche Leben, die gleichen Probleme. Klamotten, Typen, so was halt. Wie soll sie Raluca erklären, was bei ihnen zu Hause abgeht? »Ich melde mich, wenn ich wieder online bin, okay? Muss jetzt los.«

»Okay, Nadi.« Raluca pustet ihr einen Kuss in die Kamera. »Und vergiss nicht, heute Abend läuft Top-Models, Halbfinale!«

Nadina schließt schnell das Skype-Fenster. Raluca ist ein Girlie.

Der kann sie schlecht erzählen, dass sie seit Tagen keinen Strom haben. Kein Fernsehen. Kein Licht. Sie lehnt sich zurück und schließt die Augen. Die Kopfschmerzen sind ein Dauerzustand. Sie kommt schon lange nicht mehr ins Internetcafé, um Arbeit zu suchen. So groß ist Braşov nicht, nach einer Woche waren alle Jobs abgeklappert. Manchmal tut sie bloß, als würde sie surfen, und hört den anderen beim Skypen oder Spielen zu.

Sie steht auf, Blick auf die Uhr. Drei Stunden rum. Sie gibt dem Jungen an der Kasse ihre letzten Lei. Ab jetzt kann sie sich nicht mal mehr hier ausklinken. Der Junge lächelt sie an. »Bis morgen?«

»Fick dich ins Knie.« Mit Wut im Bauch tritt sie auf die Straße. Heiß heute. Ein paar Touris mit Rucksäcken laufen an der Kirche vorbei, an ihrer Spitze eine junge Frau mit muskulösen braunen Beinen.

»Wir haben so viele Sport- und Medizinstudenten, die hier im Sommer als Bergführer arbeiten. Leider alles voll!«, hat ihr der Mann in der Reiseagentur erklärt.

Nadina geht mit schnellen Schritten über den Platz und durch die engen Gassen bis zum Fußballstadion. Sie folgt der Ausfallstraße, biegt aber nicht ins Viertel ab, sondern läuft hintenrum durch die Felder, bis sie unter den Masten des Umspannwerks herauskommt. Von hier hat sie die Straße vor dem Haus im Blick. Das große Schwein der Nachbarn wühlt grunzend im Müll. Über ihr sirren die Leitungen. So viel beschissener Strom kommt hier an, und bei ihnen reicht es nicht mal, um abends Licht zu machen. Wenn es dunkel wird, müssen sie und Mama mit Aufräumen fertig sein. Dann setzen sie sich auf die Bank im Hof, sehen zu den Sternen hoch und rauchen. Oder sie gehen ins Bett. Neuerdings liegt Nadina stundenlang wach. Mama schläft auch nicht, das weiß sie. Die sucht händeringend nach einer Möglichkeit, zweitausendvierhundert Euro aufzutreiben.

Noch eine Woche.

Sie beobachtet, wie Mihai mit seinem Sohn durch die Pforte kommt. Das bedeutet, er hat wieder keine Arbeit, sonst würde seine Frau den Kleinen abholen. Cristi stellt sich breitbeinig auf die Straße. Er imitiert sein Vorbild Ronaldo. Sein Vater geht vor ihm her, die Schultern gebeugt wie ein alter Mann.

Plötzlich kommt Bewegung ins Viertel. Ein fremdes Auto hat sich in die Sackgasse verirrt. Wie aus dem Nichts tauchen Leute auf, um einen Blick reinzuwerfen. Mihai zieht Cristi, der schon mit halbem Oberkörper auf der Motorhaube liegt, an die Seite. Zack! Sie hört die Ohrfeige bis hier. Cristi rennt heulend weg.

Mihai ist schon in seiner Hütte verschwunden, als der Wagen anhält. Hat der Fahrer endlich seinen Irrtum bemerkt? Nein, er streckt den Kopf raus und fragt die Nachbarin was, die ihren Busen über den Zaun hängt. Was für eine Schlampe. Sie zeigt auf den Eingang zu Mamas Haus. Schnell klettert Nadina die Böschung runter. Als sie bei dem Auto ankommt, ist Mama schon da. Kann die hellsehen?

Der Mann steigt aus. Nadina kann nicht glauben, was sie sieht. Mama umarmt den Gadje wie einen alten Freund. »Bogdan! Wie schön, dich zu sehen. Wie geht es dir?«

Er hält seine Hand hoch, die mit einem Verband umwickelt ist. »Hab nicht aufgepasst an der Maschine. Ich werde alt, Silvia.«

»Komm doch rein, mein Freund. Wie geht es Paula?«

»Sie lässt dich grüßen. Aber ich muss weiter zum Arzt. Ich habe nur Besuch vorbeigebracht, der dich kennenlernen möchte.« Er deutet auf das Auto. »Spricht jemand in deiner Nachbarschaft Englisch oder Deutsch?«

Bevor Mama antworten kann, tritt Nadina neben sie. »Ich spreche Englisch!«, sagt sie.

Der Mann mit Namen Bogdan starrt sie an. Dann sieht er zu Mama. »Das ist doch nicht die Kleine?«

Mama lacht. »Doch, Bogdan, das ist Nadina. Ist sie nicht eine schöne junge Frau?«

»Und ob sie das ist.« Bogdan guckt wieder zu ihr. »Mein Gott, wie die Zeit vergeht.«

Auf einmal öffnet sich die Beifahrertür, und eine Frau mit kurzen Haaren steigt aus. Die Haare sind schon ein bisschen grau, sie dürfte in Mamas Alter sein, vielleicht ein bisschen jünger. Auf jeden Fall ist ihr Rücken nicht so krumm vom Arbeiten.

»Sind Sie die Ehefrau von Niculai Lăcătuş?«, fragt sie auf Englisch.

Nadina übersetzt und Mama nickt feierlich. »Das bin ich. Und dies ist meine Tochter Nadina.«

Die Frau sieht sie an und lächelt. »Mein Name ist Mattie Junghans. Ich komme aus Deutschland.«

Während Nadina übersetzt, merkt sie, wie Mama an ihrem Arm zu zittern beginnt. Sie ist ganz blass. »Mama!«

Die fremde Frau hebt die Hand. Bogdan, der gerade wieder einsteigen will, bleibt stehen.

»Guckt doch nicht alle so besorgt!« Mama lacht. »Es ist nur die Freude. Zwanzig Jahre habe ich darauf gewartet, dass sie kommt. Das war knapp. Sag ihr, sie soll reinkommen.«

Noch während sie übersetzt, nimmt Mama die Frau, Mattie, am Arm und führt sie ins Haus, weg von den gaffenden Nachbarn. Bogdan hupt und fährt los. Im letzten Moment erwischt Nadina Cristi, der sich schon wieder herangeschlichen hat. »Du rennst jetzt nirgendwohin petzen, Kleiner!«, zischt sie ihm ins Ohr und zerrt ihn hinter sich her. »Das geht nur Mama was an und sonst niemanden!« Er wehrt sich, aber Nadina lässt nicht locker. Als sie in den Hof kommen, öffnet sie kurzerhand die Tür zum Klo, schiebt den Jungen rein und stellt die Bank davor.

Dann folgt sie Mama und dieser Mattie ins Haus.

23. Juni 2012, Braşov

Völlig anders als Turnu Severin. Keine Paläste. Kein Bollywood. Dieses Viertel erinnert Mattie eher an das andere Bombay, wo man die Blocks der Mittelklasse verlässt und unvermittelt in den dörflichen Strukturen einer Hüttensiedlung landet. Das Reich von Prinzessin Mattie liegt auf einem anderen Planeten.

Die kleine Frau mit den Smaragdaugen hat mehr Kraft, als man denkt. Energisch zieht sie Mattie durch einen dunklen Gang aus festgetretener Erde in einen Hof, an den auf der rechten Seite ein fragiles Etwas aus Holz und Mörtel grenzt.

Silvia Lăcătuş schlägt einen Vorhang aus orangefarbenem Stoff zur Seite. Das Wohnzimmer ist wie bei Paula ein Refugium voller Erinnerungsstücke und Fotos ihrer Kinder und Enkel.

»Setzen Sie sich!« Das Mädchen in Tanktop und Trainingshose ist hinter ihr ins Haus getreten.

Mattie setzt sich auf das Sofa und beobachtet einen kurzen Wortwechsel zwischen Mutter und Tochter. Die starke Persönlichkeit der Mutter überstrahlt alles, sogar die Armut.

»Leider haben wir keinen Kaffee, aber möchten Sie vielleicht einen Saft oder eine Cola?«

»Nein, danke. Ich habe bei Bogdan und Paula Kaffee getrunken. Ein Glas Wasser, wenn möglich.« Sie hat das Gefühl, dass in diesem Haus jeder Leu umgedreht wird. Saft und Cola sind in Rumänien fast so teuer wie in Deutschland, das weiß sie mittlerweile.

Das Mädchen verschwindet nach nebenan. Silvia zieht einen Sessel heran und setzt sich Mattie gegenüber. Ihr intensiver Blick ist voller Erwartung.

Mattie lächelt.

Silvia lächelt zurück.

Endlich kommt Nadina zurück und reicht ihr ein Glas Wasser. Sie setzt sich auf die Sessellehne ihrer Mutter. Die Geste hat etwas Kindliches, weniger Hip-Hop.

Schließlich greift Silvia in die oberste Schublade der Kommode und zieht einen Karton heraus. Sie reicht ihr erst ein Foto hinüber, dann noch eines.

Matties Hand zuckt. Auf beiden Bildern sieht man eine schwarze Form, der zur Unkenntlichkeit verkohlte Kopf eines Menschen.

»So hat sie ihn zurückbekommen«, übersetzt Nadina den leisen Kommentar ihrer Mutter. Und nach einem kurzen Seitenblick setzt sie hinzu: »Sergiu hat die Fotos gefunden, als er in ihren Sachen gewühlt hat. Sie wollte sie vor uns verstecken.«

Mattie schweigt. Es gibt nichts zu sagen.

»Und die hatte er im Jahr davor aus Deutschland mitgebracht.« Weitere Fotos, darauf ist Nicu noch lebendig. Er posiert vor dem Rohbau eines Einfamilienhauses. Nicu mit Bauhelm. Ein Grillfest.

»Sie sehen ihm sehr ähnlich.« Mattie sieht von dem Foto hoch zu Nadina.

»Das sagen alle.« Das Mädchen fasst nach der Hand ihrer Mutter. »Ich hab ihn ja nicht mehr zu Gesicht bekommen. Als ich geboren wurde, war er schon tot.«

Also ist sie heute neunzehn. »Wo sind diese Fotos entstanden?« Mattie versucht Einzelheiten zu erkennen. Die Häuser, die Landschaft. Könnte irgendwo in Süddeutschland sein.

Silvia spricht schnell und unterstreicht das Gesagte mit den Händen.

»Er war in einem Ort namens Wüstenrot. Mit Ion, seinem Bruder. Sie sagt, Onkel Ion ist ein Nichtsnutz. Er hat Papa überredet, ein zweites Mal nach Deutschland zu gehen. Und dann konnte er nicht mal bis zur Grenze auf ihn aufpassen. Dabei ist er der Ältere.«

Silvia weint.

»Sie sagt, wenn sie mit ihm gegangen wäre, wäre alles anders gekommen«, übersetzt Nadina.

Mattie nickt. Vielleicht. Aber mit lauter kleinen Kindern illegal über die Grenze? »Wussten Sie oder Ihre Mutter, dass noch ein zweiter Mann erschossen wurde damals?«

Nadina übersetzt. Silvias Überraschung ist echt. »Wir wissen gar nichts. Nur dass er erschossen wurde. Ein Mann von der Behörde am Flughafen hat ihr den Bericht des Arztes vorgelesen.«

Mattie berichtet, so gut sie kann, was sie über den damaligen Fall und seine aktuellen Folgen weiß. Als Nadina zu Uwe Jahns Tod und Adrianas Verhaftung kommt, klatscht Silvia in die Hände.

»Eine mutige Frau, sagt meine Mutter.«

Mattie erklärt, dass Adriana ihre Unschuld beteuert. Dann schildert sie ihren Besuch bei Familie Voinescu in Turnu Severin und deren Wunsch, den alten Fall wieder aufzurollen. Während sie spricht, merkt sie, dass Silvias Aufmerksamkeit ihr entgleitet. Es ist, als würde ein Schatten über ihr Gesicht ziehen.

Nadina beginnt zu übersetzen. Nach einer Weile unterbricht Silvia sie und feuert eine Salve kurzer schroffer Sätze ab. Nadina widerspricht, wird aber sofort zurechtgewiesen.

»Meine Mutter sagt, sie will natürlich, dass ihrem Mann Gerechtigkeit widerfährt. Aber ein Prozess und eine mögliche Entschädigung in der Zukunft nützen uns nichts. Wir brauchen jetzt sofort Geld.«

Mattie ist überrumpelt von dieser direkten Ansage.

Nadina sieht sie herausfordernd an. »So ist es nun mal. Denken Sie, was Sie wollen.«

»Ich denke gar nichts«, sagt Mattie, obwohl das nicht stimmt. Was erwarten diese beiden Frauen? Dass sie hier mit den Taschen voller Geld aufkreuzt?

»Wie viel brauchen Sie denn?« Das Gespräch nimmt eine Wendung, die ihr nicht behagt.

»Zweitausendvierhundert Euro«, antwortet Nadina sofort.

Silvias Augen funkeln. Wortreiche Erklärungen.

»Papa hat ihr gesagt, er hätte noch Geld in Deutschland. Sie glaubt nicht, dass er es Ion gegeben hat.« Nadina wirft ihrer Mutter einen Blick zu, der ›voll peinlich‹ bedeutet, egal in welcher Sprache. Trotzdem übersetzt sie weiter. »Sie glaubt, er hatte eine andere Frau. In Deutschland. Vorhin dachte sie, Sie wären das. Mama will, dass Sie nach Wüstenrot fahren und diese Frau suchen. Wir brauchen das Geld von ihr.«

Großartige Idee. Sie soll nach Wüstenrot fahren und dort nach zwanzig Jahren eine mögliche Geliebte finden, die dann freiwillig mal eben zwei Mille rausrückt? Die spinnen doch.

»Gibt es irgendwelche Unterlagen?«

Silvia überlegt, dann reicht sie ihr kurzerhand den ganzen Karton. Noch mehr Fotos? Mattie sieht hinein. Vergilbte Papiere. Ein Ordner mit Kontoauszügen. Moment mal, das Logo. Raiffeisenbank Wüstenrot.

Ruhig, Mattie. Erst mal die Papiere.

Datev-Bögen.

Das sieht nach einer Lohnabrechnung aus. Arbeitgeber war eine Fensterfabrik. Durften Asylbewerber damals arbeiten? In Wüstenrot offensichtlich schon. Nicu hat sogar Steuern und Solidaritätszuschlag gezahlt.

Dann schlägt sie den Pappdeckel über den Kontoauszügen auf. »Wann genau ist Nicu zurückgekommen?«

Nadina hat jede ihrer Bewegungen verfolgt und übersetzt wie aus der Pistole geschossen. Silvia überlegt und rechnet mit Hilfe ihrer Finger nach.

»Es war ein Sonntag im November 1991.«

Mattie blättert noch einmal durch. Dann holt sie ihr Handy aus der Tasche und ruft die Telefonnummer an, die hinten auf dem Ordner steht.

»Raiffeisenbank Wüstenrot, leider rufen Sie außerhalb unserer Öffnungszeiten an …« Verdammt, es ist Samstag.

Diese Augen! Kann die Frau nicht mal woandershin gucken?

»… in dringenden Fällen wenden Sie sich bitte an unsere 24-Stunden-Hotline unter 0800 …«

Mattie reißt einen Stift aus ihrer Tasche und kritzelt die Nummer hinten auf den Pappordner. Ohne weitere Erklärungen abzugeben, wählt sie noch mal.

»Guten Tag, mein Name ist Gabriele Thornow, was kann ich für Sie tun?«

Klingt eher nach Magdeburg als nach Schwabenland. Seufzend macht Mattie sich an die lange Erklärung der Umstände für ihren Anruf.

Die Antwort fällt wie erwartet genauso lang aus. Sie muss verstehen, dass man außerhalb der regulären Öffnungszeiten nur Notfälle bearbeite wie Verlust der Kreditkarte …

»Dies ist ein Notfall!«, schreit Mattie ins Telefon. »Glauben Sie mir!«

… und ohne Vollmacht gibt es keine Möglichkeit, vertrauliche Bankinformationen einfach so am Telefon …

»Können Sie mir denn nicht wenigstens sagen, ob dieses Konto existiert und das Geld noch drauf ist? Ja oder nein?«

Stille. Was macht die denn da? Kaffee trinken gehen?

»Wie war noch einmal die Kontonummer?«

Mattie liest die Nummer vor.

Sie hört das Geräusch langer Fingernägel auf der Computertastatur.

»Ja, auf beide Fragen. Auf Wiedersehen.«

Mattie starrt ungläubig auf ihr Handy.

Ein Toter hat seit zwanzig Jahren ein Konto, auf dem über dreitausend Euro liegen.

24. Juni 2012, Kreuzberg
Berlin, Deutschland

Er hat die Augen geschlossen und lauscht dem Kampf zwischen Wind und Strom. Nick hat sich in sein Arbeitszimmer verkrochen. Es ist heiß. Das Schwitzen tut gut. Es erinnert ihn an produktive Zeiten in Bombay. Er öffnet die Augen und beginnt zu schreiben.

»Nikolaus!« Sie hat ihm die Kopfhörer abgenommen, nicht brutal, doch mit der ihr eigenen Autorität. »Was machst du denn hier oben?«

»Ich arbeite.« Er zieht sich sein T-Shirt über. »Sieht man das nicht?«

Jasmin hat Azim auf dem Arm. Sie setzt ihn vorsichtig auf den Boden. Der Hund liegt in einer Ecke in seinem Korb und hechelt. Azim krabbelt zu ihm hin und zieht sich an dem Korb hoch. Er weiß schon, dass er größer sein muss als der Hund, um den Kampf um Status zu gewinnen. Nick könnte ihm stundenlang dabei zugucken.

»Kannst du mal fünf Minuten mit mir kommunizieren?«

»Klar.«

Sie hockt sich ebenfalls auf den Boden, was Nick das Gefühl gibt, er sei ein ungelenkiger ignoranter König, der über den Köpfen seines Volkes thront.

»Heute ist Sonntag.«

»Hmm. Ja, kann sein.«

»Wir wollten doch wegfahren. Meinst du nicht, wir sollten mal darüber sprechen? Ich meine, man müsste ja vielleicht was buchen.«

König Nick überlegt, wie er es ihr sagen soll. »Eigentlich passt es gerade nicht so gut für mich.«

»Was heißt das denn jetzt? Du weißt genau, dass ich extra die zwei Wochen Urlaub eingeplant habe.«

»Hmmm. Ja, das mit dem Urlaub ist gut. Dann kannst du Azim nehmen. Ich würde gern noch was zu Ende bringen hier.« Er deutet auf den Laptop.

»Du schreibst?« Ihre Stimme klingt alarmiert. Angespannt. Nicht nett jedenfalls. »Machst du jetzt doch den Artikel zu Bombay fertig?«

»Nein.« Warum fällt es ihm bloß so schwer? Als würde er etwas Verbotenes tun. »Volker und Bettina haben mich gebeten –«

»Volker und Bettina? Du schiebst die beiden vor? Wie billig, Nikolaus.« Ihre Stimme wird scharf. Azim plumpst wieder auf den Hintern. »Du und Mattie, ihr habt den Fall doch überhaupt erst angeschleppt. Bettina hat mich gestern angerufen und mir gesagt, wie toll sie es findet, dass du mit im Boot bist. Und ich wusste nicht mal was davon!«

Nick ist ruhiger, jetzt wo es raus ist. »Ich wollte es dir heute sagen.«

»Und unser Urlaub? Ist dir egal?«

»Nein, Jasmin. Ich dachte, wir könnten vielleicht gucken, ob wir in Kollwitz ein Ferienhaus oder so was finden. Dann könnt ihr an den Strand, und ich kann trotzdem arbeiten. Gibt auch ein Delfinarium da.«

»Ich gehe prinzipiell in keinen Zoo, das weißt du.« Stimmt ja, sie mag keine eingesperrten Tiere. Der arme Azim wird lange warten müssen, bis er seinen ersten Elefanten in freier Wildbahn sieht. »Und Kollwitz ist echt der allerletzte Ort, wo ich gerade Ferien machen will. Liest du keine Zeitung? Da ist Wahlkampf. Die NPD geht los und rekrutiert Kinder vor einem Supermarkt!«

»Na ja, Azim ist vielleicht noch ein bisschen klein für so was.«

»Und was ist mit der radioaktiven Reststrahlung? Dafür ist er nicht zu klein.«

Nick muss lachen. Jasmin würde jedes Argument heranziehen,

um nicht in den ehemaligen Osten zu müssen. »Hat deine Partei nicht immer gesagt, Atomkraft sei sicher?«

»Du erpresst mich, Nikolaus: entweder Kollwitz oder gar kein Urlaub.« Sie steht auf und geht zu Azim, der gerade ein paar Schritte geschafft hat. Schon hängt er wieder in der Luft. Scheiß-Leben. »Und ich lasse mich nicht gern erpressen. Azim und ich fahren mit dem nächsten Zug nach Kiel zu meinem Vater. Er möchte seinen Enkel kennenlernen.«

Er kann nichts mehr sagen, so schnell ist sie draußen. Zwanzig Minuten später hört er die Wohnungstür.

Nick starrt auf den Bildschirm. Seine Gedanken fahren Karussell. Wenn er sich nicht bewegt, wird die Gravitation zu stark.

Druck im Kopf.

Er hat noch die Car-Sharing-Karte. Der Wagen steht da, wo er ihn gestern abgestellt hat.

Gas geben. Die Stadt hinter sich lassen. Es zieht ihn zurück zum Tatort.

Ein Gedanke, in seinem Hinterkopf gestern. Kurz vor dem Gemetzel auf dem Feld. Die Rehe. Umschalten.

Richtig. Das neue Spritzenhaus ist ihm aufgefallen. Gleich am Ortseingang von Peltzow, an dem kleinen See. Löschwasser.

Er stellt den Wagen neben die anderen und geht hinten am Haus vorbei. Ein Tisch mit Holzbänken, direkt am Wasser.

Bier und Cola. Räucherfisch. Brot.

Männer und Frauen in Feuerwehr-Kluft sitzen entspannt auf den Bänken oder auf Strohballen. Nick klopft auf den Tisch. »Moin!«

Der Gruß kommt verhalten zurück. Eine Frau mit blondem Pferdeschwanz nähert sich von rechts.

»Guten Tag. Ich bin die Wehrführerin, Freiwillige Feuerwehr Peltzow. Dies ist ein Privatgrundstück, keine Badestelle.«

Nick sieht an sich hinunter und lacht. »Sehe ich aus, als wollte ich baden?«

Die Frau lächelt. Sie ist mindestens so groß wie er selbst. »Nein.«

Er öffnet seinen Rucksack und stellt ein paar Flaschen Bier auf den Tisch. Das wird mit Holzklopfen und zustimmendem Gebrumm quittiert, vor allem von den älteren Männern. Und so war es auch gedacht.

Jemand rückt zur Seite und macht Platz für Nick. Die Blonde setzt sich direkt gegenüber und lässt ihn nicht aus den Augen. Nick entschließt sich, lieber gleich zur Sache zu kommen.

»War jemand von Ihnen dabei, als 1992 das Feld hinten brannte?«

Sie wissen sofort, wovon er spricht. Zögernd heben sich zwei, nein, drei Hände. Doch sie sagen nichts, warten ab.

»Ich hab gestern mit Helmut gesprochen, der die beiden Toten gefunden hat. Oder eher den einen Toten ...« Er lässt das mal im Raum stehen und nimmt sich ein Bier.

»War nicht in Ordnung damals, dass die den Jahn und den anderen freigesprochen haben. Wusste man doch, dass die geschossen haben.« Der kleine Dicke neben ihm sieht kritisch zu, wie er den Verschluss der Sternburg-Flasche mit seinem Feuerzeug aufhebelt.

»Glauben Sie denn auch, dass der Mähdrescher den Brand verursacht hat?«

Sein Nachbar wirft einen Blick in die Runde. »Na ja, kann schon mal passieren.«

Nick kann das Unwohlsein der Männer beinahe physisch erfassen, so dick hängt es über dem Tisch. Die Wehrführerin hat sich zurückgelehnt und beobachtet ihn schweigend.

Er greift nach einem fettigen Stück Papier, in das wahrscheinlich die Räucherforellen eingewickelt waren. Holt einen Stift aus der Tasche. »Okay, dies ist das Feld.« Ein langgestrecktes Dreieck, an zwei Seiten begrenzt durch die Autobahn und die Allee. Hinten der Knick, der sich bis zur Autobahn zieht, kurz vor dem

Grenzübergang. »Hier stand der Mähdrescher, sagt Helmut.« Er macht ein Kreuz. »Und wo lagen die beiden Männer?«

»Schieb mal rüber.« Das kommt von ganz hinten, brauner Bürstenhaarschnitt, breites Gesicht. Er betrachtet die Zeichnung, macht ein Kreuz. »Hier lagen die.«

»Und das Feuer? Kann mal jemand das schraffieren, von wo nach wo das über das Feld ging?«

Allgemeines Gemurmel. Man weiß nicht mehr genau. Woher kam der Wind? Lass uns mal von hinten anfangen. Die Autobahn musste gesperrt werden, weil der Rauch da rüberzog.

Nick nimmt einen Schluck Bier und lässt sie machen. War das gerade ein Nicken von der Blonden? Er lächelt vorsichtshalber zurück.

Sein gezeichnetes Feld wird etwa zur Hälfte ausgemalt. An den Häusern ist es ja Gott sei Dank vorbeigezogen. Das Haus der alten Wittig hätte es beinahe erwischt. Meinst du die mit dem Hund?

Am Ende hat er eine ziemlich genaue Vorstellung davon, welchen Weg das Feuer durch das Feld genommen hat.

»Ich bin ja kein Fachmann.« Allgemeines Nicken. »Aber wenn der Mähdrescher hier oben stand, dann muss das Feuer ja weiter unten angefangen haben, also ungefähr hier.« Er deutet auf einen Punkt zwischen der Allee und den beiden Toten.

Die Wehrführerin beugt sich vor. »Sieht so aus, ja.«

»Als wir gelöscht haben, da standen lauter Leute am Straßenrand. Könnt ihr euch noch erinnern?« Das ist wieder der Dicke. Zustimmendes Brummen. »Und wisst ihr noch, wer genau hier stand? Hab ich immer noch vor Augen.« Wieder diese unbestimmte Zurückhaltung. »Der Jahn. Hat zugeguckt, wie wir uns abrackern.«

Schweigen. Es ist Zeit, das Thema zu wechseln. Nick nimmt das Räucherpapier und faltet es vorsichtig zusammen. »Und die beiden Toten?«

»Als wir fertig waren, kamen der Arzt und die Notfallrettung. Den einen haben sie gleich liegen lassen. Den anderen haben sie noch mal reingenommen. Hat aber nichts mehr gebracht.«

Nick denkt daran, was der Staatsanwalt gesagt hat. Wegen unterlassener Hilfeleistung kann man nur angeklagt werden, wenn man weiß, dass man jemanden verletzt hat. Und die Aussagen vor Gericht konnten das nicht einwandfrei belegen. »Hat Sie denn die Polizei damals vernommen?«, fragt er in die Runde.

»Uns? Nöö.« Blicke schießen hin und her. »Uns hat keiner gefragt.«

»Und warum haben Sie sich nicht freiwillig gemeldet?« Muss man denen denn alles aus der Nase ziehen?

»Kommen Sie mal mit.« Die Blonde nickt zum See hin.

Nick steht auf und geht hinter ihr her bis auf den Steg, außer Hörweite.

»Wer sind Sie überhaupt?«

Er reicht ihr seinen Presseausweis, den sie lange studiert.

»Aber Sie sind nicht hier aus der Gegend, oder?«

»Berlin.«

»Hab ich mir gedacht.« Sie stützt sich mit den Ellenbogen auf das Geländer und guckt über den See. Am anderen Ufer lagert eine Kolonie Graugänse.

»Dann erklären Sie mir doch, was hier los ist.« Nick lehnt mit dem Rücken am warmen Holz und hält sein Gesicht in die Abendsonne.

»Ich war damals ja erst fünfzehn.« Sie spricht leise. »Die Leute waren ganz schön wütend, dass der Jahn und der Wessi einfach so davonkamen. Bei allen Stimmen, die dagegen waren, dass hier immer mehr aus dem Osten nachts über die Grenze gingen. Das können Sie mir glauben. Wir sind kein Dorf voller Nazis.«

»Das hat ja auch keiner behauptet«, sagt Nick. »Aber wovor haben Ihre Leute heute Angst?«

Sie schüttelt unwillig den Kopf. »Angst. Ist doch übertrieben. Die wollen einfach keine alten Geschichten wieder aufwärmen. Das gibt nur Ärger.«

Nick weiß immer noch nicht, worauf sie hinauswill. »Ärger? Mit wem?«

Sie dreht sich abrupt um. »Wissen Sie, was unser Problem ist? Die Feuerwehren sterben aus. Wer will denn heute noch am Wochenende freiwillig Dienst für die Gemeinschaft schieben? Und sich dann noch vom Chef 'ne Abmahnung holen, wenn er die halbe Nacht gelöscht hat und montags zu spät zum Dienst kommt?«

»Wusste ich nicht.«

»Das weiß niemand.« Sie ist jetzt richtig in Fahrt. »Weil sich niemand mehr Gedanken darüber macht, wie eigentlich eine Solidargemeinschaft funktioniert.«

»Stimmt.« Er sagt das nicht nur so. Sie hat recht.

»Die NPD unterwandert ganz bewusst die Wehren hier im Umkreis. Da haben sie Zugriff auf die Jugend. Da können sie ihr Gedankengut verbreiten.«

Er nickt. Langsam wird ihm klar, worum es geht.

»In Koblentz drüben hatten sie bei der letzten Wahl schon über dreißig Prozent. Das ist jeder dritte Wähler. Keiner will sich mit denen anlegen.«

Das Gespräch ist beendet. Sie geht wieder voraus und setzt sich zu ihren Leuten auf die Bank.

Nick wirft einen Blick in die Runde. Der junge Typ dahinten auf dem Strohballen. Oder die Frau mit den kurzen Haaren am Tisch. Jeder könnte es sein. Kein schönes Gefühl.

24. Juni 2012, Braşov
Transsilvanien, Rumänien

Déjà-vu. Wieder Geisterstunde. Wieder der Bahnhof von Braşov.

Die letzten Stunden dieses ereignisreichen Tages haben Silvia, Nadina und Mattie bei Bogdan und Paula auf dem Sofa verbracht. Untergetaucht vor Nadinas Brüdern. Ganz leise hineingeschlichen, damit Schindler nichts mitbekommt. Mattie hat genug von seinen Visionen eines paradiesischen Roma-Staats. Am liebsten mit ihm persönlich an der Spitze vermutlich.

Sie haben alle Möglichkeiten durchgesprochen. Mattie kommt allein an das Geld nicht ran. Silvia hat nicht mal einen Ausweis. Sie hat Rumänien noch nie verlassen. Die Söhne waren alle vier schon mal in Frankreich oder Italien zum Arbeiten. Mattie will aber nicht mit einem Typen nach Berlin fahren, den sie nicht kennt. Silvia versteht. Also bleibt nur Nadina. Sie haben ihr einen Pass machen lassen, für eine Klassenfahrt nach Paris vor zwei Jahren. Und sie hat eine Geburtsurkunde. All das lag natürlich in Silvias Schublade im Haus. Ebenso der Brief, der mit dem Toten nach Bukarest kam. Auf dem Weg zum Bahnhof hat Bogdan an der großen Straße hinter dem Umspannwerk gehalten. Die beiden Frauen haben sich ins Haus geschlichen.

Jetzt wird es ganz schön eng. Bogdan hält mit quietschenden Reifen. Der Zug steht schon auf dem Gleis. Silvia redet aufgeregt auf ihre Tochter ein.

Mattie wendet sich an Bogdan. »Vielen Dank.« Sie drückt seine Hand. Er wird schon verstehen.

Silvia und Nadina in stummer Umarmung am Bahnsteig.

Mattie sucht den Schlafwagenschaffner. Fahrkarten hat sie schon, Bettplätze muss sie mit ihm direkt verhandeln.

Da ist er ja. Steigt aus und zündet sich eine Zigarette an. Der gleiche Typ wie gestern. Ein netter junger Ungar. Hat ihr erzählt, dass er in Budapest wohnt.

Klar hat er noch zwei Betten. Ein ganzes Abteil ist noch frei. Mattie bezahlt. Ruft nach Nadina.

Nadina kommt angerannt, Silvia im Schlepptau.

Der Schaffner starrt Silvia an. Verschwindet im Zug.

»Mama ist hysterisch. Sie will wissen, wo ich wohne in Berlin.«

»Bei mir.« Gut, dass Silvia nicht weiß, dass ihr Zuhause noch kleiner ist. »Und meine Nachbarn sind Țigani.«

Silvia strahlt, als Nadina das übersetzt. Sie kneift ihre Tochter in die Wange. Tränen fließen.

Plötzlich ist der Schaffner wieder da. »Leider ist doch kein Bett mehr frei.« Er will ihr das Geld zurückgeben. »Vielleicht finden Sie weiter vorn noch einen Sitzplatz.«

Mattie folgt seinem Blick. Silvia. Langer Rock, Tuch um die Haare.

»Ist was?« Nadina steht hinter ihr, bereit zum Einsteigen.

Mattie steigt die Stufen hoch, bis sie direkt vor ihm steht. »Diese junge Frau und ich fahren zu einer Menschenrechtskonferenz in Berlin«, flüstert sie ihm zu. »Wollen Sie, dass wir dort öffentlich darüber sprechen, dass einer Romni von einem ungarischen Schaffner ein Bett verweigert wurde?«

Er sieht ihr nicht in die Augen. Ist nicht sicher, ob sie blufft.

Mattie reicht es. »Wäre es angemessen, wenn ich die beiden leeren Betten in dem Abteil ebenfalls bezahle?«

Langsam zieht er seinen Block aus der Tasche.

»Ich brauche dafür keine Quittung.« Sie gibt ihm einen Fünfzig-Euro-Schein. Einen Rassisten zu bestechen ist wirklich das Allerletzte. Sie will nur noch weg von dem Typen. Schlafen. Vergessen.

Er geht vor und öffnet die Tür zum Abteil. »Bitte sehr, die Damen.«

Mattie und Nadina stellen ihre Taschen auf die Betten. »Er wollte mich nicht mitnehmen, was?«, fragt Nadina, als der

Mann verschwunden ist. Mattie dreht sich um und nickt. Der Blick des Mädchens wird hart. »Mach dir keinen Kopf. Ich bin dran gewöhnt.«

Sie gehen noch mal raus auf den Gang.

Silvia steht vor dem Fenster. Sie sieht winzig aus.

Der Zug fährt los.

25. Juni 2012, Hansestadt Kollwitz
Mecklenburg-Vorpommern, Deutschland

Nick klingelt. Der Zwergspitz zieht an der Leine. In der Tür steht ein Langhaariger mit weißem Kittel, darunter ein krasses Death-Metal-T-Shirt.

»Ich bin um drei mit Professor Berghaus verabredet.«

»Tut mir leid. Doktor Quincy ist noch unterwegs. Ich soll Ihnen ausrichten, er schafft es erst in einer Stunde.«

»Doktor Quincy?«

Der Hund spitzt die Ohren.

»Witz. Berghaus.«

Nick lacht höflich. »Darf ich Sie was fragen?«

»Klar.«

»Finden Sie das nicht irgendwie, na ja, makaber, mit 'nem Zombie-T-Shirt in der Gerichtsmedizin ...«

Der Typ guckt an sich runter. »Nö. Passt doch.« Er deutet hinter sich. »Sie können drinnen warten.«

»Nein, danke.« Lieber draußen in der Sonne als mit lauter Leichen da drinnen. Nick und der Hund spazieren durch die Altstadt von Kollwitz zum Strand. Warum muss eigentlich jedes Kaff an der Ostsee heute eine Seebrücke haben, die fast bis Dänemark reicht?

Nick bleibt oben auf dem Deichweg stehen. Ihm ist nicht nach Baden, und hier ist auch kein Hundestrand. Er setzt sich auf eine Bank.

»Sag mal, wie war das eben?« Der Hund macht Sitz und sieht ihn an. »Quincy?«

Schwanzwedeln.

»Heißt du Quincy?«

Der Kleine stellt die Vorderpfoten auf Nicks Knie und versucht sein Gesicht abzulecken.

»Blöder Name.« Er streichelt die weichen Ohren.

Es tut gut, endlich wieder unterwegs zu sein. Einer Spur zu folgen. Über nichts nachzudenken als über Puzzlestücke, die sich noch nicht zusammenfügen. Nick ist überzeugt davon, dass es auf jede Frage eine Antwort gibt. Man muss nur lange genug draufstarren. Die eigene Ungeduld besiegen.

Om. Rückblende auf seine meditative Exkursion in den Ashram von Poona vor ein paar Jahren. Sieh, was vor dir liegt, Nick.

Auf den Besuch bei der Feuerwehr in Peltzow folgte ein kurzes Telefonat mit Volker. »Finde den Arzt. Finde die Sanitäter. Finde den Gerichtsmediziner. Bleib dran. Nimm dir irgendwo ein Zimmer.«

Der Arzt praktiziert nicht mehr und ist weggezogen.

Der Sanitäter wollte ihn nicht mal in den Vorgarten lassen. »Ich möchte mich da lieber nicht zu äußern. Brauche meinen Job.« Hat sich in diesem Zipfel der Republik die Realität verschoben, oder hat Nick irgendwas nicht mitgekriegt in Bombay? Dreißig Prozent NPD. Braune Mafia. Alle haben Angst.

Ein Zimmer fand er in einem Gutshaus, das laut Internet zu einem Künstlerdorf gehört. Er hofft, dass Künstler und NPD-Leute einander nach wie vor nicht leiden können. Der bärtige Gutshausbesitzer begleitete ihn auf seiner Abendrunde mit Quincy durch den Park. Er zeigte ihm zwei Gräber neben der alten Kapelle. »Hier haben die Zwangsarbeiter einen ranghohen Nazi und seine Geliebte mit der Mistgabel erschlagen, bevor die Russen '45 einmarschiert sind. Ein Sklaventreiber, wie er im Buche stand. Die wollten sichergehen, dass er nicht davonkommt.« Diese Geschichte gefiel Nick schon besser. Er schickte sich selbst eine E-Mail, um die Idee für einen Artikel abzuspeichern. In seiner Inbox fand er die versprochene Einladung der Staatsanwaltschaft zur Pressekonferenz.

Er öffnet die Augen und blinzelt in die Sonne. Sieht auf die Uhr. Wenn Professor Quincy nicht bald kommt, verpasst er seinen farblosen Mitverschwörer Doktor Schölling bei dessen offiziellem Auftritt. Man trägt wieder Titel heute. Echt oder gekauft, spielt doch keine Rolle.

Wieder der Zombie-Fan. »Jetzt ist er da.« Er weht mit seinem weißen Kittel vorneweg. Nick folgt ihm zögernd in den hinteren Bereich. Er sieht sich schon kotzend unter einem dieser Metalltische liegen. Tür auf, vorsichtiger Blick hinein – nur ein ganz normales Büro. Am Schreibtisch sitzt ein Mann, der deutlich größer und runder ist als Doktor Quincy. Grüner OP-Dress. Der Zombie zwinkert ihm zu und geht. »Viel Glück!«

Nick stellt sich vor und setzt sich auf den Besucherstuhl. Professor Berghaus sieht nicht so aus, als ließe er sich leicht einschüchtern. Nicht von der NPD, und auch nicht von einem Pressefuzzi wie Nick. Der Name passt. Ein Berg von einem Mann.

»Ich erinnere mich genau an den Fall.«

»Warum?« Nick schaltet sein Aufnahmegerät ein.

»Weil es mich maßlos geärgert hat, dass wir die Täter nicht drangekriegt haben.«

Nick gerät für einen Moment aus dem Konzept. Damit hat er nicht gerechnet. Ein Berg mit einer Haltung. Aussterbende Gattung. Brontosaurus.

»Wir haben ja damals nicht mal die Leichen am Tatort selbst gesehen. Wäre heute gar nicht mehr zulässig. Die wurden hier einfach angeliefert.« Berghaus kommt erstaunlich schnell aus seinem Stuhl hoch und geht zum Aktenschrank. »Wenn ich mich nicht täusche, habe ich noch meine Aufzeichnungen vom Prozess.«

Der Traum eines Rechercheurs. Warum können nicht alle Leute ihre Aufzeichnungen der letzten zwanzig Jahre griffbereit herumstehen haben? Das würde vieles vereinfachen.

Berghaus zieht einen Ordner heraus, schwebt leichtfüßig zurück zu seinem Stuhl und lässt sich hineinfallen. Der Stuhl ächzt. »Wir konnten denen weder mutwillige Tötung noch unterlassene Hilfeleistung nachweisen. Die Schwere der Verletzung hat bei einem der beiden Männer sofort zum Tod geführt. Marius Voinescu. Der andere, Niculai Lăcătuş, könnte seiner Verletzung nach aber noch länger gelebt haben.«

Mähdrescherfahrer Helmut hat auf Nick nicht gewirkt, als leide er unter Halluzinationen. »Der Erntearbeiter behauptet, er habe noch geatmet.«

Berghaus winkt ab. »Ich weiß. Aber die Verteidigung war so eine Nobelkanzlei aus Frankfurt am Main. Die haben immer neue Experten aus dem Westen angeschleppt. Da vergingen Jahre mit der Erstellung von Gutachten. Und der Zeuge, der am Anfang noch ganz sicher ist, kann sich plötzlich nicht mehr richtig erinnern.«

»Die Feuerwehrleute wurden nie vernommen.«

Der Gerichtsmediziner vertieft sich in seine Aufzeichnungen. Er hat eine gestochene, fast zierliche Schrift, so viel kann Nick erkennen. Was verrät die Handschrift über die Persönlichkeit eines Menschen? In diesem Fall sicher einen interessanten Gegensatz. »Stimmt. Ich war zu jedem Prozesstag bei Gericht. Sinnlos herumgesessen hab ich da und wurde den West-Experten als Zeuge zum Fraß vorgeworfen.« Berghaus klappt den Ordner zu. »Wenn Sie mich fragen, dann wurde in diesem Fall schlampig ermittelt.«

»Würden Sie in einem neuen Prozess nochmals aussagen?«

»Natürlich.« Er haut auf den Ordner, dass es kracht. »Und wissen Sie auch warum? Ich glaube, wenn das damals Roma gewesen wären, die zwei Deutsche erschossen hätten, dann wäre diese Ermittlung anders verlaufen. Und das passt mir nicht.«

Nick ist sicher, dass Volker diesem naturgewaltigen Riesen endlich die Schau vor Gericht inszenieren wird, die er verdient. Ein Geschenk des Himmels. »Noch nicht wegstellen, bitte.« Er hebt die Hand. »Ich hätte gern für meine Geschichte einen persönlichen Einstieg. Könnten Sie vielleicht kurz vorlesen, was die Toten bei sich hatten? Steht das in Ihren Aufzeichnungen, oder kenne ich das nur aus Filmen?«

»Meinen Sie etwa meinen Kollegen Doktor Quincy?« Berghaus lässt ein donnerndes Lachen los und schlägt den Ordner wieder auf. »Ah, hier haben wir es. Voinescu. Ein halb verbranntes Notizbuch. Ein Portemonnaie mit zweihundert Mark. Eine Armbanduhr mit Kunstlederarmband ...« Ohne Pathos verliest er die Liste der Dinge, die Marius und Niculai auf ihrem Weg nach Deutschland bei sich hatten. Viele sind es nicht. Und dennoch: Da sind sie, die Puzzlestücke. Die Gegenstände ergeben zusammen ein imaginäres Bild. Nicht mehr nur die Namen zweier Opfer.

Zwei Männer laufen über ein Feld an der Grenze.

Nick kann sie sehen.

Eine halbe Stunde später drängelt er sich in den voll besetzten Konferenzraum der Staatsanwaltschaft. Schölling ist bereits dabei, die Fakten aufzuzählen. Todesursache: Sturz aus dem achten Stock. Von Fremdeinwirkung ist auszugehen, leichte Druckstellen an der Schulter wurden lokalisiert. Eine dringend tatverdächtige Frau rumänischer Nationalität wurde noch an Ort und Stelle vorläufig festgenommen und befindet sich in U-Haft.

»Woher wusste die Polizei von der Sache?« Das ist der Mann vorn in der ersten Reihe.

»Jemand hat den Notruf gewählt. Ein Augenzeuge. Ich bin nicht befugt, Ihnen Näheres zur Identität dieser Person zu sagen. Bitte haben Sie Verständnis.«

»Ist es richtig, dass die Frau eine Zigeunerin ist und dass es sich um feigen Raubmord handelt?«

Nick reckt den Kopf, um den Frager zu sehen. Ein Typ mit Brille und Anzug, ganz außen.

Ungefähr in der Mitte des Raumes springt eine Rothaarige auf. »Dass Sie sich hierher trauen!« Sie sieht sich um. »Oder glaubt hier einer, der Redakteur der NPD-Website ist ein Vertreter der demokratischen Presse?«

»Sie vom *Neuen Deutschland* sind ja wohl eher im Stalinismus stecken geblieben!«

Schölling hebt beschwichtigend die Hand. »Aufhören! Wir brechen die PK sonst auf der Stelle ab. Zu Ihrer Frage: Es ist noch nicht abschließend geklärt, ob der Tatbestand des Raubmordes gegeben ist. Richtig ist jedoch, dass bei der Zeugin eine größere Menge Geldes sichergestellt werden konnte.«

Es bricht Unruhe aus. Alle reden durcheinander. Nick schiebt sich rückwärts in Richtung Tür. Er hat genug.

Draußen auf dem Flur atmet er tief durch. Jasmin hat recht. Dies ist kein Ort, an dem er gern mit seinem Sohn wäre. Er hat Sehnsucht nach Azim. Selbst nach dem Windelnwechseln.

Wenn er jetzt losfährt, ist er heute Abend noch in Kiel.

Rechtzeitig zum Vorlesen.

25. Juni 2012, Tiergarten-Mitte
Berlin, Deutschland

Der Hauptbahnhof ist voller Fußballfans. Berliner auf dem Weg nach Warschau zum Halbfinale. Nicht-Berliner auf dem Weg zur Fanmeile an der Siegessäule. Mattie findet Fußball gut, aber Menschenmengen mit Deutschlandfahnen, Deutschlandhüten, Deutschlandblumenkränzen aus Plastik und Schwarz-Rot-Gold im Gesicht machen sie nervös. Nationalquatsch. Gut, dass es bald vorbei ist.

Der Zug aus Budapest kommt mit einem lauten Kreischen zum Stehen. Nadina, die vor ihr im Gang steht, dreht sich um. »Viele Leute.«

Mattie lächelt. Muss ein komischer erster Eindruck von Berlin sein. »Fußballfans.« Plötzlich entdeckt sie einen dicken Bauch. Kurze Hosen, Badelatschen. Willkommen in Rumänien!

Die Türen gehen auf.

»Liviu!« Er kann sie nicht hören. Unglaublicher Lärm erfüllt die Halle. Mattie winkt. Er teilt die Menge wie ein Ozeandampfer.

»Bună ziua!« Sie kriegt ein Grinsen und die Andeutung einer Umarmung. Nadina und Liviu beäugen sich kritisch. Eine Vorstellungsrunde ist sinnlos. Man versteht kaum sein eigenes Wort.

Ihr Bus steht im absoluten Halteverbot vor dem Bahnhof. »Schnell weg hier!« Mattie sieht im Augenwinkel zwei Polizisten im Anflug. Ihr geliebter Bus. As much home as you can get. Sie schwingt sich auf den Fahrersitz und deutet hinter sich. »Bitte anschnallen und die Türen schließen.«

Bis sie bei der Kanzlei einen Parkplatz findet, haben die beiden das erste Abchecken hinter sich gebracht. Sie umkreisen einander vorsichtig mit wenigen Worten. Mattie wirft einen Blick in den Rückspiegel. Livius rosarote »Wir sind alle eine Familie«-Vorstellung war wohl doch ein bisschen übertrieben.

Als sie aus dem Bus klettert, knickt Nadina um. Mattie greift nach ihrem Arm.

»Lass mich, geht schon!«

Auch wenn sie es nicht zugibt, sie hat seit gestern ganz schön was mitgemacht. »Willst du lieber im Bus warten?«

»Nein, ich komme mit.«

Sie sieht vielleicht aus wie ein normales Mädchen, mit ihren Ballerinas, Röhrenjeans und der schicken H&M-Bluse. Darunter verbirgt sich derselbe harte Kern wie bei ihrer Mutter. Schwer zu brechen. Mattie gruselt es bei der Vorstellung von Nadina als Hausmädchen eines Neureichen an der Côte d'Azur.

Die Kanzlei gleicht wieder mal einem Bienenstock. Die beiden Anwälte sitzen an dem großen Tisch neben der Küche, an dem mittags auch gegessen wird. Volker mit seiner Mate, Bettina mit einem Espresso.

»Da hast du dir ja einen tollen Einstand geleistet.« Volkers Lächeln ist warm. Er umarmt sie. Bettina auch, allerdings mit den Worten: »Eigentlich wollten wir ja jemanden für die Öffentlichkeitsarbeit, nicht für Akquise.«

Während alle sich vorstellen, macht Mattie an der Espressomaschine Kaffee für die beiden Gäste. Sie wartet darauf, dass noch jemand kommt.

Er kommt nicht.

»Wo ist eigentlich Nick?« Klingt das beiläufig genug? Sie bringt die beiden Tassen zum Tisch.

»Auf dem Weg zu seiner Familie nach Kiel.« Bettina sieht sie an, ihr Blick ist schwer zu deuten. Mattie steigt das Blut ins Gesicht.

Während die Vollmachten und Dokumente kopiert werden und die Anwälte Nadina das Procedere erklären, klinkt sich Mattie innerlich aus. Nick bei seiner Familie in Kiel. Das bedeutet, Jasmin ist bei ihrem Vater. Der lang überfällige Versöhnungsbesuch. Kamal sieht seinen Enkel. Mattie weiß, wie viel ihm das bedeutet, auch wenn er nicht darüber spricht. Ein merkwürdiges Gefühl der Ausgeschlossenheit überkommt sie. Alle Kämpfer des Shaolin versammeln sich im Kloster. Nur sie kann nie wieder dabei sein.

»Ich möchte Livius Aussage aufnehmen.« Volkers Stimme holt sie zurück in die Kreuzberger Fabriketage. »Wir wollen keinen fremden Dolmetscher dabeihaben. Nadina, meinst du, du könntest übersetzen? Wir zahlen zwanzig Euro die Stunde auf Honorarbasis. Bar gegen Quittung.«

Mattie sieht zu Nadina. »Schaffst du das?«

Die wischt ihre Zweifel beiseite. »Ich nehme jede Arbeit an. Du hast doch gesehen, wie es bei uns läuft.« Ohne weitere Diskussion greift sie nach Papier und Stift, die auf dem Tisch bereitliegen.

Liviu sitzt auf dem Freischwinger wie ein Fremdkörper. Als er hört, was man von ihm will, macht er ein Gesicht, als würde er am liebsten weglaufen. Mattie ahnt, was in ihm vorgeht. Man spricht nicht über die Toten.

Volker stellt seine Fragen vorsichtig. Liviu blickt starr vor sich hin, während er mit leiser Stimme berichtet. Der Polizeijeep, der ihnen hinter der Brücke mit hoher Geschwindigkeit entgegenkam. Adriana, raus und auf dem Feld, noch bevor der Wagen stand.

Nadina liest ihre Notizen vor. »Er rannte ihr hinterher. Zuerst fand er einen Toten. Es war Adrianas Vater. Sein Freund.« Sie spricht zu schnell, ist blass. »Kann ich ein Glas Wasser haben?«

Mattie steht auf und geht zum Waschbecken.

Liviu redet weiter. Jetzt, wo er einmal angefangen hat, kann er nicht mehr aufhören.

»Er hörte das Mädchen Adriana weinen und ging zu ihr. Sie lag mitten im Feld. Er hob sie hoch. Dabei sah er den zweiten Mann. Er kannte ihn nicht.«

Volker hält Liviu davon ab, weiterzusprechen. »Geht es, Nadina?« Sie nickt. »Ich muss diese Fragen stellen. Das ist sehr schwer für dich. Möchtest du, dass wir jemand anders zum Übersetzen holen?«

Mattie stellt das Glas Wasser vor sie hin. »Du musst das nicht tun.«

Sie trinkt einen Schluck. »Habt ihr genug gelabert? Können wir jetzt weitermachen?«

»Also gut.« Volker nickt Liviu zu, der sich nicht bewegt hat. Der patente, unerschütterliche Mechaniker wirkt auf einmal zerbrechlich. Mattie stellt sich den jungen Liviu von damals vor, wie er im Feld stand, zwischen zwei Toten, das Mädchen auf dem Arm.

»Liviu, diese Frage ist sehr wichtig. Bitte versuchen Sie, sich genau zu erinnern. Sind Sie ganz sicher, dass der zweite Mann tot war?«

Mattie horcht auf.

Liviu stützt die Unterarme auf den Tisch und verbirgt sein Gesicht in den Händen. So sitzt er eine Weile da und schweigt. Dann hebt er den Kopf. Mattie sieht, dass er geweint hat. Er spricht weiter, nicht auf Rumänisch, sondern in seinem Spanisch-Englisch direkt zu Volker.

»Ich sah, dass Blut aus seinem Mund lief. Die Augen waren offen. In dem Moment war ich sicher, dass der Mann tot ist. Aber später – diese Augen. Ich musste immer daran denken. Die ganze Rückfahrt über.« Liviu zögert, dann sieht er Nadina an und erklärt etwas auf Rumänisch.

Sie kritzelt auf ihren Zettel, ohne aufzublicken. »In Kollwitz ging er sofort zur Polizei. Er sagte ihnen, eine Gruppe von Flüchtlingen sei in der Nacht von der Grenzpolizei beschossen worden. Er gab ihnen den Ort an. Die Polizisten telefonierten eine Weile herum. Er ist sicher, dass sie ihm nicht geglaubt haben.« Nadina schweigt und starrt auf ihre Notizen.

»Das reicht für heute«, sagt Volker.

Auf der Rückfahrt zum Parkplatz am Plänterwald spricht niemand ein Wort. Liviu murmelt einen kurzen Gruß und verschwindet zu seinen Leuten.

Passend zur Stimmung braut sich draußen ein Gewitter zusammen. Mattie bezieht das Bett für Nadina und legt für sich selbst die Notmatratze über die beiden Vordersitze. Für eine Nacht wird es schon gehen.

Das Mädchen kriecht sofort unter die Decke. Mattie füllt kochendes Wasser in zwei Becher mit asiatischer Instant-Nudelsuppe. Extra scharf, damit die Tränen ungehindert laufen können.

Sie löffeln schweigend.

Mattie räumt die Tassen in die Spüle.

Nadina schnieft. Ihr Blick ist starr an die Decke des Busses gerichtet. »Es wäre besser, wenn er tot gewesen wäre wie der andere.« Sie spricht, ohne den Blick zu senken. Zu sich selbst? Zu ihrem toten Vater? Zu Gott? Auf Englisch? »Aber dass er da gelegen hat, allein auf diesem Feld …«

Mattie fühlt sich überfordert. Das Mädchen ist neunzehn. Womit beschäftigen sich andere Neunzehnjährige? Partys? Klamotten?

Plötzlich direkter Blickkontakt. »Meinst du, er hat Schmerzen gehabt?«

Soll sie lügen? Tut es dann weniger weh?

»Ich weiß es nicht«, sagt sie und macht das Licht aus. Draußen donnert es. Aber das Bild bleibt.

Nicu liegt im Feld. Er kann sich nicht bewegen. Der Morgen dämmert. Die Sonne geht auf. Die Gerste bewegt sich im Wind. Niemand kommt, um ihm zu helfen.

26. Juni 2012, Treptow
Berlin, Deutschland

Die Sonne weckt sie auf. Zu Hause geht das nicht, also ist sie im Internat. »Raluca?« Nadina macht die Augen auf und dreht sich um. Raluca schläft rechts von ihr. »Weißt du, was ich –« Keine Raluca. Kein Traum.

Alles wahr. Sie ist in Berlin. Was dieser Liviu gestern gesagt hat. Papa in dem Feld. Woran hat er gedacht? Wusste er, dass er sterben würde? An manchen Tagen zögert sie das Aufwachen hinaus. Heute nicht. Der Schlaf war dumpf. Und dunkel. Wie der Tod.

»Guten Morgen.«

Sitzt Mattie schon lange da? Nadina hustet. Ihre Lippen sind trocken.

»Möchtest du einen Kaffee?«

Sie nickt. Und 'ne Kippe. Kurz darauf hält sie den heißen Becher in der Hand.

»Da hinten ist ein Schiff, auf dem kann man schwimmen. Und heiß duschen. Ich leihe dir einen Badeanzug.«

Nadina kann nicht schwimmen. Im Internat gab es eine AG. Aber allein im Nichtschwimmerbecken herumstehen? Wie peinlich ist das denn!

»Ich hab Kopfschmerzen. Kann ich draußen auf dich warten?«

Mattie sieht sie erstaunt an. »Wieso draußen?« Sie wühlt in dem Kasten unter dem Bett. Zieht ein Handtuch heraus. »Na ja, wie du willst. Hier sind die Schlüssel vom Bus.« Sie setzt sich auf einen der Sitze und schnürt sich die Joggingschuhe zu.

»Du lässt mich hier alleine?« Nadina stützt sich auf.

Mattie zeigt hinter sich. »Du weißt ja, wo das Klo ist. Aber sei sparsam mit dem Wasser, wir haben nicht mehr viel.«

»Hast du keine Angst, dass ich –«

Sie ist schon auf dem Weg zur Tür. »Dass du was?«

»Na ja, deine Sachen hier.«

»Hör mal zu.« Mattie bleibt stehen. »Ich denke, wir haben einen Deal. Ich helfe dir, an dein Geld zu kommen, damit du nicht nach Frankreich musst. Außerdem hab ich nichts außer dem Laptop hier. Der ist fünf Jahre alt. Wenn du ins Internet willst, klapp ihn auf. Wenn du was klauen willst, geh woandershin.«

Und schon ist sie weg. Ist die jetzt sauer, oder was? Wieso wohnt die überhaupt allein in diesem Bus? Hat sie keine Familie? Jeder hat doch wohl irgendjemanden. Und so scheiße sieht Mattie gar nicht aus. Bisschen alt vielleicht, aber wenn sie sich die Haare färbt... Nadina beobachtet, wie Mattie über den Parkplatz davonläuft. Figur ist noch ganz okay. Kein Hängearsch.

Aus dem einen Van nebenan steigt eine schwangere Frau. Putzt sich die Zähne am Waldrand. Liviu kommt hinterher. Er hat einen kleinen Jungen auf dem Arm. Der muss wohl mal kacken.

Nadina steigt aus dem Bett und zieht sich an. Den Kaffee nimmt sie mit nach draußen. Mist, ihre Kippen sind alle.

»Liviu!«

Er kommt mit seinem Sohn zu ihr rüber, zögert. »Guten Morgen.«

»Hast du ’ne Kippe?«

Er gibt ihr eine.

»Erzähl mir von Deutschland!«

Liviu ist überrascht. Hat er erwartet, sie würde noch mal von Papa anfangen?

»Komm mit«, sagt er. »Sitz bei uns, und ich erzähle dir davon.«

Als Mattie zurück ist, gehen sie zu einem Bahnhof in der Nähe und nehmen einen Zug in die Stadt. Mattie liest Zeitung. Kein Wunder, dass die niemanden kennenlernt. Die sieht ja keiner. Nadina starrt aus dem Fenster. Ein Fluss. Alte Häuser. Neue Häuser. In Bucureşti tragen alle Frauen Make-up und hohe Schuhe. Hier nicht.

Sie steigen aus und überqueren einen Platz mit Hochhäusern.

»Das ist der Alexanderplatz.« Mattie zeigt auf eine Bude mit Backwaren. »Hast du Hunger?« Bevor sie antworten kann, steht Mattie am Verkaufstresen. Nadina ist es nicht gewohnt, dass man sich was zu essen kauft, wenn man Hunger hat. Krass, wie einfach das geht.

»Das ist eine Käsestange.«

So was gibt es in Rumänien auch. Sie ist hungriger, als sie gedacht hat.

»Ach ja, und hier ist dein Geld von gestern. Vierzig Euro. Hat Volker mir gegeben. Unterschreiben kannst du später.« Mattie gibt ihr zwei blaue Zwanzig-Euro-Scheine.

Nadina kann sich ein Grinsen nicht verkneifen. Ihr erstes selbstverdientes Geld. Sie faltet die Scheine und steckt sie in die Hosentasche mit dem Reißverschluss. iPod. Irgendwann mal. Scheiße, nein, und Mama hat nichts zu essen. Kein iPod.

In der Bank ist es ziemlich voll. Die meisten Leute stehen an Geldautomaten. Keiner aus ihrer Familie hat ein Konto. Wozu auch? Das Geld kommt und geht in einem Rutsch. In der Schule gab es jeden Monat Taschengeld in bar von der Erzieherin. Raluca hat 'ne Visacard von ihren Eltern, klar.

Mattie winkt sie nach hinten, wo man warten muss, bis ein Tisch frei wird. Plötzlich fallen ihr Mamas Worte ein. »Wäre ich doch nur mitgegangen.« Wenn sie alle nach Deutschland gegangen wären. Wenn Papa nicht gestorben wäre. Würde sie dann heute hier stehen, in schicken Klamotten? Geld von ihrem Konto abheben? Auf die Universität gehen? Hätte sie schwimmen gelernt?

»Komm, Nadina! Wir sind dran.«

Ihre Gedanken-Seifenblase platzt. Sie ist Nadina Lăcătuş aus Braşov. Papa ist tot. Fuck it. Alles würde sie dafür geben, wenn sie ihn einmal sehen könnte. Anfassen.

Mattie fragt die Frau hinter dem Schreibtisch etwas. »Natürlich sprechen wir Englisch. Was kann ich für Sie tun?«

Nadina erklärt ihr, was passiert ist. Wenn sie nicht weiterweiß, hilft Mattie. Sie zieht ihren Ausweis, die Geburtsurkunde und den Hefter mit den Kontoauszügen aus der Tasche. Als Letztes legt sie den Brief des Arztes dazu.

»Haben Sie keine Sterbeurkunde?«

Was soll das denn schon wieder? Bevor sie antworten kann, geht Mattie auf Deutsch dazwischen. Wütend redet sie auf die Frau ein. Mann, kann die aufdrehen! Gut so. Scheint zu funktionieren.

Die Frau steht auf, nimmt Nadinas Papiere an sich und verschwindet in den hinteren Bereich.

»Sie macht Kopien und fragt bei der Bank deines Vaters in Wüstenrot nach. Wird eine Weile dauern.«

Nadina blickt der Angestellten misstrauisch hinterher. Wieso muss die jetzt noch mal nachfragen? Wieder sieht sie Mama vor sich, die Sergius Knie umklammert. Sie beißt sich auf die Lippe. Dann geht sie eben nach Frankreich.

»Willst du eine rauchen?« Mattie beobachtet sie.

»Nein, danke.« Wie denn? Die letzte Kippe hat sie bei Liviu geschnorrt.

»Komm schon.« Draußen sieht Mattie sich um und geht zu einem Kiosk. »Hier.«

Schon wieder. Man braucht irgendwas und kauft es. »Und du?«

»Ausnahmsweise.«

Sie stehen nebeneinander und rauchen. Sehen den Leuten zu, die über den Platz schlendern. Touris. Geschäftsleute. Rentner. Ein Paar mit einem weißen Schäferhund an der Leine.

»Frau Lăcătuş?« Die Frau von der Bank steht in der Tür.

Nadina macht die Kippe aus und geht rein, gefolgt von Mattie.

»Bitte unterschreiben Sie hier, Frau Lăcătuş.«

Nadina unterschreibt. Verdammt. Ihre Hand zittert.

»Sie können jetzt über das Geld verfügen. Hier ist ein Auszahlungsschein, damit können Sie zur Kasse gehen. Wie viel Geld möchten Sie denn abheben?«

Nadina trifft einen Entschluss. »Was kostet es, das Geld nach Rumänien zu schicken?«

»Vielleicht hundert Euro.« Mattie sieht sie fragend an.

»Dann möchte ich genau zweitausendfünfhundert Euro abheben.«

Die Frau trägt die Zahl ein, gibt ihr den Schein. An der Kasse wieder eine Schlange.

»Ich dachte, du willst alles abheben«, sagt Mattie.

Mann, wieso muss die immer alles ganz genau wissen? »Ich bleib noch hier.« Guck doch nicht so! »Keine Angst, ich kann bei Liviu übernachten.«

»Okay.« Mattie muss das erst mal verdauen, sieht man ja.

»Ich will wissen, was mit dem Prozess wird.«

»Verstehe.«

Sie rücken ein paar Schritte vor bis zu einem Pappschild, das einem deutlich macht, dass man hier warten soll.

»Liviu will mit seiner Familie in diese Stadt am Meer fahren, wo Adriana im Gefängnis sitzt. Damit sie nicht so alleine ist.«

»Bitte schön?« Die Frau am Schalter streckt ihre Hand aus, und Nadina legt den Auszahlungsschein hinein.

Die Frau zählt. Fünfundzwanzig Hundert-Euro-Scheine.

Schweigend gehen sie über den Platz zu Western Union. Innerhalb von fünf Minuten ist das ganze Geld wieder weg. Von Matties Handy aus ruft Nadina bei Sergiu an.

»Geh zu Western Union, das Geld ist da. Auf deinen Namen. Und grüß Mama.«

»Nadina!« Bevor er noch was sagen kann, drückt sie die rote Taste.

26. Juni 2012, Hansestadt Kollwitz
Mecklenburg-Vorpommern, Deutschland

Nick fährt auf den Parkplatz vor der JVA, um Volker abzuholen und zusammen weiter nach Berlin zu fahren. Ist schließlich sein Wagen. Der Knast steht futuristisch in der Küstenlandschaft. Dunkle Wolken türmen sich dahinter auf. Könnte ein versprengter Ableger des Guggenheim Museums sein.

Okay. Ruhig bleiben. Da drüben steht Matties Bus. Sein Magen macht eine Rolle rückwärts. »Frauchen ist da.« Quincy interessiert das nicht. Nick schon.

»Hey! Du bist wieder hier.« Sie umarmt ihn kurz. Ganz kurz. Fast überhaupt nicht. »Volker holt gerade meine Besuchsgenehmigung für Adriana.«

Da ist er auch schon. »Ich war kurz bei ihr. Sie hat wieder nicht gesprochen. Ich hab ihr gesagt, dass du sie in den nächsten Tagen besuchst.«

Mattie nickt.

»Willst du wirklich in Kollwitz bleiben?«

»Hmm.«

Nick versucht in ihrem Gesicht zu lesen. Die hält doch mit irgendwas hinterm Berg.

»Okay, Nick, wir fahren.« Volker sieht nach oben. »Bevor hier gleich die Welt untergeht.«

Nick zögert.

Mattie steht mit verschränkten Armen da, als würde sie das alles nichts angehen.

»Würdest du auch allein …«

Volker grinst. Eindeutig zweideutig. Nick geht zum Kofferraum und holt seine Sachen raus. Er nimmt Quincy auf den Arm. »Guck mal, das ist Mattie.« Der Hund schnuppert skeptisch.

Volker hupt kurz und fährt los.

»Er heißt Quincy.«

»Blöder Name.« Sie steht immer noch da, macht keine Anstalten, ihm den Hund oder die Sachen abzunehmen. Er geht zum Bus und setzt Quincy rein.

»Dein Zuhause.« Geht zurück, nimmt die Tasche und den Hundekorb, packt beides nach hinten. Lässt sich auf den Beifahrersitz fallen. Mattie hat schon den Motor gestartet.

»Wo geht's hin?«

Sie fährt los, ohne zu antworten. Es fängt an zu regnen. Die Scheibenwischer setzen sich quietschend in Bewegung. »Wie war's in Kiel?«

Nick stellt seinen Sitz so, dass er fast waagerecht liegt, schließt die Augen. »Er hat mir ständig über die Schulter geguckt. Beim Wickeln. Beim Füttern. Immer hatte er irgendeinen blöden Tipp.«

»Kamal ist ein guter Vater.« Aha. Was sind denn das für Töne?

»Ich auch.« Er lässt die Augen geschlossen. »Wo fahren wir hin?«

Wieder keine Antwort. Wo kurvt sie bloß rum, der Bus ächzt und knarrt, als würde er gleich auseinanderfallen. Nick macht die Augen auf und erhascht im Vorbeifahren ein Schild. Unbewachter Wohnmobil-Parkplatz.

»Wie gemütlich. Übernachten im Matsch. Woodstock lebt.«

»Kannst du nicht mal die Klappe halten?« Mattie rollt langsam auf die Wiese.

Kaum stehen sie, reißt jemand die Fahrertür auf. »Mattie, wo warst du –« Eine junge Frau, braune Haare, Sommersprossen. Sie spricht Englisch. Jetzt sagt sie nichts mehr, sondern starrt ihn wütend an.

»Das ist Nick«, kommentiert Mattie. »Nick: Nadina.«

Die Tochter von Nicu. Was macht die denn hier? Hinter ihr tauchen mehrere Kindergesichter auf. Quincy springt mit einem

Satz über Matties Schoß und stürzt nach draußen. Dem Gebell nach gibt's da noch mehr von seiner Sorte.

Alles klar. Liviu. Seine Frau. Die Schwiegermutter. Der Schwager. Die Kinder. Er stöhnt.

»Kannst du uns kurz alleine lassen?« Das Mädchen verschwindet wortlos aus seinem Blickfeld. Die Fahrertür knallt zu.

»Sie wollen in Adrianas Nähe sein. Von hier aus kann man die JVA sehen.«

Dahinten, Guggenheim auf der Steilküste. »Ist ja toll, und was machen die den ganzen Tag? Demos vor dem Knast?«

Mattie haut aufs Lenkrad. »Verdammt, Nick! Sei nicht so selbstgerecht. Die machen, was sie immer tun. Scheiben putzen, Akkordeon spielen für die Badegäste. Liviu klappert die Schrottplätze in der Umgebung ab.«

»Das könnte Ärger geben.«

»Ich weiß. Aber ich kann ihnen doch nicht verbieten, hier zu sein. Deswegen wollte ich, dass du mitkommst.«

Ach deswegen. Er gähnt. »Ich kann mich ja schon mal hinhauen. Geh nur zu deinen neuen Freunden.« Er klappt den Sitz wieder runter.

»Nick!«

»Hmmm.«

»Wir müssen in einem Bett schlafen. Ich hab Nadina angeboten, dass sie hier vorn – die sind drüben schon zu siebt in den zwei Bussen.«

Endlich alleine. Nick klettert nach hinten und legt sich in Klamotten aufs Bett.

Als er aufwacht, ist es dunkel draußen. Er tastet nach Jasmin, vorsichtig, um Azim nicht zu wecken, der nach dem Stillen meistens zwischen ihnen schläft. Seine Hand greift in Fell. Das Fell vibriert. Quincy knurrt.

»Nick, hörst du das auch?« Das ist Mattie.

Gott sei Dank hat er schon geschlafen, als sie ins Bett kam.

Er stellt sich vor, wie es wäre, wenn er jetzt einfach seine Hand ausstreckt und ihren Bauch –

»Nick! Jemand schleicht um den Bus!« Quincy bellt.

Nick schiebt vorsichtig die Gardine zur Seite. »Da sind Leute mit Taschenlampen! Hast du abgeschlossen?«

»Ich glaub schon.« In dem Moment fängt der Boden an zu wackeln. Eine Hand greift nach seinem Arm. »Scheiße! Die wollen die Busse kippen!«

»Nadina!«

Sie ist schon bei ihnen auf dem Bett.

Stimmen, die zählen: »Eins, zwei, eins, zwei.« Der Bus wackelt stärker. Es müssen viele sein. Und sie wollen, dass man das merkt.

Er stellt sich darauf ein, dass gleich alles durch die Gegend fliegen wird. Versucht die Decke so um sich und die beiden Frauen zu wickeln, dass sie von allen Seiten gepolstert sind. »Haltet euch am Vordersitz fest!«

»Eins, zwei, eins, zwei!«

Ihm wird schlecht. Plötzlich kracht der Bus zurück auf alle vier Räder und bleibt stehen.

Stille.

»Ahhh!« Nick wirft sich zur Seite. Direkt an seinem Fenster ist ein Gesicht aufgetaucht. Kein Gesicht. Ein Kopf mit Hassmaske.

»Zigeuner, dies ist die letzte Warnung. Hier ist kein Platz für euch!«

»Verpiss dich, du Arsch!« Mattie haut von innen mit der Faust gegen die Scheibe.

Nick versucht sie zurückzuziehen. »Bist du verrückt? Das sind mindestens zwanzig Leute. Gegen die haben wir keine Chance!«

Sie brüllt einfach weiter. »Ihr macht mir keine Angst!«

»Wer sind die?« Das ist Nadina, auf Englisch.

Mattie kommt langsam wieder zu sich. »Scheiß-Faschisten!«, knurrt sie.

Sie sind weg.

Nadina verschwindet ohne ein weiteres Wort nach vorn.

Irgendwann müssen sie eingeschlafen sein. Als Nick das nächste Mal aufwacht, ist es hell. Vorsichtig schiebt er Matties Kopf von seinem Bauch und gibt ihr einen Kuss auf die Stirn. Dann klettert er aus dem Bett.

Liviu ist schon draußen und begutachtet seine VW-Busse.

»Alles okay?« Nick spricht leise, um Mattie nicht zu wecken.

Liviu winkt und deutet hinter Nick. Er dreht sich um. Der rote Bus ist vollgesprüht mit Hakenkreuzen und Sprüchen von *Anti-Antifa* bis *Zigeunerschnitzel.*

Sie bearbeiten die Graffiti mit Terpentin aus Livius mobiler Autowerkstatt.

Eine Frau in einer roten Outdoorjacke kommt den Deich entlanggeradelt. »Oh nein«, stöhnt Mattie. »Nicht die schon wieder.« Sie verschwindet hinter dem Bus.

Die Frau steigt ab und schiebt ihr Fahrrad zu ihnen runter. Sie begrüßt Liviu mit Handschlag, geht weiter zu Nick und Nadina. »Gesine Matthiesen, ich bin Pastorin hier.«

Nick stellt sich vor, erklärt, wer Nadina ist und dass sie nur Englisch spricht.

»Wollen Sie zu Adriana?« Mattie ist auch wieder da.

»Nein, ich wollte zu Ihnen. Ihnen allen hier.« Sie spricht passables Englisch. Nadina übersetzt leise für Liviu, dessen Familie sich um die Pastorin versammelt.

»Woher wissen Sie, dass wir hier sind?« Nick hat Mattie selten so unfreundlich erlebt.

»Frau Junghans.« Die beiden kennen sich offensichtlich schon länger. »Ganz Kollwitz weiß inzwischen, dass Sie hier sind. Der Tod von Uwe Jahn und Adrianas Verhaftung bringen die Volksseele zum Kochen. Angeheizt von der NPD, die damit Wahlkampf betreibt. Und Sie gießen auch noch Öl ins Feuer. Ich halte das für gefährlich.« Sie deutet auf die Graffiti-Spuren auf dem Bus.

»Wir«, sagt Mattie und deutet in die Runde, »wir tun gar nichts. Oder ist es verboten, sich hier aufzuhalten?«

Nick findet es an der Zeit, ihr Schützenhilfe zu geben. »Frau Matthiesen, ich weiß Ihre Besorgnis wirklich zu schätzen. Aber als Journalist muss ich mich doch wundern, wie hier mit Drohungen umgegangen wird. Sie spielen denen ja in die Hände!«

Die Pastorin gibt sich nicht so schnell geschlagen. »Sie wollen Adriana doch helfen, oder sehe ich das falsch?«

Sie stellt die Frage noch mal auf Englisch an Liviu, der nickt. »Natürlich, wir wollen helfen.«

»Wenn Sie hierbleiben, helfen Sie ihr nicht. Es wird noch mehr Ärger geben, Kollwitz wird wieder in die Schlagzeilen geraten, und letztlich profitiert davon einzig und allein die NPD.«

»Sie wollen sagen, wir sind schuld, wenn die NPD die Wahlen gewinnt? Das ist ja wohl der Gipfel!« Mattie sieht aus, als wollte sie auf die Frau losgehen. Nick macht sich bereit, im Zweifelsfall dazwischenzuspringen.

»Wenn Sie die Verantwortung übernehmen wollen, bitte.« Die Pastorin wendet sich zum Gehen. Hinter ihr brennt die Luft.

»Haben Sie schon mal was von Kirchenasyl gehört? Ich erwarte, dass Sie hier Stellung beziehen!« Mattie kocht vor Wut.

Die Frau dreht sich um. »Also gut.« Sie sieht zu Nick. »Sie schreiben über den Fall?«

Er nickt.

»Und Sie, arbeiten Sie nun für Adrianas Anwalt oder nicht?«

Mattie atmet endlich mal wieder aus. »Ich arbeite für ihn.«

»Sie beide können mit Ihrem Bus hinter dem Pfarrhaus parken und das Gäste-WC benutzen. Der Hund bleibt bitte draußen.« Sie wechselt zurück ins Englische. »Ansonsten besitze ich ein Zimmer für eine Person. Mehr Leute kann ich nicht aufnehmen.«

Nadina übersetzt die letzten Sätze für Liviu und seine Familie ins Rumänische. Liviu ist aufgebracht.

»Er sagt, er kann seine Familie nicht allein lassen. Warum können nicht alle an der Kirche parken?«

»Das ist mein letztes Wort.« Die Pastorin bleibt hart. »Dann können eben nur Sie bleiben.«

Nadina sieht sie überrascht an. »Ich?«

»Warum nicht?« Sie nimmt ihr Fahrrad und schiebt es den Deich hoch. Dann steigt sie auf und fährt gegen den Wind davon.

Nick berührt vorsichtig Matties Arm. Sie zittert vor Wut.

28. Juni 2012, Hansestadt Kollwitz
Mecklenburg-Vorpommern, Deutschland

Ihre kreativste Zeit ist morgens vor acht. Gesine trinkt um diese Stunde bewusst keinen Kaffee, um den Fluss der Gedanken in seiner natürlichen Geschwindigkeit zu erleben. Sie nimmt einen Schluck grünen Tee und schlägt das Notizbuch auf. Die Sonne steht bereits hoch am Himmel. Die Schwalben, die unter dem Rohrdach des Pfarrhauses nisten, fliegen ein und aus, um den nie versiegenden Hunger ihrer Brut zu stillen.

Der Reisebus von Mattie Junghans parkt nicht mehr vor dem Fenster. Als sie kurz vor Mitternacht ins Bett gegangen ist, war er noch da. Die junge Romni kam gegen zehn Uhr abends und verschwand bald im Gästezimmer, das Gesine für sie hergerichtet hatte. Sie aufzunehmen war wieder eine ihrer berühmten Instinktentscheidungen, wie Arno das immer genannt hat. Göttliche Eingebung klingt vielleicht zu hoch gegriffen, aber sie ist sicher, dass Gottes Hand sie in diesen Momenten stärker leitet als ihr Verstand. Bisher hat er sie nie enttäuscht.

Das Thema für den plattdeutschen Gottesdienst am Sonntag hat heute früh Priorität. Was war ihr noch auf dem Fahrrad durch den Kopf gegangen? Angst. Krise. Attentate. Naturkatastrophen. Weltuntergang.

Sie schreibt die Stichworte auf eine neue Seite, um dann mit der groben Gliederung des Textes zu beginnen. Lautes Motorengeräusch lenkt sie ab. Unwillig hebt sie den Kopf. Was haben diese Leute denn in aller Herrgottsfrühe schon zu tun?

Kurz darauf hört sie die Haustür. Seufzend legt sie den Füllfederhalter auf das Buch und geht in die Diele.

»Oh, Entschuldigung! Wir wollten nur kurz –« Die Junghans zeigt auf die Tür der Gästetoilette. »Der Tank im Bus ist leer und Sie sagten ja, es sei kein Problem.«

Hinter ihr tritt der Journalist ins Haus. Der war ihr gestern auf Anhieb sympathischer, er ist bei weitem nicht so aggressiv. Er hält die schmutzigen Hände hoch und lächelt. Das Lächeln erinnert sie an Arno. Ein gewinnendes Wesen bringt einem viele Vorteile im Leben. Er verschwindet im Bad, während die Frau sich im Flur an die Wand lehnt. Mit gerunzelter Stirn betrachtet sie Arnos Stele.

»Eine Arbeit von meinem Mann. Ex-Mann.«

»Aha.«

»Wo sind Sie denn schon gewesen?« Gesine versucht ihr Unbehagen mit Konversation zu überspielen.

»Auf dem Feld, wo die beiden Roma ermordet wurden.«

»Mord ist ein hartes Wort.« Gesine legt den Finger auf die Lippen und deutet auf das Gästezimmer. »Meines Wissens war es doch eher ein Unfall. Möchten Sie auf einen Tee hereinkommen?« Sie muss gestehen, dass sie neugierig ist, was die beiden über den alten Fall zutage fördern. Sie geht in die Küche voraus, um frisches Wasser aufzusetzen.

Kurz darauf sitzen sie zu dritt am Küchentisch.

»Was haben Sie dort so früh gemacht?«

»Wir wollten die Lichtverhältnisse möglichst auf den Tag genau rekonstruieren.«

»Wo wir schon mal hier sind«, fügt der Journalist hinzu.

»Mord.« Ein herausfordernder Blick. Die Frau ist wirklich anstrengend. »Es war so hell, dass man wohl kaum von einem Unfall sprechen kann. Oder muss sich ein Jäger nicht zuerst vergewissern, auf was er schießt?«

»Natürlich muss er das Wild ansprechen.« Gesine kennt genug Jäger, um zu wissen, wie genau die Vorschriften das Töten regeln. »Und vor allem muss er sich nach dem Schuss davon überzeugen, dass das Tier nicht verletzt ist und unnötig leidet.«

»Das gilt offensichtlich nur für Tiere, nicht für Menschen.« Wieder dieser aggressive Unterton.

Sie steht auf und gießt Tee aus der Kanne in zwei Keramikbecher.

»Vielen Dank.« Ostrowski nimmt einen Schluck Tee. »Sagen Sie, können Sie uns einen kurzen Eindruck geben, wie die Verhältnisse in Fichtenberg 1992 waren?«

»In aller Kürze wird das schwierig.« Gerne denkt sie nicht an diesen Sommer zurück. »Es war eine turbulente Zeit, mit vielen Höhen und Tiefen. Wir waren voller Enthusiasmus, uns in die neue Demokratie zu stürzen. Wir standen ja alle der Bürgerbewegung in der ehemaligen DDR nahe. Mein Ex-Mann Arno, er ist Bildhauer, wurde für das Neue Forum in den Stadtrat gewählt.«

Gesine sieht, wie er aufhorcht. »Ihr Mann? Hatte der nicht auch was mit dem Heim zu tun?«

»Na ja«, sie möchte es vorsichtig formulieren, »offiziell nicht, aber Sie müssen wissen, dass die Situation politisch am Rande der Eskalation stand. Es war ja nicht nur ein Wohnheim hier, sondern auch die Zentrale Aufnahmestelle für Asylbewerber. Die Leute standen jeden Tag zu Hunderten an, und die Behörde machte um sechzehn Uhr Feierabend. Es gab keine Notunterkünfte, keine öffentlichen Toiletten. Sie hatten es nicht einfach, die Zi–, die Roma. Wir haben Bundeswehrzelte mit Feldbetten aufgebaut und die Toiletten an der Kirche geöffnet. Sogar eine Gulaschkanone wurde organisiert. Es waren Kinder unter den Asylbewerbern, die oft tagelang nichts Richtiges gegessen hatten.«

»Und Ihr Mann hat sich da ehrenamtlich engagiert?«

»Ja, so könnte man es sagen. Wir haben beide sehr viel Zeit im Heim verbracht.« Gesine sieht aus dem Fenster. »Wir hatten diese Menschen ins Herz geschlossen. Es gab verschiedene Ideen, wie man Brücken schlagen könnte. Eine Musik- und Tanzgruppe der Roma. Wir haben Auftritte in der Umgebung organisiert. Aber letztlich war es schwierig, gegen den wachsenden Unmut in der Bevölkerung anzukämpfen.«

»Und dann hat das Heim gebrannt?« Wieder die Junghans mit ihrem sarkastischen Tonfall. »Da hat der Unmut ja zu einer praktischen Lösung geführt.«

»Arno hat wochenlang drüben Nachtwachen geschoben mit den Männern im Heim. Wir hatten alle Angst, dass etwas passieren könnte. Darüber hat sich damals in Bonn niemand Gedanken gemacht. Dass es hier auf beiden Seiten um Menschen geht. Mit durchaus menschlichen Gefühlen.« Warum hat sie ständig das Gefühl, sich verteidigen zu müssen? »Wir hatten kaum noch ein Privatleben. Unsere eigene Tochter kam zu kurz.« Hätte sie sonst früher gemerkt, dass ihre Ehe vor dem Aus stand? Hätte, hätte. Was gewesen ist, ist gewesen. Das Heute ist entscheidend. Die Zukunft kennt nur Gott allein. Gesine steht auf und geht zum Fenster. Die Situation am Tisch ähnelt ihr zu sehr einem Verhör.

Ostrowski scheint ihr Unwohlsein zu spüren und rudert zurück. »Frau Matthiesen, was geschah nach dem Brand?«

»Der Besitzer von *Nordhaus Immobilien* hat die Gunst der Stunde erkannt und genutzt. Er hat die Brandruine für wenig Geld von der Stadt gekauft, komplett saniert und die Ostseeterrassen daraus gemacht. Heute steht er kurz vor der Wahl zum Bürgermeister. Ein einflussreicher Mann.« Gesine fühlt sich schon besser, jetzt, wo sie wieder in der Gegenwart angekommen sind. »Es gibt hier im Prinzip nur zwei politische Richtungen. Entweder man ist für Abschottung, das betrifft wohl das gesamte rechte Spektrum, oder man setzt auf Offenheit, Durchlässigkeit – kurz: Europa. Das Vakuum in Vorpommern muss aufgelöst werden, wir befinden uns hier nicht am Rande Deutschlands, sondern im Zentrum der EU.« Sie spricht direkt zu ihm. »Dazu ist jedoch Aufklärung nötig, nicht zuletzt in den Medien. Ich bereite in der Schule gerade eine Ausstellung zur Geschichte der Roma und Sinti in Mecklenburg-Vorpommern vor.«

Die Junghans hat offensichtlich nicht zugehört. »Sagen Sie, Frau Matthiesen, eine Frage hätte ich noch.«

»Ja?« Gesine sieht auf die Küchenuhr, um anzudeuten, dass es dann wirklich genug ist.

»Sie kannten doch Uwe Jahn, den Jäger, der jetzt gestorben ist. Was war der für ein Mensch?«

Herrje, was für eine Frage. Gesine überlegt. Was gibt es über einen Menschen wie Jahn zu sagen? »Er war ein verschlossener Mann. Einer von vielen, die nach der Wende zu alt waren für einen Neuanfang. Enttäuscht, vielleicht verbittert, wer weiß das schon genau? Diese unglückliche Geschichte in Peltzow hat seine Haltung noch verstärkt. Ein Mann, der sich vom Leben ungerecht behandelt fühlte.« Sie hat das Gefühl, um den heißen Brei herum zu reden. Man sollte bei den Fakten bleiben. »Wedemeier hat ihn mitgebracht, er war schon in der Umbauphase der Ostseeterrassen als Hausmeister hier. In letzter Zeit, vor allem seit dem Tod seiner Frau, schien er zunehmend unter Druck zu stehen.« Sie schüttelt den Kopf. »Aber es war kein Durchkommen zu ihm. An dem Morgen, bevor er ...« Sie erinnert sich wieder an den Anruf, den sie unfreiwillig miterlebt hat. »Er hat jemanden um Hilfe gebeten. Es schien sehr dringend zu sein.«

»Aber Sie wissen nicht, mit wem er gesprochen hat?«

Sie nimmt noch einen Schluck Tee. Er ist kalt. »Er wollte sich mir nicht anvertrauen. Und jetzt ist es zu spät.« Gesine läuft ein Schauder über den Rücken.

»Wir sind der Meinung, die Lösung des aktuellen Falles liegt in der Vergangenheit.« Die Junghans wirft dem Mann neben ihr einen schnellen Blick zu.

Gesine erschrickt. »Sind Sie der Meinung, Adriana sei nicht schuldig? Aber es deutet doch alles darauf hin.«

Die Frau zuckt die Schultern. »Kann ich noch nicht beurteilen.« Sie holt einen zusammengefalteten *Spiegel*-Artikel aus ihrer

Tasche und streicht ihn auf dem Küchentisch glatt. »Sehen Sie sich dieses Foto an. Adriana war nach den Ereignissen 1992 mit Sicherheit schwer traumatisiert.«

Gesine wirft nur einen kurzen Blick darauf. »Ich kenne diese Story. Die Medien haben die Situation damals nicht gerade verbessert.« Plötzlich hat sie eine Idee. »Dennoch – darf ich mal?« Sie nimmt den Artikel und sieht sich die Fotos an. »Vielleicht sollten wir die Bilder in unsere Ausstellung aufnehmen? Man darf sich den Tatsachen nicht verschließen. Was meinen Sie?« Sie wendet sich wieder direkt an den Journalisten.

»Nehmen Sie doch Kontakt zu dem Fotografen auf«, schlägt er vor. »Vielleicht hat der damals noch mehr Bilder gemacht.«

Gesine hört, wie die Tür des Gästezimmers aufgeht. »Ach ja, und meinen Sie, ich könnte Nadina um einen Gefallen bitten?«

»Was denn?«, will die Junghans sofort wissen.

»Ich bräuchte jemanden, der mir für die Ausstellung einige Dokumente übersetzt. Selbstverständlich gegen Bezahlung.«

»Ach so!« Endlich steht sie auf. »Jetzt weiß ich auch, warum Sie nur Nadina hierbehalten wollten! Obwohl draußen auf Ihrem Parkplatz genug Platz für alle wäre. Komm, Nick.« Sie wendet sich zum Gehen.

Der Journalist steht ebenfalls auf. »Danke, Frau Matthiesen.« Ein gut aussehender Mann.

An der Tür dreht sich die Frau noch mal um. »Zwanzig Euro die Stunde ist der Satz. Glauben Sie nicht, Sie können Arbeit zu Dumpingpreisen kriegen. Nur weil sie eine – Romni ist.«

Dumpingpreise. Ganz schön impertinent. Gesine sieht den beiden durchs Fenster nach, wie sie in ihrem Bus verschwinden. Was hat diese Frau argumentativ gegen sie in der Hand, mal abgesehen von ihren selbstgerechten Vorurteilen? Sie fährt sich durch die Haare und schließt kurz die Augen. Nur nicht provozieren lassen. Manchmal stimmt eben die Chemie zwischen zwei Menschen nicht.

Ein verschlafenes Gesicht erscheint im Türrahmen. »Gibt's hier einen Kaffee?« Dieses Mädchen ist ein Rohdiamant, das hat sie auf den ersten Blick erkannt. Wenn man der ein bisschen Schliff gibt, wird sie funkeln.

28. Juni 2012, Hansestadt Kollwitz

»28/06/1992.« Ihre Augen fliegen über die Seite. Welcher Tag ist heute?

Die Frau kommt mit dem Frühstück.

»Welcher Tag ist heute?« Adrianas Stimme ist rau. Wie lange hat sie nicht gesprochen?

Die Frau erschrickt. Die Tasse klappert, als sie das Tablett abstellt.

Angst.

»Donnerstag.«

Adriana greift nach ihrem Arm. Ungeduldig. »Nicht Tag der Woche. Tag im Monat!«

Der Arm zuckt zurück, als hätte sie Feuer in den Händen. »Nicht anfassen! Das ist verboten!«

Sie nimmt die Hand weg, hält beide Arme hoch.

»Der 28. Juni.« Die Frau geht raus. Tür zu.

Adriana guckt wieder auf die Handschrift ihres Vaters. Heute vor zwanzig Jahren.

»Meine Tochter.« Hat sie das schon einmal gelesen? Wann hat sie das gelesen? Hat sie geträumt, dass sie es gelesen hätte?

Vater in dem Feld. An der Grenze. Die Polizei kommt.

Adriana springt auf. Der Stuhl kippt um.

Heute Nacht.

Heute werden sie kommen und sie töten.

Sie läuft zum Fenster. Der Hof.

Sie läuft zur Tür. Metall.

Sie läuft zum Fenster.

Sie läuft zur Tür.

Sie geht zum Bett. Legt sich hin. Schließt die Augen.

»Vater!« Sie keucht.

Wer hat den Stuhl umgeworfen? Sie steht auf und stellt den Stuhl wieder an den Tisch.

Sie kommen.

»Frau Ciurar, Sie haben Besuch.«

Laufen. Der Raum. Wo ist Liviu? Wer ist das?

Adriana setzt sich hin.

»Hallo, ich bin Mattie.«

Florin hat gesagt, sie soll mit dieser Frau sprechen. Meti.

Adriana spricht. »Heute kommen sie, um mich zu töten.«

»Wer kommt?« Glaubt sie ihr? Tut sie nur so?

Adriana beugt sich vor. »Die Polizei. Sie haben die Großmutter getötet. Und Vater.«

Die Frau mit Namen Meti muss näher kommen, um sie zu verstehen. Der Polizist steht daneben. Er darf sie nicht hören. »Ich habe das Auto gesehen. Mit dem Mörder.«

»Ein Polizeiauto? Sind Sie sicher?«

Die Wut kommt zurück. Sie glaubt ihr nicht. Adriana greift nach ihrem Arm. Hält ihn fest. »Natürlich bin ich sicher. Nur Polizei tut so etwas. Alle wissen. Kein Gefängnis. Alle hassen uns. Zigeuner. Kein Problem. Wir töten die Zigeuner. Wir brennen die Zigeuner.«

Der Arm zuckt. Meti zieht ihn nicht weg. Adriana hält fest.

»Adriana. Haben Sie den Mörder vom Balkon gestoßen?«

Sie lässt den Arm los. Der Balkon. Der Mörder, klein. Tot. Stiefel. Adriana schüttelt den Kopf. »Ich nicht, nein.« Schritte im Treppenhaus. »Geld auf dem Tisch.« Viel Geld.

Die Frau, Meti, versteht nicht. »Er hat Ihnen Geld versprochen?«

Geld für ein Jahr ohne Vater. Zwei Jahre ohne Vater. Drei Jahre. Zwanzig Jahre. Adriana greift in ihre Bluse.

Angst. Meti hat Angst. Was soll denn da sein, in der Bluse?

Sie zieht das letzte Blatt heraus. Faltet es auseinander. »Vater schreibt. Meine Tochter. Hier, er schreibt letzten Satz. Meine Tochter, heute Nachmittag habe ich dir goldene Ohrringe gekauft. Drei Ringe für jedes Ohr. Ein großer, ein mittlerer, ein kleiner. Sie klingen, wenn du läufst. Das Geräusch ist ein besonderes. Es sagt dir, Tochter, wie ich dich liebe.«

Adriana greift wieder den Arm. Meti soll lesen.

»Vater ist tot. Keine Ohrringe. Nichts.«

Der Polizist kommt, nimmt das Blatt von Meti.

»Nein!« Adriana muss es zurückhaben. »Es gehört mir!«

Nicht wegbringen. Arme kommen von hinten. Metis Augen. Schmerz.

»Hilf mir!«

Der Gang.

Das Meer.

Vier verliert.

Heute kommen sie.

28. Juni 2012, Kreuzberg
Berlin, Deutschland

»Ich musste Volker anrufen, der musste beim zuständigen Staatsanwalt anrufen. Dann musste ein amtlich zertifizierter Übersetzer gefunden werden. Und das alles für eine halbe Seite aus dem Tagebuch ihres Vaters.« Mattie deutet auf das zerknitterte Blatt Papier, das zwischen den Aktenordnern auf dem Tisch in der Kanzlei liegt.

»Ich würde es gern lesen.« Nick nimmt das Papier noch mal

in die Hand, betrachtet die Handschrift, als könnte er dadurch die Worte verstehen, die ihm nichts sagen. »Hat sie noch mehr davon?«

»Ich weiß nicht.« Die Wut, diese ohnmächtige Wut. Sie haben sie beide gespürt. Adriana, und Mattie auch. »Ich konnte sie ja nicht mehr fragen. Sie haben sie weggeschleppt wie ein Tier, Nick.«

»Ich möchte das Tagebuch für meine Story benutzen. Ihn selber erzählen lassen.« Nick legt das Blatt wieder hin. »Ich hab in Kiel ein bisschen recherchiert. Alle Welt hat irgendwas zu sagen. Total gruseliges Zeug über Musik und Tanz im Blut, fahrendes Volk und Zigeunerromantik. Moderne Anthropologie, begeistertes Erforschen einer geschlossenen Gesellschaft und so. Und dann der ganze NGO-Sermon über Empowerment und Integration durch Bildung. Diese Stereotypen werden wieder und wieder reproduziert. Von anderen. Manchmal sogar von den eigenen Leuten, die sich durch Bildung empowert haben und kapiert haben, wie der Hase läuft.«

Mattie kichert. »Liviu sagt, alle erwarten von ihnen, dass sie Musik machen.«

»Das meine ich.«

Es ist schön, mit Nick hier zu sitzen. Ein warmer Sommerabend, die Fenster sind auf. Alle anderen aus der Kanzlei sind lange weg. Quincy schläft in seinem Korb in einer Ecke und träumt vom Jagen. Seine Pfoten rasen durch die Luft.

»Hat Liviu sich bei dir gemeldet?«

Mattie wirft einen Blick auf ihr Handy. Hat er nicht. Sie sind aus Kollwitz direkt zum Parkplatz am Plänterwald gefahren. Keine VW-Busse, keine Menschen. »Wenn ich ihn anrufe, geht er nicht ran. Er ist sauer auf mich, weil ich nicht dafür gesorgt habe, dass sie dableiben können.« Sie legt das Handy weg. »Und er hat recht.«

»Sei nicht immer so streng mit dir.« Nick lächelt. Er kann

das wirklich gut. »Wenn es eskaliert wäre, hättest du dir auch Vorwürfe gemacht.«

»So haben diese Typen gewonnen.« Mattie zieht einen Aktenordner zu sich heran. »Die Akten sind heute gekommen. Vielleicht bringt es ja was, wenn wir uns da mal durchwühlen.«

Sie arbeiten schweigend. Ab und zu macht Nick eine Bemerkung, oder Mattie liest einen Absatz vor.

Auf den Tag genau vor zwanzig Jahren wurden Marius Voinescu und Niculai Lăcătuş auf dem Feld bei Peltzow erschossen, weil man sie angeblich für Wildschweine hielt. Vier Jahre lang dauerte es, bis der Prozess begann. Vier Jahre, in denen sämtliche rumänischen Tatzeugen entweder untertauchen mussten oder abgeschoben wurden. Am Ende gab es nur drei Prozesstage, verteilt über fast ein Jahrzehnt. Gutachten. Gegengutachten. Die Täter schwiegen. Den deutschen Zeugen ging die Erinnerung verloren. Der Freispruch war nur die letzte Konsequenz. Zwei Schützen. Zwei Schüsse. Ein Geschoss. Zwei Tote.

Es ist ein Uhr morgens. Draußen ist es still, nur ab und zu eine Stimme. Ein Vogel. Ein Hund. Quincy wacht auf und knurrt leise.

Nick reibt sich die Augen. »Sieht wirklich so aus, als hätten die gute Anwälte gehabt.« Er blättert in den Akten, um den Namen der Kanzlei zu finden.

Mattie trinkt einen Schluck von ihrem gefühlt hundertsten Kaffee. Bah. Kalt. »Ich frage mich, wer einen Grund hätte, diesen Uwe Jahn da runterzustoßen und es Adriana in die Schuhe zu schieben.«

Nick sieht sie an. »Du glaubst echt, sie war es nicht? Ich meine ehrlich – nicht, weil wir das sagen müssen, weil du für ihren Anwalt arbeitest oder so. Weil es einfach besser wäre.«

Ja, es wäre gut. Mattie lenkt ihre Gedanken zurück in den tristen Besuchsraum. Adriana, mit der aufgestauten Wut eines

Atomreaktors. »Sie hat mir Angst gemacht. Diese Kraft, diese zerstörerische Energie, sie versteckt sie nicht.« Das ist es. Sie nagt an ihrer Unterlippe. »Ich glaube nicht, dass sie es leugnen würde.«

Schweigen. Nick blättert weiter. »Hier.« Er tippt einen Namen in seinen Laptop. »Hey, die sitzen tatsächlich in Frankfurt am Main. Und wie es aussieht, ziemlich weit oben.«

29. Juni 2012, Hansestadt Kollwitz
Mecklenburg-Vorpommern, Deutschland

»Du kannst mich hier rauslassen.«

Liviu bremst an der großen Kreuzung.

Nadina öffnet die Beifahrertür. »Danke, dass du mich rumgefahren hast.«

»Keine Ursache, Schwester.« Er hupt und fährt los. Sie sieht dem VW-Bus nach und steckt sich ’ne Kippe an. Liviu ist cool, der lässt sich von niemandem rumkommandieren. Und trotzdem ist er irgendwie … Wie soll man das sagen? Extrem entspannt. Ihre Brüder, die ganze Familie, alle sind ständig unter Hochdruck, wie diese Kochtöpfe. Kurz vor der Explosion. Einer hat garantiert immer ein Drama zu laufen. Und alle anderen werden mit reingezogen in diesen Strudel. Wie in *Fluch der Karibik 3*.

Aber zurück zu Liviu. Die Pastorin lässt ihn nicht beim Pfarrhaus stehen. Auf dem Platz am Meer waren die Faschisten. Was würde Jack Sparrow machen? Genau. Das macht Liviu. Er stellt seine beiden Busse auf den Parkplatz vor dem Gefängnis. Zum Arbeiten gehen seine Leute nach Kollwitz oder an den Strand. Ihren Müll schmeißen sie auch woandershin. Die Polizisten glauben, dass Liviu Adrianas Cousin ist. Die wollen keinen Ärger, die Schisser. Lassen sie sogar aufs Klo gehen im Knast. Und bewachen sie schön, wenn es dunkel ist. Nadina hat bei Liviu übernachtet. Sie haben was gekocht, Livius Frau hat eine Schüssel ans Gefängnistor gebracht. Adriana wird kapieren, dass ihre Leute in der Nähe sind.

Nadina wäre lieber dageblieben. Sie ist gern in Livius Nähe. Nicht nur, weil er so entspannt ist. Er war der Letzte, der Papa lebend gesehen hat. Na ja, so halb jedenfalls. Besser als gar nicht. So wie sie. Sie tritt die Kippe aus und macht sich auf den Weg in Richtung Pfarrhaus. Arbeiten für die Frau Pastorin. Irgendwelche Texte übersetzen für eine Ausstellung. Ein echter Fortschritt, wenn man bedenkt, dass sie vor einer Woche noch die Kotze im Fußballstadion weggemacht hat. Keine Ahnung, was sie hier noch alles erwartet. Aber was sie zu Hause erwartet, ist klar. Nein, danke.

Ein paar junge Typen in Trikots der deutschen Nationalmannschaft. Schlechte Vibes. Nadina geht vorbei, ohne hinzusehen. Liviu hat gestern Abend im Auto Radio gehört. Deutschland ist raus.

Die Tür zum Pfarrhaus ist nicht abgeschlossen. Kann man einfach so reingehen. Das Büro, gleich rechts. Die Pastorin sitzt mit einer Brille auf der Nase vor dem Computer.

»Hi. Da bin ich.« Sie bleibt erst mal stehen.

Ein vorwurfsvoller Blick über den Rand der Brille. »Wo warst du?«

»Bei Freunden.« Ey, Frau, ich bin erwachsen, verstehst du? Volljährig.

»Ich bin froh, dass dir nichts passiert ist. Beim nächsten Mal sag bitte Bescheid, wenn du nachts wegbleibst. Das ist hier so üblich.«

Dieser Akzent. Echt krass. Besser, sie verhält sich wie auf dem Internat. Stehen bleiben. Auf Durchzug schalten.

»Du kannst dich da rüber an den Schreibtisch setzen. Meine Mitarbeiterin hat Urlaub. Ich schicke dir die Dokumente, für die ich deine Hilfe brauche.«

Nadina setzt sich. Der Stuhl gibt dem Druck ihres Rückens nach.

»Du kannst ihn feststellen. Der Hebel ist rechts unten.«

Okay. Sie streicht über den Flachbildschirm. Er ist neu und sauber. Sie drückt den Knopf am Rechner. Der Computer erwacht sofort zum Leben. Die Tastatur sieht anders aus als zu Hause im Internetcafé. Auf dem Desktop erscheint ein PDF. Es enthält Scans von irgendwelchen Zetteln.

Die Pastorin hat sich wieder beruhigt. »Es sind Transkripte von Liedern, die wir damals für unsere Musikabende angefertigt haben.«

Nadina scrollt über die Papiere. Was soll das denn? »Ich spreche kein Romanes, Frau Pastorin.«

Wieder ein Blick über die Brille. »Du kannst mich Gesine nennen. Warum nicht? Lernt man das nicht bei euch?«

Was denkt die? In der Schule gibt's für Romanes aufs Maul. »Mama spricht Rumänisch mit uns. Sie sagt, Papa wollte das so. Meine Brüder haben Romanes auf der Straße gelernt, als sie schon erwachsen waren. Ich nicht.«

So ein Mist. Jetzt hängt sie hier rum und wieder nichts mit Arbeit.

Gesine findet das lustig. »Nun guck nicht so, Nadina. Wir lassen die Texte weg. Es gibt Videos von den Vorführungen, das muss reichen. Du kannst mir trotzdem helfen. Komm mal her. Bring deinen Stuhl mit.«

Sie rollt hinüber. Auf dem Bildschirm der Pastorin sind Streifen mit Fotos zu sehen.

»Die nennt man Kontaktabzüge. Siehst du hier? Dieses Foto wurde später in einem Magazin veröffentlicht. Die anderen kennt nur der Fotograf. Er war hier in Kollwitz, um Interviews zu machen an dem Tag, als das Heim brannte. Wir können uns aussuchen, welche Fotos wir für die Ausstellung benutzen möchten.«

Liviu hat Nadina erzählt, dass damals alle hier in dem Heim gewohnt haben. Man gab ihnen Betten und zu essen, und sie warteten auf Papiere, um in Deutschland ein neues Leben anzufangen. Später hat man sie dann wieder rausgeschmissen. Ganz toll.

»Wer ist das?« Nadina zeigt auf das Foto, das der Fotograf mit einem Kreuz markiert hat. Das Mädchen vor der Bustür sieht aus, als würde sie den Fotografen am liebsten an die Gurgel gehen.

»Adriana. Am Tag ihrer Abreise. Man hat sie weggebracht. An einen sicheren Ort.«

Das ist also Adriana. Krasses Foto. Hinter ihr schlagen Flammen aus einem Fenster im Haus. »Wer hat das Feuer gelegt?«

Gesine nimmt die Brille ab. »Man weiß es nicht genau. Die Leute waren sehr aufgebracht. Es war eine Zeit der Unsicherheit. Und es kamen immer mehr Roma.«

»Was haben sie getan?«

»Sie haben hier draußen geschlafen. Es gab nicht genug Toiletten. Im *Kaufmarkt* passierten ein paar Diebstähle. Die Menschen hatten Angst vor den Fremden.«

Nadina deutet auf das Foto. »Adriana hat aber auch Angst. Und sie ist sauer.«

Just gonna stand there, watch me burn.

»Darf ich mal?«

Gesine rollt zur Seite. Nadina setzt sich vor die Tastatur. Mit dem Cursor geht sie die Fotos durch. Der Fotograf schießt in die andere Richtung. Männer mit Sonnenbrillen und Kappen oder mit Tüchern vor den Gesichtern. Einige halten brennende Flaschen in der Hand. Andere grölen mit ausgestrecktem Arm in die Kamera.

»Das musst du nehmen.« Sie haben im Internat öfter Fotostorys gemacht. Im Kunstunterricht. Raluca fand das cool. Nadina nicht so. Lieber zeichnen. »Siehst du? Adriana sieht diese Leute, als sie in den Bus einsteigt.«

Gesine macht ein unglückliches Gesicht. »Das ist kein schönes Foto.« Nee, schön ist das nicht. Nadina sieht sie an. Seufzend schreibt sie die Nummer auf.

»Hinter den Leuten da. Ist das ein Polizeiwagen?«

Die holt doch tatsächlich aus einer Schublade eine Lupe und hält sie vor den Computerbildschirm.

»Wir können das auch auf dem Bildschirm vergrößern.« Nadina drückt die Tasten und das Foto wird groß.

Gesine guckt und guckt.

Was für ein Kuddelmuddel. Es gibt Zeiten im Leben, die würde man irgendwann gerne hinter sich lassen. Dieser schwarze August 1992 gehört in der Hinsicht sicherlich zu ihren Favoriten.

Im ersten Moment denkt sie: Bundesgrenzschutz. Die fuhren damals diese dunkelgrünen Jeeps. Sie nimmt noch mal die Lupe zur Hand, trotz des vergrößerten Fotos. Das ist doch der weiße Stern von *Nordhaus Immobilien.* Ein Gedanke entsteht in ihrem Hinterkopf. Er lässt sich noch nicht fassen.

Wo waren sie stehengeblieben? Die Ausstellung, ja richtig.

»Eigentlich wollte der Fotograf eine Serie über Roma in Deutschland machen. Lass uns mal den Anfang suchen, da sind vielleicht Porträtaufnahmen, die wir brauchen können.«

Nadina zieht geschickt die Bilder nach unten weg, bis sie an den Anfang der gescannten Kontaktbögen kommt. Ach, wie schön. Da sind sie ja – ihre Zigeuner! Ausdrucksvolle Gesichter. Mit der Erinnerung kommen die Stimmen, die Namen zurück. Wie mag es ihnen ergangen sein? Gesine notiert die Nummern eine nach der anderen.

Ein Kind, vielleicht acht Jahre alt, mit einer Zigarette in der Hand. Wird nicht notiert.

Nadina lacht. »Das musst du nehmen, Gesine!«

Das Mädchen ist gewiss intelligent, doch es gibt keinen Moralkodex, in den dieses Wissen eingebunden ist. »Man kann keine rauchenden Kinder zeigen.«

»Warum nicht?«

Gesine seufzt. »Weil so ein Bild die Menschen hier abstößt. Rauchen ist ungesund. Besonders für Kinder.«

»Bei uns rauchen alle.« Nadina interessiert sich nicht weiter für die Gesichter ihrer Ethnie. Die Fotos fliegen über den Bildschirm. Nun, die kann man ja später in Ruhe durchsehen. »Hier ist er nach draußen gegangen.«

Sie hat recht. Auf diesen Bildern ist es noch hell. Der Fotograf hat am Kiosk weitergemacht.

Kinder spielen auf dem Spielplatz. Wird notiert.

Männer trinken Bier. Wird nicht notiert. Die Bilder wirken seltsam künstlich auf Gesine. Gestellt. »Mach das doch bitte auch mal größer.« Etwas fehlt. Dem Licht nach müsste das Foto am späten Nachmittag aufgenommen worden sein.

Aber natürlich! Der Kiosk ist ja fast leer. Normalerweise traf man dort um diese Zeit die Arbeitslosen aus dem Viertel, und es waren so viele arbeitslos. Sie standen nie direkt bei den Roma, doch sie hätten da sein müssen. Irgendwo im Hintergrund. »Weiter.«

Das Mädchen wirft ihr einen fragenden Blick zu. Gesine lächelt sie aufmunternd an. »Du machst das super.«

Nummer 143. Die Roma sind jetzt fort. Im Heim hatten die Frauen sicher das Essen zubereitet. Und hier die anderen, die noch auf ihren Termin bei der ZAST warten. Autos und Busse auf dem Parkplatz, zwischen denen Leute auf Decken um Gaskocher herumsitzen. Stimmungsvolle Bilder im Abendlicht. Gesine notiert die Nummern.

Nummer 150. Ah, da ist ja der *Nordhaus*-Jeep. Ein Mann steigt gerade ein.

»Weiter.«

Nummer 176. Er steigt wieder aus, mit Baseballkappe und Sonnenbrille.

»Das hatten wir schon.« Nadina hat recht. Und da ist wieder derselbe Mann. Mit der brennenden Flasche in der Hand.

»Weiter. Hat er noch mehr Bilder in diese Richtung geschossen?« Gesine versucht nicht mehr, ihre Aufregung zu verbergen.

Er ist ausgestiegen, um besser sehen zu können. Das ist Uwe Jahn, zwar jünger, doch eindeutig zu erkennen. Er steht ein paar Meter entfernt von dem Jeep, zwischen anderen Zuschauern.

»Alles okay?« Nadina rutscht ungeduldig auf dem Stuhl herum. Ihre Aufmerksamkeitsspanne ist wahrscheinlich längst erschöpft.

»Ich weiß es nicht.« Gesine starrt auf das Foto. Es ergibt keinen Sinn. Uwe Jahn kam als Hausmeister von *Nordhaus Immobilien* erst viel später nach Kollwitz-Fichtenberg. Was also hat er auf diesen Fotos zu suchen?

29. Juni 2012, Frankfurt am Main
Hessen, Deutschland

Nick parkt den Car-Sharing-Wagen in der Tiefgarage. Matties Bus haben sie in Berlin gelassen. Sie hat sich schwergetan einzugestehen, dass ihr alter roter Kumpel bis Frankfurt drei Tage brauchen würde. Und Nicks Zeit läuft ab. Adios, amigo!

»Wir sind da.«

Mattie reibt sich die Augen. »Wo?« Sieht sich um. Sieht ihn an. »Nick?« Er kann nicht anders. Ein schneller Kuss, bevor sie richtig wach ist. Die Antwort ist ein angedeuteter Schlag in die Magengrube. Vorsicht, Nick. Sonst musst du wie Quincy im Auto warten.

Frankfurter Innenstadt. Richtige Hochhäuser. Restaurants, indisch, chinesisch, pakistanisch. Nick gefällt Frankfurt. Es fühlt sich an wie eine Stadt. Nicht wie Berlin. Eher wie Bombay. Seine Hassliebe zu der sumpfigen Megastadt auf den sieben Inseln tendiert in diesem Moment zum Positiven. Aus der Ferne lässt Bombay sich leichter lieben. Zwei indisch aussehende junge Banker in Maßanzügen schieben sich zwischen ihnen durch, ohne ihr Gespräch zu unterbrechen.

»Vermisst du Cal nie?«

Nick zuckt zusammen. Kann Mattie ebenfalls Gedanken lesen?

Wenn ja, hat sie es bisher vermieden, ihn damit zu erschrecken. »Hast du mit ihm gesprochen?«

Sie bleibt stehen. Ein schlechtes Zeichen.

»Nick!« Noch schlechter. »Natürlich spreche ich mit ihm. Er ist mein Freund. Und deiner auch. Freunde schmeißt man nicht einfach über Bord.«

»Und was ist mit Kamal? Telefoniert ihr jeden Tag?« Als Nick in Kiel war, hat Kamal sie nicht ein einziges Mal erwähnt. Gerade das hat ihm bestätigt, wie sehr sie ihm fehlt.

»Das ist was anderes!«

»Ach so!«

Schweigend laufen sie nebeneinander her.

Die Adresse stimmt. Maybury & Partners heißt die Kanzlei. Das Haus sieht nach New York aus, heller sandgestrahlter Stein. Innen alles aus Marmor. Ein Concierge schickt sie in den vierzehnten Stock. Hinter einem cremefarbenen Tresen vor einer perfekten Aussicht auf das Bankenviertel sitzt eine perfekte junge Frau. Nick nennt seinen Namen. Die Frau geht auf Pumps vor ihnen her, ohne umzuknicken. Ein Konferenzraum. Getränke auf dem Tisch. »Oder darf es ein Espresso sein?«

»Ja, gern«, sagt Nick und lächelt die Frau an.

»Nein, danke«, sagt Mattie und setzt sich mit dem Rücken zur Aussicht. Als die Tür zu ist, atmet sie laut aus.

Nick grinst. »Schon wieder auf Krawall gebürstet?«

»Du redest.« Mattie schlägt die Beine übereinander und guckt ihn an wie eine Supervisorin. Ach du Schreck. Nick auf dem Weg zu seinem Comeback. Casting-Show mit Mattie Klum.

Der Espresso kommt.

Mattie nimmt sich eine Cola.

Nick guckt aus dem Fenster.

Mattie gähnt.

Die Tür geht auf. Herein tritt ein Mann um die sechzig, schlank. Graue halblange Locken, silbriger Anzug. Erfolgsverwöhnte Augen in heller Farbe. Nick zieht sich in Gedanken schon mal warm an.

Vorstellungsrunde. Leiffert, Seniorpartner. Schnellanalyse: eitel, mediengeil und – Nick fällt nur ein veraltetes Wort dafür ein – halbseiden. So lange auf der Gewinnerseite mächtiger Gesetzesbrecher, dass der kalte Glamour auf ihn abgefärbt hat. Inklusive des weißen Pulvers vermutlich.

Mattie interessiert ihn nicht. Sie hat keinen Presseausweis. Ein Duell also.

Leiffert zieht als Erster. »Sie wissen vermutlich, dass ich ohne Einverständnis meiner Mandanten nichts sagen kann, was nicht im ohnehin veröffentlichten Urteil steht.« Demonstrativer Blick auf die Uhr. Beweise, dass du keine Zeitverschwendung bist.

»Sie haben beide Angeklagten vertreten? Ist das nicht ungewöhnlich?« Nick spricht betont ruhig, als hätte er alle Zeit der Welt. Dabei stimmt das nicht. Adios, amigo!

»Nicht unbedingt. Welchen Zweck verfolgen Sie eigentlich mit Ihrem Artikel? Der Prozess endete mit einem Freispruch.«

»Meine Kanzlei will den Fall wieder aufrollen.« Das kommt von Mattie.

Aha, seine Augen blitzen. Er wittert Medieninteresse. »Name?«

»Meerbach & Wiese.«

»Ah ja. Mit denen hatten wir bereits zu tun. Interessant.«

Mattie schickt einen Blick rüber. Entschuldigend. Mach du weiter.

Nick lächelt. »Wer hat Sie denn eigentlich damals engagiert? Ich meine, Sie sind ja nicht irgendeine Kanzlei aus den Gelben Seiten.«

»Sind wir nicht.« Er ist billig zu haben. Selbstgefällig. »Ich gebe Ihnen einen Tipp. Der Angeklagte Walther hat uns persönlich kontaktiert. Der andere nicht.«

»Jahn hätte sich Ihre Vertretung gar nicht leisten können.«

»Stimmt genau. Wer springt denn in so einem Fall ein?«

Hallo? Der spielt ein Spielchen mit ihm. Na gut. Wenn es zu etwas führt. Nick überlegt. »Der Arbeitgeber.«

»Das ist üblich in solchen Fällen. Und wer war das?«

»Eine sogenannte Agentur für Jagdreisen.«

Leiffert scheint das Ganze Spaß zu machen. Er winkt ab. »So stand es in den Zeitungen. Dabei waren die Jagdreisen ein reines Nebengeschäft. Die gab es sozusagen obendrauf. Womit wurde damals richtiges Geld verdient?«

1992. Zwei Jahre nach der Wende. Die dicksten Treuhand-Brocken waren schon über den Tisch gegangen. »Immobilien?« Plötzlich fällt ihm etwas auf. »Warum eigentlich eine Kanzlei aus Frankfurt am Main? Hat Hans-Jürgen Walther Sie zuerst kontaktiert?«

»Bingo. Hat er nicht.« Er zwinkert Mattie zu, als sei sie der Schiedsrichter bei diesem Spiel.

Also der andere. Der Arbeitgeber. Nick versucht sich zu erinnern, ob dazu etwas in den Akten stand. Ein Arbeitgeber mit Verbindungen nach Frankfurt. Immobilien. »Ein Frankfurter Makler, der nach der Wende im Osten aktiv wurde?« Er sieht zu Mattie.

Bei der ist die Flipperkugel auch angekommen. »*Nordhaus Immobilien*.«

Leiffert springt auf. Der hat ganz schöne Energiereserven. Nick kann sich vorstellen, was für eine Show der Anwalt im Gerichtssaal abzieht. »Wenn Sie ohne meine Genehmigung oder die meiner Mandanten Namen nennen, sehen wir uns vor Gericht. Unsere Kanzlei und meinen Namen hingegen dürfen Sie gerne erwähnen. Das wär's dann wohl?«

Wieder unten auf der Straße.

»Wir brauchen WLAN.« Mattie zeigt auf eine *Starbucks*-Filiale. Nick hasst diese Läden, in denen es keinen Namen für einen normalen Kaffee gibt. Dafür umso mehr falsche Gemütlichkeit. Egal jetzt.

»Hier ist es.« Er hat eine Website gefunden. Das Logo kommt ihm vage bekannt vor. Weiße Kompassrose auf grünem Grund.

»Guck mal, die Ostseeterrassen.« Mattie schlürft ihren geliebten Macchiato mit Schoko, Zimt und wer weiß was da noch alles drin rumschwimmt.

Nick öffnet die Impressums-Seite. Geschäftsinhaber des Konsortiums ist Jochen Wedemeier. Geschäftsführer des Frankfurter Büros: Frank Wedemeier. Beim Googeln stößt er auf zwei Privatadressen. Ein Eintrag für Jochen Wedemeier auf einem Gut in Vorpommern, ein anderer für den Sohn im Hochtaunus.

»Das Kaff heißt Nordhausen. Daher der Firmenname. Hat gar nichts mit dem Norden zu tun.«

»Kann ich mal? Irgendwas klingelt da bei mir.« Mattie zieht den Laptop zu sich herüber. Nick lehnt sich zurück und beobachtet sie. Eine steile Falte steht auf ihrer Stirn. Wenn man sie küsst, geht sie weg. Nick schließt die Augen.

»Nicht einschlafen, Nick! Hier. Der zweite Jäger, Hans-Jürgen Walther, wohnt im selben Dorf. Kein Zufall.« Sie guckt ihn an. Nicht nötig, die Frage laut zu stellen.

»Auf geht's, Mattie. Wenn wir uns beeilen, schaffen wir das noch.« Nick steht auf.

Nicht an die Zukunft denken. Nicht an die Vergangenheit. Was gerade passiert, fühlt sich gut an. Das reicht.

29. Juni 2012, Hansestadt Kollwitz
Mecklenburg-Vorpommern, Deutschland

Herrje, was für ein Unwetter. Gesine legt einen Tritt zu. Den heftigen Teil des Gewitters hat sie in Kollwitz nach der Sitzung des Kirchgemeinderates abgewartet. Diese ganze Bürokratie ist ohnehin nicht ihrs, aber heute wollte die Sitzung einfach kein Ende nehmen. Wenn es so weiterging, würde sie bald gar nicht mehr für ihre Gemeinde da sein, sondern bloß noch Zettel ausfüllen. Den anderen ist ihre Ungeduld nicht entgangen. Der Uwe Jahn auf den Fotos will ihr nicht aus dem Sinn. Morgen wird er auf dem Fichtenberger Friedhof beigesetzt. Höchste Zeit, sich um die Rede für die Trauerfeier zu kümmern. Das Bestattungsinstitut hat sie kontaktiert. Die Angehörigen werden erst am Tag der Feier anreisen und wünschen kein Vorgespräch. Das ist ungewöhnlich, kommt aber in letzter Zeit häufiger vor. Dabei helfen diese Gespräche den Lebenden, Abschied zu nehmen und ihre Erinnerung an den Verstorbenen in Worte zu fassen. Doch den Riss, der durch diese Familie ging, kann wohl selbst der Tod nicht kitten.

Gesine biegt vom Deich in Richtung Kirche ein und lässt sich das letzte Stück rollen. Sie streift die Kapuze ab, es hat aufgehört zu regnen. Ach du liebe Güte! Sie steigt in die Bremsen. Es geht wieder los. Nach zwanzig Jahren.

Jemand hat vor dem Eingang zum Pfarrhaus einen riesigen Haufen Müll abgeladen. Am helllichten Tag. Eine nasse Pampe aus Essensresten, Plastik und Papier türmt sich vor der Haustür. Davor lehnt ein Pappschild, von Hand beschrieben. »Wir wollen keinen Dreck in Fichtenberg.«

Ihr erster Gedanke gilt dem Mädchen. »Nadina!« Sie rennt ums Haus herum. Das Fenster des Arbeitszimmers steht offen. Gesine ruft noch einmal.

Nichts.

Um Gottes willen. Das Mädchen ist in ihrer Obhut. Wenn ihr etwas zustößt, wird sie sich das nie verzeihen.

Weiter. Nach hinten. Das Gartentor ist offen. Durch das nasse Gras. Muss gemäht werden. Die Hintertür ist abgeschlossen. Der Schlüssel liegt wie immer unter dem Stein. In Fichtenberg kennt man sich doch.

Wohnzimmer. Nichts.

Küche. Nichts.

Gästezimmer. Gäste-WC. Arbeitszimmer –

»Nadina!«

»Hey, Gesine!« Sie steckt hinter dem Computer, die Kopfhörer in der Hand. »Was ist los?«

»Hast du keine Ohren?« Die Angst verwandelt sich in Wut. Sie sollte doch die Fotos sortieren. Wozu braucht man da Kopfhörer?

»Sorry. Hab geskypt.« Sie will die Kopfhörer wieder aufsetzen, aber da hat sie die Rechnung ohne Gesine gemacht. Zwei, drei Schritte, sie hat das Mädchen am Arm und zieht sie mit zur Haustür.

»Lass mich los!« Nadina wehrt sich, erstarrt jedoch, als sie den Haufen sieht. »Was ist das denn? Was steht auf dem Schild?«

Gesine kommt langsam wieder zu sich. »Kind, bin ich froh, dass dir nichts passiert ist. Sie müssen gerade erst hier gewesen sein.«

Was alles hätte passieren können! Man darf nicht drüber nachdenken. Man kann nur handeln. Erst mal muss die Sauerei hier weg.

»Hilf mir mal. Im Schuppen sind Schaufel und Schubkarre.« Sie macht kehrt. Vorne ist kein Durchkommen. Der Müll stinkt bestialisch.

»Kann das nicht jemand anders machen?« Statt mitzukommen, steckt die sich doch in aller Seelenruhe eine Zigarette zwischen die Lippen. »Ist ja ekelhaft.«

Jetzt reicht's aber. Gesine pflückt ihr die Zigarette aus dem Gesicht. Ab auf den Haufen damit. Das Mädchen starrt sie fassungslos an.

»Geht's vielleicht heute noch? Oder soll ich das alles alleine aufräumen?«

Gemeinsam schaufeln sie den matschigen Müll in die Karre und von der Karre in den Müllcontainer an der Kirche. Die naheliegende Frage bleibt unausgesprochen. Sie wissen beide, wer hinter diesem feigen Anschlag steckt.

»Kümmere du dich um die Fotos. Ich muss noch mal los.« Die nötige Ruhe für die Trauerrede hat sie jetzt sowieso nicht.

In der Tür dreht Nadina sich um. »Das Schild. Was steht drauf?«

Gesine seufzt. »Einfach nur dummes Zeug.«

»Das stimmt nicht.« Sie verschränkt die Arme vor der Brust. »Ich will es wissen.«

Sie übersetzt es ihr. Das arme Ding.

Im Büro von *Nordhaus Immobilien* sitzt die Sonnenbanksüchtige. Sie arbeitet schon eine Ewigkeit für Wedemeier, wohnt aber selbst nicht hier in der Siedlung.

»Frau Matthiesen.« Sie kann den Blick kaum von ihren Fingernägeln losreißen. »Was kann ich für Sie tun?«

»Es geht um die Trauerrede für Uwe Jahn.« Gesine nimmt auf dem Stuhl für Kunden Platz. »Ich brauche ein paar Informationen.«

»Ach, der Jahn. Schreckliche Sache.« Der Sinn ihrer Worte erreicht die Augen nicht. »War ja eher ein Stiller. Wir haben kaum einen Satz miteinander geredet.«

»Könnten Sie mal für mich nachsehen, seit wann genau er hier in Kollwitz gearbeitet hat?«

»Na, wird wohl in Ordnung sein. Ihn kann das ja nicht mehr stören.« Gesine studiert das Namensschild auf dem Tisch. Frau Lüthje klappert mit den langen Nägeln auf der Tastatur. »Also soweit ich das hier sehen kann, war der Jahn schon bei *Nordhaus*, bevor unser Büro hier in den Ostseeterrassen aufgemacht hat. Tut mir leid, da müsste ich in der Hauptverwaltung nachfragen.«

»Sparen Sie sich die Mühe.«

Gesine fährt herum. Hinter ihr hat Jochen Wedemeier das Büro betreten. »Uwe Jahn war bis zu dem Jagdunfall auf Honorarbasis für unsere Jagdreisen-Agentur tätig. Danach hat die Nordhaus Immobilien GmbH ihn in Festanstellung übernommen. Die Jagdreisen haben wir aufgegeben.« Er macht eine wegwerfende Handbewegung. »Nicht rentabel.«

Sie hat nicht gewusst, dass Wedemeier auch Veranstalter dieser unglücklichen Jagdreisen war. Er ist hinter seine Mitarbeiterin getreten. Die Lüthje sitzt wie erstarrt vor ihrem Computer. Der Makler ist ein Machtmensch. Er tut nichts ohne Absicht.

Gesine ist seine zynische Ader zuwider. Und die Einschüchterungsmasche zieht bei ihr nicht. »Sie haben Jahn eingestellt, bevor er vom Vorwurf des Totschlags freigesprochen wurde?«

»Aber natürlich, Frau Matthiesen. Sie sind doch die Erste, die gern humanitäre Gründe ins Spiel bringt. Die Leute aus dem Dorf, sein eigener Jagdverband, alle haben den Mann fallen lassen, dabei war er weiß Gott genug gestraft. Ich wollte ihm eine Chance geben.« Jetzt legt er der armen Frau auch noch eine Hand auf die Schulter. »*Nordhaus* ist wie eine große Familie. Da hält man zusammen. Nicht wahr, Frau Lüthje?« Eine Warnung, ohne Zweifel.

Sie lächelt verkrampft. »Ja, Herr Wedemeier.«

Sein Blick richtet sich wieder auf Gesine. »Und als ich nach dem Brand des Heims das Projekt Ostseeterrassen gestartet habe, wurde Jahn hier Hausmeister. Ein paar Jahre später dann der Freispruch, woran ich im Übrigen nie gezweifelt habe. Ende gut, alles gut.«

Gesine steht auf, um mit dem Mann auf Augenhöhe zu sein.

»Ja, und der Brand kam dann auch recht passend, nicht wahr, Herr Wedemeier?«

Sein Politikerlächeln gefriert. Gesine dreht sich um und verlässt das Ladenbüro. Erst als die Tür hinter ihr zugefallen ist, wagt sie einen Blick zurück.

Wedemeier hat sich nicht von der Stelle gerührt. Ohne die Augen von ihr zu wenden, zieht er sein Handy aus der Tasche.

Nun hat sie sich einen der mächtigsten Männer von Kollwitz endgültig zum Feind gemacht. Lieber Gott, steh mir bei.

29. Juni 2012, Nordhausen im Taunus
Hessen, Deutschland

BRD. Vor der Wende, als es noch zwei deutsche Staaten gab. Als Bonn noch eine Hauptstadt war. Ein Bungalow wie aus einem Science-Fiction-Film von Rainer Werner Fassbinder. *Welt am Draht.*

Mattie und Nick sitzen auf einem Sofa aus braunem Cordsamt. Silberne Deckenlampen, weiße Wände, Raumteiler aus orangenem Plastik.

»Retro Future«, flüstert Nick.

»Bis auf die da.« Mattie nickt zu den Tierköpfen an der Wand. Die armen Viecher wirken völlig deplatziert in diesem Ambiente. Bestimmt findet das auch Frau Walther, die, wie Mattie vermutet, keins der Tiere erlegt hat.

»Das ist 'ne Kunstausstellung, Mattie. Verstehst du nicht.« Nick kichert. Es scheint ihm besser zu gehen, seit sie quer durch die Republik jagen. Mattie gähnt. Schlaf hat sie nicht viel gekriegt. Nur das Adrenalin hält wach.

Hans-Jürgen Walther bringt den Kaffee selbst herein. Von seiner Frau haben sie bisher nur eine Stimme im Off gehört.

Er stellt das Silbertablett ab. »Bitte bedienen Sie sich.« Hellgelber Kaschmirpullover, dunkle Hose, Golfschuhe. Walther ist ein gepflegter Mann, der viel Mühe darauf verwendet, sein Alter runterzuspielen. Etwas zu gleichmäßig gebräunt. Etwas zu weiße Zähne. Etwas zu betont jovial. Er setzt sich in den Designersessel neben den Kamin.

Sein Blick hat die Arroganz eines Menschen, der andere bewertet. Mattie überlegt. War der Mann nicht Personalchef bei einer Fluggesellschaft? Ob der alle Leute nach Normgrößen und Konfektionsmaßen beurteilt? Körbchengröße 75 C. Sie fühlt sich ausgezogen. Trotz der sommerlichen Temperaturen zieht sie den Reißverschluss ihrer Trainingsjacke ganz nach oben.

»Es geht also um den Ausbau des Frankfurter Flughafens?« Er rührt seinen Kaffee um. Kein Zucker, nur ein Tropfen Milch.

Nick rührt ebenfalls. Dann baut er in aller Ruhe sein Mikro auf. Den Flughafen hat er als Hebel angesetzt, um reinzukommen. »Nein«, sagt er und nimmt einen Schluck Kaffee. »Da müssen Sie mich falsch verstanden haben. Es geht um den sogenannten Wildschwein-Prozess, den Jagdunfall, der sich heute zum zwanzigsten Mal jährt.«

Mattie beobachtet ihn unauffällig durch halb geschlossene Lider, damit ihr keine Regung des Mannes entgeht. Er hat sich gut unter Kontrolle, nur an seiner Schläfe wird eine Ader sichtbar.

»Gehen Sie bitte. Sonst rufe ich die Polizei.« Er steht auf.

Nick bleibt sitzen und legt nach. »Wussten Sie, dass Uwe Jahn vor einigen Wochen umgebracht wurde?«

»Was?« Er schwankt, greift nach der Lehne des Sessels. Es hat ihn unvorbereitet getroffen. So etwas kann man nicht vortäuschen. Oder doch?

Mattie schlägt die Beine übereinander. »Wo waren Sie denn am 16. Juni, Herr Walther? Setzen Sie sich doch, dann redet es sich netter.«

Er setzt sich wieder hin. Aus Schwäche, nicht weil er es netter haben möchte. »Warum hätte ich Uwe Jahn ermorden sollen?«

Nick beugt sich vor. Der Jäger. Die Verhältnisse haben sich umgekehrt. »Hat Jahn Sie am 15. Juni angerufen?«

Walther sieht zum Fenster. Der hat jetzt anderes im Kopf als Körbchengrößen. Geschieht ihm recht. »Warum sollte er mich anrufen? Die Beziehung zwischen Uwe Jahn und mir war rein geschäftlicher Natur. Ich für meinen Teil habe damals alles mit Jochen Wedemeier geregelt. Nachdem ich meine Haftpflichtversicherung informiert habe, selbstverständlich.«

»Ihre *Versicherung*?« Nick sieht aus, als würde er den Mann am liebsten schütteln.

Walther strafft sich. »Jeder Jäger hat eine Haftpflichtversicherung. Vorschriftsmäßig. Die Versicherung regelt eventuelle Schadensersatzansprüche. In diesem Fall hat sich jedoch niemand gemeldet.«

»Ja, haben Sie denn jemals versucht, mit den Angehörigen der beiden Opfer Kontakt aufzunehmen?«

»Nein.«

Mattie ist sicher, dass der Mann ruhig schlafen kann. Er ist sich keiner Schuld bewusst.

»Ich möchte Sie jetzt wirklich bitten zu gehen. Meine Frau und ich sind zum Golf verabredet.«

»Bitte geben Sie uns den Namen Ihrer Versicherung.« Nicks Stimme zittert. Verachtung. Wut.

Walther nennt einen großen Konzern.

Mattie steht auf, geht zu ihm und streckt ihm die Hand hin. Fester Händedruck. Ihrer auch. Kung-Fu. »Auf Wiedersehen.«

Er sieht sie nicht an. Nick packt sein Mikrofon in die Tasche.

»Wenn Sie wissen wollen, wen Jahn angerufen hat, fragen Sie doch Wedemeier!« Es bricht aus ihm heraus, gehässig. »Der Jahn gehörte dem ja vorher schon. Der hat mit ihm geredet wie mit seinem Hund! Wenn der jemanden anrufen wollte, dann bestimmt sein Herrchen.«

Im Flur plötzlich ein Geräusch. Mattie dreht sich um. Nick hat eine Tür vor den Kopf bekommen. »Oh, Entschuldigung.« Aus dem Keller kommt eine alternde Blondine im Bademantel. Auch sie tiefbraun. Sicher haben die alles im Haus, Sauna, Pool, Solarium. Die Frau trägt zu viele Klunker. Und das ist bestimmt nur das Set zum Golfspielen.

Nick wendet den Wagen. Quincy springt ihr von hinten auf den Schoß. Mattie wirft einen letzten Blick auf das in den Berghang hineingebaute Haus der Walthers. Diese ganze Siedlung ist deprimierend. Der Natur aufgezwungen. Jeder sitzt in seinem Bunker. Und erstickt an der Leere des Lebens. Oder an der eigenen Kotze. Ein Dunst von Schlaftabletten, Antidepressiva und zu viel Rotwein hängt in der Luft. Nur beste Jahrgänge, versteht sich. Sie vergräbt ihre Nase im Hundefell.

»Er hat Angst.« Mattie sieht Nick an. Er fährt mit zusammengebissenen Zähnen. »Ich glaube, er hat Angst, auch so zu sterben wie Uwe Jahn.«

»Ist mir scheißegal.« Nick fährt zu schnell. »Von mir aus kann der morgen verrecken. Blödes Arschloch.«

Irgendwie hat er recht. Walther hat zwei Leute erschossen. Alles, was er tut, ist, seine Versicherung und seinen Anwalt anzurufen.

Mattie legt ihre Hand auf Nicks Bein. Seine Wut gibt ihm Deckung für eine ganz andere Baustelle. Dieser alte Mann in seinem Haus hat Nick in blanke Panik versetzt. Er hat sich selbst gesehen, ein möglicher alter Nick, umgeben von Besitz und Leere.

Mattie lässt ihre Hand, wo sie ist. Und Nick lässt sein Bein, wo es ist.

30. Juni 2012, Hansestadt Kollwitz
Mecklenburg-Vorpommern, Deutschland

Just gonna stand there –

Immer wenn die Kirchentür aufgeht, hört Nadina durch das offene Fenster die Orgel. Sie hat die Fotos vor sich ausgebreitet.

Kann sich nicht konzentrieren.

Hält sich die Ohren zu.

Love the way it hurts.

Wieder die Orgel. Feierlich. Hundert Meter weiter wird der Mörder ihres Vaters beerdigt. Etwas zieht sie dorthin, in die Kirche. Sie sieht sich selbst. Sie trägt Schwarz. Geht an ihnen vorbei. Seinen Kindern. Seinen Enkeln. Sieh mich an. Ertrage meinen Blick.

Watch me burn.

Die Haustür reißt sie aus ihren Gedanken. Gestern waren die Faschisten hier. Ganz nah. Während sie gerade mit Raluca geskypt hat. Nadina steht auf und greift nach dem nächstbesten Gegenstand. Ein Metalllineal. Nein, lieber den Bleistift. Er ist spitz.

Schritte in der Diele.

»Hallo?« Bevor sie den Bleistift weglegen kann, steht Mattie in der Tür. »Nadina!«

Matties Hund rennt zu ihr und springt kläffend an ihrem Bein hoch. Sie tritt zu. Reflex. Jaulend rutscht er übers Parkett zu seiner Besitzerin.

»Spinnst du!« Mattie nimmt das zitternde Bündel Fell auf den Arm.

»Tut mir leid.« Nadina versucht sich zu entspannen.

Mattie wirft ihr einen skeptischen Blick zu. Dann sieht sie sich um. »Wo ist die Pastorin?«

»Drüben bei der Trauerfeier.« Sie deutet zur Kirche. Die Orgel spielt wieder. »Der Mann wird heute beerdigt.«

»Ich weiß.«

Sie starrt Mattie an. Hat die etwa Mitleid mit dem Typen? »Mama sagt, es ist gut, dass er tot ist.«

Mattie starrt zurück. Setzt den Hund ab. Macht zwei Schritte auf sie zu. Ey, was soll das denn werden? Nimmt sie in den Arm. Mattie riecht gut. Nicht so gut wie Mama. Aber es geht.

»Ich dachte schon, die kommen wieder.« Die Geschichte mit dem Müll bricht aus ihr heraus. Sie zerrt Mattie nach draußen, zeigt ihr den Container und das Schild, das noch in der Karre liegt. »Gesine sagt, sie bewahrt es auf, falls noch mal was ist.«

»Die Polizei war nicht da?«

Nadina schüttelt den Kopf. »Ist doch nichts passiert.«

»Lass uns hier verschwinden.« Mattie schiebt sie zurück zum Haus. »Hast du schon mit der Arbeit angefangen?«

Sie gehen wieder ins Büro. Nadina zeigt ihr die Fotos in der Reihenfolge, die sie sich für die Ausstellung überlegt hat. »Hier, Adriana steigt in den Bus. Als letztes Foto will ich zeigen, was sie sieht. Diese Typen mit den brennenden Flaschen.«

Ohne ein Wort geht Mattie die ganze Fotoserie noch mal durch. »Kann ich die ausleihen? Sind ja nur die Kontaktabzüge.«

»Keine Ahnung. Muss Gesine entscheiden.«

Was haben die bloß alle mit den Fotos? Mattie wirkt plötzlich so nervös. »Okay, komm, wir fragen sie. Die Trauerfeier müsste jetzt vorbei sein.«

Richtig, die Orgel spielt nicht mehr. Mattie stapelt die Fotos auf, ohne die Reihenfolge durcheinanderzubringen, und nimmt sie mit.

Nadina folgt ihr zum Bus, wo der Hund eingesperrt wird. Sie gehen über den Vorplatz zur Kirche. Die Tür ist offen. Noch bevor sie dort sind, kommt Gesine raus. Sie trägt ein schwarzes Priestergewand. Hinter ihr gehen zwei Männer in dunklen Anzügen, die die Urne in einem Metallgerüst tragen. Nadina bleibt stehen und zählt. Zehn Menschen folgen dem Zug auf den Friedhof. Sieben Erwachsene und drei Kinder.

Mattie zieht sie am Arm. Sie kann sich nicht losreißen von dem Anblick. Flüstern an ihrem rechten Ohr: »Nadina, ich rufe die Pastorin von unterwegs an. Ich fahre zu Adriana. Willst du mitkommen?«

Nadina schüttelt den Kopf. Sie bleibt hier.

»Alles in Ordnung?«

»Ja, ja.«

Mattie wirft ihr einen skeptischen Blick zu, dann verschwindet sie in Richtung Parkplatz. Nadina geht langsam um die Ecke. Der Trauerzug ist auf dem Friedhof angekommen. Sie folgt ihm bis an die Eingangstür. Die Pforte lässt sich aufdrücken. Sie will die Gesichter der Leute sehen. Dafür muss sie näher ran. Hinter den halbhohen Busch. Nah genug am offenen Grab. Gesine spricht auf Deutsch.

Nadina prägt sich das Bild ein. Auf der Beerdigung von Niculai Lăcătuş waren zweihundert Leute. Aus der Fabrik, aus der Siedlung, sogar aus dem Heimatdorf seiner Großeltern. Sie haben geweint und Musik gemacht. Wie oft musste sie die Fotos angucken. Schwarzweiß. Mama hat ihr wieder und wieder die Geschichte erzählt. »Dein Papa war ein so schöner, wunderbarer Mann. Hätte ich euch nicht gehabt, ich hätte mich mit ihm ins Grab gestürzt.«

Niemand da drüben wird sich für Papas Mörder ins Grab werfen. Die Leute weinen nicht. Sie gehen weg. Ein paar Blumensträuße bleiben zurück. Zwei Männer schaufeln Erde auf das frische Grab.

Klick. Ein Foto im Kopf. Für Mama.

Der Raum für Besucher. Heute geht es ihr besser.

Noch ist sie am Leben. Adriana weiß, dass Liviu da ist. Um sie zu schützen. Er muss nicht selbst kommen. Die Frau mit dem Tablett bringt ihr sein Essen.

Meti ist da. Sie hat Papiere dabei.

»Das Fahrtenbuch?«

Sie schüttelt den Kopf. »Das ist in Sicherheit. Es liegt beim Anwalt im Safe. Tresor, verstehst du?«

»Vaters Fahrtenbuch. Eine alte Frau hat es gefunden. Zwanzig Jahre hat sie gewartet.«

»Hast du noch mehr davon?«

»Vom letzten Buch fünfzehn Seiten. Von Vater viele Fahrtenbücher zu Hause in Turnu Severin.«

»Er hat regelmäßig geschrieben?«

»Jedes Jahr. Für mich. Immer für mich.«

»Worüber hat er geschrieben?«

Niemand hat die Bücher angefasst, seit Vater gestorben ist. Das bringt Unglück. Bringt es Unglück? Kommt das Unglück, weil Adriana das letzte Buch gelesen hat? Oder war das Unglück zuerst da? Es war immer da. Immer bei ihnen. Adriana versucht sich an die Seiten zu erinnern, die sie in den letzten Tagen gelesen hat. »Er schreibt über sein Leben. Unser Leben.«

Meti schiebt ihr die Papiere über den Tisch. Keine Schrift. Fotos. »Erinnerst du dich an den Tag, als das Heim gebrannt hat?«

Natürlich erinnert Adriana sich. Sie nickt.

»War da auch so ein Polizeiauto wie an dem Morgen, als du mit Liviu zu dem Feld gefahren bist?« Endlich kapiert Meti. »Sieh dir das Foto genau an. Ist es dieser Wagen hier?«

Adriana muss nicht hinschauen. Sie erinnert sich genau, was

sie gesehen hat, bevor sie in den Bus eingestiegen ist. Die Polizei will, dass die Țigani verschwinden. Sie erschießen ihren Vater. Sie zünden das Heim an. »Verstehst du jetzt, Meti? Keine von uns sollen mehr kommen. Alle gehen fort. Wenn das Wasser bis zum Hals steht, geht man zurück zum Ufer, auch wenn da nur Hunger wartet.«

»Dieses Auto, Adriana? Bist du sicher?«

»Sicher.«

Meti ist aufgeregt. Sie weiß etwas. Sie sagt nichts, nimmt die Fotos weg. »Ich komme bald wieder, Adriana. Sehr bald.«

Ist gut, Meti. Adriana stellt keine Fragen. Das macht sie nie.

1. Juli 2012, B 109 südlich von Kollwitz
Mecklenburg-Vorpommern, Deutschland

Nick ist wieder dabei.

Nach der Rückfahrt aus Frankfurt hat er sie am Bus abgesetzt und ist sofort weitergefahren. »Ich muss nachdenken«, lautete die Erklärung.

Wenn sie ehrlich ist, war sie enttäuscht. Die Nähe zwischen ihnen ist nicht echt. Nichts, worauf sie sich einlassen kann. Nick ist so wenig greifbar wie eine Windbö. Warum fällst du immer wieder darauf rein, Mattie? In dieser Nacht auf dem Parkplatz war sie froh, dass Quincy bei ihr war.

Allein in Kollwitz, die einzelnen Teile fügten sich nicht zu einem Bild. Sie flogen förmlich aufeinander zu. Der Jeep von *Nordhaus Immobilien*. Uwe Jahn. Jochen Wedemeier. Bei ihm laufen alle Spuren zusammen. Mattie hat ihn kurz auf der Beerdigung gesehen. Jedenfalls ist sie überzeugt, dass er es war. Ein Mann, der glaubt, immer auf der Gewinnerseite zu stehen. Es braucht eine Menge Druck, um so einen kleinzukriegen.

Nick trommelt auf dem Armaturenbrett.

Der Besuch bei Adriana. Begegnung mit Liviu auf dem Parkplatz. Immerhin sprechen sie wieder miteinander.

Zurück nach Berlin. Krisensitzung mit Bettina und Volker.

Und mit Nick. Plötzlich stand er in der Tür der Kanzlei.

In dieser Nacht musste Quincy auf dem Boden schlafen.

Könntest du die Zeit zurückdrehen, Mattie – würdest du anders entscheiden? Würdest du nicht.

»Kannst du nicht mal damit aufhören? Du machst mich ganz nervös!«

Er hört auf. »Und wenn dein Plan nicht funktioniert, Mattie?«

Sie fühlt, wie die Wut auf Nick sich ihren Weg bahnt. »Warum bist du zurückgekommen? Weil du mir helfen willst oder weil du zugucken willst, wie alles schiefläuft?«

»Ich wollte – ich will bei dir sein. Mehr nicht.«

»Und was sagt Jasmin dazu?«

»Ist das jetzt wichtig?« Er sieht sie mit diesem Nick-Blick an. Verdammt. Pass auf, Mattie.

»Ich dachte, du willst eine letzte Story schreiben, bevor ihr nach Mexiko entschwindet.«

»Ja, das auch.« Er fängt wieder an zu trommeln.

Mattie biegt von der Bundesstraße ab und versucht sich auf die enge Landstraße zu konzentrieren. Die Landschaft ist hügelig, Morgenlicht fällt schräg auf die Felder. In den Senken liegt weißer Nebel. Sie fahren durch ein verlassenes Dorf, folgen dem Wegweiser zum Gutshaus Tannenhöhe.

Das Gut liegt auf einem Hügel. Es hat zwei Türmchen und einen frischen dunkelroten Anstrich. Im ersten Moment erinnert es Mattie an die Roma-Paläste in Turnu Severin. Das Haus ist alt, doch man hat ihm keine Patina gelassen.

»Und du bist sicher, dass er da ist?«

»Ich habe einen Termin für uns gemacht. Diesmal schreibst du für den *Spiegel*.«

»Wie nett von dir. Willst du mich diskreditieren?«

Ist der empfindlich heute. Nick, die Diva. »Mir ist auf die Schnelle nichts anderes eingefallen. Porträt eines überzeugten Kommunalpolitikers.«

»Der will doch nur ein Sprungbrett nach Berlin!«

»Ich weiß, aber es ging ja darum, einen Termin zu bekommen.« Langsam reicht es ihr mit Nicks Haarspaltereien. Sie biegt in eine kiesbestreute Auffahrt ein. Sie ist zu knapp bemessen für antike Reisebusse mit übergroßem Wendekreis. Mattie setzt ein Stück zurück und macht den Motor aus. »Hast du dein Aufnahmezeugs?«

Nick ist schon halb aus dem Bus. »Ich kann meinen Job, Mattie. Fragt sich nur, ob dein Plan funktioniert. Der ist ganz schön wackelig, wenn du mich fragst.«

»Pläne, die funktionieren, gibt es nur im Fernsehen. Dann improvisieren wir eben.« Sie holt ihr Handy aus der Tasche. »Warte noch. Ich muss erst die SMS schreiben.«

Bei so einem Haus erwartet man, dass einem ein Bediensteter die Tür öffnet. Stattdessen erscheint eine Frau im Reitdress, vielleicht fünfunddreißig, blonder Zopf, braune Haut. »Hallo, ich bin Ilka Wedemeier. Sie müssen die *Spiegel*-Journalisten sein?«

»Ja, sind wir.« Nick hat offenbar in seine Rolle gefunden. Umso besser.

»Kommst du, Michelle?« Hinter der Frau taucht ein etwa zehnjähriges Mädchen auf. »Sie entschuldigen uns? Wir wollen ausreiten. Jochen sitzt hinten in der Bibliothek.«

Sie treten aus dem Weg und lassen Mutter und Tochter vorbei. »Die ist mindestens zwanzig Jahre jünger als er. Der hat doch schon diesen erwachsenen Sohn da unten in Nordhausen«, flüstert Nick, während sie durch die Halle in einen Flur gehen.

Mattie kann sich nicht zurückhalten. »Männer können das, Nick. Du bist das beste Beispiel.«

Bist du noch bei Verstand, Mattie? Nick ist dein Verbündeter. Der Feind sitzt hinter dieser Tür.

Sie klopft.

Der Mann sitzt tatsächlich in einem Raum voller Bücherregale, englische Ledersessel in Dunkelgrün, Blick über den weitläufigen Park. Er sieht aus dem Fenster. Merkwürdigerweise muss sie an Emma denken. Als er sich umdreht, ist es vorbei. Hellwacher, arroganter Blick. Keine Spur von Depression.

Wedemeier steht auf, man begrüßt sich. Auf einer Anrichte funkelt eine Espressomaschine, an der er selbst den Kaffee zubereitet. »Niemand außer mir darf diese Maschine bedienen. Direktimport aus Italien.« Sein Lächeln ist kalt. Mattie beneidet die Frau mit der Tochter und den Pferden mit jeder Minute weniger. Was nützt einem ein perfektes Leben, wenn man es mit König Blaubart verbringt?

Der Kaffee ist natürlich hervorragend. Mattie stellt die Tasse nach dem ersten Schluck ab.

»Ich gehe davon aus, dass Sie Nikolaus Ostrowski sind. Der Name ist mir ein Begriff.« Er sieht zu Mattie. »Und Sie sind die Fotografin? Haben Sie Ihre Kamera vergessen?«

Manchmal bringt es nichts, den Gegner zu umkreisen, ihn in Sicherheit zu wiegen. Mattie entscheidet sich dafür, in die Vollen zu gehen. »Er ist Nikolaus Ostrowski, Herr Wedemeier. Alles andere war ein Vorwand, um möglichst schnell einen Termin bei Ihnen zu bekommen. Und weil gerade Wahlkampf ist – hat ja funktioniert.«

Er zeigt keine Reaktion, noch nicht.

»Ich arbeite für die Kanzlei Meerbach & Wiese in Berlin. Wir vertreten Adriana Ciurar.«

Sie holt tief Luft. Lass ihn nicht zu Wort kommen, Mattie. Kurzer Blick zu Nick. Anscheinend läuft sein verstecktes Mikro.

»Herr Wedemeier, wir gehen von der Annahme aus, dass Sie oder jemand in Ihrem Auftrag Uwe Jahn umgebracht und es unserer Mandantin in die Schuhe geschoben hat.«

»Das ist ja lächerlich.« Er lacht sogar ein bisschen. »Sie fantasieren.«

Nick grinst. Weiter, Mattie. »Wir haben recherchiert, dass Jahn in Ihrem Auftrag am 2. August 1992 die Leute bezahlt hat, die angeblich spontan das Asylbewerberheim in Kollwitz-Fichtenberg mit Brandsätzen beworfen haben. Als Makler haben Sie zwei und zwei zusammengezählt und sich die Stimmung unter den Anwohnern zunutze gemacht.«

»So etwas habe ich nicht nötig. Aber sprechen Sie nur weiter. Ich kenne die Märchen, die über mich verbreitet werden, lieber vor ihrer Veröffentlichung.« Er lehnt sich zurück. Ein Schluck Kaffee. Ein Blick aus dem Fenster. Der weiß, wie man taktisch agiert.

»Die Scheidung war sicher nicht billig. Und das hier zu sanieren …« Nick spricht leise, fast sanft.

Mattie nimmt den Faden auf. Ruhig jetzt. »Jahn war immer ein unsicherer Kandidat. Die Geister der Vergangenheit ließen ihn nicht los. Und jetzt taucht plötzlich Adriana Ciurar auf, zwanzig Jahre später.«

Keine Reaktion, nur interessierte Aufmerksamkeit.

»Ist er in Panik geraten, als sie plötzlich vor ihm stand? Wollte er reinen Tisch machen?«

»Schuld und Sühne. Große Themen der klassischen Literatur.« Plötzlich spannt er sich an und beugt sich vor. »Sie haben keinen Beweis, junge Frau.« Und schon sitzt er wieder bequem. Zurückgelehnt, die Augen geschlossen. »Lassen Sie mich Ihren Faden mal weiterspinnen. Selbst wenn Uwe Jahn die Leute bezahlt hätte und man mir den Auftrag nachweisen könnte – die Sache mit dem Brandanschlag ist doch längst verjährt. Und es ist nicht einmal jemand dabei zu Schaden gekommen. Eine Lappalie.«

Mattie fährt auf. Nick macht eine kleine Bewegung mit der Hand. Okay, dein Ball, Nick. Mach was draus.

Wieder diese sanfte Stimme. »Für die Lappalie gibt es Augenzeugen. Und selbst wenn wir die Justiz nicht überzeugen können, wird es uns ein Leichtes sein, mit einer Doppelseite in einer überregionalen Tageszeitung Ihre Wahl zum Bürgermeister zu verhindern.«

Wedemeier lacht. Der ganze Körper bebt. Nur die Augen lachen nicht. »Eine Zigeunerin? Eine Mörderin? Selbst ein tendenziöser Schmierer wie Sie braucht ja wohl etwas verlässlichere Zeugen für seine linke Propaganda.«

Gut. Er wird beleidigend. Nick bleibt ruhig. Er guckt scheinbar gelangweilt aus dem Fenster. Das Zeichen für Mattie.

Unauffällig drückt sie die mittlere Taste auf ihrem Handy. Senden.

»Ich spreche nicht von Adriana Ciurar.« Nick zieht die Kontaktabzüge aus der Mappe, die vor ihm auf dem Couchtisch liegt. Er blättert langsam durch, hält ab und zu eine der Porträtaufnahmen hoch, so dass Wedemeier sie sehen kann. »Das Heim war damals, wie Sie wissen, voll besetzt. Die meisten Roma wurden in den Monaten nach dem Brand abgeschoben oder sind untergetaucht. Heute aber, Herr Wedemeier, ob es Ihnen passt oder nicht, sind diese Leute Bürger der EU und können sich dementsprechend frei bewegen.«

»Interessanter Gedanke.« Er sagt das in einem Ton, als säßen sie gemütlich bei einem abendlichen Debattierzirkel. »Sie bluffen, Ostrowski.«

Das Fenster befindet sich rechts von Wedemeier. Eigentlich sind es Balkontüren. Er hat sich zu Nick gewandt, der dem Fenster gegenübersitzt. Mattie hat den Balkon zu ihrer Linken. Auch sie beobachtet Nick.

Lässig hebt er die rechte Hand wie zum Gruß. Ein ironisches Lächeln folgt.

Wedemeiers Blick schnellt herum. Mattie steht auf und tritt zurück, um die Szene besser erfassen zu können. Der Park ist nicht mehr menschenleer.

Ein Mann beugt sich über die Brüstung des Balkons. Einer lehnt an einem Baum, kämmt sich die Haare zurück. Drei Frauen in langen Röcken sitzen im Gras und putzen Gemüse. Kinder laufen zwischen den alten Bäumen umher. Fetzen einer Akkordeonmelodie dringen in die Bibliothek.

Wie ein Gemälde, schießt es ihr durch den Kopf. Schindlers Vision eines paradiesischen Roma-Staates.

Wedemeier steht ebenfalls auf und geht zum Fenster. Zum ersten Mal wirkt er unschlüssig. Er macht eine Handbewegung, als wolle er die Balkontür aufreißen.

In diesem Moment dreht sich der Mann draußen um – und lächelt ihn an. Goldzähne blitzen in der Sonne. Wedemeier weicht zurück. Setzt sich wieder in den Sessel. Sieht Nick an. Lange.

»Also gut. Stellen Sie sich vor, es meldet sich morgen bei der Polizei ein Augenzeuge, der gesehen hat, dass Ihre Mandantin das Haus erst betreten hat, als Uwe Jahn schon im Hof lag.« Er lauscht dem Klang seiner Stimme. »Aus dem achten Stock gesprungen, weil ihn Schuldgefühle erdrückten, seit die Zigeunerin aufgetaucht war.«

»Der Mann hatte Druckstellen an den Schultern.« Nick, schärfer jetzt. »Die wissen, dass er nicht selbst gesprungen ist.«

Wedemeier pariert sofort. »Die Behörden lassen Sie mal meine Sorge sein.«

Mattie könnte kotzen.

Nick wirft ihr einen kurzen Blick zu. »Akzeptabel?«

Sie nickt. So oder ähnlich hat sie sich vorgestellt, dass einer wie Wedemeier tickt. Fehlen nur noch seine Bedingungen.

»Dafür will ich von Ihnen«, er zeigt mit dem Finger auf Nick, »hier und heute eine schriftliche Unterlassungserklärung, dass Sie weder über den Jagdunfall noch über den aktuellen Fall berichten und niemand anders dazu anstiften. Andernfalls«, er hat sich wieder unter Kontrolle, das kann sie spüren, »nun, Aussagen lassen sich jederzeit widerrufen. Zeugen können verschwinden.« Er steht auf und nimmt ein Netbook von der Anrichte. »Geben Sie mir fünf Minuten.«

Sobald er aus dem Zimmer ist, läuft Mattie zum Fenster.

Liviu wirft ihr einen fragenden Blick zu. Thumbs up. Er grinst. Mattie gestikuliert. Sie sollen abfahren, nur für den Fall, dass Wedemeier auf die Idee verfällt, die Polizei zu rufen. Landfriedensbruch ist kein Bagatelldelikt. Liviu nickt.

Ein lauter Pfiff, und kurz darauf ist der Park so leer wie zu Beginn ihres Besuches.

Matties Anspannung lässt schlagartig nach. Statt Euphorie folgt nur Erschöpfung. Für Adriana haben sie erreicht, was möglich ist. Und Wedemeier kann ungestört weiter Morde und Brände in Auftrag geben. Über die Ermittlungsbereitschaft der Behörden macht sie sich keinerlei Illusionen.

Nick sitzt vornübergebeugt, das Gesicht in den Händen vergraben.

»Tut mir leid, Nick.« Sie berührt seine Hand. »Ich finde diesen Deal genauso unerträglich wie du.«

Er winkt ab. »Was bedeutet schon ein Artikel mehr oder weniger?«

Artikel? Nick denkt in diesem Moment an seinen Artikel? Der kreist ja nur noch um sich selbst.

Wedemeier kommt zurück. Wortlos legt er ein Papier und einen Stift vor Nick auf den Tisch. Kein Wort fällt, während er die Erklärung durchliest und unterschreibt.

Der Makler steht am Fenster und betrachtet seinen Park. Er dreht sich nicht um, also verlassen sie den Raum, ohne sich zu verabschieden. Gute Wünsche sind auch unangebracht.

Ihre Schritte knirschen auf dem Kies. Mattie schließt den Bus auf, öffnet die Tür für Nick und startet den Motor. Langsam lässt sie den Bus rückwärts rollen, bis sie wenden und durch das Tor zurück auf die Straßen fahren kann.

»Nick –«

»Sag jetzt nichts, bitte.« Er stellt die Beine auf das Armaturenbrett, wie sie es sonst immer macht. »Ich komm schon klar.«

Sie fährt durch das Dorf. Lässt den Blick auf der Straße. Beide Hände am Steuer. Bringt nichts, einen Streit vom Zaun zu brechen. Nick ist, wie er ist. Überleg dir lieber, wie du Wedemeier drankriegst, Mattie Junghans.

Zehn Minuten später. »Am Ende gewinnen immer die Guten, schon vergessen?«

Er lacht auf und zieht die Nase hoch. Nick wird's auch diesmal überleben.

1. Juli 2012, Banyuls
Languedoc-Roussillon, Frankreich

Sie schlägt die Augen auf. Das Meer. Blau. Türkisblau. Ihr ist schwindelig. Braune Felsen. Falsche Landschaft. Ihre Hand tastet nach dem Griff. Festhalten.

»Mir wird schlecht.« Das Auto bremst, biegt ab. Ein Parkplatz. Ein Strand. Gesine reißt die Tür auf und übergibt sich. Es kommt nur Galle.

Sie lässt sich in den Sitz fallen und schließt die Augen.

»Wo bin ich?« Die Frage bohrt sich in ihr Bewusstsein. Wo ist sie? Der Fahrersitz ist leer.

Sie hat geträumt. Ein Gesicht, verschwommen. »Gesche, alles ist gut. Schlaf weiter.« Gesche? Kann nicht sein. Das kann nicht sein. Sie reißt die Tür wieder auf, sie muss raus aus dem Auto. Wo steckt er? Das ist doch nicht –

»Arno!«

Er dreht sich um. Längere Haare hat er, einen Dreitagebart, viel Grau darin. Lachfältchen um die Augen. Braungebrannt.

»Hallo, Gesche.« Er lächelt sie an. »Geht's dir besser?«

Ihr wird wieder schwindelig. Sie muss sich am Autodach festhalten. Ihre Gedanken rasen. Rückwärts.

Die Trauerfeier. Eine triste Angelegenheit. Die Kinder mit ihren Familien. Ungesagtes zwischen sich wie bleierne Luft. Wedemeier, die Lüthje und der neue Hausmeister. Ein, zwei Saufkumpane von Uwe Jahn. Danach ist sie allein zurück in die Kirche gegangen. Hat den Talar abgelegt. Die Kerzen gelöscht. Noch einen Augenblick an den Verstorbenen gedacht. Den Plan gefasst, beim Pfarrhaus vorbeizugehen, um Nadina abzuholen. Die Angehörigen im Restaurant. Gesines Wunsch, diesen traurigen Tag mit einer Geste der Versöhnung abzuschließen.

Sie wandte sich um. Da saß er. In der ersten Reihe. Als wäre er niemals verschwunden, über Nacht. Zwanzig Jahre. Gesine blieb die Luft weg. Gefühle stiegen hoch, von deren Existenz sie nichts wusste. Hoffnung? Zwanzig Jahre Hoffnung, er würde eines Tages zurückkommen.

Der Parkplatz. Das Meer, türkisblau. Dies ist nicht die Ostsee.

»Komm«, sagt Arno. »Ich möchte dir etwas zeigen. Das wollte ich schon lange tun.«

Sie steigt wieder ein. Wo ist ihre Tasche? Ihr Handy?

Ausgeliefert. Sie fühlt sich ausgeliefert. Arno startet den Wagen. »Es ist nicht mehr weit.«

Berge. Meer. Berge. Meer. Ein Ortsschild. Französisch. Langsam fängt ihr Gehirn wieder an zu funktionieren.

»Was soll das werden, Arno? Eine Entführung?«

Er sieht sie an. Besorgt. Liebevoll. »Ich will dich nur davor bewahren, dir eine Menge Ärger einzuhandeln, Gesche.« Seine Aussprache ist weicher als früher. Ein Akzent. Zwanzig Jahre. Gesine versucht, die aufgescheuchten Gedanken zu sortieren.

Arno war immer stiller geworden, nachdem das Heim gebrannt hatte. Gesine vermutete eine Depression, die schreckliche Einsicht, auch in einem freiheitlichen System nichts ausrichten zu können. Sie hat immer gedacht, Arno musste sie und ihre Tochter verlassen, um zu überleben. Jede andere Erklärung wäre ihr banal erschienen.

Jetzt dämmert ihr eine andere Wahrheit. Wedemeier, der sein Handy aus der Tasche zieht und sie ansieht, mit diesem merkwürdigen Blick.

»Du hast damals Geld genommen.« Sie muss es aussprechen. Arno fährt die Serpentinen konzentriert und schnell. »Du warst im Stadtrat. Du konntest mit einem Anruf dafür sorgen, dass die Polizei nicht erscheint, bevor das Feuer nicht wirklichen Schaden angerichtet hat.«

»Es war besser so. Für alle.« Er bewegt kaum die Lippen beim Sprechen. »Es wäre doch niemals gut gegangen, Gesche. Unsere Zigeuner mussten weg. Zu ihrem eigenen Besten.«

So hat er sich das also zurechtgedacht. Schweigegeld von Jochen Wedemeier. Genug, um ein altes Weingut in Südfrankreich zu kaufen, wovon er seit langem träumte. Geld, von dem Arno wusste, dass Gesine es niemals akzeptiert hätte.

»Arno, was soll das? Bin ich jetzt deine Gefangene?«

Er lächelt. Wieder diese Fältchen um die Augen. Darunter tiefe Schatten. Er muss die Nacht durchgefahren sein. »Nenn es doch einfach eine zweite Chance, Gesche. Ohne Jochens Anruf hätte ich den Mut bestimmt nicht aufgebracht, dich endlich hierher zu holen.« Er deutet auf das Meer. »Sieh dich doch um! Diese Farben.« Er öffnet das Fenster. »Riechst du den Thymian?«

Führe mich nicht in Versuchung.

Gesine sieht aus dem Fenster. Arno fährt schnell. Zu schnell, um aus dem Wagen zu springen. »Halt bitte sofort an und lass mich raus.«

Er schaltet einen Gang höher und beschleunigt. »Gleich sind wir da, meine Liebe. Du wirst sehen, es ist wunderschön. Und sehr einsam. Wir haben alle Zeit der Welt.«

Wieder eine Haarnadelkurve. Meer. Berge.

Erlöse mich von dem Bösen.

»Halt!« Gesine schlägt die Hände vors Gesicht.

Bremsen quietschen.

Stille.

Vor ihnen ist ein Lkw umgekippt. Melonen liegen auf der Straße. Zwei Männer in Unterhemden stehen herum und diskutieren. Einer zeigt auf das Auto.

»Was wollen die denn, verdammt?«, flüstert Arno.

Wie im Traum beobachtet Gesine, wie die Männer sich nähern. Einer bleibt stehen und lehnt sich in Arnos offenes Fenster. Der andere öffnet ihre Tür.

»Are you friend of Nadina?« Breites Grinsen. Zahnlücken.

»Nadina?« Gesine versteht nicht. »Of course I know her –«

Starke Arme ziehen sie nach draußen. Arno greift nach ihr, fällt zurück in den Sitz. »You stay here, my friend.«

Gesine lässt sich führen. An den Melonen vorbei. Rotes Fruchtfleisch auf der Straße. Wie ein nachgestellter Verkehrsunfall. Hinter dem Lkw steht ein Kleinbus.

»Madame.« Eine Schiebetür öffnet sich.

Ein Motor springt an.

Meer.

Berge.

1. Juli 2012, Hansestadt Kollwitz
Mecklenburg-Vorpommern, Deutschland

Keine Ahnung, wie spät es ist. Nadina hat das Gefühl, seit Tagen neben dem Telefon im Pfarrhaus zu sitzen. Dabei ist erst eine Nacht vergangen.

Endlich klingelt es. Sie ist dran, bevor der erste Ton endet. »Ja? Sergiu?«

Es hat geklappt! Am liebsten würde sie ihren Bruder umarmen.

»Ich schicke dir die Adresse von hier per SMS. Ihr kriegt das Geld wieder mit Western Union. Okay?«

Er reicht das Telefon weiter. »Nadina!« Mamas Stimme. Zum Greifen nah. »Wann kommst du nach Hause, Kind?«

Nadina schüttelt den Kopf. »Ich kann nicht, Mama. Noch nicht.« Bloß nicht heulen.

»Warum nicht?«

»Ich liebe dich, Mama. Ich vermisse dich!«

»Du fehlst mir auch, Tochter.«

Die Verbindung ist unterbrochen.

Nadina legt langsam den Hörer zurück auf die Ladestation.

Geht rüber zu Gesines Schreibtisch. Zieht die Schublade auf, wühlt darin herum, bis sie gefunden hat, was sie sucht. Dann nimmt sie ihr Handy und beginnt rasend schnell in die Tasten zu tippen. Zwischendurch immer wieder Blicke auf den Briefumschlag. Die Adresse muss stimmen.

»Hallo, Nadina!«

Sie fährt herum. Diesmal hat sie Mattie gar nicht kommen hören. Nick ist auch dabei.

»Hi!« Sie kann nicht anders. Ihr Gesicht verzieht sich zu einem breiten Grinsen.

»Warum grinst du so? Hast du gekifft? Wo ist Gesine?« Eine Frage nach der anderen. Wie aus der Maschinenpistole.

»Sie wurde entführt.«

»Was?«

Nadina nickt. »Wollt ihr einen Tee?«

Die beiden folgen ihr wortlos in die Küche. Nadina schenkt Tee ein. Er ist kalt, wann hat sie ihn aufgebrüht? Keine Ahnung.

Endlich sitzen alle um den Tisch. »Nach der Trauerfeier. Weißt du noch? Ich hab auf Gesine gewartet, draußen vor der Kirche. Wollte mit ihr reden. Steh da 'ne halbe Ewigkeit rum. Endlich geht die Tür auf, Gesine kommt raus. Aber sie ist nicht allein, so ein Typ ist bei ihr. Hält sie am Arm. Gesine geht neben ihm her, ziemlich seltsam, wie 'ne Puppe. Die laufen direkt an mir vorbei. Sie hat ihre Handtasche umgehängt, aber die fällt auf den Boden, ohne dass sie was merkt.«

Mattie und Nick sehen sich an. Reden kurz miteinander auf Deutsch.

Nadina hebt die Hand. Die sollen ihr zuhören. »Ich hab die Tasche aufgehoben und bin hinter ihnen her. Auf dem Parkplatz am Pfarrhaus steht ein blauer Citroën. Französisches Kennzeichen. Die beiden steigen ein. Ich will die Beifahrertür aufreißen und Gesine die Tasche geben. Da sehe ich, wie der Mann ihr 'ne Spritze verpasst. Also ducke ich mich. Er telefoniert. Ich verstehe kein Wort, nur ›nach Cerbère‹. Ihr sagt immer ›nach‹, wenn ihr meint ›wohin‹. Dann fährt er los. Ich hab das Kennzeichen in mein Handy getippt.«

Mattie ist aufgestanden. »Sorry, Nadina, aber wir müssen die Polizei anrufen. Das ist eine ernste Sache. Und ich glaube, ich weiß, wer dahintersteckt.«

»Halt!« Nadina hält sie am Arm fest. »Jetzt warte doch mal. Ich bin nicht fertig!« Mattie bleibt stehen. »Ich hab gegoogelt und gesehen, dass Cerbère eine Stadt in Frankreich ist. Dann hab ich meinen Bruder Sergiu angerufen.«

»Deinen Bruder? Der dich verkaufen will? Warum das denn?«

Nadina spürt Matties Ungeduld. Nick sagt was, und Mattie setzt sich wieder hin. »Sergiu kennt Leute, die finden dich überall. Die bringen dich auch überallhin. Kostet viel Geld.«

Nick scheint sie langsam zu verstehen. »Du hast Sergiu gebeten, seine Leute auf den Wagen anzusetzen?«

Gar nicht so blöd, der Typ. »Sie haben das Auto gestoppt. Gesine ist in Sicherheit. Sie bringen sie nach Hause. Wir zahlen danach.«

»Ich hoffe, Gesine hat genug Geld«, sagt Nick. Wieder sprechen die beiden laut und schnell auf Deutsch.

Mattie scheint sich langsam zu beruhigen. »Ich denke, es ist okay, wenn sie zurückkommt. Jetzt wird er ihr nichts mehr tun.«

»Wer war der Mann im Auto?« Nadina hat das Gefühl, die beiden wissen mehr als sie.

Nick zuckt mit den Schultern. »Wir vermuten bloß, wer die Entführung in Auftrag gegeben hat.«

»Nadina, großartig.« Mattie greift nach ihrer Hand. »Aber warum hast du nicht die Polizei angerufen oder uns?«

Sie will Mattie nicht beleidigen. Aber so viel, wie die liest, müsste sie echt mehr Ahnung haben. »Die Polizei. Was wollen die schon machen. Und glauben die einer wie mir?«

»Wahrscheinlich nicht.«

»Ihr hättet ja auch nur die Polizei anrufen können.« Nadina sieht von einem zum anderen. »Ich dachte nur: Wie kann ich Gesine am schnellsten helfen? Und da fiel mir eben Sergiu ein.«

Komisch eigentlich. Sie dachte, sie würde ihn hassen nach allem, was passiert ist. Nie wieder mit ihm sprechen. Und kaum gibt es ein Problem, hängt sie sich ans Telefon und ruft ihren großen Bruder an. So ist das bei Familie Lăcătuş.

Auf Matties Stirn erscheint eine Falte. »Wir werden Gesine den Deal schmackhaft machen müssen«, sagt sie zu Nick. Dessen Telefon klingelt. Er macht ein ernstes Gesicht und geht raus.

Nadina will wissen, welchen Deal. Mattie erklärt es ihr.

2. Juli 2012, Hansestadt Kollwitz
Mecklenburg-Vorpommern, Deutschland

Sie haben den großen Bus so geparkt, dass er die beiden VW-Busse vor den neugierigen Blicken der Vollzugsbeamten abschirmt. Liviu steht mit seinem Schwager über den Motorraum des einen Wagens gebeugt und fachsimpelt. Livius Frau räumt ihre Kochutensilien hinten rein. Schwiegermutter sitzt unter einer Straßenlaterne auf dem Bordstein und raucht. Die Kinder sind weg. Quincy liegt zusammengerollt neben seinen Geschwistern auf dem warmen Asphalt.

Nick hockt auf den ausgefahrenen Stufen zur hinteren Bustür und beobachtet Mattie und Nadina, die im Schatten einer Birke stehen und telefonieren. Jetzt sind sie fertig. Mattie kommt auf ihn zu.

»Rutsch mal.« Sie setzt sich neben ihn. Ihre Beine berühren sich.

»Und?«

»Die Pastorin kommt morgen nach Hause.« Mattie nickt in Nadinas Richtung, die gerade bei der alten Frau eine Zigarette schnorrt. »Ich bleibe mit ihr im Pfarrhaus, bis die wieder da ist.«

Nick wird flau. Mattie fährt also nicht nach Berlin, sobald Adriana raus ist. Erhöhte Kollisionsgefahr. Ist das noch irgendwie zu verhindern? Er steht auf und geht um den Bus herum. Nachdenken.

Volker kommt aus dem Beton-Ufo, Papiere in der Hand. Winkt Nick heran und geht weiter zu den Leuten zwischen den Bussen.

»Adriana wird auf jeden Fall heute noch entlassen. Der Zeuge hat gleich morgens seine Aussage gemacht. Er gilt als zuverlässig. Ein Mitarbeiter des hiesigen Ordnungsamts.«

Nadina übersetzt aus dem Englischen für Liviu. Volker wendet sich an Nick. »Ich fahre nach Berlin. Willst du mitkommen?«

Er spürt Matties Blick. »Danke, Volker. Ich bleib noch ein paar Tage am Meer. Jasmin kommt morgen früh um zehn mit dem Kleinen.«

Jetzt ist es raus.

Volker verabschiedet sich und fährt los.

Mattie hat sich nicht gerührt.

Nick steigt in den Bus und fängt an, seine Sachen zusammenzusuchen. Er wird schon irgendein Hotel finden.

»Hast du erwartet, ich würde eine Szene machen?« Sie ist ihm nach drinnen gefolgt. Nick lässt die Tasche fallen und klettert nach vorne. Mattie sitzt auf dem Beifahrersitz, wie immer Beine hoch, Arme drum herum.

Eine Weile sitzen sie still nebeneinander und gucken auf den Knast. Was für eine Aussicht. Die Sonne geht unter und taucht den Himmel in knallige Farben.

»Ich warne dich, Nick.« Ihr Profil ist nur noch als dunkle Silhouette zu erkennen. »Du spielst mit deinem Leben. Mit meinem. Mit Cals. Mit dem von Jasmin. Wenn du das mit Azim genauso machst, rede ich nie wieder ein Wort mit dir.«

Typisch Mattie. Nick entfährt ein leises Lachen.

»Ich mein das ernst.«

»Ich weiß.«

In dem Moment öffnet sich das Tor. Adriana kommt heraus. Nick hat sie noch nie gesehen. Eine schöne Frau in Rock und Stiefeln.

Zur Begrüßung reden auf dem Parkplatz erst mal alle durcheinander. Nick hält sich im Hintergrund. Adriana bedankt sich, lacht. Endlich sind alle bereit. Adriana wird mit Liviu nach Berlin fahren. Nadina steigt zu Nick und Mattie in den Bus, stöpselt ihre Kopfhörer ins Handy ein und verzieht sich nach hinten. Es ist dunkel geworden.

Nacheinander rollen die drei Wagen vom Parkplatz und biegen auf die Zufahrtsstraße Richtung Kollwitz ein. Die JVA liegt weitab von den ersten Häusern auf dem Gelände einer ehemaligen Kaserne.

»Was ist da los?« Mattie steigt auf die Bremse. Die beiden VW-Busse vor ihnen haben angehalten.

Laute Stimmen dringen von draußen herein. Nick reißt die Tür auf, ebenso Mattie auf der anderen Seite. Nadina ist noch im Bus.

Liviu und sein Schwager sind ausgestiegen.

»Wir haben euch gewarnt.«

Wie viele sind da vorn? Nick kann es im Dunkeln nicht sehen. Einer steht im Licht der Scheinwerfer. Wieder diese schwarze Hassmaske.

»Wenn sie die Zigeunerin laufen lassen, müssen wir selbst zur Tat schreiten.«

»Sieht aus, als hätten die Baseballschläger.« Das ist Mattie, links neben ihm.

Liviu hebt die Hand. Was hat er denn da? Einen Wagenheber!

»Gebt ihr die Schlampe freiwillig raus, oder müssen wir sie uns holen?«

Liviu stürmt auf den Angreifer zu.

»Komm, Nick!« Mattie reißt ihn am Arm. »Wir müssen ihm helfen!«

Holz kracht auf Metall.

Nick sieht aus dem Augenwinkel etwas auf sich zusausen. Ein Stoß, und er liegt am Boden. Matties Stimme an seinem Ohr. »Sorry, musste sein.« Sie zieht ihn wieder hoch.

Scheinwerfer. »Scheiße, da kommen noch mehr.«

Diesmal ist keine Mattie zur Stelle. Nick kriegt einen Tritt in den Magen und kracht gegen den Bus.

Eine Hand auf seiner Schulter.

»Nein!« Er schreit, so laut er kann.

»Nikolaus, du nimmst jetzt Azim und steigst in den Bus. Sofort!«

»Jasmin!« Sie drückt ihm das Kind in den Arm. Nick reagiert, ohne nachzudenken. Nadina will an ihm vorbei, aber er verstellt ihr den Weg, steigt ein, schließt die Tür und verriegelt sie. Azim schläft tief und fest. Nick legt das Kind aufs Bett. »Das ist mein Sohn, Nadina. Wir müssen ihn beschützen.« Das scheint sie zu beruhigen. Nick klettert nach vorn.

Scheinwerfer schneiden Streifen in die Dunkelheit. Menschliche Körper taumeln ins Licht und wieder hinaus.

Mattie und Jasmin.

Schreie.

Er kann nichts sehen.

Nick fühlt sich wie eingesperrt in einer Glaskugel.

2. Juli 2012, Hansestadt Kollwitz

Wo ist Nick?

Mattie läuft ein paar Schritte rückwärts. »Nick!«

»Vorsicht! Rechts von dir.«

Sie tritt zu, ohne hinzugucken. Erwischt irgendwen oder irgendetwas mit dem rechten Fuß. Tritt nach. Weichteile. Jemand stöhnt auf.

Die Stimme. Das war nicht Nick. Das war –

Sie hat sich zu spät weggeduckt. Ein Stiefel knallt gegen ihren Unterarm. Er wird sofort taub. Ein Kopf rast auf sie zu.

Plötzlich ist er weg.

»Da vorne ist noch einer.« Kamal.

»Okay, ich bin links von dir.« Jasmin.

Träumst du, Mattie? Bist du tot?

Sie versucht aufzustehen. Der Schmerz rast durch ihren Arm. Tot sein tut nicht so weh.

Sie geht vorwärts. Muss wissen, was da passiert.

»Liviu!«

Er blutet über der Augenbraue. Lehnt an der Fahrertür seines Wagens. »Ninja Fighters.« Er deutet nach vorn.

Schwarze Gestalten. Man hört nichts, nur ihren Atem.

Ein gesprungener Kick. Jasmin.

Kamal hat links einen in der Zange.

Die anderen beiden Ninjas müssen die Jungs von Assadi Securities sein.

»Rückzug!« Das ist der Typ mit der Hasskappe.

Rennende Schritte.

Die es nicht geschafft haben, den Ninjas zu entkommen, werden an den Straßenrand geräumt. Kamal überprüft ihren Puls. Dann gibt er Kerim und Axel eine kurze Anweisung. Sie schieben die Pkws der Angreifer ebenfalls an den Straßenrand.

»Mit dir auch alles okay?« Eine kurze Berührung an der Schulter, mehr nicht.

Mattie hält sich den Arm. »Kamal, was macht ihr hier?« Sie kann ihn nicht mal richtig sehen im Licht der Scheinwerfer.

»Sie haben mich hergefahren. Hatten einen Auftrag in der Nähe. Wir wollten euch überraschen. Nicht retten.« Jasmin legt vorsichtig ihre Hand auf Matties Arm.

»Au! – Woher wusstest du, wo wir sind?«

»Ihr seid nicht ans Telefon gegangen. Da habe ich Volker angerufen. Du musst zum Arzt.«

»Ich fahre sie. Kümmer du dich um den Rest.« Willenlos lässt sich Mattie von Kamal zum Van von Assadi Securities bringen.

Ist es wirklich erst einen Monat her, dass sie Emma ihre Möbel gebracht hat? Das letzte Training. Der letzte Abend im Dojo. Der wortlose Abschied.

»Du hast lange nicht trainiert«, sagt Kamal und startet den Wagen. »Sonst wäre dir das nicht passiert.«

»Ich habe kein Dojo mehr.« Mattie beißt die Zähne zusammen. Tut so weh. »Und keinen Lehrer.« Nicht weinen.

»Doch«, sagt Kamal. »Du hast beides.«

»Au!« Ein Schlagloch.

Weißt du, was das bedeutet, Mattie? Du hast eine Option. Du kannst in dein Shaolin-Kloster zurückkehren. Für eine Weile. Vielleicht für immer.

Sie beißt sich auf die Lippe. »Es kann ein paar Jahre dauern.«

Kamal sieht sie an. »Tu, was du tun musst, Mattie.«

Das Lachen explodiert in ihrem Bauch. Der Spruch ist so was von Kamal! Zu viele Jet-Li-Filme gesehen.

3. Juli 2012, Kollwitz-Fichtenberg
Mecklenburg-Vorpommern, Deutschland

Ein kurzes Hupen, dann sind sie fort, ihre Retter. Raue Männer, aber von einer einfachen Herzlichkeit, wie man sie heutzutage kaum noch kennt. Ein Schmerz fährt ihr in den unteren Rücken. Der Lendenwirbel. Gesine bleibt an der Ampel stehen und legt die Hände auf den pulsierenden Schmerz. Wie viele Kilometer hat sie in den letzten Tagen zurückgelegt? Es kommt ihr vor, als wäre sie ewig unterwegs gewesen.

Langsam setzt sie einen Fuß vor den anderen. Es geht schon wieder. Die Kreuzung am Bahnhof. Ganz hinten der Kirchturm. Ihr Zuhause.

Auf der Küstenstraße am Mittelmeer, kurz nachdem sie umgestiegen war, gab es diesen einen Moment. Der Impuls, das Auto anzuhalten und zurückzulaufen. Alles hinter sich zu lassen. Den Neuanfang mit Arno zu wagen. Lächerlich! Arno ist ein schwacher Mann. Hätte sie das bloß gewusst, all die Jahre. Vielleicht hätte es ein anderes Leben mit einem anderen Partner gegeben. Hätte. Hätte.

Gegen den Schmerz anlaufen. Gesine geht mit schnellen Schritten am *Baltic Center* vorbei. Wahlplakate. »Für Kollwitz – Jochen Wedemeier.« Trotz der Erschöpfung flackert die Wut auf ihn in ihrem Inneren, heftiger denn je. Sie muss schlafen. Danach, mit frischem Geist, wird sie überlegen, wie mit dem Mann zu verfahren ist. Wegen der Entführung kann sie ihn nicht belangen, ohne Arno und die Roma zu belasten. Die Brandstiftung dagegen ist nachweisbar. Jemand muss ihn aufhalten. Und zwar vor den Wahlen am nächsten Sonntag.

Auf dem Parkplatz neben dem Pfarrhaus steht der Reisebus von der Junghans. Eigentlich die letzte Person, die sie jetzt treffen möchte. Aber es ist gut, dass Nadina nicht alleine ist. Wie das junge Ding ihre Rettung bewerkstelligt hat, ist ihr ein Rätsel.

Die Haustür ist abgeschlossen. Sie klingelt. Ihre Schlüssel sind auch weg. Sie wird das Schloss auswechseln lassen. Sicher ist sicher. Es öffnet die Junghans. »Die Pastorin ist nicht –«

Gesine lächelt. »Habe ich mich so verändert in den letzten drei Tagen?«

»Entschuldigung!« Die Frau tritt zur Seite, nicht ohne sie neugierig zu mustern. Sie trägt den linken Arm in Gips.

»Was haben Sie denn gemacht?«

Sie sieht auf ihren Arm. »Ich habe nicht aufgepasst.«

Die Stele in der Diele kommt Gesine vor wie blanker Hohn. Ein Frühwerk von Arno Matthiesen. Sie wird es dem Kollwitzer Museum stiften.

»Wir haben gerade frischen Kaffee gemacht.« Die Junghans geht voraus in die Küche. Gesine bemerkt Nadinas gepackte Tasche neben der Tür zum Gästezimmer.

Das Mädchen selbst sitzt am Küchentisch. »Gesine!« Wenn sie sich freut, sie zu sehen, so lässt sie es sich nicht anmerken. Aber sie reicht ihr einen Becher mit heißem Kaffee.

Gesine sinkt auf einen Stuhl. Sie ist wirklich hundemüde. »Wie hast du das nur gemacht, Nadina?«

Sie zuckt mit den Schultern, gibt sich betont cool. »Connections.«

Gesine hat sich die Worte im Auto zurechtgelegt, trotzdem kommen sie ihr jetzt etwas hölzern und abgedroschen vor. »Nadina. Möchtest du nicht bleiben? Hier gibt es immer etwas zu tun. Im Haushalt. In der Kirche.« Sie wirft der Junghans einen Seitenblick zu. »Ich würde dich natürlich angemessen bezahlen. Alles ganz offiziell.«

Nadina starrt in ihre Kaffeetasse. Die langen Haare fallen ihr ins Gesicht. Ein paar Manieren wird sie ihr schon noch beibringen müssen. Keinen Knigge. Nur die Grundregeln menschlichen Miteinanders.

»Nein, danke. Ich möchte lieber gehen.«

»Hast du Heimweh?« Das ist natürlich nachvollziehbar, doch wenn sie zurückgeht, stehen ihre Chance auf eine menschenwürdige Zukunft schlecht. »Werden denn deine Brüder dich in Zukunft in Ruhe lassen?«

»Keine Ahnung.« Nadina sieht sie nicht an. »Ich will nach Berlin gehen und Architektur studieren.«

»Das geht aber nicht einfach so.« Die Naivität des Mädchens macht sie richtiggehend ärgerlich. »Da gibt es Wartelisten. Und es ist fraglich, ob dein Abschluss anerkannt wird.« Sie schlägt einen sanfteren Ton an. »Sieh mal, Kollwitz hat auch eine Universität. Wir können versuchen, dir hier einen Studienplatz zu besorgen. Du kannst dich auf mich verlassen. Ich bin schon viele Jahre allein, doch jetzt hätte ich gern jemanden bei mir. Ich werde schließlich nicht jünger.«

»Im Moment sind Sie ja noch fit.« Die Junghans muss natürlich ihren Senf dazugeben. »Wenn Sie richtig ausgeschlafen haben, sind Sie wie neu.« Sie steht auf und holt die Kaffeekanne von der Wärmeplatte. »Oder möchten Sie noch einen Kaffee?« Wieder so ein neugieriger Blick wie vorhin an der Haustür. »Wer war denn nun Ihr geheimnisvoller Entführer aus Frankreich?«

Gesines Wut kehrt mit voller Kraft zurück. »Wer das war, ist unwichtig. Wer dahintersteckt, ist die entscheidende Frage. Ich bin zurück. Wedemeier wird sein blaues Wunder erleben.«

»Sind Sie sicher, dass Sie ihm gewachsen sind?«

Das kann sie doch nicht ernst meinen! Diese Frau ist wirklich der Gipfel an Impertinenz. »Was glauben Sie eigentlich, wer Sie sind, mir gute Ratschläge zu erteilen?« Es reicht. Sie ist müde, ihr Rücken schmerzt. Sie muss sich das nicht bieten lassen, in ihrem eigenen Haus. »Ich habe mein Leben lang immer Besonnenheit gepredigt. Und ausgerechnet Sie haben mir bei unserer ersten Begegnung mehr oder weniger Feigheit vorgeworfen. Nun, ich bin bereit, Wedemeier entgegenzutreten!«

»Ich verstehe Ihre Empörung.« Sie spricht ganz ruhig. »Ich

bitte Sie lediglich, eines zu bedenken: Adrianas Freiheit hängt an einem seidenen Faden. Und den hält Wedemeier in der Hand. Er hat einen Zeugen aufgetan, der schwört, dass sie zur Tatzeit nicht in Jahns Wohnung war. Dieser Zeuge kann jederzeit wieder verschwinden. Der Mann spielt mit härteren Bandagen als Sie, Gesine.«

»Das überzeugt mich ganz und gar nicht.« Ist es der Kaffee oder die Übermüdung? Gesines Stimme klingt schrill. Das ist sonst gar nicht ihre Art. »Ob Adriana schuldig oder unschuldig ist, das weiß nur Gott. Und sie selbst.« Die verschlossene Romni ist ihr nach wie vor ein Rätsel. »Darüber sollte ein Gericht urteilen und nicht wir. Und schon gar nicht bin ich bereit, dafür die Demokratie zu opfern und einen Mann als Bürgermeister hinzunehmen, der mauschelt und brandstiften lässt, der Entführungen mit einem Fingerschnipsen veranlasst und ja, der höchstwahrscheinlich ein Mörder ist!«

»Und dem Sie weder das eine noch das andere beweisen können.« Sie steht auf. »Natürlich müssen Sie das am Ende mit sich selbst ausmachen. Wenn Sie es vertreten können, die Familie Voinescu ein drittes Mal ins Unglück zu stürzen …«

Gesine steht ebenfalls auf. Ihr ist schwindelig, sie greift nach der Stuhllehne. »Ihren Pragmatismus finde ich zynisch!«, entfährt es ihr.

»Das ist Ihr Problem.« Mattie Junghans verlässt ohne ein weiteres Wort den Raum.

Nadina folgt ihr. An der Haustür dreht sie sich noch einmal um. Sie kommt zurück. Hat sie es sich doch noch anders überlegt? »Gesine. Deine Flucht. Sie haben das nicht umsonst gemacht.«

»Wie viel?« Sie möchte endlich allein sein.

»Achthundert Euro.«

»Moment bitte.« Sie geht ins Arbeitszimmer, öffnet den Tresor und zählt eintausend Euro ab.

»Der Rest ist für deine Arbeit.«

»Nein.« Eine Spur Unsicherheit im Blick. Ganz so abgebrüht, wie sie tut, ist sie noch nicht. »Ich hab doch kaum etwas gemacht.«

»Alles Gute.« Gesine ist zu müde, um zu streiten. Sanft schiebt sie das Mädchen aus der Tür. Vor dem Pfarrhaus saust der Hund herum.

»Quincy, hierher.«

Die Bustüren schließen mit dem typischen Zischen. Der Motor springt an. Gesine sieht dem roten Oldtimer nach, bis er um die Ecke verschwunden ist.

Es ist still. Sie ist wieder allein.

Langsam geht sie ins Haus und setzt sich an den Küchentisch. Plötzlich ist sie gar nicht mehr müde. Sie geht ins Büro, wo in einer Ecke ein Gegenstand in weißes Leinen gehüllt an der Wand lehnt.

Sie nimmt das Bündel und trägt es hinaus auf den Friedhof. Zügig schreitet sie die beiden hinteren Reihen ab, bis sie auf ein Stück kahle Erde stößt.

Hier ist es gewesen.

Sie legt den Gegenstand hin, geht zum Schuppen und kehrt mit einer Schubkarre voller Steine zurück. Oben auf den rot gebrannten Ziegeln liegt ein Gummihammer.

Gesine hebt das weiße Tuch und betrachtet das Grabkreuz. Es ist kaum nachgedunkelt in all den Jahren. Sie hält es mit der linken Hand senkrecht und schwingt den Hammer mit rechts. Mit drei kraftvollen Schlägen sitzt es fest in der lockeren Erde. Wieder zu Atem kommen. Der Lendenwirbel gibt auch keine Ruhe. Doch sie muss das hier zu Ende bringen. Gesine nimmt die Ziegelsteine aus der Karre und beginnt das Grab von Adriana Voinescus Großmutter damit einzufassen.

8. Juli 2012, Kreuzberg
Berlin, Deutschland

Hochrechnungen.

Nick sitzt mit Azim vor dem Fernseher. Jasmin packt nebenan ihre Sachen für Mexiko. Übermorgen. Noch zwei Tage. Nick fühlt immer noch ein Spannen im Nacken. Der Sonnenbrand ist Symbol seiner inneren Unruhe. Auf und ab ist er den Deich gelaufen. Auf und ab. Fünf Tage Ostseestrand. Eine Kleinfamilie unter vielen. Jasmin kann total abschalten. Liegt in der Sonne, liest, unterhält sich mit anderen Eltern. Schwimmt, geht laufen.

Außer einem blauen Fleck auf ihrem rechten Oberschenkel erinnert nichts mehr daran, dass seine Frau vor ein paar Tagen Nazis verprügelt hat. Nick grinst. Das werden die so schnell nicht vergessen.

Sein nächster Gedanke gilt Mattie. Er hat sie nicht mehr gesehen seit jener Nacht. Ob sie wieder auf dem Parkplatz am Plänterwald wohnt? Nick weiß, dass er den Anruf bei ihr nicht länger aufschieben kann. Nur noch zwei Tage.

Die ersten, noch nicht amtlichen Ergebnisse der einzelnen Wahlkreise werden eingeblendet. Wenn die Prognose recht behält, wird am Ende dieses Abends Jochen Wedemeier Bürgermeister von Kollwitz sein. Die NPD erreicht in fast allen Wahlkreisen die Fünf-Prozent-Marke.

»Siehst du, Azim? Die Bösen gewinnen! Und wir können nichts dagegen tun.«

Azim streckt seine Hand in Richtung Fernseher aus und lacht glucksend. Das Spiel gefällt ihm. Nick drückt ihn fest an sich, spürt die Wärme der weichen Haut auf seiner Schulter. Es gibt nichts auf der Welt, was besser duftet als sein Sohn. Kein Artikel, kein Ruhm für Nick, den Reporter, kann diesen Geruch ersetzen. Er lässt einen den Rest der Welt vergessen. Genau das, was

Nick jetzt braucht. Er vergräbt seine Nase in Azims Bauch und schließt die Augen.

»Meinst du, ich soll den ganzen Schmuck mitnehmen?«

Nick taucht wieder auf. Jasmin ist mit lauter Ketten behängt. Perlen, Silber, bunte Halbedelsteine. Große Ohrringe aus Weißgold, die er ihr zur Hochzeit in Bombay geschenkt hat.

»Du siehst aus wie ein Weihnachtsbaum.«

Azim kreischt vor Vergnügen und streckt beide Hände nach seiner Mutter aus.

»Sehr witzig.« Jasmin sieht an sich hinunter. »Es gibt doch Empfänge und so was. Da kann ich nicht immer dieselbe Kette tragen.«

Nick starrt sie an.

»Nikolaus, ist alles in Ordnung?«

Azim strampelt in seinem Arm.

»Nikolaus!«

Er drückt Jasmin das Kind in den Arm.

»Hallo, das geht jetzt nicht! Ich muss noch –«

Ein Griff nach seinem Handy auf dem Tisch. Kurzwahl. »Mattie, wo bist du?«

Sie ist wieder da. In der Kanzlei.

»Wir treffen uns am Bus. In fünfzehn Minuten. Und bring die Car-Sharing-Karte mit.«

»Nein.« Jasmin steht da, Azim auf dem Arm. »Nikolaus, wir fliegen am Dienstag. Du kannst jetzt nicht noch mal weg.«

»Ich muss.« Er bleibt kurz stehen, streicht Azim über die Wange, dann ihr. »Einmal noch. Dann bleibe ich bei euch. Für immer.«

Er dreht sich nicht um.

Die Tür fällt hinter ihm ins Schloss.

9. Juli 2012, Kreuzberg
Berlin, Deutschland

Auf den Treppen ist sie immer noch schneller als Nick. Trotzdem wird es höchste Zeit, etwas für die Kondition zu tun. Mattie bleibt vor der Metalltür stehen und wartet. Sie haben eine Ochsentour hinter sich. Abwechselnd fahren, drei Stunden Schlaf auf einer Raststätte im Auto. Die ganze Hinfahrt über lag knisternde Anspannung in der Luft. Kaum ein Wort ist zwischen ihnen gefallen, nachdem Nick ihr erklärt hatte, worum es ging. Auf der Rückfahrt waren sie in Siegerlaune. Doch nicht mal die konnte die Melancholie überdecken, die zwischen ihnen hing wie feuchte Wäsche.

»Hast du Nadina und Adriana angerufen?«, keucht Nick, als er endlich oben auf dem Absatz steht.

»Die sind sowieso hier. Abschlussbesprechung.« Mattie drückt die schwere Tür auf, die wie immer nur angelehnt ist. Im Vorraum nimmt sie zwei Plastikbecher und füllt sie aus dem Wasserspender. Sie muss an die erste Begegnung mit Volker denken. Von jetzt an wird sie hier den ganzen Tag verbringen. Keine Alleingänge mehr. Das hat Bettina ihr klar zu verstehen gegeben. An den Wochenenden kann sie Emma besuchen und ab und zu eine Runde Training in Kiel einschieben. Ein geregeltes Leben.

Nick nimmt ihr einen Becher aus der Hand. Ein kurzer Blick, dann trinkt er.

Volker, Bettina und ihre beiden Mandantinnen sind im Konferenzraum. Beide Frauen telefonieren auf Rumänisch oder Romanes, Nadina neben der Tür und Adriana hinten am Fenster. Nur die Anwälte sehen auf, als Mattie hereinkommt. Volker zwinkert ihr zu. Nick setzt sich hin. Mattie nimmt einen Stuhl auf der Stirnseite. Abstand schaffen.

»Die beiden klären mit ihren Familien, ob sie einen Zivilprozess führen wollen«, erklärt Bettina flüsternd.

»Gegen wen?«, fragt Nick.

»Gegen den zweiten Jäger, beziehungsweise die beiden Haftpflichtversicherungen.« Volker sieht rüber zu Nadina, die aufgelegt hat. »Und?«

»Sie sind alle einverstanden.«

»Gut. Wir brauchen Vollmachten von deiner Mutter und von jedem deiner Brüder. Kannst du das organisieren?«

Nadina überlegt. »Ja. Wenn ihr einen Scanner habt, schicke ich die Formulare an Mihai. Er kann sie im Internet abrufen.«

Adriana ist jetzt auch fertig.

Mattie setzt an, das Wort zu ergreifen, doch Nick gibt ihr ein Zeichen zu warten. Adriana spricht mit Nadina, ihre Stimme klingt ganz anders als im Gefängnis. Nicht mehr so gehetzt.

»Adrianas Familie möchte sich auch beteiligen. Sie selbst nicht. Sie will nicht, dass der andere Mörder sich freikaufen kann.«

Nadina fragt noch einmal nach. Adriana lächelt und wiederholt einen Satz.

»Ein Geschichtslehrer hat sich bei ihren Brüdern gemeldet, wegen der Tagebücher. Du kennst ihn wohl, Mattie. Er hat einen interessierten Verlag gefunden.«

»Das ist gut.« Es war nicht schwer, Georgel für diese Idee zu begeistern.

Nadina übersetzt weiter. »Adriana denkt, was der Traum bedeutet, ist: Ihr Vater ist nicht tot. Viele Leute sollen lesen, was er geschrieben hat.«

Das klingt gut. »Können wir jetzt –« Volker nickt. Mattie spricht auf Englisch weiter. »Wir haben etwas gefunden. Etwas sehr Kostbares.«

Nick zieht ein kleines Kästchen aus der Hosentasche und schiebt es Adriana über den Tisch. Sie nimmt es in die Hand, betrachtet es lange und öffnet den Deckel. Schlägt die Hand vor den Mund. Dreht das Kästchen langsam herum, so dass alle es sehen können. Die goldenen Ohrringe glänzen. Sie wurden gut gepflegt in den letzten zwanzig Jahren. Drei ineinanderliegende Ringe. Genau wie Marius Voinescu es in seinem letzten Fahrtenbuch geschrieben hat.

»Woher habt ihr die?« Volker süffelt seine Mate. Mattie sieht Nick an. Seine Idee. Seine Show.

»Ich habe die Übersetzung der letzten Seite gelesen. Mir fiel auf, dass die Ohrringe, von denen Marius schreibt, in der Gerichtsmedizin nicht mehr dabei waren. Der Erntearbeiter hat angeblich weder die beiden Toten noch ihre Sachen berührt. Und nach dem Brand war niemand mehr allein am Tatort.«

Nadina übersetzt. Adriana starrt auf die Ohrringe.

»Erst gestern ist mir wieder eingefallen, wo ich genau solche Ohrringe schon gesehen habe.« Nick deutet auf das Kästchen. »Als wir bei unserem ersten Besuch das Haus verließen, stieß ich an der Kellertür mit der Frau von Hans-Jürgen Walther zusammen. Desireé Walther.«

Nick erklärt ihre Theorie. Walther hat sie natürlich als Lüge abgetan, als sie gestern überraschend in seinem Bungalow aufkreuzten. Sie vermuten, dass er noch mal am Feld vorbeigefahren ist, nachdem er und Jahn sich an jenem Morgen getrennt hatten. Er muss gesehen haben, dass Marius tot war, aber Nicu noch atmete. Hinten vom Feldrand näherte sich Helmut auf seinem Mähdrescher. Vielleicht stand Walther unter Schock. Vielleicht geriet er in Panik. Vielleicht hat er auch darüber nachgedacht, dass er noch ein Mitbringsel für seine Frau brauchte. Auf jeden Fall hat er die Ohrringe aufgehoben und eingesteckt. Dann hat er das Feuer gelegt, um den Jagdunfall zu vertuschen.

»Zugegeben hat er nichts.« Nick macht eine Pause für Nadina. Bettina flüstert Volker etwas ins Ohr. »Als wir die Frau direkt auf die Ohrringe ansprachen, ging sie wortlos aus dem Zimmer und brachte sie uns. Ich habe sie gefragt, in welchem Jahr sie sie bekommen hat. Es war ihr dritter Hochzeitstag. Und in zwei Jahren ist Silberhochzeit. Im Juli.«

»Das reicht.« Volkers Stimme klingt grimmig. »Wir rollen den Fall auch strafrechtlich wieder auf.« Er wendet sich an die beiden Frauen. »Wo erreiche ich Sie in der nächsten Zeit?«

Nach kurzem Hin und Her erklärt Nadina, dass sie vorerst in der Stadt bleibt. Adriana will so schnell wie möglich zu Florin und zu ihren Töchtern. Liviu fährt sie persönlich hin. Er muss sich mit der Familie aussöhnen.

Nadina lacht. »Adriana sagt, sie will den Job in den Ostseeterrassen nicht behalten. Putzen für vier Euro die Stunde ist nicht genug an so einem verfluchten Ort.«

Hallo? Mattie hat das Gefühl, jede Person im Raum müsste hören, wie Hunderte von Synapsen in ihrem Gehirn knisternd Aktivität aufnehmen.

10. Juli 2012, Kreuzberg
Berlin, Deutschland

»Kannst du ihn mal kurz nehmen?«

Nick reicht Azim zu Mattie rüber. Er hievt einen Rucksack auf seinen Rücken, schnappt sich mit links die zusammengeklappte Karre und mit rechts einen Rollkoffer. So wankt er zum Fahrstuhl. Er lädt die Sachen ab und hält die Tür mit einem Fuß offen.

Mattie checkt, ob sie den Schlüssel hat, und schließt leise die Tür. Jasmin führt noch irgendein wichtiges Telefonat. Nick will lieber nicht wissen, worüber. Wahrscheinlich soll sie dem BND geheime Stützpunkte der Zapatisten übermitteln.

Mattie quetscht sich vorsichtig zu ihm in den Fahrstuhl. Ihre Hand hält sie schützend über Azims Kopf.

Die Tür geht zu. Nick beobachtet Mattie im Spiegel. Versucht sich das Bild einzuprägen. Mattie und Azim.

»Hör auf damit.«

»Womit?« Er fühlt, wie ihm ein Schweißtropfen aus dem Haar auf die Nase tropft. Verdammt heiß hier drinnen.

»Geh lieber zum Friseur.«

Fünf Stockwerke. Noch nie ist der Fahrstuhl so schnell gewesen.

Vor der Haustür wartet schon das Taxi.

Der Taxifahrer öffnet die Klappe und rührt sich nicht. Nick wuchtet die Sachen in den Kofferraum. Als er sich umdreht, hat Mattie ihre Nase in Azims Haar vergraben. Azim zerrt an ihrem Ohr.

»Kann's losgehen?« Der Fahrer will schon einsteigen.

»Nein. Moment noch.« Mattie lacht. »Falsche Frau.«

»Nicht witzig, Mattie.« Nick greift nach Azim, doch sie hält ihn fest.

»Du wirst also auf deinen Papa aufpassen? Versprochen?«

Azim streckt seine Arme nach ihm aus. »Tick.«

»Na, dann, Tick.« Sie gibt ihm erst das Kind und dann einen schnellen Kuss. »Auf bald.«

Er will sie berühren. Sie weicht ihm aus. Zieht eine zusammengerollte Zeitung hinten aus dem Hosenbund.

»Hier hast du was zu lesen, Reporter.«

In diesem Moment kommt Jasmin aus dem Haus. Der Fahrer startet den Motor. Die beiden Frauen umarmen sich kurz.

»Grüß Kamal.«

Mattie nickt. »Mach ich.«

Jasmin steigt ein. Nick öffnet die Tür, reicht ihr Azim und schnallt ihn im Kindersitz an. Dann setzt er sich daneben. Das Taxi fährt los. Seine Kehle ist zugeschnürt. Er weiß, dass Jasmin ihn beobachtet, und entrollt die Zeitung.

»Was ist das denn?« Irgend so ein Provinzblatt aus dem Norden. Nicht gerade seine Stammlektüre. Nicks Blick bleibt an der Überschrift hängen.

NEUER BÜRGERMEISTER STÜRZT ÜBER PUTZFRAUEN-AFFÄRE. Es berichtet der Lokalreporter aus Kollwitz.

Wieso hat der – und woher? Nicks Augen fliegen über die Zeilen. Laut Aussage von Angestellten der *Nordhaus Immobilien* beschäftigt der Bürgermeister seit Jahren Schwarzarbeiterinnen in der Gebäudereinigung weit untertariflich. Das mag zwar üblich sein, ein Volksvertreter jedoch sollte sich vorbildlich … Er springt ans Ende des Artikels. Die Opposition hat bereits den Rücktritt Wedemeiers gefordert.

Nick öffnet das Fenster und lässt die Zeitungsseiten fliegen.

»Spinnst du?« Jasmin will bestimmt noch mehr sagen.

Zack. Gurt ab. Nick schnappt sich Azim. »Die Guten gewinnen doch manchmal!« Er lacht und hält seinen und Azims Kopf in den Fahrtwind. »Merk dir das gut!«

»Kannst du bitte das Fenster zumachen?« Jasmin zieht ihn am Arm zurück ins Auto. »Und schnall sofort das Kind an!«

So, Madita Junghans. Du hast eine superschicke Dachwohnung in Kreuzberg mit Terrasse. Du hast eine geregelte Arbeit. Ein Rennrad. Einen Hund. Einen Bus, um am Wochenende rauszufahren.

Dann mal los.

Mattie sitzt auf der Terrasse und starrt vor sich hin.

Quincy liegt auf dem Rücken.

Wie geht das jetzt, so ein Leben.

Ein Blick auf das Handy. Nick ist seit zwei Stunden weg. Jetzt steigen sie gerade ins Flugzeug. Zwischenlandung in Frankfurt. Dann weiter nach Mexico City.

So weit weg.

Stopp. Noch mal von vorn.

Es ist acht Uhr morgens. Wie lautet dein Plan, Mattie?

Aufstehen. Erledigt. Duschen. Erledigt.

Mit dem Hund rausgehen. Zeitung kaufen. Nach der Post sehen. Frühstücken. Um zehn in die Kanzlei.

Sie geht in die Küche und macht sich noch einen italienischen Kaffee. Wenn das so weitergeht, ist sie schon auf hundertachtzig, bevor sie im Büro ankommt.

Die Treppen runter. Quincy japst vor Aufregung. Sie packt ihn in den Fahrradkorb und fährt in den Treptower Park. Keine VW-Busse mehr, die Leute vom Ordnungsamt sind wieder auf dem Parkplatz gewesen. Liviu hat einen neuen Platz ausfindig gemacht, irgendwo im Wedding. Quincys Geschwister wurden auf dem Flohmarkt verkauft. Fünfzig Euro das Stück.

Wo Nadina steckt, weiß der Himmel. Sie hat sie nicht mal nach ihren Plänen gefragt, als sie aus der Kanzlei kamen. In Gedanken war sie längst dabei, den Chef vom Dienst beim *Ostseekurier* von der Putzfrauen-Geschichte zu überzeugen.

Du bist nicht für alle verantwortlich.

Soziale Erschöpfung.

Es wird ein paar Tage dauern, ihre Batterien wieder aufzuladen. Die Wunden zu lecken, die Nick ihr geschlagen hat. Sie läuft über die große Wiese. Das Gras ist feucht vom Tau. Ihre Füße werden nass. Es tut gut, etwas zu spüren.

Haustür aufschließen. Briefkasten aufschließen. Das fühlt sich schon ziemlich echt an. Echtes Leben. Sogar ein Brief für sie ist dabei. Mattie steigt in den Fahrstuhl und reißt den Umschlag auf. Bestimmt wieder Werbung. Schließen Sie eine Zusatzversicherung ab.

Der Fahrstuhl hält. Die Tür geht auf.

Zu.

Auf.

Mattie sitzt in der Kabine auf dem Boden. »Sehr geehrte Frau Junghans, leider mussten wir ein Adressen-Ermittlungsverfahren einleiten, da Ihre Meldeadresse …«

Hinnarck hatte eine Lebensversicherung. Er hat sie auf Matties Namen abgeschlossen, weil er wusste, dass sie für Emma sorgen würde. Die Summe auf dem Papier verschwimmt vor ihren Augen.

Mattie stürmt in die Wohnung. Wo ist das Handy?

»Hallo, hier ist Madita Junghans. Ich möchte bitte meine Mutter sprechen. Zimmer 218.«

»Madita.« Emmas schleppende Stimme katapultiert Mattie in eine Rolle rückwärts. Als würde die Zeitrechnung noch mal von vorne beginnen. Was sie ja auch tut.

»Emma, wusstest du, dass Hinnarck eine Lebensversicherung hatte?«

Stille.

»Emma!«

»Hinnarck sagt, vergiss nicht, die Versicherung ist in der Schublade von dem Sekretär.«

»Und warum hast du mir nichts davon gesagt?«

»Nicht schreien!«

Mattie atmet.

Emma raucht. Sie kann das Saugen an der Zigarette hören.

»Du hast nicht gefragt.«

»Du hast gesagt, da ist nichts Wichtiges mehr.«

Emma weint.

Mattie atmet.

»Schon gut, Emma. Weißt du was? Du kannst da bleiben, in dem Heim. Ist das nicht toll?«

Emma schnieft.

»Du kannst bei Schwester Lisa bleiben, Emma.«

»Schwester Lisa ist weg. Hat gekündigt.«

Mattie lacht. Bestimmt hat Emma was damit zu tun. Alles Gute, Schwester Lisa. Viel Erfolg auf Ihrem weiteren Lebensweg.

»Du kannst hundert werden, Emma. Und du brauchst nie mehr umziehen!« Sie kann nicht aufhören zu kichern.

Emma kichert gleich mit. Lachen ist ansteckend. »Die Zigaretten sind alle.«

»Ich schick dir so viele du willst.« Mattie kriegt kaum noch Luft.

»Jetzt ist Bingo. Tschüs, Madita.«

Emma hat aufgelegt.

Ein persönliches Gespräch zwischen Mutter und Tochter.

Mattie fühlt sich, als hätte man ihren Stecker rausgezogen.

Power Cut.

14. Juli 2012, Turnu Severin
Walachei, Rumänien

Sie steht morgens als Erste auf. Das Haus gehört dann ihr, bevor die anderen aufwachen. Adriana geht über den Hof. Die Erde ist noch kühl unter den Füßen. Ihre Stiefel trägt sie in der Hand.

Sie ist schon fast bei der Dusche. Ein Geräusch aus der Küche – Musik. Sitzt so früh jemand vor dem Fernseher? Leise geht sie zurück, bleibt im Türrahmen stehen.

Liliana hat den alten Spiegel auf einen Stuhl gestellt. Irgendwo hat sie ein paar Vorhänge aufgetrieben, die sie um sich herumdrapiert hat. Sie studiert eine Tanzszene der neuen DVD ein. Adriana hat den Film noch nicht gesehen.

Koi jaane na	*Niemand weiß*
Yeh kaisi naag hai	*Was das für ein Feuer ist*
Mere dil ko dasta	*Das an meinem Herzen frisst*
Yeh kaisa naag hai	*Was für eine Schlange*

Sie hält den DVD-Player an und spielt dieselbe Stelle noch mal ab. Im Spiegel überprüft sie, ob ihre Bewegungen exakt genauso aussehen wie die von Priyanka Chopra auf dem Fernseher, die auch mit solchen Schleiern herumwirbelt.

»Yeh kaisa naag hai!«, singt Lili laut. Adriana tritt von hinten an sie heran. Das Mädchen erschrickt, dann erkennt sie, wer hinter ihr steht. »Mama.«

Sie betrachtet ihre Tochter im Spiegel. Bald wird sie eine Frau sein. Vorsichtig zieht sie die goldenen Ohrringe aus der Tasche ihres Rocks und befestigt sie in Lilis Ohrlöchern, erst rechts, dann links. Lilis Mund steht offen.

»Mama, für mich? Ein Geschenk?«

Adriana lächelt. »Von deinem Großvater.«

»Ist Großvater nicht schon lange tot?« Lili hat sich umgedreht.

Adriana lächelt. »Für wen übst du? Habt ihr eine Vorführung in der Schule?«

»Nein.« Lili betrachtet sich im Spiegel. Sie ist verlegen, meidet die Augen ihrer Mutter. »Diese Frau aus Deutschland, die hier war. Mattie. Kennst du sie?«

»Ja.« Meti. »Was ist mit ihr?«

»Ich will mit ihr skypen und ihr meinen Tanz vorführen. Sie kennt Leute in Indien, die solche Filme machen.«

»In Indien?« Adriana kommt nicht ganz mit.

»Mama.« Lili stemmt die Hände in die Hüften. »Mattie ist Indiana, verstehst du? Ihr Vater kommt aus Bombay. Sie ist eine von uns.«

Meti? Eine von uns? Adriana schüttelt den Kopf. Niemals.

Sie braucht eine Dusche. Dann wird sie Frühstück machen. Vorräte überprüfen. Den Hof fegen. Es gibt immer zu tun. Und noch was. Adriana will alle Fahrtenbücher von Vater lesen, bevor Georgel sie mitnimmt. Sie hat sie gestern noch vor dem Schlafengehen aus dem Regal geholt. Den Staub abgewischt. Nach Jahreszahlen geordnet.

»Kannst du mir später helfen, Tochter?«

Lili nickt.

Adriana will ihrer Tochter beibringen, Brot zu backen.

15. Juli 2012, Neukölln
Berlin, Deutschland

Nadina kommt aus dem dunklen Café und blinzelt in die Sonne. Erst mal 'ne Kippe. Autos rumpeln die gepflasterte Straße bergab. Mann, war das eine Tortur da drin. Eine Stunde Gelaber, und alles einfach nur scheißkompliziert. Sie darf in Deutschland studieren. Aber erst muss ihr Abschluss offiziell geprüft werden. Sie muss einen Deutsch-Vorbereitungskurs machen. Eine Prüfung ablegen. Darf nebenbei arbeiten, aber nur bis zu einer Grenze, die nicht zum Leben reicht. Auf dem Konto ihres Vaters sind noch sechshundert Euro, dazu die zweihundert von Gesine.

»Hallo?« Eine Frau mit verfilzten langen Haaren steht neben ihr. Sie hat Piercings in der Nase und in den Augenbrauen. Ihr rechtes Bein ist unterhalb der abgeschnittenen Jeans tätowiert. Coole Nummer.

»Hi.« Nadina sieht sich um. Die Frau muss auch aus dem Vereinsladen gekommen sein.

»Holger hat mir gesagt, dass du gerade in der Beratung warst.« Sie spricht langsames Englisch mit einem starken Akzent.

»Ja.« Vorsichtig. Was will die von ihr?

»Willst du hierbleiben?« Sie holt einen Beutel Tabak raus und beginnt sich eine Zigarette zu drehen. Nadina sieht ihr dabei zu. Sie ist geschickt.

»Ist das billiger als Filterzigaretten?«

»Na logisch.« Die Frau sieht sie an. »Hast du Feuer?« Nadina gibt ihr das Feuerzeug. »Falls du eine Bleibe suchst, bei uns ist gerade was frei. Wir sind ein Hausprojekt. Vegan und antikapitalistisch.« Sie streckt ihr die Hand hin. »Sabine.«

»Nadina.« Sie schütteln sich die Hand. »Danke, aber ich muss zurück.«

»Ach so.« Sabine gibt ihr das Feuerzeug und geht langsam die Straße runter.

Nadina sieht ihr nach. Sie verstehen nicht. Raluca nicht und diese Sabine auch nicht. Sie kann Mama nicht im Stich lassen. Es ist nur eine Frage der Zeit, bis wieder so was wie mit Mihai passiert. Ein teures Medikament. Holz für den Winter. Ein neuer Herd. So eine Familie kann sich keinen leisten, der jahrelang studiert. Vielleicht werden sie irgendwann eine Entschädigung bekommen. Volker hat gesagt, das kann dauern. Jahre, in denen Nadina älter wird, heiratet und Kinder bekommt. Wie Mama.

Plötzlich überfällt sie das Heimweh. Sie muss unbedingt jetzt sofort Mamas Stimme hören. Auch wenn das Handy danach alle ist. Sie zieht es aus der Tasche. Sieht, dass eine SMS angekommen ist. Eine rumänische Nummer, die sie nicht kennt. Hoffentlich ist nichts.

Die SMS ist von Adriana. Sie ist lang. Ein Auszug aus dem Fahrtenbuch ihres Vaters.

»Alle werden erleichtert sein, wenn sie es sicher auf die andere Seite geschafft haben. Besonders Nicu aus Braşov. Lass mich dir von ihm berichten. Ich nenne ihn Nicu den Träumer. Er hat hier in Deutschland Fenster und Häuser gebaut. Sein Traum ist es, so ein Haus für seine Familie zu bauen.«

Just gonna stand there and hear me cry.

Was ist denn jetzt los? Steht sie hier mitten auf der Straße und heult. Schluss jetzt. Nichts und niemand in diesem Land wird sie davon abhalten, Architektur zu studieren. Ganz unten sieht sie gerade noch Sabine um die Ecke biegen. Nadina läuft los. Die Ballerinas nerven. Sie nimmt sie in die Hand und rennt barfuß weiter.

»Hey, warte mal!« Sie braucht ein Dach über dem Kopf. Was immer das auch ist, vegan und antikapitalistisch. Sie wird es schon lernen.

5. August 2012, A13 Richtung Praha
Thüringen, Deutschland

»Hast du schon gepackt?«

»Gestern Abend, darling.« Cal dreht den Laptop so, dass sie zwei Koffer sehen kann.

Mattie verdreht die Augen. »Cal, wir gehen nicht auf Modenschau. Das sind arme Leute.«

»Ich dachte, ich soll den Bollywood-Produzenten raushängen lassen.« Cal ist auch 'ne Diva. »Meinst du, ich habe Übergepäck?« Diva mit Reisefieber.

Mattie lacht. »Cal, du fliegst Business Class. So viele Klamotten hast du gar nicht.«

»Soll ich dir noch mal sagen, wann ich in Prag lande?« Er greift in seine Umhängetasche.

»Nein, Cal.« Sie checkt im Rückspiegel, ob irgendwo Polizei zu sehen ist. »Ich fahre gerade. Und du hast es mir gemailt. Alles hier drin.« Sie tätschelt den Bildschirm.

Er lacht, etwas gezwungen, aber es geht schon besser. »Das Taxi kommt in einer Stunde. Vorher muss ich noch ein Interview geben.«

»Ein Interview? Worüber denn?«

»Na ja, ich fahre nach Osteuropa. Wilde Natur. Dramatische Geschichten. Auswanderung der Gypsies von Rajasthan. Unverbrauchte Darsteller. Bollywoods erste Vampirgeschichte …«

»Hör auf, bitte!«, japst Mattie. »Du bist schrecklich!«

»Wieso, du nervst mich doch seit Tagen mit diesem Kram. Andernfalls würde ich gemütlich in meinem neuen Cottage in Goa sitzen und den Regen genießen, statt quer durch die Welt zu jetten. Nach Albanien.«

»Rumänien, Cal! Nicht Albanien.« Ein Schild fliegt vorbei. Gleich kommt die Grenze. »Ich muss Schluss machen. Bin gleich in Tschechien.«

»Rumänien, Tschechien«, grummelt Cal. »Was auch immer. Ich mach das nur, damit du nachher mit nach Bombay kommst. Keine Ausreden mehr, Mattie Junghans. Du bist Single, arbeitslos und deine Mutter ist versorgt.«

»Wir werden sehen.« Sie hat noch keine festen Pläne. Kiel. Bombay. Wer weiß schon, wo die Reise hingeht?

»Ich brauche jemanden, der sexy Reporter abwimmelt und mit mir auf langweilige Filmpartys geht.« Er macht ein übertrieben verzweifeltes Gesicht.

»Cal.« Mattie versucht, die strenge Falte auf ihrer Stirn erscheinen zu lassen. »Den sexy Reporter hast du mir ausgespannt, wenn ich dich daran erinnern darf. Und für die Filmpartys hast du offiziell eine Ehefrau.«

Er winkt ab. »Nitya lässt sich scheiden. Sie kann endlich Sohan heiraten. Wir schaffen es jeden zweiten Tag in die Schlagzeilen.«

In Bombay ist nichts so, wie es scheint. Cal liebt Männer, jedenfalls meistens. Nitya liebt seit Jahren einen verheirateten Mann. Für die Öffentlichkeit spielen sie eine dramatische Liebesgeschichte miteinander. Ein Spektakel für die unersättlichen Massen. Gierig nach Emotionen. Auf der Leinwand. In der Zeitung.

Zeitung. Nick.

Mattie ist eher danach, sich zu verkriechen.

»Versprich es mir. Jetzt sofort.« Cals Augen blitzen sogar über das entspiegelte Display.

»Bye, handsome!« Sie wirft ihm eine Kusshand zu. »Wir sehen uns.« Kaum hat sie den Laptop zugeklappt, springt Quincy von hinten auf den Beifahrersitz. »Warst du eigentlich schon mal in Rumänien?« Er spitzt die Ohren. »Jedenfalls kommen deine Eltern daher.« Sie streichelt ihn zwischen den Ohren. »Morgen treffen wir Cal. Den Rest meiner Familie kennst du ja. Emma –«, Quincy duckt sich. »Ich weiß. Zwei Tage haben dir gereicht.

Kamal. Wir werden sehen.« Sie setzt den Blinker, um rechts rauszufahren. Auf dem Parkplatz werden Plaketten für die Autobahn durch Tschechien verkauft. Sie lenkt den Bus in einen der markierten Streifen für Reisebusse. »Du vermisst Nick? Vergiss es. Den wird Jasmin frühestens aus dem Haus lassen, wenn Azim auf der Uni ist.«

Plong.

Noch funktioniert das Internet.

Eine E-Mail von Nick.

Kein Wort. Nur ein Soundfile.

Mattie öffnet den Media Player.

Ein merkwürdiger Klang. Fast wie eine elektrische Gitarre.

Der Name des Files erscheint.

Requiem für Marius Voinescu und Nicu Lăcătuş

Sie holt die Kopfhörer aus dem Handschuhfach. Stöpselt sie ein. Schließt die Augen. Der Sound lässt ihre Trommelfelle vibrieren.

Von einem Moment auf den anderen kann alles vorbei sein.

GRENZFALL ist ein Roman, frei erzählt nach Ereignissen, die sich 1992, knapp zwei Monate vor den Pogromen in Rostock-Lichtenhagen, nahe der deutsch-polnischen Grenze zutrugen.

Wir haben darüber einen Dokumentarfilm gemacht, der 2012 unter dem Titel REVISION im Kino läuft.

Parallel zur Filmrecherche entstand die Idee, eine Geschichte zu schreiben, in der sich dokumentarische Fäden von damals fiktiv ins Heute spinnen. Der Kriminalroman gibt die Chance, emotionale und politische Momente zu verdichten und die Realität in einen Möglichkeitsraum umzudenken.

Besonders gefreut hat mich, dass auf dieser Reise Mattie Junghans und Nick Ostrowski überraschend wieder dazugestoßen sind.

Alle anderen Personen sind fiktional, ebenso die Orte Peltzow und Kollwitz, die auf keiner realen Karte verzeichnet sind.

Im Anhang haben wir einige Links zusammengestellt, die dabei helfen können, das Buch in seiner historischen und aktuellen Dimension zu kontextualisieren.

Berlin, 23.8.2012
Merle Kröger

Revision, Dokumentarfilm von Philip Scheffner, D 2012
www.revision-film.eu; www.pong-berlin.de

Spiegel Nr. 15 / 1992 mit dem Aufmacher »Asyl – Die Politiker versagen«: www.spiegel.de/spiegel/print/index-1992-15.html

Spiegel Nr. 37 / 1992 »Sinti und Roma nach Bonn«
www.spiegel.de/spiegel/print/d-13690102.html

Rostock-Lichtenhagen: http://de.wikipedia.org/wiki/Ausschreitungen_von_Rostock-Lichtenhagen

Dokumentation *Migranten, die an europäischen Grenzen starben* (1988–2011): http://fortresseurope.blogspot.de/2006/02/immigranten-die-europischen-grenzen_15.html

Antirassistische Initiative (mit Dokumentation der Toten an der EU-Außengrenze): www.ari-berlin.org

Do-it-yourself craiova: http://diycraiova.noblogs.org

Fotograf (Rostock 1992) und Krimiautor Jürgen Siegmann
www.siegmann.ws

Interkulturelle Jugendorganisation von Roma und Nicht-Roma
www.amarodrom.de

Aktionsbündnis *Alle Bleiben*: www.alle-bleiben.info

Forschungsgesellschaft Flucht und Migration (FFM)
www.ffm-berlin.de

Wie ein Film entsteht auch ein Buch nicht allein und im luftleeren Raum. Die Arbeit an GRENZFALL fiel in eine sehr bewegte Zeit. Darum gilt mein Dank allen, die mich begleitet haben:

dem gesamten Team und allen Protagonisten von REVISION in Deutschland und Rumänien, insbesondere Familie Velcu und Familie Calderar

Gica, Silvia Gramer und Holger Hack für kreative Hilfe in jeder Hinsicht

Onir für News & Gossip aus Bombay und den Song aus IAM (2011)

meinen diversen Familien: Sisi und Tilmann Scheffner, Franziska und Svenja Harten, Max, Johanna und Arne Kröger, Inge, Reinhard und Sabine Heuck, Gerhard Holzberg, Susanne Schultz, Lee Hornbogen und Rubaica Jaliwala – sowie Ellen Freidel, Anja Kuhnt und Sabine Matysiak

meinem Vater Ernst Kröger dafür, dass ich mich in Ruhe von dir verabschieden durfte

über hundert »friedlichen Kriegern« des Quandao Sommercamps 2012 für die Ninja-Inspiration

meinen Verlegerinnen und Lektorinnen Else Laudan und Iris Konopik und dem gesamten Argument Verlag für eure Begeisterung, viel Arbeit und die Lust, neue Wege zu gehen

meinen Freunden und Kollegen Tina Ellerkamp, Meike Martens, Marcie Jost und Peter Zorn von der PMMC, pong sowie Dorothee Wenner für Geduld und Support

Merle Kröger

Cut!

Ariadne Krimi 1146 · ISBN 978-3-88619-876-4

Ein Programmkino gibt seine letzte Vorstellung vor dem Abriss. Für Madita Junghans, die Norddeutsche mit den indischen Genen, endet eine Ära. Sie lässt sich überreden, in einem sehr privaten Fall Ermittlungen anzustellen, und verstrickt sich in den losen Fäden eines dunklen Kapitels deutsch-indischer Geschichte. Und dann gibt es Tote …

»Es gibt sie tatsächlich, die kleinen Wunder in der Kriminalliteratur, zum Beispiel Merle Kröger. Ihre Sprache ist einfach und bildstark, ihr Sinn für Dramaturgie und Spannung überzeugt. Nach Jahren der Dürre scheint sich ein Frühling im deutschsprachigen Kriminalroman abzuzeichnen: Merle Kröger könnte sich zur Avantgardistin in diesem Bereich entwickeln.« *WDR*

Kyai!

Ariadne Krimi 1166 · ISBN 978-3-88619-896-2

In Berlin wird das erste Bollywood-Musical geprobt! Regisseur Cal Mukherjee reist aus Bombay an, und Mattie Junghans besorgt das filmische Begleitprogramm. Parallel kommt es zu dramatischen Ereignissen am Ostseestrand: Eine Politikerin legt sich mit der Bundeswehr an, und Mattie deckt eine düstere Realität hinter blühendem Raps und Windenergie auf … Am Ende ist die Nord-Idylle um eine Illusion ärmer, aber das Musical tritt zur Premiere an. Dazwischen Kung-Fu, geheimnisvolle Tote, ein norddeutsches Watergate, Filmschnipsel, Liebe und Songs.

»Ein üppiger Genreroman, der alles hat, was des Krimilesers Herz begehrt: Action, Intelligenz, Wortwitz, Situationskomik, Liebe, Verzweiflung, Leidenschaft, Kampf, Korruption, Bedrohung, Aufbegehren, Abschied, Erkenntnis, Aufklärung. Respekt!« Ulrich Noller, *WDR*

»So beherzt wie überzeugend … Merle Krögers Krimi ist auf der Höhe der Zeit, ihre Figuren sind so rund und bunt wie das Leben.« Sylvia Staude, *Frankfurter Rundschau*